金戈铁马
卫家国

边塞诗选（上）

徐星予 主编

应急管理出版社
·北京·

图书在版编目（CIP）数据

金戈铁马卫家国：边塞诗选：上下册／徐星予主编.
--北京：应急管理出版社，2022
ISBN 978-7-5020-8875-0

Ⅰ.①金… Ⅱ.①徐… Ⅲ.①边塞诗—诗集—中国—古代 Ⅳ.①I222.72

中国版本图书馆CIP数据核字（2021）第169433号

金戈铁马卫家国　边塞诗选（上下册）

主　　编	徐星予
责任编辑	陈棣芳
封面设计	书心瞬意
出版发行	应急管理出版社（北京市朝阳区芍药居35号　100029）
电　　话	010-84657898（总编室）　010-84657880（读者服务部）
网　　址	www.cciph.com.cn
印　　刷	河北浩润印刷有限公司
经　　销	全国新华书店
开　　本	710mm×1000mm $^1/_{16}$　印张　26　字数　235千字
版　　次	2022年4月第1版　2022年4月第1次印刷
社内编号	20201762　　　　　定价　88.00元（上下册）

版权所有　违者必究

本书如有缺页、倒页、脱页等质量问题，本社负责调换，电话:010-84657880

前言

　　边塞诗是我国古代诗歌的重要组成部分，佳作无数。例如激昂慷慨的"岂曰无衣？与子同袍""捐躯赴国难，视死忽如归""秦时明月汉时关，万里长征人未还"，秀美而不失悲壮的"羌笛何须怨杨柳，春风不度玉门关""大漠孤烟直，长河落日圆""忽如一夜春风来，千树万树梨花开"等，都是边塞诗中流传后世的不朽名句。边塞诗以写边塞苦寒的生活以及战士们的报国热情、思乡愁绪以及思妇对征人的怀念等内容为主，题材丰富，主题复杂，思想深刻，可读性非常强。

　　在我国第一部诗歌总集《诗经》中，边塞诗就出现了，例如写思妇思念远征的丈夫的《卫风·伯兮》，写战友之间同仇敌忾的《秦风·无衣》，写征夫久戍难归、思念家乡心理的《小雅·采薇》等，都为后世同题材边塞诗开辟了道路。魏晋时期，曹丕的《白马篇》、陈琳的《饮马长城窟行》也是边塞诗的杰出代表。南北朝时期，南朝文人沉溺于萎靡浮华的宫廷诗，反倒是北朝民间诞生了《敕勒歌》《木兰诗》等边塞诗杰作。初唐时，陈子昂、杨炯、骆宾王等都有杰出的边塞诗作问世。到了盛唐，边塞诗呈现井喷式的发展，不仅数量多，而且诗歌的水准也出现了跨时代的进步。这一时期的边塞诗人代表有王昌龄（代表作《从军行七首》）、高适（代表作《燕歌行》《塞上听吹笛》）、岑参（代表作《白雪歌送武判官归京》《走马川行奉送封大夫出师西征》）等，王维、李白、杜甫等诗人也有出色的边塞诗作。有唐一代，边塞诗始终是诗人创作的热门题材。宋代被视为词的时代，但也有陆游《书愤》等边塞诗问世。宋代之后，偶有诗人创作边塞诗，但边塞诗日渐式微也是不争的事实。

"国虽大，好战必亡；天下虽安，忘战必危。"这是我国古代著名军事著作《司马法》中的一句至理名言。读一读边塞诗，能让我们对保卫祖国的战士们心生敬畏，也能让我们更加体会到和平的可贵。为此，我们精选了上起先秦、下讫近代的百余首边塞诗，篇幅有长有短，风格或雄壮或悲凉，内容上有的描写战争残酷，有的渲染征夫思乡，有的刻画思妇怀念丈夫，从不同角度描写边塞战士的爱国情怀，令人动容，值得我们反复吟咏、回味。

目录

◎ 诗　经 / 1

　　卫风·伯兮（伯兮揭兮）/ 1

　　秦风·无衣（岂曰无衣）/ 3

　　秦风·小戎（小戎俴收）/ 5

　　豳风·东山（我徂东山）/ 8

　　小雅·采薇（采薇采薇）/ 11

　　小雅·祈父（祈父）/ 16

　　大雅·常武（赫赫明明）/ 18

◎ 屈　原 / 22

　　国　殇（操吴戈兮被犀甲）/ 22

◎ 曹　操 / 25

　　却东西门行（鸿雁出塞北）/ 25

　　步出夏门行·观沧海（东临碣石）/ 28

◎ 曹　丕 / 31

　　燕歌行（秋风萧瑟天气凉）/ 31

◎ 曹　植 / 34

　　白马篇（白马饰金羁）/ 34

　　泰山梁甫行（八方各异气）/ 38

◎ 王　粲 / 41

　　从军诗五首（其一）（从军有苦乐）/ 41

◎ 陈　琳 / 45

　　饮马长城窟行（饮马长城窟）/ 45

◎ 阮　籍 / 49

　　咏怀八十二首（其三十九）（壮士何慷慨）/49

◎ 嵇　康 / 52

　　四言赠兄秀才入军诗十八章（其九）

　　（良马既闲）/ 52

◎ 张　华 / 54

　　壮士篇（天地相震荡）/ 54

◎ 鲍　照 / 57

　　代出自蓟北门行（羽檄起边亭）/ 57

　　拟古诗八首（其三）（幽并重骑射）/ 60

代东武吟（主人且勿喧）/ 63

◎吴　均 / 67
战城南三首（其一）（蹀躞青骊马）/ 67

◎北朝民歌 / 69
陇头歌辞三首（陇头流水）/ 69
敕勒歌（敕勒川）/ 72
木兰诗（唧唧复唧唧）/ 73

◎王　褒 / 80
渡河北诗（秋风吹木叶）/ 80

◎卢思道 / 83
从军行（朔方烽火照甘泉）/ 83

◎杨　素 / 88
出塞二首（其一）（漠南胡未空）/ 88
出塞二首（其二）（汉虏未和亲）/ 91

◎骆宾王 / 94
晚度天山有怀京邑（忽上天山路）/ 94
夕次蒲类津（二庭归望断）/ 96
从军行（平生一顾重）/ 99

◎卢照邻 / 101
战城南（将军出紫塞）/ 101
陇头水（陇阪高无极）/ 103

◎王　勃 / 105
采莲曲（采莲归）/ 105

◎杨　炯 / 111
从军行（烽火照西京）/ 111

◎沈佺期 / 114
杂诗三首（其三）（闻道黄龙戍）/ 114

◎郭　震 / 117
塞　上（塞外虏尘飞）/ 117

◎陈子昂 / 120
送魏大从军（匈奴犹未灭）/ 120
登幽州台歌（前不见古人）/ 122
感遇三十八首（其三）（苍苍丁零塞）/ 124
感遇三十八首（其三十四）（朔风吹海树）/ 126

◎张　说 / 129
幽州夜饮（凉风吹夜雨）/ 129

◎李隆基 / 132
旋师喜捷（边服胡尘起）/ 132

◎王之涣 / 134
凉州词二首（其一）（黄河远上白云间）/ 134

◎孟浩然 / 136
送陈七赴西军（吾观非常者）/ 136

◎李　颀 / 138
古　意（男儿事长征）/ 138
古从军行（白日登山望烽火）/ 141

◎王昌龄 / 144
从军行七首（其一）（烽火城西百尺楼）/ 144
从军行七首（其二）（琵琶起舞换新声）/ 146

从军行七首（其三）（关城榆叶早疏黄）/148

从军行七首（其四）（青海长云暗雪山）/149

从军行七首（其五）（大漠风尘日色昏）/151

从军行七首（其六）（胡瓶落膊紫薄汗）/152

从军行七首（其七）（玉门山嶂几千重）/154

出　塞（秦时明月汉时关）/155

塞上曲（蝉鸣空桑林）/157

塞下曲（饮马度秋水）/158

闺　怨（闺中少妇不知愁）/160

代扶风主人答（杀气凝不流）/162

◎祖　咏 / 167

望蓟门（燕台一望客心惊）/167

◎高　适 / 170

燕歌行并序（开元二十六年）/170

塞上听吹笛（雪净胡天牧马还）/174

营州歌（营州少年厌原野）/176

送李侍御赴安西（行子对飞蓬）/178

自蓟北归（驱马蓟门北）/179

金城北楼（北楼西望满晴空）/181

使青夷军入居庸三首（其一）

　　（匹马行将久）/183

使青夷军入居庸三首（其二）

　　（古镇青山口）/184

蓟中作（策马自沙漠）/186

送董判官（逢君说行迈）/188

送白少府送兵之陇右（践更登陇首）/189

送浑将军出塞（将军族贵兵且强）/191

登　陇（陇头远行客）/194

塞下曲（结束浮云骏）/196

◎王　维 / 199

老将行（少年十五二十时）/199

使至塞上（单车欲问边）/204

少年行四首（其一）（新丰美酒斗十千）/206

少年行四首（其二）（出身仕汉羽林郎）/208

少年行四首（其三）（一身能擘两雕弧）/209

少年行四首（其四）（汉家君臣欢宴终）/211

送元二使安西（渭城朝雨浥轻尘）/212

陇头吟（长安少年游侠客）/213

出塞作（居延城外猎天骄）/215

送赵都督赴代州得青字（天官动将星）/217

◎李　白 / 220

关山月（明月出天山）/220

塞下曲六首（其一）（五月天山雪）/223

塞下曲六首（其三）（骏马似风飙）/224

塞下曲六首（其五）（塞虏乘秋下）/226

子夜吴歌·秋歌（长安一片月）/228

子夜吴歌·冬歌（明朝驿使发）/230

战城南（去年战）/231

北风行（烛龙栖寒门）/234

从军行（百战沙场碎铁衣）/ 237

出自蓟北门行（羽檄横北荒）/ 238

◎崔　颢 / 241

赠王威古（三十羽林将）/ 241

雁门胡人歌（高山代郡东接燕）/ 243

古游侠呈军中诸将（少年负胆气）/ 245

◎杜　甫 / 248

兵车行（车辚辚）/ 248

前出塞九首（其一）（戚戚去故里）/ 253

前出塞九首（其六）（挽弓当挽强）/ 255

前出塞九首（其九）（从军十年余）/ 257

后出塞五首（其一）（男儿生世间）/ 258

后出塞五首（其二）（朝进东门营）/ 260

后出塞五首（其三）（古人重守边）/ 262

后出塞五首（其五）（我本良家子）/ 264

◎岑　参 / 266

逢入京使（故园东望路漫漫）/ 266

走马川行奉送封大夫出师西征

（君不见走马川行雪海边）/ 268

轮台歌奉送封大夫出师西征

（轮台城头夜吹角）/ 271

白雪歌送武判官归京

（北风卷地白草折）/ 273

碛中作（走马西来欲到天）/ 276

凉州馆中与诸判官夜集

（弯弯月出挂城头）/ 278

送李副使赴碛西官军

（火山六月应更热）/ 281

火山云歌送别

（火山突兀赤亭口）/ 283

送人赴安西（上马带胡钩）/ 285

◎常　建 / 287

吊王将军墓（嫖姚北伐时）/ 287

塞下曲四首（其一）（玉帛朝回望帝乡）/ 289

◎王　翰 / 291

凉州词二首（其一）（葡萄美酒夜光杯）/ 291

凉州词二首（其二）（秦中花鸟已应阑）/ 293

◎刘长卿 / 295

送李中丞归汉阳别业（流落征南将）/ 295

◎严　武 / 298

军城早秋（昨夜秋风入汉关）/ 298

◎戴叔伦 / 300

塞上曲二首（其二）（汉家旌帜满阴山）/ 300

◎戎　昱 / 302

塞下曲六首（其六）（北风凋白草）/ 302

◎西鄙人 / 305

哥舒歌（北斗七星高）/ 305

◎柳中庸 / 307

征人怨（岁岁金河复玉关）/ 307

◎卢　纶 / 310

塞下曲六首（其一）（鹫翎金仆姑）/310

塞下曲六首（其二）（林暗草惊风）/312

塞下曲六首（其三）（月黑雁飞高）/314

塞下曲六首（其四）（野幕敞琼筵）/316

逢病军人（行多有病住无粮）/317

◎李　益 / 320

夜上受降城闻笛（回乐峰前沙似雪）/320

盐州过胡儿饮马泉（绿杨著水草如烟）/322

听晓角（边霜昨夜堕关榆）/324

塞下曲四首（其二）（伏波惟愿裹尸还）/326

度破讷沙二首（其一）（眼见风来沙旋移）/327

◎王　涯 / 329

塞下曲二首（其一）（年少辞家从冠军）/329

◎令狐楚 / 331

年少行四首（其三）（弓背霞明剑照霜）/331

◎张　籍 / 333

凉州词三首（其一）（边城暮雨雁飞低）/333

凉州词三首（其三）（凤林关里水东流）/335

征妇怨（九月匈奴杀边将）/336

◎薛　涛 / 339

筹边楼（平临云鸟八窗秋）/339

◎李　贺 / 341

南园十三首（其五）（男儿何不带吴钩）/341

马诗二十三首（其五）（大漠沙如雪）/343

雁门太守行（黑云压城城欲摧）/344

◎许　浑 / 347

塞下曲（夜战桑乾北）/347

◎杜　牧 / 349

河　湟（元载相公曾借箸）/349

◎李商隐 / 352

赠别前蔚州契苾使君

（何年部落到阴陵）/352

◎陈　羽 / 355

从军行（海畔风吹冻泥裂）/355

◎陈　陶 / 357

陇西行四首（其二）

（誓扫匈奴不顾身）/357

◎曹　松 / 360

己亥岁二首（其一）（泽国江山入战图）/360

◎金昌绪 / 363

春　怨（打起黄莺儿）/363

◎张　乔 / 366

书边事（调角断清秋）/366

◎卢汝弼 / 369

和李秀才边庭四时怨四首（其一）

（春风昨夜到榆关）/369

和李秀才边庭四时怨四首（其四）

（朔风吹雪透刀瘢）/ 370

◎王安石 / 373

　白沟行（白沟河边蕃塞地）/ 373

◎岳　飞 / 376

　送张紫岩先生北伐（号令风霆迅）/ 376

◎陆　游 / 379

　书愤五者（其一）（早岁那知世事艰）/ 379

　十一月四日风雨大作二首（其二）（僵卧孤村不自哀）/ 382

　示　儿（死去元知万事空）/ 383

　金错刀行（黄金错刀白玉装）/ 385

◎刘克庄 / 388

　军中乐（行营面面设刁斗）/ 388

◎于　谦 / 391

　晓发太原（鸣驺拥道出边城）/ 391

◎杨昌濬 / 393

　左公柳（大将筹边尚未还）/ 393

◎丘逢甲 / 395

　春　愁（春愁难遣强看山）/ 395

◎徐锡麟 / 397

　出　塞（军歌应唱大刀环）/ 397

诗 经

《诗经》为中国最早的诗歌总集，本名《诗》，共305首（此外尚有6篇只存标题而无内容，即有目无辞，称作"笙诗"，它们分别是《南陔》《白华》《华黍》《由庚》《崇丘》和《由仪》），因此又称"诗三百"。汉朝以来，儒家将其奉为经典，称之为《诗经》。《诗经》共分《风》《雅》《颂》三部分，以四言为主，兼有杂言，是中国韵文的源头，亦是中国诗史的开端，在中国文学发展史上占有突出地位，对两千多年来的中国文学有着深远的影响，其内容本身也是十分珍贵的史料。

卫风·伯①兮

原文

伯兮朅②兮，邦之桀③兮。伯也执殳④，为王前驱⑤。
自伯之⑥东，首如飞蓬。岂无膏沐？谁适为容⑦！
其⑧雨其雨，杲杲⑨出日。愿言⑩思伯，甘心首疾⑪。
焉⑫得谖草⑬？言⑭树⑮之背⑯。愿言思伯，使我心痗⑰。

注释

①伯：周代女子称丈夫为"伯"。
②朅：英武威猛貌。
③桀：才能杰出的人。
④殳：周代兵器，竹木制成，头尖无锋刃。

⑤前驱：前锋。
⑥之：前往，意为前往东方服兵役。
⑦谁适为容：古有"女为悦己者容"之说，此句谓丈夫远征，妻子无心梳妆打扮。适，悦。
⑧其：语气助词，表希望。
⑨杲杲：日出光明照耀貌。
⑩愿言：念念不忘的样子。
⑪甘心首疾：此句谓思念成疾。首疾，头痛。
⑫焉：疑问代词，何处。
⑬谖草：即萱草，又名忘忧草，古人认为佩戴此草可以忘忧。
⑭言：语气助词，无实义。
⑮树：种植。
⑯背：通"北"，此处指北堂。
⑰痗：指思念丈夫过度而生病。

译文

丈夫英武且威猛，不愧邦国真英杰。我的丈夫执长殳，勇为君王做前锋。

自从丈夫东去后，头发凌乱如飞蓬。岂是膏脂不足用？丈夫远征为谁容！

且盼云来雨水下，怎奈太阳正光明。一心思念我丈夫，相思成疾也心甘。

何处寻得忘忧草？将它种在北堂边。一心思念我丈夫，使我伤怀病恹恹。

赏析

《毛诗序》："《伯兮》，刺时也。言君子行役，为王前驱，过时而

不反焉。"此诗鲜明地刻画了一个感情丰沛、细腻的思妇形象,深切地反映了妻子对久戍在外的丈夫的深刻思念。

一开篇便以赋的铺排手法,高度赞美丈夫的威武及为国浴血奋战的英雄壮举,夸耀中难掩骄傲与自豪,但长时间的分离又给翘首期盼丈夫归来的妻子带来了无尽的思念之苦。所以第二章笔锋一转,以女主人公"首如飞蓬",即无心打扮的细节映衬其内心的相思之苦。古人说"女为悦己者容",而妻子无心打扮的原因就在于丈夫久久征战在外,无人欣赏怜爱,由此愈加反衬思念之深。

末二章直抒女主人公的心理感受,用"甘心首疾""使我心痗"表达其思念到心痛欲绝的地步,为情痴狂之神态跃然纸上。这位女子一方面为丈夫的英雄行为感到自豪,另一方面又因长久不能团聚而痛心疾首。短短数句,勾勒出了女主人公情感上的希望与失望,这种强烈的反差,使其处于深深的矛盾之中。这种冲突描写,十分真切地反映出人的精神生活的丰富性、矛盾性与复杂性,所以这篇文字至今依旧能够感人至深,同时成了后世思妇诗之滥觞。

全诗描述句句细致,情节层层推进,感情步步加深,极富艺术感染力。

秦风·无衣

原 文

岂曰无衣?与子同袍①。
王于兴师②,修我戈矛③,与子同仇④。
岂曰无衣?与子同泽⑤。
王于兴师,修我矛戟⑥,与子偕作⑦。
岂曰无衣?与子同裳。
王于兴师,修我甲兵,与子偕行。

注 释

①同袍：友爱之辞。袍，长衣。行军者日以当衣，夜以当被。即今之披风，或名斗篷。

②兴师：出兵。秦国常和西戎交兵。秦穆公伐戎，开地千里。当时戎族是周的敌人，和西戎打仗相当于为周王征伐，因此秦国伐戎时打出"王命"的旗号。

③戈矛：都是长柄的兵器，戈曲头而旁有枝，矛是枪的前身，头尖锐。

④与子同仇：你的仇敌就是我的仇敌。

⑤泽：通"襗"，汗衫。

⑥戟：兵器名。古戟形似戈，具横、直两刃。

⑦作：起来，前行。

译 文

谁说没有衣服穿？你我共同披战袍。

周王出兵要作战，修好我的戈和矛，与你共同对敌。

谁说没有衣服穿？你我共同穿汗衫。

周王兴兵要作战，修好我的矛和戟，与你一起出发。

谁说没有衣服穿？你我共同穿战衣。

周王兴兵要作战，修好我的盔甲和武器，杀敌与你共前行。

赏 析

《诗经》中，《秦风》共有十篇，是秦地特有的乐歌，生动地再现了春秋时期的秦国社会，是研究秦人历史、地理、礼制、文学、风俗等的极其宝贵的经典文献。

作为《诗经》中最为著名的爱国诗篇，《秦风·无衣》真切地表现了秦地百姓勇往直前的尚武精神与深沉雄壮的家国情怀。这首战歌分为

三章，每章开头，都以设问的句式、豪迈的语气，依次写"同袍""同泽""同裳"，将战士们克服困难、团结互助的情景生动地展现在人眼前，奋起从军、慷慨自助的精神气象激荡在读者心中。每章第三句，依次写"修我戈矛""修我矛戟""修我甲兵"，用战士们齐心备战的场景一步步烘托出开战前的紧张氛围。每章最后一句，写"同仇""偕作""偕行"，战士们相互协作，一同奔赴战场的大无畏精神与爱国之情跃然纸上。

整首诗在反复的铺陈咏唱中，一步步地深化了战士们同仇敌忾的高昂情绪，一层层地推进，凸显了战士们崇高的情怀。

秦风·小戎①

原 文

小戎俴②收③，五楘④梁辀⑤。游环⑥胁驱，阴靷鋈续⑦。文茵⑧畅毂⑨，驾我骐馵⑩。言念君子，温其如玉。在其板屋，乱我心曲。

四牡孔阜，六辔在手。骐駵是中，騧骊是骖。龙盾之合，鋈以觼軜。言念君子，温其在邑。方何为期？胡然我念之！

俴驷⑪孔群，厹矛⑫鋈錞⑬。蒙⑭伐⑮有苑⑯，虎韔⑰镂膺⑱。交韔二弓，竹闭⑲绲⑳縢㉑。言念君子，载寝载兴。厌厌㉒良人，秩秩㉓德音。

注 释

①小戎：周代的一种轻装兵车。
②俴：浅。
③收：车厢。
④五楘：五条花皮革。

⑤梁辀：弯曲的车辕。

⑥游环：《传疏》："设环流于服马背上，谓之游环。"

⑦阴靷鋈续：靷与鋈为车上饰物，此句指车马稳当。

⑧文茵：虎皮垫子。

⑨畅毂：长毂，此处指兵车。

⑩骐异：指各色马匹。

⑪伐駟：驾一辆兵车的四匹披薄甲的公马。

⑫厹矛：三棱长矛。

⑬錞：矛戟柄末的平底金属套。

⑭蒙：画有杂乱的羽纹。

⑮伐：盾。

⑯苑：花纹。

⑰韔：弓囊。

⑱镂膺：在弓囊正面刻有花纹。

⑲闭：弓檠，是辅正弓弩的工具。

⑳绳：通"捆"。

㉑縢：缠束。

㉒厌厌：安静，和悦。

㉓秩秩：有礼节的样子。

译文

小小兵车浅车厢，五道皮革缠辕上。游环滑动控骖马，饰物不摇车稳当。虎皮垫子长车毂，各色马儿驾车上。想起我的好夫君，温和如玉多贤良。住在西戎木板房，让我心乱又忧伤。

四匹公马高又大，六条缰绳手间拿。青马红马在中间，黄马黑马驾两边。画龙盾牌合一处，缰绳套住白铜环。想起我的好夫君，性情温和住边关。哪年哪月是归期？叫我如何不思念！

披甲四马多协调，三棱矛杆白铜包。羽纹盾牌花纹美，虎皮弓袋雕花

巧。两弓交叉放囊中，竹制弓檠绳缠牢。想起我的好夫君，起卧不宁思如潮。温和安静好夫君，彬彬有礼德行高。

赏析

　　作为边塞战争的亲历者与见证人，戍边士卒在战争过程中的所见、所闻、所思是我们观察边塞战争的重要视角。征夫、思妇以他们真实的经历、丰富的感情对边塞战争做出的评判，是那个时代中下层人民群体意识的集中体现。

　　这首《小戎》描绘了春秋时期秦国战士踊跃从军的豪迈气概。诗中繁难字较多，众多的繁难字被用来一而再、再而三地刻画战车、战马及兵器的精良华美，可见秦人对从军打仗所持有的激昂态度。诗中先写兵车，后写战马，再写兵器，反复地渲染其精美华贵。全诗虽未明言心上人的仪容，但这位姑娘所爱慕的儿郎的威仪已经宛然在目。在盛大的军容和森严的兵阵中，却点缀着这样一句经典的柔情诗句"言念君子，温其如玉"，让肃杀的场景中增添了一丝温情色调。爱情的力量是强大的，它所带来的温暖与慰藉能够让人的内心愈加坚强。爱慕之人远在战场，女子心中纷乱不安，却又毫无怨言，整首诗溢出阵阵阳刚之气，与后世思妇的断肠之曲大异其趣。诗中虽叙写了思念的深切，但更多的是赞美，并以此来反衬思念之深。尤其是结尾句"厌厌良人，秩秩德音"，更是直接道出社会对她所爱恋男子的高度评价，女子也发自内心以此为慰藉。在本诗中，女主人公虽珍视爱情，心中却依然以国家为重。她期待着自己深爱的丈夫建功立业，胜利归来。

　　全诗格式相同，但内涵不同，状物言情，极为巧妙，使得全诗章法井然有序而不呆板。

豳风·东山①

原文

我徂②东山，慆慆③不归。我来自东，零雨其濛。我东曰归，我心西悲。制彼裳衣，勿士行枚④。蜎蜎⑤者蠋⑥，烝⑦在桑野。敦⑧彼独宿，亦在车下。

我徂东山，慆慆不归。我来自东，零雨其濛。果臝⑨之实，亦施⑩于宇⑪。伊威⑫在室，蠨蛸⑬在户。町畽⑭鹿场，熠耀⑮宵行。不可畏也，伊可怀也。

我徂东山，慆慆不归。我来自东，零雨其濛。鹳⑯鸣于垤⑰，妇叹于室。洒扫穹窒⑱，我征聿⑲至。有敦瓜苦，烝在栗薪。自我不见，于今三年。

我徂东山，慆慆不归。我来自东，零雨其濛。仓庚⑳于飞，熠耀其羽。之子于归，皇驳㉑其马。亲结其缡㉒，九十其仪㉓。其新㉔孔嘉㉕，其旧㉖如之何？

注释

①东山：当时军士戍守的战地。在今山东省境内，周公伐奄驻军之地。
②徂：往，到。
③慆慆：长久。
④行枚：古代行军时，横衔于口中的小木棍，用来防止出声。
⑤蜎蜎：蠕动的样子。
⑥蠋：一种野蚕。
⑦烝：久。
⑧敦：缩成一团。
⑨果臝：葫芦科植物，一名栝楼。臝是"裸"的异体字。
⑩施：移。

⑪宇：屋檐。

⑫伊威：虫名。椭圆而扁，多足，灰色，今名土虱，居于潮湿的地方。《本草》一作"蛜蝛"。

⑬蠨蛸：喜蛛。

⑭町畽：野外。

⑮熠耀：闪闪发光。

⑯鹳：鸟名，涉禽类，形似鹤，又名冠雀。民间称其为"老等"，因其常在水边伫立，等待游鱼。

⑰垤：土堆。

⑱穹窒：完全堵塞。

⑲聿：语气助词，有"将要"的意思。

⑳仓庚：黄鹂。

㉑皇驳：指马毛色黄白相间或毛色不纯。

㉒缡：佩巾。古代女子出嫁，由母亲将佩巾系在女儿身上，所以结婚又称为结缡。

㉓九十其仪：形容婚礼仪式盛多。

㉔其新：指新婚。

㉕孔嘉：很美好。

㉖其旧：指老夫妻。

译文

自我远征到东山，一别家乡好几年。我从东方来，小雨迷蒙落下来。才说要从东山归，心儿西飞奔家乡。家常衣裳缝一件，不再行枚把兵当。野蚕蠕动树上爬，久在田野桑林中。缩成一团独自睡，睡的地方在车下。

自我远征到东山，一别家乡好几年。我从东方来，小雨迷蒙落下来。栝楼藤上结了瓜，藤蔓爬到屋檐下。屋内潮湿生土虱，喜蛛做网拦门挂。野外鹿迹有深浅，萤火虫闪闪发光芒。家园荒凉不可怕，越是如此越想家。

自我远征到东山，一别家乡好几年。我从东方来，小雨迷蒙落下来。鹳在土堆上轻鸣，我妻在房长叹息。打扫房子堵鼠洞，盼我早早回家转。团团葫芦剖两半，撂在柴堆没人管。不见家中旧物件，算来到今已三年。

　　自我远征到东山，一别家乡好几年。我从东方来，小雨迷蒙落下来。黄鹂正飞翔，翅儿闪闪映太阳。那人过门做新娘，迎亲骏马白透黄。娘为女儿结佩巾，婚仪繁缛多过场。新娘真够美，夫妻重逢会怎样？

赏 析

　　读这类长诗，首先，要通过名物训诂来理解字、词、句之意；其次，要了解它的思想内容；最后，要看它表现内容的形式手法。从内容上看，这篇属于行役诗。行役有兵役、劳役、事役。行役在当时给民众的身心带来巨大压力，以此为题材的作品所反映的史实，具有广泛的社会意义。行役诗在《诗经》中占有重要的地位。这首诗写主人公从军出征，长达三年之久才得以返乡，表现了主人公悲喜交加的心情。

　　这篇长诗分为四章。每章都是以"我徂东山"等四句为开头，看似简单的重复，实则层层推进，更增强了诗的音乐性和节奏感，使感情得以尽情抒发。第一章写将归，第二章写归途，第三章写归家，第四章写归后，全诗以重叠的前四句为总纲。从"徂东山"到"来自东"，是从"不归"到归"来"，也是从过去到现在，这长达三年的时间，主人公的思绪如细雨般纷杂不断，而长期的苦闷和当前的喜慰，尽在不言中。第一章，刚展示征人细雨夜归来，思想就转到对过去的回忆画面中。首先，回忆将归时的心情：决定回去了，面向着西方心里生出伤感。没有亲身的感受，是体会不到这一点的。没有希望，人会绝望；面对眼前的希望，情绪不由得波动起来。于是，他从内心发出了愿望：从今以后，再也不要服军役了！然后，视角转向征人的生活，写将士们像蚕一样久居在田野桑林中，蜷缩睡在兵车下，让人不禁感到心酸。第二章写征人归途中所看到的荒凉景象：栝楼、土虱、喜蛛，以及鹿迹与萤火虫，一幅幅画面，展现出一片凄凉的景象。但征人并没有因此害怕，越是想到荒凉的景象，越是激发对回家的渴望！第三章的首四句和后

八句，紧密相连。一个画面是细雨归人，另一个画面是"鹳鸣""妇叹"。叹妇每天打扫屋舍，等待征人归来。而"有敦瓜苦"之句，道出了在征人服兵役期间，妻子由于无人照顾所受之苦。在悲喜交加的情况下，千言万语，无从说起，只是一句："自我不见，于今三年。"语句看似平淡，却意味深长。第四章是写战争结束后，人们迎来了和平，征人返家后的情景。黄鹂闪耀着美丽的羽毛飞翔，返家的年轻人纷纷结婚。女子出嫁，新郎迎亲，仪式隆重，热闹非凡，一片欢乐！诗人笔锋一转，用反问语气说"其新孔嘉，其旧如之何"，新婚诚然是美好的，但那久别重逢的旧夫妻，不是更感到无比的欣慰吗？征战给人们带来痛苦，人们渴望和平。这里没有直接歌颂和平，而是歌颂为取得和平而付出代价的人，这才是最切实、最真挚的歌颂。

这首抒情诗通过所见、所闻、所感、所想，抒发了由切身经历所产生的思想感情。这首诗所描写的画面是从全部回忆中总结出来的。但诗的着笔点在第三章，在细雨蒙蒙中归家的那一刻，已是分别三年之久。"我徂东山"等四句，概括了出征的全过程；"我征聿至"一句，是转折点。从此往前推进，便有未归、将归、途中、到家各情景；以此再往下发展，便出现了远征归来后的新生活。

这首诗形象地描写了主人公所见到的事物，还描写了人物的意识活动。而意识活动，是精神面貌的依据，也是艺术作品的灵魂。诗人能如实地把所经、所见、所闻、所感、所想通过形象思维，具体地描述出来，这种创作手法是很难得的，我们可以从古人的思维中得到启发。

小雅·采薇①

原 文

采薇采薇，薇亦作止②。曰归曰归，岁亦莫③止。
靡室靡家，狎狁④之故。不遑⑤启居，狎狁之故。

采薇采薇，薇亦柔⑥止。曰归曰归，心亦忧止。
忧心烈烈，载饥载渴。我戍未定，靡使归聘⑦。
采薇采薇，薇亦刚⑧止。曰归曰归，岁亦阳⑨止。
王事靡盬⑩，不遑启处。忧心孔疚⑪，我行不来。
彼尔⑫维何，维常之华。彼路⑬斯何？君子之车。
戎车既驾，四牡业业⑭。岂敢定居？一月三捷⑮。
驾彼四牡，四牡骙骙⑯。君子所依，小人所腓⑰。
四牡翼翼⑱，象弭⑲鱼服⑳。岂不日戒㉑？玁狁孔棘㉒。
昔我往矣，杨柳依依㉓。今我来思，雨雪霏霏㉔。
行道迟迟，载渴载饥。我心伤悲，莫知我哀！

注 释

①薇：一种野菜。

②亦作止：亦，又。作，指薇菜冒出地面。止，语气助词，没有实义。

③莫：同"暮"，晚。

④玁狁：我国古代北方少数民族。

⑤遑：空闲。

⑥柔：软嫩。这里指初生的野菜。

⑦聘：问候。这里指家书。

⑧刚：坚硬。这里指野菜已长大变老。

⑨阳：指农历十月，也称"小阳春"。

⑩盬：止息。

⑪疚：忧伤。

⑫尔：花开茂盛的样子。

⑬路：辂，大车。

⑭业业：高大的样子。

⑮捷：交战，作战。

⑯骙骙：马强壮的样子。

⑰腓：隐蔽，掩护。

⑱翼翼：排列整齐的样子。

⑲弭：弓两头的弯曲处，代指弓。

⑳鱼服：用鱼皮制的箭袋。

㉑日戒：每日警惕戒备。

㉒棘：通"急"，危急。

㉓依依：茂盛的样子。

㉔霏霏：纷纷下落的样子。

译文

采薇菜啊采薇菜，薇菜刚刚长出来。说回家啊说回家，一年又快过去了。

没有妻室没有家，是因为狎狁来犯。没有空闲安定下，是因为狎狁来犯。

采薇菜啊采薇菜，薇菜初生正软嫩。说回家啊说回家，心里忧愁又烦闷。

心中忧愁像火烧，饥渴交加真难熬。我的驻防无定处，无法托人捎家书。

采薇菜啊采薇菜，薇菜已经变老了。说回家啊说回家，时间已是小阳春。

战事频繁没止息，没有空闲歇下来。心中忧伤且痛苦，回家只怕难上难。

茂盛艳丽什么花？棠棣开花真烂漫。又高又大什么车？将帅乘坐的战车。

兵车早已驾好了，四匹公马高又大。哪敢安然定居下？一月之内仗不停。

驾驭车前四公马，四匹公马真强壮。将帅靠它来征战，兵士用它来隐蔽。

四匹公马排整齐,鱼皮袋装象牙弓。每日岂能不警惕?狁猖狂情势急。

当初离家出征时,杨柳低垂枝依依。如今战罢回家来,雨雪纷纷漫天下。

行路艰难走得慢,饥渴交加真难熬。我的心中多伤悲,我的哀伤无人懂!

赏 析

这首诗描述了一位解甲退役的征夫在雨雪交加的返乡途中踽踽独行,脚下道路崎岖,又饥又渴。此刻,征夫遥望家乡,抚今追昔,万般思绪涌上心头。激烈的战争场面,屡次望归的情景,一幕幕重现眼前。诗人以一位戍卒的身份追忆咏叹,虽被划入《小雅》,却颇有《国风》的气韵。

全诗共六章,大体分为三部分。前三章为第一部分,采用倒叙的手法,追忆思归之情,叙述难归之故。这三章的前四句,采用重章叠词的形式,抒发了思乡归家的心情;随着时间的推移,这种归乡之情日益急切难忍。首句以采薇起兴,兴中兼赋。戍卒在荒野上采薇充饥的画面,反映了军旅生活的艰辛。士卒在边关的"采薇",同家乡女子的"采蘩""采桑"是不同的境遇。戍役生活不仅艰苦,还很漫长。诗中"作止""柔止""刚止"等词句,形象地刻画了薇菜从嫩芽破土,到幼苗柔嫩,再到茎叶枯老的生长过程,它与"莫止""忧止""阳止"前后呼应,表达了时间的流逝和戍边时间的漫长。"曰归曰归"即从春天盼归,直到秋天仍未归。这对时时有生命之忧的戍卒来说,不能不"忧心烈烈"。文中对戍役不归的问题做了详细的说明:远离故土,是因为狁之患;戍地不定,是因为战事频繁;等等。《汉书·匈奴传》说:"(周)懿王时,王室遂衰,戎狄交侵,暴虐中国。中国被其苦,诗人始作,疾而歌之曰:'靡室靡家,狁之故'云云。"这可以看作《采薇》创作的时代背景。面对战争的残酷,戍卒一方面是思乡情结;另一方面是抗争意识,具有"天下兴亡,匹夫有责"的

责任感。前三章的前后两层，思念亲人的个人情感和为国赴难的责任感相互交织。这种矛盾心理，成为全诗的情感基调，贯穿在整首诗中，只是每章所表现的具体思想有所不同。

　　第四章和第五章为第二部分，追述军容阵势与行军作战的紧张生活。军容雄壮，戒备森严，与第一部分形成鲜明对比，由忧伤的思归之情转为激昂的战斗之情，全篇气势为之一振。这两章也是四句一意，可分为四层。第四章前四句，采用自问自答的手法，以"维常之华"，兴起"君子之车"，高大的战车，气势雄伟，流露出军人特有的自豪感。后四句围绕战车描写战斗场面，概括性地描写了威武的军容和频繁的战斗。第五章前四句进一步描写了士卒们在战车的掩护和将帅的指挥下冲锋陷阵的场面。接下来四句描写将士们的装备，武器精良，战马强壮。将士们如此严阵以待，只因为狁实在猖獗，"岂不日戒？狁孔棘"，既反映了当时紧急的边关形势，又再次交代了久戍难归的原因。从全诗前后表现的矛盾情感来看，这位戍卒懂得舍小家为大家，具有识大体、顾大局的思想观念。

　　第六章为第三部分，诗中以景写情，情景交融，一股深邃的情思，通过画面自然流出，意味悠长。笼罩全篇的情感主调是征夫悲伤的归乡之情。征夫行走在归途中，迎来的是"雨雪霏霏"，瞬间从追忆中回到现实，随之陷入更深的悲痛之中。追昔抚今，不能不令"我心伤悲"。当初离家出征时，杨柳依依，是春天；如今战罢回家来，雨雪纷纷，已是冬季。这是写景记事，更是抒情伤怀。在这"今"与"昔"，"来"与"往"，"雨雪霏霏"与"杨柳依依"的情境变化中，戍卒深深体会到战争给人们带来的痛苦，体会到生活的虚耗、生命的流逝，以及战争对生活价值的否定。"行道迟迟，载渴载饥"两句描写戍卒在漫长的归途中，道途险阻，又饥又渴，步履蹒跚，眼前的困境又加深了他的忧伤。"行道迟迟"，戍卒归乡之心切，渴望尽快见到父母妻孥。一别经年，"靡使归聘"，生死两不知，所谓"近乡情更怯"，值此归家之际，必然会产生忧惧心理。然而，戍卒的遭遇，只有自己知晓，无人知

· 15 ·

道更无人安慰;"我心伤悲,莫知我哀",全诗在这孤独无助的悲叹中结束。这四句读来,不禁使人黯然神伤,从中体会到诗境深层的生命流逝感。

《采薇》这首诗没有直接叙述兵役给人们带来的痛苦,而是通过退役征夫归途的追述,集中表现戍卒久戍难归、忧心忡忡的内心世界,也反映了在当时的社会背景下,频繁的战争给人们带来的痛苦与伤感,从而抒发了当时人们对战争的厌恶。

小雅·祈父①

原 文

祈父!予王之爪牙。胡转予于恤?靡所止居。
祈父!予王之爪士。胡转予于恤?靡所厎②止。
祈父!亶③不聪。胡转予于恤?有母之尸饔。

注 释

①祈父:同"圻父",职掌封畿兵马的长官,即司马。
②厎:止。
③亶:确实是。

译 文

领兵官啊大司马!守卫王家的爪牙是我。为何调我到这险忧之地?把我害得奔走他乡。

领兵官啊大司马!我是守卫王家的武士。为何调我到这险忧之地?把我害得离家奔走无休止。

领兵官啊大司马！你确实是昏庸至极。为何调我到这险忧之地？有老母在家我却不能侍奉。

赏　析

《小雅·祈父》是周朝的王都卫士抱怨司马将军，抒发内心不满情绪的诗。按方玉润《诗经原始》"且自古兵政，亦无有以禁卫戍边者"语，又据古制，保卫王都的武士只负责都城的防务和治安，一般不外调去征战，所以才有《祈父》这首士兵抱怨的诗。

全诗三章皆以直呼"祈父"为开头，以质问的语气直抒胸臆，倾诉内心的怨恨，体现了武士心直口快、敢怒敢言的性格特征。开口便大呼"祈父！"接着厉声质问道："胡转予于恤？靡所止居。"第二章加强了语气，重复宣泄这种不满情绪，"靡所厎止"，无休止地奔走，有家不能回，愤怒得到升华。第三章武士直接怒斥司马"亶不聪"，痛斥司马不按规矩办事，"为何调我到这险忧之地？有老母在家我却不能侍奉"。在这里，武士已经出离愤怒了，从质问变为对司马不能体察下情的斥责。朱熹《诗集传》引吕祖谦语说"古者有亲老而无兄弟，其当免征役，必有成法，故责司马之不聪"，方玉润《诗经原始》径直说："禁旅责司马征调失常也。"武士道出了自己怨恨的原因和不能毅然从征的苦衷，即家中有老母，得不到侍奉。《毛诗序》说："《祈父》，刺宣王也。"与其说武士对司马愤恨，不如说是对宣王不满。周宣王之时战争频繁，时常征兵，连卫士都被征去作战，人们生活不安宁，给他们带来极大的痛苦。

这首诗三次直呼斥责，情绪激烈，直抒胸臆，快人快语，直露实情，亦不失为有特色之作。

大雅·常武

原文

赫赫①明明，王命卿士②。南仲大祖③，大师④皇父⑤："整我⑥六师⑦，以修⑧我戎⑨。既敬⑩既戒，惠⑪此南国⑫。"

王谓尹氏⑬，命程伯休父⑭："左右陈行⑮，戒⑯我师旅。率彼淮浦，省⑰此徐⑱土。不留不处⑲，三事⑳就绪。"

赫赫业业㉑，有严天子㉒。王舒保作㉓，匪绍㉔匪游。徐方绎骚，震惊徐方。如雷如霆，徐方震惊。

王奋厥武㉕，如震如怒。进厥虎臣，阚如虓㉖虎。铺敦淮濆㉗，仍执丑虏。截彼淮浦，王师之所。

王旅啴啴㉘，如飞如翰㉙，如江如汉，如山之苞，如川之流，绵绵翼翼，不测不克，濯征徐国。

王犹允塞，徐方既来。徐方既同，天子之功。四方既平，徐方来庭。徐方不回，王曰还归。

注释

①赫赫：盛大威武的样子。

②卿士：西周王朝的执政官，犹如后世的宰相。

③南仲大祖：南仲在太祖庙接受任命。南仲，人名，周宣王的大臣。大祖，指太祖庙。

④大师：太师，官名，主管军事。

⑤皇父：人名，周宣王的大臣。

⑥我：周宣王的自称。

⑦六师：指六军。

⑧修：整治。

⑨戎：军队，一说兵器。

⑩敬：通"儆"，警戒。

⑪惠：加恩。

⑫南国：指南方诸国。

⑬尹氏：官名，掌卿士之官。一说指尹吉甫，为内史官。

⑭程伯休父：封邑在程邑（今陕西省咸阳市东）的伯爵，休父是其名，周宣王的大臣，当时任大司马。

⑮陈行：列队。

⑯戒：告诫。

⑰省：巡视，征讨的美称。

⑱徐：国名，故城在今安徽省泗县北。

⑲不留不处：不滥杀也不居留。"留"借作"刘"，杀。处，居住。

⑳三事：指农、工、商。

㉑业业：举止有威仪的样子。

㉒有严天子：威严的天子。

㉓王舒保作：言宣王出兵伐徐，是为了保住王室之福。舒，徐缓。一说图谋。保，安。作，与"祚"通，福也（用高亨说）。

㉔绍：缓。

㉕王奋厥武：周王发扬其军威。

㉖虓：虎啸。

㉗渍：河边的高地。

㉘啴啴：众多的样子。

㉙翰：长而硬的鸟羽，指鹫鸟，比喻速度快。

译文

威武英明周宣王，命令卿士征徐方。南仲在太祖庙接受任命，又任命皇父做太师："整顿六军振士气，整治弓箭和刀枪。告诫士卒不要打扰百姓，平定安抚此南邦。"

王命尹氏传下话，策命休父任司马："士卒左右分开站好队，训诫六军早出发。沿着淮水岸边走，巡视徐国的国土。不必滥杀不居留，农、工、商业均如常。"

威仪堂堂气概昂，神圣威严周宣王。为了保住王室福，不敢延缓不游逛。徐国听后大骚乱，王师威力震徐邦。声势恰似雷霆轰，徐国军队已惊慌。

宣王奋发其军威，就像雷霆在发怒。冲锋兵车先进军，吼声震天如猛虎。大军列阵淮水岸，捉获了敌方的战俘。切断徐兵溃逃路，王师在此安营寨。

王师众多气势盛，行动快得像飞鸟，好比江汉水流长，好比青山难摇撼，好比洪流不可挡，连绵不断声威壮，神出鬼没难估量，大征徐国定南方。

宣王计划真恰当，徐国已经来归降。徐国既然称了臣，建立功勋是我王。四方诸侯既平靖，徐国之君来廷见。徐国从此不敢叛，王命班师回周邦。

赏析

这首诗题目特别，《诗经》大多是以第一句或诗中某一词作为题目，而"常武"一词非该诗中之词，所以对此诗题的意义后人众说纷纭。如《毛诗序》认为其意是"有常德以立武事，因以为戒然"；朱熹《诗序辨说》在此基础上进一步认为"盖有二义：有常德以立武则可，以武为常则不可，此所以有美而有戒也"；方玉润《诗经原始》认为"常武"是乐名，他说："武王克商，乐曰《大武》，宣王中兴，诗曰《常武》，盖诗即乐也。"近代有人提出古时"常""尚"通用，"常武"即尚武，正符合此诗的宗旨。

此诗共六章，内容是对周宣王率兵亲征徐国，平定叛乱，取得重大胜利的赞美。这首诗是按照事件的发展过程来叙述的：第一章写出征前，宣王委命将帅并部署战备任务；第二章写宣王通过尹氏向程伯休父下达作战

计划。诗人用极为简单的概括，将这两章史实记述得很清楚；用最简洁的笔法，表达出周宣王对这场战争已谋划周详。

第三章写出征。诗人先从"我方"着笔：天子亲征，声威浩大，从容前进；战士行军，步伐稳健，勇往直前，充满胜利在望的坚定信心。然后再描写敌方：徐方得知王师出征，阵容骚乱，百姓惊恐，如五雷轰顶，大惊失色。敌我两方，一方镇定从容，一方惊慌失措，两者形成鲜明对照，以此烘托出王师的声威和所向无敌的气势。

第四章写王师进伐徐国。诗人以天怒雷震，比喻周王奋扬神威之势；以猛虎怒吼，比喻官兵勇敢无敌之势，极力突出王师惊天动地的气势。以此击徐，如同泰山压顶，攻无不克。王师快速占领了淮河腹地，切断了徐兵的退路，还捕获了大批战俘，进而占领此地，为剿灭敌人做准备。此章八句，前用比喻，后用赋，寥寥几笔把进军的形势勾勒出来，充分显示出王师的胸有成竹，战无不胜。

第五章赞美王师的声威。诗人满怀激情，巧妙用山河、江水、飞鸟等比喻，采用串联、排比，动静结合、虚实相间的手法来描写王师军势之盛、战斗力之强，并歌颂王师具有席卷宇内、气吞山河的气势。这是全诗最精彩的部分。

第六章写平定徐国后，王师凯旋，归功于天子。诗人首先颂扬宣王决策英明，再说胜利是"天子之功"，最后写到王下令"还归"，叙述得井然有序。"王曰还归"呼应篇首"王命卿士"，一方面反映今日胜利的踌躇满志；另一方面表现昔日大敌当前的凝重心境，前后对照鲜明，首尾相连，结构完整。此章造句颇奇特，连用四个"徐方"，如方玉润《诗经原始》所述："'徐方'二字回环互用，奇绝快绝！"诗人反复提出"徐方"，正显出对这次平徐胜利的特别重视与喜悦。

这首诗结构严整，格调严肃，与诗中表现的重大历史事件严格统一，很好地营造了全篇的气氛，述事清晰稳重，诗篇有气魄，有力度，有真实感。

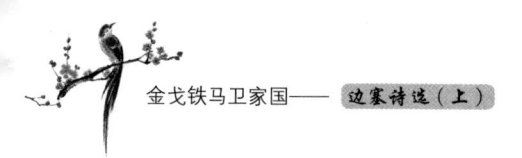

屈 原

屈原（约前340—约前278年），名平，字原，芈姓，屈氏，是楚武王熊通之子屈瑕的后代，为楚国贵族。屈原是战国时期楚国的诗人和政治家，历经楚怀王和楚顷襄王两朝，博学多才，胸怀大志，曾官拜左徒、三闾大夫等职。他对内主张修明法度，举贤任能，改革政治，施行"美政"；对外主张联齐抗秦。后遭到陷害，被长期流放。公元前278年，楚国国都被秦国攻破，屈原满怀悲愤绝望，投汨罗江而死。他的作品主要保存于汉代刘向、刘歆编定的《楚辞》中，其中《离骚》是他的代表作。

国 殇①

原 文

操吴戈②兮被犀甲③，车错毂④兮短兵⑤接。
旌蔽日兮敌若云，矢交坠兮士争先。
凌⑥余阵兮躐⑦余行，左骖殪⑧兮右刃伤。
霾两轮兮絷四马⑨，援⑩玉枹⑪兮击鸣鼓。
天时怼⑫兮威灵⑬怒，严杀⑭尽兮弃原野。
出不入兮往不反，平原忽兮路超远。
带长剑兮挟秦弓，首身离兮心不惩。
诚既勇兮又以武，终刚强兮不可凌。
身既死兮神以灵⑮，魂魄毅兮为鬼雄。

注 释

①国殇：为国家战死的战士。对于在战争中阵亡的青年，国家是他们的

祭主，因此称作国殇。

②吴戈：比喻武器精良。吴地冶炼技术发达，出产的戈尤其锋利。

③犀甲：用犀牛皮做的铠甲。

④毂：车轮的轴。

⑤短兵：近距离使用的作战兵器。

⑥凌：侵犯。

⑦躐：踩蹭，踩踏。

⑧殪：死。

⑨"霾两轮"句：把兵车的两轮用土封住，使之无法转动；把战马的腿用绳绊住，让它不能动弹，以此激励士气。此处指在敌军的强大攻势下，楚军还是英勇奋战，坚守阵地，毫不退缩。另一种说法是车轮掉入污泥，战马跌绊在地，形容战事很激烈。霾，"埋"的假借字。这句是用了古时候的一个战术用语，《孙子·九地》："方马埋轮。"曹操注："方，缚马也；埋轮，示不动也。"这里的"絷马"是指《孙子》所说的"方马"。

⑩援：拿着，拎起。

⑪枹：通"桴"，敲鼓用的槌子。

⑫怼：怨恨。

⑬威灵：有法力的神灵。

⑭严杀：残酷杀戮。

⑮神以灵：指死后有知，灵魂尚在。神，指精神。

译文

手拿着吴戈啊，身穿着犀甲，战车轮毂交错啊，短兵器相拼杀。
旌旗遮日啊，敌兵多如云，箭矢交互坠落啊，战士冲向前。
敌侵我阵地啊，践踏我队形，驾辕左马死啊，右马又受伤。
战车两轮陷啊，战马被羁绊，战士举鼓槌啊，击鼓声震天。
上天怨恨啊，威灵皆愤怒，战士被残杀啊，尸体弃荒原。
英雄们此去啊，就没打算再回还，原野空茫茫啊，路途太遥远。

佩带着长剑啊,夹持着秦弓,即使身首已分离啊,忠心也永不变。
战士真勇敢啊,武力又威猛,始终刚强不屈啊,士气不可侵。
将士身虽死啊,灵魂永世存,你们的魂魄啊,在鬼中称英雄。

赏析

《国殇》是战国时期楚国诗人屈原的作品,是颂悼为国捐躯的楚国将士的诗歌。在这篇诗歌中,诗人歌颂了楚军将士誓死报国的英雄主义精神。

开篇四句为第一部分,直接将激烈、残酷的战争场景展现在人眼前。从"旌蔽日兮敌若云"的描绘中可知,这是一场敌众我寡的战斗。但楚军不畏强敌,短兵相接,在危险时刻冒死争先,与敌军展开了殊死的搏斗。这一部分虽然字数不多,但内容丰富,笔法灵活,以全景式的描绘,展现出了一幅刀光剑影、杀声阵阵的惨烈场景。

"凌余阵兮躐余行"以下六句为第二部分,诗人采用典型描写的手法,具体刻画了一队楚军将士壮烈殉国的英勇场面:敌军侵入阵地,双方战车交错,车轮陷入泥土中,战马非死即伤,一位战士拿起鼓槌,擂鼓助阵,激励战友们绝地反击。这种决死的精神感动上天神灵,使其为之震怒,但因寡不敌众,最终全部壮烈牺牲,捐躯疆场。诗人将殊死恶战的场面,描绘得栩栩如生,极富感染力。

"出不入兮往不反"以下八句为第三部分,诗人以饱含激情的语言,对壮烈殉国的将士给予了高度的赞扬。他们抱着一去"不反"的决心、视死如归的精神奔赴战场,不仅显其悲,更显其壮。

全诗节奏紧张,气氛浓烈,悲壮激越。战争场面壮阔生动,人物形象英武豪迈。这种献身精神也是屈原内心世界的真实写照。此诗对后世的边塞诗产生了很大的影响。

曹　操

　　曹操（155—220年），字孟德，小字阿瞒，沛国谯县（今安徽省亳州市）人。东汉末年杰出的政治家、军事家、文学家。在政治方面，曹操于东汉末年的军阀混战中，"挟天子以令诸侯"，基本统一中国北方地区，奠定了曹魏立国的基础。官至汉丞相，封魏王，魏文帝称帝后追尊他为武皇帝，即魏武帝，庙号太祖。在文学方面，曹操戎马一生，手不释卷，登高必赋。其诗歌以四言诗为主，善用乐府旧题写时事，诗风悲凉慷慨，纵横豪迈。与其子曹丕、曹植三人被后人合称为"三曹"。以他们为代表的建安文学，史称"建安风骨"，在文学史上留下了光辉的一笔。作品有《魏武帝集》传世。

却东西门行①

原文

鸿雁出塞北②，乃在无人乡。
举翅万余里，行止自成行③。
冬节食南稻④，春日复北翔。
田中有转蓬⑤，随风远飘扬。
长与故根绝，万岁不相当⑥。
奈何此征夫，安得⑦驱四方⑧？
戎马不解鞍，铠甲不离旁。
冉冉⑨老将至，何时返故乡？

神龙藏深泉，猛兽步高冈⑩。

狐死归首丘⑪，故乡安可忘！

注释

①《却东西门行》：乐府有《东西门行》，此诗加一"却"字，有人认为表示曲调的变化。

②塞北：指长城以北，亦泛指我国北方地区。

③"举翅"二句：指鸿雁展翅高飞万余里，无论是飞行还是休息，都能保持阵形不变。行止，飞行或栖止。

④食南稻：指到南方求食。

⑤转蓬：随风飘转的蓬草，这里比喻征夫长期背井离乡的漂泊生活。

⑥相当：相遇，相逢。当，遇。

⑦安得：表反问的疑问代词，当"怎能"讲。

⑧驱四方：奔走四方。

⑨冉冉：渐渐地，形容时光渐渐流逝。屈原《离骚》中有"老冉冉其将至兮，恐修名之不立"之句。

⑩"神龙"二句：以神龙与猛虎各得其所反衬征夫的漂泊不定。泉，本为"渊"字，避唐高祖李渊讳改。兽，本为"虎"字，避唐高祖李渊父亲李虎讳改。

⑪"狐死"句：屈原《九章·哀郢》中有"狐死必首丘"之句。据说狐狸不论死在何处，其头都朝着自己窠穴的方向，意思是至死都不忘故乡。

译文

鸿雁出生在边远的塞北，那是荒凉无人的地方。

大雁展翅高飞万余里，无论是飞行还是休息，都能保持阵形不变。

每到冬季的时候就往南方求食，春天一到它们再飞回北方。

田野中随风飘转的蓬草，总是四处飘扬。

长期与自己的根断绝，经历万年也不能相遇。
可怜的远征之人，怎能离开家乡奔走四方？
战马长年不卸鞍，铠甲从不离开身旁。
时光流逝，人渐渐衰老了，什么时候才能回到故乡？
神龙藏身于深渊之中，猛兽漫步在高冈之上。
狐狸死时头都朝着自己窠穴的方向，自己的故乡怎能忘！

赏 析

这是一首五言古诗，是曹操的晚年之作。主要写战乱连连，征夫久戍不归，表达强烈的思乡情怀。

本诗分四层，首六句为第一层，采用比兴的手法，以"鸿雁""冬节""南稻"与"春日""北翔"作比，说明"鸿雁"冬天远飞离开"万余里"，春天来临，仍能严守节令，又往北飞，不离故土。表达了一种人不如雁的悲凉之情，亦是诗中的第一层铺垫。"田中有转蓬"以下四句为第二层，再以蓬草的形象作比，比喻漂泊不定的征夫，又是铺垫，引出下文六句，即第三层——对"征夫"的相似命运的叹息：四处征战，戎马倥偬，老之将至，不见归期。其中"何时返故乡"的反诘，将"征夫"思乡不得归的情怀和盘托出，悲怨的情感更加强烈。"神龙藏深泉"以下四句为第四层，本来前三层已可结束，但诗人意犹未尽，又将笔墨宕开，以"神龙""猛兽"以及"狐死归首丘"作比，来说明动物尚且如此，何况人呢？一句"故乡安可忘"，道出了征夫强烈的思乡之情，使情感的抒发达到最高潮。

此诗在结构上大开大合，多用比兴，层层铺垫，形象鲜明，处处充满悲凉之情。此诗境界阔大，如用"无人乡""万余里""驱四方"写空间，用"冬节""春日""万岁"等写时间，可见诗人胸襟之宽阔，诗绪之飞扬。语言风格朴实自然，清浅切当，具有豪迈纵横的特点。

步出夏门行[1]·观沧海[2]

原文

东临碣石[3],以观沧海。
水何澹澹[4],山岛竦峙[5]。
树木丛生,百草丰茂。
秋风萧瑟,洪波[6]涌起。
日月之行[7],若出其中;
星汉[8]灿烂,若出其里。
幸甚至哉!歌以咏志[9]。

注释

[1]《步出夏门行》:汉乐府曲调名。郭茂倩《乐府诗集》卷三七《相和歌辞·瑟调曲》:"《陇西行》,一曰《步出夏门行》。"夏门,即汉代洛阳北面西头的城门,魏晋时称作大夏门。此诗为曹操建安十二年(207年)北征乌桓时作。共四解,《观沧海》为第一解。

[2]沧海:古代对东海的别称。

[3]碣石:碣石山,一说在今河北省昌黎县,一说在今冀东一带,已沉于海中。

[4]澹澹:水波荡漾貌。

[5]竦峙:耸立、挺立的样子。

[6]洪波:巨大的波涛。

[7]日月之行:指太阳、月亮的运转。

[8]星汉:天河,银河。

[9]"幸甚"二句:这两句是乐工合乐时加上去的,与正文无关。

译文

向东行登上高高的碣石山,眺望那苍茫的大海。
宽阔的海面上水波荡漾,海中山岛高耸挺立。
山岛上树木丛生,各种奇花异草生长得很茂盛。
萧瑟的秋风吹动草木,海中翻涌着巨大的波涛。
太阳和月亮的运行,好像出没于大海之中;
灿烂的银河星光,好像是从这大海里发出来的。
何其幸运啊!能用这首诗歌来抒发自己的志向。

赏析

《观沧海》选自《乐府诗集》,这是乐府诗《步出夏门行》中的第一章。此诗是四言写景诗,开篇"东临碣石,以观沧海"两句,是说诗人于深秋时节登临碣石山观望大海,点明了"观沧海"的位置。以"观"字统领全篇,居高临下,视野辽阔,大海的壮阔景观尽收眼底,体现了这首诗意境开阔、气势雄放的特点。接下来六句诗描写沧海景象,有动有静,如"水何澹澹"与"秋风萧瑟,洪波涌起"写的是动景;"山岛竦峙"与"树木丛生,百草丰茂"写的是静景。"水何澹澹,山岛竦峙"是望海远观初见的景象,在海面上,有高耸挺立的山岛。这种描写有点儿像绘画的轮廓。"树木丛生,百草丰茂"二句是对山岛风景的具体描写,树木花草丰茂,体现生命在大海中的山岛之上孕育。接下来"秋风萧瑟,洪波涌起"两句,描写眼前瞬间的变化,萧瑟的秋风吹动树木,"澹澹"的海面"洪波涌起"。从"澹澹"到"涌起",说明前后的变化,也是对社会动荡、天下不宁、人生短暂的深沉忧虑。但诗人面对萧瑟秋风,极写大海的辽阔壮美,山岛高耸挺拔,孕育着丛生的草木,没有丝毫感伤的情调。这种新的境界,新的格调,表现出诗人积极进取、总揽天下的乐观精神,反映了他志在千里的胸襟。"日月之行,若出其中;星汉灿烂,若出其里。"这几句显示了诗人卓越的想象力,描写了大海的辽阔、深邃,以及它所拥有的无限的生

命力，表现出诗人博大的胸襟、宏大的抱负。"幸甚至哉！歌以咏志。"这是合乐时加上的，与全诗主题没有直接关系。

《观沧海》是全篇写景的诗作，没有直抒胸臆的感慨之词，但诵读全诗，仍能令人感到诗人的主观情怀。通过诗人对大海波涛汹涌、吞吐日月的壮观景象的生动描绘，显示了积极进取，立志统一国家的雄伟抱负和博大胸襟，以及叱咤风云的气概和自信心，同时也使读者触摸到了诗人在典型环境中思想感情的流动。全诗创造了情景交融、意蕴深沉，令人回味无穷的艺术境界。全诗语言质朴，想象丰富，气势磅礴，苍凉悲壮。

曹　丕

曹丕（187—226年），即魏文帝，字子桓，沛国谯县（今安徽省亳州市）人，曹操次子。曾任五官中郎将、副丞相。建安二十五年（220年）代汉献帝自立为帝，国号魏，改元黄初，在位七年去世。曹丕天资文藻，下笔成章，博闻强识，才艺兼该，是建安文学的代表作家之一。其所作《典论·论文》是中国最早的一篇文学专论，提出文章是"经国之大业"和"文以气为主"等观点。他的《燕歌行》是最早的一首七言诗，在诗歌史上被誉为"七言之祖"。作品有《魏文帝集》传世。《三国志·魏书》卷二有本纪。

燕歌行①

原　文

秋风萧瑟天气凉，草木摇落露为霜②。
群燕辞归雁③南翔，念君客游多思肠④。
慊慊⑤思归恋故乡，君何淹留⑥寄他方？
贱妾茕茕⑦守空房，忧来思君不敢忘，不觉泪下沾衣裳。
援琴⑧鸣弦⑨发清商⑩，短歌⑪微吟不能长。
明月皎皎⑫照我床，星汉西流夜未央⑬。
牵牛织女遥相望，尔⑭独⑮何辜⑯限河梁⑰？

注　释

①《燕歌行》：郭茂倩《乐府诗集》卷三二引《乐府解题》载："晋

乐奏魏文帝《秋风》《别日》二曲，言时序迁换，行役不归，妇人怨旷无所诉也。"又引《乐府广题》载："燕，地名也，言良人从役于燕，而为此曲。"

②"秋风"二句：语出宋玉《楚辞·九辩》中的"萧瑟兮草木摇落而变衰"之句。萧瑟，即风声。摇落，即凋残。

③雁：一作"鹄"，指天鹅。

④多思肠：《文选》作"思断肠"。意思是妻子在家思念远行的丈夫。

⑤慊慊：怨恨、不满的样子。

⑥淹留：羁留，逗留。

⑦茕茕：孤独无依的样子。

⑧援琴：弹琴。

⑨鸣弦：拨动琴弦。

⑩清商：曲调名，其调凄清悲凉，节奏短促。

⑪短歌：音节短促之歌。

⑫皎皎：明亮貌。

⑬夜未央：夜还未尽。

⑭尔：你，这里指牛郎织女。

⑮独：偏偏。

⑯何辜：何罪。

⑰限河梁：被银河阻碍。

译文

秋风萧瑟，天气凄凉，草木零落，白露凝霜。

看到燕群辞归，大雁南飞，思念远行的丈夫啊，我肝肠寸断。

想象着你哀怨地怀念故乡的样子，你为什么逗留他乡不回来？

我孤独地守着闺房，忧愁的时候思念君啊，我不敢忘怀，不知不觉中流下眼泪，打湿了我的衣裳。

拿过古琴拨动琴弦，却发出凄清悲凉的声音，短歌轻吟，却由于心中

的伤悲，无法弹下去。

明亮的月光映照在我的床上，天上的银河已流转到西方，忧心未眠夜还未尽。

牵牛星与织女星远远地互相守望，你们究竟有什么罪啊，为何被银河阻碍？

赏析

《燕歌行》是乐府曲调旧名，为历来边塞乐府常用的题目之一，用来咏唱征人和思妇的相思离别之情。曹丕沿袭原有曲调和主题，重撰其词，抒写离乱时代思妇的哀怨。这首《燕歌行》是我国文学史上现存的第一首完整的七言诗，在诗歌发展史上有独特的地位。

此诗真切而细腻地再现了一个独守空闺的女子对丈夫的深切思念之情。"秋风萧瑟天气凉"以下四句，以景写情，直入人心。前三句以秋景的萧瑟引出主人公心境的凄凉，因此第四句由景及人，渲染思妇的孤独寂寞，表达出断肠之悲。"慊慊思归恋故乡"以下五句，设想丈夫在戍边时思念故乡，盼望归来，但不知为何"淹留"不归，而自己的忧思无法排解，不由"泪下沾衣裳"，将思妇的担忧、牵挂、思恋写得深刻缠绵，委婉动人。"援琴鸣弦发清商"以下两句，写思妇想用弹琴来排忧解难，但深长的思念使她无心弹下去，更加哀愁。故引出结尾"明月皎皎照我床"四句。由于哀愁之情深长无尽，思妇彻夜难眠，眼前只有清冷的"明月"相伴；仰望长空，只见"星汉西流"。由银河想到牛郎织女的故事，以此表述自己的遭遇与处境，不知是谁之过。诗末用反问语结束，给读者留下了无尽的思考，更显诗境的意味深长。

此诗情景交融，直抒胸臆，语言浅显清丽，一韵到底，音节流畅婉转，成功地表现了思妇的无限哀怨之情。抒情真实纯正，感情浓烈，深婉细腻，表现了诗人对长期战争给人民带来的苦难的深切同情。

曹植

曹植（192—232年），字子建，沛国谯县（今安徽省亳州市）人，一说出生在今山东省莘县，一说出生在今山东省鄄城县。曹植是曹操与卞后所生第三子，魏文帝曹丕同母弟。曹植曾封陈王，谥"思"，世称"陈思王"。他自幼博学多才。曹植的一生，以曹丕称帝为标志，分为前后两期。前期备受曹操宠爱，诗文主要描写安逸的生活和抒发建功立业的雄心壮志，也写一些反映时局动乱、人民苦难的诗歌；后期遭受曹丕与曹叡父子压迫，诗文风格转为悲凉、深沉，主要抒写壮志难酬的慷慨不平之气，以及求愿个人得到自由解脱的心境。其代表作有《洛神赋》《白马篇》《七哀诗》等。后人因其文学成就，将他与曹操、曹丕合称为"三曹"。其诗以笔力雄健见长，有集三十卷，已佚，传世的《曹子建集》为宋人所编，存诗八十余首。

白马篇①

原文

白马饰金羁②，连翩③西北驰。
借问谁家子，幽并④游侠儿。
少小去乡邑，扬声沙漠垂⑤。
宿昔秉良弓，楛矢何参差⑥。
控弦⑦破左的⑧，右发摧⑨月支⑩。
仰手⑪接⑫飞猱⑬，俯身散⑭马蹄⑮。
狡捷过猴猿，勇剽⑯若豹螭⑰。
边城多警急，虏⑱骑数迁移⑲。

羽檄[20]从北来,厉马登高堤[20]。
长驱[21]蹈[22]匈奴[23],左顾陵[24]鲜卑[25]。
弃身[26]锋刃端[27],性命安可怀[28]?
父母且不顾,何言子与妻?
名编壮士籍[29],不得中顾私[30]。
捐躯赴国难,视死忽[31]如归。

注 释

①《白马篇》：属汉乐府《杂曲歌辞·齐瑟行》，无古辞，以开头二字为篇名，为曹植所创。《太平御览·兵部》引本诗，因写边塞游侠，题名又作《游侠篇》。

②金羁：金饰的马笼头。

③连翩：鸟结伴而飞的样子，这里指骏马飞奔的样子。

④幽并：幽州和并州。幽州大概在今河北省北部和辽宁省南部，并州大概在今河北省、山西省和内蒙古自治区一带。史书上称这里的人民"好气任侠"。

⑤"少小"两句：这两句的意思是，年少时就离开家乡，为保家卫国而扬名边疆。扬声，扬名。垂，通"陲"，边疆。

⑥"宿昔"两句：良弓日夜不离手，箭囊中装着长短不一的楛木箭。宿昔，昔时，往日。秉，持。楛，树木名，茎可做箭杆。楛矢，用楛木制作的箭。何，多么。参差，长短不一。

⑦控弦：指张弓。控，拉开。

⑧左的：左方的射击目标。

⑨摧：毁坏。

⑩月支：又名"素支"，白色箭靶名。

⑪仰手：指仰身而射。

⑫接：迎射。

⑬狖：猿类动物，善攀缘树木，轻捷如飞。

⑭散：射碎，摧毁。

⑮马蹄：箭靶名。邯郸淳《艺经》记载，"马射，左边为月氏三枚，马蹄二枚。"

⑯剽：轻捷。

⑰螭：古代传说中没有角的龙。古建筑或器物、工艺品上常用它的形象作为装饰。

⑱虏：胡虏，古代对北方少数民族的贬称。

⑲数迁移：数次入侵。

⑳"羽檄"两句：边关的紧急文书从北方传来，游侠儿策马登上高堤视察敌情。檄，用于军事征召的文书，写在一尺二寸长的木简上。遇到紧急情况，征调文书就插上羽毛，故称"羽檄"。厉马，策马。堤，高坡，此指御敌的工事。

㉑长驱：一作"右驱"。

㉒蹈：践踏，此处指冲击。

㉓匈奴：我国古代北方少数民族之一。

㉔陵：凌驾，压倒。这里指制伏。

㉕鲜卑：我国古代少数民族名。东汉时北匈奴西迁后进入匈奴故地，势力渐盛。至晋初分为数部，其中拓跋氏曾建立北魏政权。

㉖弃身：投身。

㉗锋刃端：指战场。

㉘怀：顾惜。

㉙籍：名册。

㉚中顾私：心中顾念个人的私事。

㉛忽：轻视。意思是把死看得很轻。

译文

一匹白色的战马套着金饰的笼头，飞一般地向西北奔驰而去。
问旁人这是谁家的孩子，回答说是幽、并地区的游侠骑士。

年少时就离开家乡，为保家卫国而扬名边疆。
良弓日夜不离手，箭囊中装着长短不一的楛木箭。
拉开弓左右射击，箭箭射中靶心。
仰身可以射中飞奔的猱，俯身可以把箭靶射碎。
他身手敏捷赛过猿猴，勇猛轻捷如同豹螭。
国家边境军情紧急，胡虏数次入侵中原。
边关的紧急文书从北方传来，游侠儿策马登上高堤视察敌情。
随大军直捣匈奴，再回师制伏鲜卑。
投身于战场，性命安危怎能顾惜？
连父母都顾不上，何况妻子儿女？
姓名既列上战士名册，心中不得顾念个人的私事。
为国家解危捐躯，把赴死看得像回家一样。

赏析

  这首诗是曹植前期的代表作，反映了他这一时期的精神风貌和艺术特色。诗中塑造了一个身怀高超武艺，渴望能够"捐躯赴国难"的"游侠儿"形象。

  诗的开篇"白马饰金羁，连翩西北驰"，描写"游侠儿"气势不凡，形象地传达出其勇往直前的精神。"借问谁家子，幽并游侠儿。少小去乡邑，扬声沙漠垂"，诗人以设问的形式，引出"幽并"的游侠健儿。他从小就离开了家乡，驰骋疆场，名声在边疆传扬。接着诗人以补叙的手法介绍"游侠儿"的来历，整天弓箭不离手，不断练习，练就一身超群的武艺。能左右开弓，仰俯之间射中箭靶，射技精湛，又以"猿猴""豹螭"作比，写其身手不凡。描写点明了游侠儿"扬声沙漠垂"的重要原因，也为后文其为国效力的英勇行为做了铺垫。"边城多警急，虏骑数迁移。羽檄从北来，厉马登高堤。长驱蹈匈奴，左顾陵鲜卑"，这六句通过夸张的手法，形象地表现出"游侠儿"气吞山河、壮志凌云的意志风貌和报效国家的英雄气概。最后"弃身锋刃端"八句，揭示了"游侠儿"的内心世界。为了保家卫国，完全不把个人安危放在心上，显示了"游侠儿"身赴国难、视

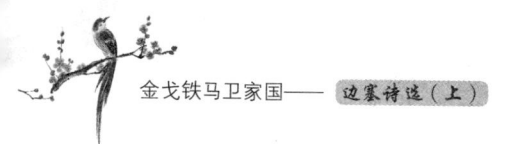

死如归的崇高精神境界。

　　这首诗语言华丽多彩，反复运用排比、比喻等手法，再加上动词不断变化，使全诗呈现出简洁明快的节奏。诗人塑造的武艺高超、视死如归的"游侠儿"形象，实际上是自我形象的投影，借此抒发了自己渴望建功立业的远大政治抱负。

泰山梁甫行①

原　文

　　八方各异气②，千里殊风雨③。
　　剧哉④边海民，寄身⑤于草野⑥。
　　妻子⑦象禽兽⑧，行止依林阻⑨。
　　柴门⑩何萧条，狐兔翔⑪我宇。

注　释

　　①《泰山梁甫行》：又称《梁甫行》，属乐府《相和歌辞·楚调曲》。古曲《泰山梁甫吟》分为《泰山吟》和《梁甫吟》二曲，皆为挽歌。古辞已佚。此诗为曹植所作新诗。"梁甫"，亦作"梁父"，郭茂倩《乐府诗集》解题中记载："按梁甫，山名，在泰山下。"

　　②气：指气候。

　　③殊风雨：气候有不同特点。

　　④剧哉：对艰苦的感叹。

　　⑤寄身：托身，居住。

　　⑥草野：野草丛生的地方。

　　⑦妻子：指妻子和儿女。

　　⑧象禽兽：意思是生活像野兽一样。禽兽，偏义复词，指野兽。

　　⑨林阻：险阻的山林。

⑩柴门：以柴木制作的门，言其简陋。
⑪翔：行步，翱游。这里是形容狐兔在边海民房屋里乱窜。

译文

四面八方的气候各不相同，千里之内的气候有不同特点。
边海的贫民生活艰苦啊，他们寄居在野草丛生的地方。
妻子和儿女的生活像野兽一样，出入凭依险阻的山林。
简陋的柴门如此寂寞冷清，狐兔在我居住的房屋里乱窜。

赏析

这首《泰山梁甫行》，是诗人后期的作品，诗人被贬到贫困的海边，看到底层百姓的苦难生活，有感而发，便写下了这首诗。此诗以白描的手法，描述了海边百姓生活困苦不堪的惨痛景象，表现了诗人对底层百姓的深切同情。

诗首"八方"二句，以各地气候的不同起兴，引出下文对海边百姓生活特别贫困的感慨。"寄身"以下三句，实写"边海民"的悲惨生活。他们"寄身于草野"，衣不蔽体，蓬头垢面像野兽一样过着非人的生活。这里没有描写海边人民的具体生活，而是用一句"行止依林阻"，透露出他们的实际活动和恐惧心理。可以想象出他们生活的艰难困境，在山林中依靠险阻的坳壑居住，以采集食物为生，与野兽相伴而生。他们平时不敢出来，生怕被发现或被野兽吃掉，每天生活在忧虑当中，苦不堪言。"柴门何萧条，狐兔翔我宇"二句是全诗的精华所在。"边海民"每天出没在山林之中，简陋的茅草屋成为狐兔出入的场所。这二句是诗人代百姓而言，感叹社会动荡的现实，进一步展现出海边生产凋敝，村庄萧索荒凉的更广阔的社会画面，也扩大了全诗的境界。这首诗在结构上运用了以少驭多的形式，丰富了全诗的内涵。这首诗所写的"边海民"，实际上是"逃民"。通过对狐兔的描写，反衬出边海逃民的生活环境的荒蛮以及他们的恐惧与凄楚。

这首诗采用了白描的手法，语言朴实自然，言简意赅。通过正面描写与侧面烘托的手法，使全诗寓意深刻，表现了诗人对逃民生活环境恶劣、困顿凄楚的深切同情。

这首诗是诗人直接为民大声疾呼的佳作，也是建安时期少有的反映底层人民生活的诗，因而更为宝贵。

王粲

　　王粲（177—217年），字仲宣，山阳高平（今山东省邹城市）人。王粲出生于世家，少年有才名，备受著名文学家蔡邕赏识。十七岁时，为避兵乱，南下荆州依附刘表，然十五年里未被重用。汉献帝建安十三年（208年）归属曹操，深受曹操父子信任，赐爵关内侯，官至魏国侍中。王粲为"建安七子"之一，他的诗文成就被刘勰称为"七子之冠冕"；钟嵘《诗品》列其诗为上品，称其"发愀怆之辞，文秀而质羸，在曹、刘间别构一体"。后期与曹植并称"曹王"。作品有《王仲宣集》传世。《三国志·魏书》卷二一有传。

从军诗①五首（其一）

原文

从军有苦乐，但问所从谁。
所从神且武，焉得久劳师？
相公②征关右③，赫怒震天威④。
一举灭獯虏⑤，再举服羌夷⑥。
西收边地贼⑦，忽若俯拾遗。
陈赏越丘山，酒肉逾川坻⑧。
军中多饫饶⑨，人马皆溢肥⑩。
徒行兼乘还，空出有余资。
拓地三千里，往返速若飞。
歌舞入邺城⑪，所愿获无违。
昼日处大朝⑫，日暮薄言⑬归。

外参⑭时明政，内不废家私。
禽兽惮为牺⑮，良苗实已挥⑯。
窃慕负鼎翁⑰，愿厉⑱朽钝姿⑲。
不能效沮溺⑳，相随把锄犁。
熟览㉑夫子㉒诗㉓，信知所言非。

注 释

①《从军诗》：《乐府诗集》作《从军行》，属《相和歌辞》。《乐府解题》记载："《从军行》，皆军旅苦辛之辞。"自王粲作《从军行》乐府诗，后边塞诗人以这一乐府题目作诗很多，影响颇大。

②相公：旧时对宰相的敬称，这里指当时任丞相的曹操。

③关右：函谷关以西的地方。曹操在建安二十年（215年）三月率兵出关征讨张鲁等割据势力。

④"赫怒"句：此句颂扬曹操发怒，施展神威灭敌。赫怒，盛怒。

⑤"一举"句：此句指曹操在建安二十年（215年）攻灭氐王窦茂率领的万余人。氐又称西戎，为猃狁的一支。

⑥羌夷：此指建安二十年（215年）九月巴族七姓夷王朴胡等各率部落，举巴夷及賨民归附曹操。

⑦"西收"句：指西平、金城诸将麴演、蒋石等共斩送叛将韩遂首级，以及张鲁投降事。

⑧"陈赏"两句：这两句是写曹操取胜后大飨士卒。形容陈列的赏赐品比丘山还高，酒肉多得漫过了河岸。川坻，河岸。

⑨饫饶：谓粮草富足。

⑩溢肥：指兵强马壮。溢，同"益"，更加。

⑪邺城：古邑名，旧址在今河北省临漳县西南一带。建安二十一年（216年）曹操封魏王，定都于此。

⑫大朝：朝廷。

⑬薄言：急急忙忙，一说是助词。

⑭外参：与下句"内"相对，指对外参与理明时政。
⑮"禽兽"句：禽兽不敢横行以害农事。牺，牺牲，古时祭祀用的猪、牛等牲畜。
⑯挥：挥撒播种。
⑰负鼎翁：指商朝初年贤相伊尹。相传伊尹善操俎调五味。
⑱厉：振奋。
⑲朽钝姿：朽木、钝刀般的资质，此为王粲自谦之辞。
⑳沮溺：指长沮和桀溺。二人为春秋时隐士，曾并耕以自食。
㉑熟览：仔细观看。
㉒夫子：指孔子。
㉓诗：志向。《说文》："诗，志也。"

译文

从军出征有苦也有乐，要看是随谁去出征。
跟随智勇双全的主帅，怎么会长久劳师呢？
丞相征伐关西地，盛怒之下奋神威。
一举就消灭了猃狁，再出征慑服了羌夷。
擒获西边的敌人，像俯身拾取东西那么容易。
陈列的赏赐品比丘山还高，酒肉多得漫过河岸。
军营中的粮草富足，兵强马壮。出征时徒步行走，凯旋时骑两匹马归来。
出征时空着手，回来时缴获丰厚的财物。
扩充疆域三千里，来回的速度像飞鸟一样快。
载歌载舞回到邺城，所获得的胜利没有违背愿望。
白天上朝与群臣议事，傍晚急急忙忙回到家中。
在朝廷上参谋时政，使政治清明，在家里又能料理家务事。
禽兽不敢横行以害农事，庄稼已经挥撒播种。
私下里仰慕伊尹，愿意振奋自己这朽木、钝刀般的资质。

不能效仿长沮与桀溺避世，相互追随一起隐退耕种田地。

仔细观看孔子的志向，确信长沮、桀溺的言论是行不通的。

赏析

这首诗作于建安二十一年（216年）曹操西征张鲁回邺之时。此诗歌颂了曹操的英明神武和统一"关右"的伟绩，同时抒发了诗人乐观豪迈的进取之情。

此诗分两部分，前十八句为第一部分。开篇四句以议论开头，说明只要跟对了统帅，从军就不会有苦难，就能打胜仗。"相公征关右"以下六句，直接描写曹操用兵的神武，通过"灭獯虏""服羌夷""收边地贼"等战事，赞美曹操的功绩。诗中以"震天威""一举""再举""俯拾遗"等夸张之笔，写曹操出兵征战轻而易举取得胜利，证明了曹操的"神且武"。下面八句写所获得的战果。首先，"陈赏"两句描写军中赏赐丰厚，饮食宴乐之盛；其次，"军中"两句描写军队供给充足，兵强马壮；再次，"徒行"两句是说出征缴获物资丰厚；最后，"拓地"两句描写用兵的神速。

"歌舞入邺城"以下十四句为第二部分，前四句写班师凯旋之后的庆祝情景。后面"外参时明政"四句，写曹操善谋政事，理政清明，使得国泰民安，农事繁荣。最后六句，诗人借伊尹、长沮、桀溺、孔子的故事，表明了自己积极用世的态度。部分《论语·微子》载，长沮、桀溺劝孔子隐居以避世，孔子不从，怅然若失地说："鸟兽不可与同群，吾非斯人之徒与而谁与？天下有道，丘不与易也。"这也是诗人对"沮溺"隐居耕地行为的否定，表明了诗人积极用世，为国效力的主张。

全诗将叙事和抒情相结合，语言明快，感情豪壮，意境阔大。主要写从军之乐，极尽铺张。诗意和谐融洽，可谓一篇情深意长的佳作。

陈 琳

陈琳（？—217年），字孔璋，广陵射阳（今江苏省宝应县）人，东汉末年著名文学家。陈琳初为袁绍记室，所作的最著名的文书是《为袁绍檄豫州文》，诋斥曹操。建安五年（200年），官渡一战，陈琳为曹军所俘获，归附曹操，操爱其才而不咎。封为司空军谋祭酒，与阮瑀同管记室，后转为丞相门下督。军国檄文，多出其手。建安二十二年（217年），染疫疾逝世。陈琳善诗、文、赋，"建安七子"之一。诗歌代表作为《饮马长城窟行》，散文有《为曹洪与世子书》等，辞赋代表作有《武军赋》《神武赋》等。明代张溥辑有《陈记室集》，收入《汉魏六朝百三家集》中。

饮马长城窟行①

原 文

饮马长城窟，水寒伤马骨。
往谓长城吏，"慎莫②稽留③太原卒。"
"官作④自有程⑤，举筑⑥谐汝声⑦。"
"男儿宁当⑧格斗死，何能怫郁⑨筑长城？"
长城何连连⑩，连连三千里。
边城多健少⑪，内舍多寡妇。
作书与内舍："便嫁莫留住。善事新姑嫜⑫，时时念我故夫子！"
报书往边地："君今出语一何鄙⑬！"
"身在祸难中，何为稽留他家子⑭？生男慎莫举⑮，生女哺⑯用脯⑰。君独不见长城下，死人骸骨相撑拄。"

"结发[18]行事君,慊慊[19]心意关[20]。明知边地苦,贱妾何能久自全[21]。"

注释

①《饮马长城窟行》:又名《饮马行》,是汉代乐府旧题,属《相和歌辞·瑟调曲》。相传古长城下有泉窟,可供饮马,曲名由此而来。郦道元《水经注》记载:"余至长城,其下有泉窟,可饮马。"

②慎莫:恳求语,千万不要。

③稽留:滞留,指延长服役期限。

④官作:官府的工程,指筑长城。

⑤程:期限。

⑥筑:砸土用的夯类工具。

⑦谐汝声:这里指喊着号子打夯干活儿。

⑧宁当:宁愿,情愿。

⑨怫郁:忧郁。

⑩连连:连绵不断。

⑪健少:健壮的年轻人。

⑫姑嫜:公婆,婆婆为"姑",公公为"嫜"。

⑬鄙:庸俗。

⑭他家子:别人家的女子,指自己的妻子。

⑮举:抚养。

⑯哺:喂养。

⑰脯:干肉。

⑱结发:束发,古代男女成年时要把头发束起来。男子二十岁时束发戴冠,女子十五岁时束发加笄。这里是指男女成年结为夫妻。

⑲慊慊:不满意的样子。这里指两地思念。

⑳关:一作"间"。

㉑久自全:长久地保全自己。

陈 琳

译　文

　　饮马长城窟的泉水，泉水寒冷伤马骨。

　　前去对长城吏说，"千万别再滞留太原的役卒"。

　　"修筑长城的任务有一定的期限，你们只管喊着号子打夯干活儿就是了。"

　　"男儿宁愿格斗死，怎能忧郁造长城？"

　　长城为什么那么长，连绵不断三千里。

　　边城服役的多数是健壮的年轻人，戍卒内地的家里多数是妻子独居。

　　写信给家里的妻子："有机会再嫁不要等。好好侍奉新公婆，常常记得我这个旧丈夫！"

　　妻子回信到边地质问："你如今说话怎么这么庸俗！"

　　"身陷祸难回不去，为什么还留住别人家的女子？生下男孩儿千万不要抚养，生下女孩儿用干肉来喂养。你没有看见长城下，死人的骸骨相支撑？"

　　"嫁你之后始终侍奉你，内心时刻记挂你。明明知道边地苦，我怎能长久地保全自己？"

赏　析

　　这首诗继承了汉乐府的叙事特征，以统治者修筑长城的史实为背景，通过筑城役卒与"长城吏"的对话，以及役卒与妻子的书信来往，揭露了统治者无休止地修筑长城给百姓带来的深重苦难，也表达了诗人对身负徭役的士卒和其独守空房的妻子的深切同情。

　　诗的开头"饮马长城窟，水寒伤马骨"两句，以"水寒"象征性地说明边地艰难的生存环境，由此引出役卒对苦役难以忍受，前去对督工的长城吏请求："慎莫稽留太原卒。"从"慎莫"两字可以看出，他们对长期滞留服役的担忧害怕。长城吏打着官腔说："官作自有程，举筑谐汝声。"在长城吏的眼里，官府的工期是最重要的，对役卒们的悲苦与生死不放在眼里。役卒面对无情的现实，愤怒地呐喊："男儿宁当格斗死，何能怫郁筑长城？"从二人的对话中可以看出，官家与役卒们的矛盾极为尖锐。"长城何连连，连连三千里"，重复"连连"二字，凸显了役卒内心的痛楚。无休止地修筑长城的现实，使役卒产生了有家难归的绝望，所以写信给妻子，嘱咐她"便嫁莫留住"，即赶紧趁年轻重新嫁人，要她好好地侍奉新公婆，只要能时常想念自己就足够了。短短几句话，写出了役卒善良的心地。妻子一句"君今出语一何鄙"，直接驳斥了丈夫的话，表现了她对丈夫的爱是忠贞不渝的。"生男慎莫举，生女哺用脯。君独不见长城下，死人骸骨相撑拄"，表现了役卒对繁重徭役的极度不满与怨愤。而妻子以死明志："结发行事君，慊慊心意关。明知边地苦，贱妾何能久自全。"妻子通过丈夫的来信，明白丈夫处境十分凶险，但她不忍说出"死"字，而只说"苦"，以含蓄委婉的语言表明了对丈夫艰难处境的理解与担忧，也表达了与丈夫同命运的决心，愿以死相守，写出了一个家庭名存实亡的悲剧命运。

  诗人通过"长城吏"和"太原卒"这两个人物形象，揭露了统治者的无道与残暴。全诗情节简单，但有丰富的表现力和极强的概括力，显示了诗人对百姓苦难生活的深切理解和同情。

阮 籍

阮籍（210—263年），字嗣宗，陈留尉氏（今河南省开封市）人，著名诗人阮瑀（"建安七子"之一）之子。三国时期魏国诗人，"竹林七贤"之一。门荫入仕，曾任尚书郎、从事郎中、散骑常侍，封关内侯，后因慕步兵营善酿酒而求为步兵校尉，因此人称阮步兵。在政治上，他采取谨慎避祸的态度，对当权的司马家族若即若离；在生活上，他佯狂纵酒，任性而行；在思想上，其倾心玄学，崇尚老庄，追求理想中美好的境界。阮籍是"正始之音"的代表作家之一，著有《咏怀八十二首》《大人先生传》等，其著作收录在《阮籍集》中。

咏怀八十二首（其三十九）

原文

壮士何慷慨，志欲威八荒。
驱车远行役，受命念自忘①。
良弓挟乌号②，明甲③有精光。
临难不顾生，身死魂飞扬。
岂为全躯④士？效命争战场。
忠为百世荣，义使令名⑤彰。
垂声⑥谢⑦后世，气节故有常⑧。

注释

①自忘：忘记自己的一切。

②乌号：传说为黄帝用过的弓，后代指良弓。

③明甲：明光铠，一种良甲，甲片都进行了抛光，显得非常明亮。

④全躯：保全自己的生命。

⑤令名：美好的名声。

⑥垂声：留名。

⑦谢：告诉，告诫。

⑧有常：固定不变，有固定的规律。

译文

壮士是多么慷慨，有威慑八荒的志气。

驱赶马车去远方服役，接受命令就忘记了自己的一切。

带着良弓、乌号，身上的明光铠闪闪发光。

遇到危难不顾惜生命，身体虽逝去魂魄却依然飞扬。

哪里是一心保全自己生命的人？宁愿为国舍命在战争中拼杀。

忠诚成为百世的荣耀，义气的美名得到彰显。

留下名声告诉后世的人，气节始终是固定不变的。

赏析

阮籍的代表作就是一组八十二首的《咏怀》，这组诗的体例、技巧等方面有诸多创新，为五言诗开辟了新的道路，在我国诗歌史上占据重要的地位。这组诗绝大多数表达了阮籍在魏晋换代之际的激烈政治斗争中的忧时愤世的彷徨苦闷之情。由于当时统治者司马氏采取政治高压、钳制思想的政策，阮籍为了全身远祸，诗中的文字往往是隐晦曲折的。但是，其中的第三十八首、第三十九首却有着迥然不同的风格。这两首诗感情激壮，语言铿锵，表现出诗人忠君报国、重义轻生的进取精神。其中，第三十八

首主要写功名，本首则主要写忠义。

　　本首的前两句，就塑造出外貌超凡、志气昂扬、精神慷慨的"壮士"形象。随后两句，写主人公驾车一往无前地奔赴战场。"受命念自忘"一句，已经初步体现出他视死如归的奉献精神。接下来两句，写他武器装备的精良。"临难不顾生，身死魂飞扬。岂为全躯士？效命争战场"四句，与曹植《白马篇》中"捐躯赴国难，视死忽如归"的游侠儿的精神一脉相承，表现出视死如归、舍身为国靖边的慷慨气节。结尾四句，体现出诗人对"令名"的重视，可见诗人内心并不是像老庄思想那样推崇"圣人无名"，而是像儒家一样积极入世，渴望功名，与他佯狂避世的现实表现形成了鲜明对比。

　　这首诗起调高亢，气魄宏大，志向高远，有建安之风。此诗可与阮籍的《咏怀·其三十八》参照阅读，更能体会诗人的雄心。

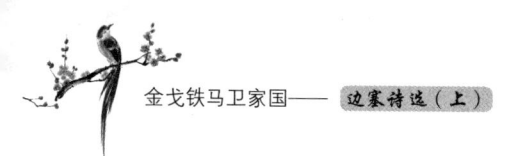

嵇 康

嵇康（223—262年），字叔夜，谯国铚（今安徽省濉溪县）人。三国时期著名文学家、思想家、音乐家。娶魏宗室长乐亭主为妻，拜中散大夫，人称"嵇中散"。好老庄，主张"越名教而任自然""非汤武而薄周孔"。后以"言论放荡""非毁典谟"等罪名被司马昭杀害。嵇康是"正始之音"的代表作家之一，为"竹林七贤"之一，诗文成就都很高。其诗以四言居多，是继曹操之后的四言顶峰，情调高远，语言流畅，作品有清峻刚直之风。有《嵇中散集》传世。《晋书》卷四九有传。

四言赠兄秀才①入军诗十八章（其九）

原 文

良马既闲②，丽服③有晖。
左揽④繁弱⑤，右接忘归⑥。
风驰电逝⑦，蹑景⑧追飞⑨。
凌厉⑩中原，顾盼生姿⑪。

注 释

①兄秀才：即嵇喜，字公穆。魏时举秀才，后为卫将军司马攸之司马，为齐王一派重要幕僚。晋时历任江夏太守、徐州刺史、扬州刺史、太仆、宗正等职。
②闲：通"娴"，娴熟。
③丽服：华丽的服装。这里指华丽的铠甲。

④揽：持，拿。

⑤繁弱：古代良弓名。《荀子·性恶》："繁弱、钜黍，古之良弓也。"

⑥忘归：良箭名，形容一去不复返。《公孙龙子·迹府》："龙闻楚王张繁弱之弓，载忘归之矢，以射蛟、兕于云梦之圃。"

⑦电逝：如闪电似的行进。

⑧蹑景：踏住日光。这里比喻极其迅速。

⑨追飞：追上飞鸟，形容马速极快。

⑩凌厉：形容气势猛烈。

⑪顾盼生姿：指左右环视，姿态动人。

译文

骑着训练娴熟的骏马，身披华丽的铠甲。

左手持着繁弱弓，右手搭着忘归箭。

骏马如闪电似的行进，仿佛能踏住日光追上飞鸟。

他气概非凡地驰骋中原，左右环视时姿态动人。

赏析

本诗是嵇康送别兄长嵇喜的一组诗中的第九首。诗歌以高超而飘逸的雄健笔势描写了一位戎装上阵、英姿勃发的武士形象。

前四句以物写人，用"良马""丽服""繁弱""忘归"的装备之精，来衬托人物的高贵和气度不凡。后四句中以"风驰电逝，蹑景追飞"的生动比喻，突出其快如风雷闪电，在战场上纵横驰骋的战斗英姿；以"凌厉中原，顾盼生姿"描写主人公一路急驰，气势凌人，左右环视，姿态动人。

全诗感情豪壮，气势奔放，语言铿锵流畅，形象神采飞扬。虽然诗歌是在赞美其兄，但充分体现了诗人内心渴望建功立业的壮志豪情。

张 华

张华（232—300年），字茂先，范阳方城（今河北省固安县）人。西晋时期政治家、文学家、藏书家。历魏、晋两朝，仕晋后，深受皇帝赏识并被重用，极力主张灭吴统一南北。吴平后，封广武县侯。官至司空，封壮武郡公。晋惠帝永康元年（300年），因卷入晋王室内部斗争而被杀。张华博学多能，博物洽闻。文学上工于诗赋，辞藻华丽，后人论其作品"儿女情多，风云气少"。作品有《张茂先集》传世。《晋书》卷三六有传。

壮士篇①

原文

天地相震荡，回薄不知穷②。
人物禀③常格④，有始必有终。
年时俯仰⑤过，功名宜速崇⑥。
壮士怀愤激，安能守虚冲⑦。
乘我大宛马⑧，抚我繁弱弓。
长剑横九野⑨，高冠拂玄穹⑩。
慷慨成素霓⑪，啸咤⑫起清风。
震响骇八荒⑬，奋威曜⑭四戎⑮。
濯鳞⑯沧海畔，驰骋大漠中。
独步圣明世，四海称英雄。

注释

①《壮士篇》：按郭茂倩《乐府诗集》卷六七解题记载："燕荆轲歌曰：'风萧萧兮易水寒，壮士一去兮不复还。'《壮士篇》盖出于此。"

②"天地"二句：化用贾谊《鹏鸟赋》中"万物回薄兮，振荡相转"句意。回薄，意思是循环相迫、变化无穷。穷，穷尽。

③禀：遵循，奉行。

④常格：常规，自然规律。

⑤俯仰：比喻时间短暂。晋王羲之《兰亭集序》中写道："夫人之相与，俯仰一世，或取诸怀抱，悟言一室之内；或因寄所托，放浪形骸之外。"

⑥崇：建立。

⑦虚冲：指虚无。

⑧大宛马：大宛，古国名，为西域三十六国之一，因地产骏马，故称骏马为"大宛马"。

⑨九野：犹九天。《吕氏春秋·有始》记载："天有九野，地有九州。"

⑩玄穹：天空，苍穹。

⑪素霓：即素蜺，白虹。

⑫啸咤：大声呼吼，形容令人敬畏的声威。

⑬八荒：八方极荒远的地方。

⑭曜：照耀，这里是震慑之意。

⑮四戎：指四方各国。

⑯濯鳞：比喻像鱼一样遨游。鳞，指代鱼。

译文

天地之间相互震荡，循环相迫、变化无穷。

人与物遵循常规，既有始必然有终。

时光在俯仰之间匆匆流逝，应当快速建立功名。

壮士心怀激愤之气，怎能安守于虚无。

乘上我的大宛马，握着我的繁弱弓。
挥动长剑横向九天，高耸的帽子碰到了苍穹。
慷慨气概如通天白虹，大声呼吼震起了秋风。
震动的响声惊骇八荒，威武震慑四方的国家。
壮士像鱼一样遨游于沧海之畔，驰骋在无边的沙漠间。
独步于圣明时代，四海之内都称其为英雄。

赏 析

　　这首诗是诗人借其笔下的"壮士"形象，抒发自身积极进取的精神和立功边塞的豪情壮志。

　　"天地相震荡"八句，以哲学思辨的议论发端，以天地、寿命等受自然规律的支配来阐述诗人积极进取的思想，即"天地"运转无穷尽，而人生"必有终"，时不待人，故应持"愤激"之志，积极建功立业，岂能"守虚冲"而毫无作为？说明持有积极进取的精神才是正确的人生态度。"乘我大宛马"以下八句，写壮士参加战斗的英雄形象，是全诗的核心。连用"乘我""抚我"两个"我"字，直抒胸臆，豪情壮志，不可阻遏；以"大宛马""繁弱弓""长剑""高冠"描写"壮士"装备的精良和形象的伟岸；以"成素霓""起清风""骇八荒""曜四戎"，写"壮士"的"慷慨"气势足以震慑四方，描写壮士的气势非凡、英雄伟岸的高大形象，皆用对偶，夸张铺陈，工巧整齐，抑扬顿挫之中，具有注重形式技巧、文辞华美的特点。最后四句，以"濯鳞沧海""驰骋大漠"作比，写"壮士"纵横驰骋于广阔的天地中，极写"壮士"乘时势以建立功勋，名扬四海，怡然自得之情。

　　此诗将议论、抒情、叙事融为一体，抒发了诗人的满腔激情，表达了对积极进取精神的肯定。诗歌语言刚劲有力，音节铿锵有节奏，写得极为生动，气势如虹，尽显其才。

鲍 照

鲍照（约414—466年），字明远，祖籍东海（今山东省郯城县），久居建康（今江苏省南京市）。南朝宋文学家，出身寒门。曾任临川国侍郎、太学博士兼中书舍人、前军记室参军等职，世称"鲍参军"。他的诗文被认为是南北朝时期的文学作品中成就最高的，与颜延之、谢灵运并称"元嘉三大家"。鲍照的作品主要是乐府诗和五言古诗，其中以乐府诗成就最高，今存二百多首，以《拟行路难》十八首为代表作。其诗俊逸豪放、奇矫凌厉，直接继承了建安传统，对唐代诗歌的发展起了重要的作用。作品有《鲍参军集》传世。《宋书》卷五一、《南史》卷一三有传。

代出自蓟北门行①

原 文

羽檄起边亭②，烽火③入咸阳④。
征师屯广武⑤，分兵救朔方⑥。
严秋筋竿⑦劲，虏阵精且强。
天子按剑怒⑧，使者遥相望⑨。
雁行缘石径，鱼贯⑩度飞梁⑪。
箫鼓流汉思⑫，旌甲⑬被胡霜。
疾风冲塞起，沙砾⑭自飘扬。
马毛缩如猬⑮，角弓⑯不可张。
时危见臣节，世乱识忠良⑰。
投躯报明主，身死为国殇⑱。

注释

①《代出自蓟北门行》：汉乐府旧题，属《杂曲歌辞》。代，拟的意思。蓟，古代燕国都城，在今北京市西南。

②边亭：指边防驻军的瞭望敌情的戍楼。

③烽火：古代边防报警的烟火。

④咸阳：城名，秦曾建都于此，在今陕西省咸阳市，借指京城。

⑤广武：地名，在今山西省北部。

⑥朔方：汉代郡名，在今内蒙古自治区河套西北部及后套地区。

⑦筋竿：弓箭。

⑧"天子"句：天子听闻边防军情警报，手按宝剑，心中十分震怒。

⑨"使者"句：军情紧急，派出的督促将士进军的来往使者络绎不绝。

⑩鱼贯：这里比喻士兵像游鱼一样依序前行。

⑪飞梁：凌空飞架的桥梁。

⑫"箫鼓"句：军乐声流露出汉人的情思，即对家国的思念。箫鼓，两种乐器，此指军乐。汉思，指汉人的家国情怀。

⑬旌甲：指旗帜和盔甲。

⑭砾：碎石。

⑮蝟：刺猬。

⑯角弓：用牛角和竹木、鱼胶、牛筋制作的弓。

⑰"时危"两句：在国势危急时才能显示出军士的坚贞，在社会动乱时才能识别军士的忠良。节，节操。

⑱"投躯"两句：典出屈原《九歌·国殇》，颂扬为国捐躯的烈士，寄托了对英烈的无比崇敬之情。国殇，指为国牺牲的人。

鲍照

译文

告急文书从边塞戍楼传来，边防的战争烽火已经传到咸阳。

被征调的骑兵驻防在广武县，分出军队救援被困的朔方。

深秋时节的弓箭强劲有力，敌人的阵容也精锐强悍。

天子听闻边防军情警报，手按宝剑，心中十分震怒；军情紧急，派出的督促将士进军的来往使者络绎不绝。

排列整齐的军队沿着石径前行，士兵像游鱼一样依序前行，走过凌空飞架的桥梁。

军乐声流露出汉人的情思，战士们的旗帜和盔甲都蒙上了胡地的银霜。

狂风自边塞直冲而起，沙土碎石漫天飘扬。

天寒使马缩成一团，毛竖起来像刺猬一样，角弓也冻得拉不开了。

在国势危急时才能显示出军士的坚贞，在社会动乱时才能识别军士的忠良。

战士们为报效君主投身战场，战死就成为为国捐躯的烈士。

赏析

此诗通过对边庭的紧急战事和边境恶劣环境的渲染，突出表现了壮士从军卫国、英勇赴难的壮志和激情。

诗的开头"羽檄起边亭，烽火入咸阳。征师屯广武，分兵救朔方"四句，表现了戍楼报警的紧急情况，采用跳跃式镜头，多层次、多角度地展示了战争即将爆发时错综复杂的场景：一方面通报敌方入侵的紧急情况，另一方面分兵救援。接着突出了胡焰嚣张，天子震怒的严重局势，很能引起读者的兴趣。接下来描写汉军出塞的艰难境遇。"雁行缘石径，鱼贯度飞梁"两句用雁行、鱼贯两个比喻，刻画汉军艰苦跋涉、纪律严明的军队风貌；"箫鼓流汉思，旌甲被胡霜"两句，体现了将士们在恶劣环境下作战的大无畏精神。"疾风冲塞起，沙砾自飘扬。马毛缩如蝟，角弓不可张"四句，通过对边塞环境及气候的描写，进一步说明战士的艰辛。最后四句

"时危见臣节,世乱识忠良。投躯报明主,身死为国殇"成为万口流传的经典之句,语出屈原《九歌·国殇》的典故,几乎成了古代衡量忠良行为的准则,是全诗的精华。诗人最后的阐述,也是诗人自己的政治抱负与理想的表白。

这首诗在思想与艺术上达到了较完美的统一,在紧凑曲折的情节中,将不断变化的画面和人物形象有机地结合,也穿插了边塞的生活画面,如边亭、广武、朔方、房阵、胡霜等,还有羽檄、烽火、雁行的队列、鱼贯的军容和箫鼓的节奏,疾风起、沙砾扬、马毛缩、弓冻凝等塞北的风光画面。这首诗音节之高亢,气势之凌厉,风力之遒劲刚健,颇有建安时代的诗风。

拟古诗八首(其三)

原文

幽并重骑射,少年好驰逐①。
毡带佩双鞬②,象弧③插雕服④。
兽肥春草短,飞鞚⑤越平陆。
朝游雁门山⑥,暮还楼烦⑦宿。
石梁有余劲⑧,惊雀无全目⑨。
汉虏方未和,边城屡翻覆⑩。
留我一白羽⑪,将以分虎竹⑫。

注释

①驰逐:驱驰追逐。《吴子·治兵》有"习其驰逐,闲其进止"之语。
②鞬:马上装弓矢的器具。
③象弧:用象牙装饰的弓。

④雕服：彩绘的箭袋。

⑤飞鞚：策马飞驰。鞚，马笼头，这里借指马。

⑥雁门山：在今山西省代县西北。

⑦楼烦：县名，汉属雁门郡，在今山西省原平市东北。这里的人精于骑射。

⑧"石梁"句：《文选》李善注引《阚子》记载："景公登虎圈之台，援弓东面而射之。矢踰于西霜之山，集于彭城之东，余势逸劲，犹饮羽于石梁。"石梁，指石堰或石桥。

⑨"惊雀"句：《文选》李善注引《帝王世纪》记载："帝羿有穷氏与吴贺北游，贺使羿射雀。羿曰：'生之乎？杀之乎？'贺曰：'射其左目。'羿引弓射之，误中右目，羿抑首而愧，终身不忘。故羿之善射，至今称之。"全目，完整的眼睛。

⑩翻覆：反复无常，变化不定。

⑪白羽：羽箭。

⑫虎竹：指铜虎符和竹使符。虎符用以发兵，竹使符用以征调等。这里指统军杀敌。

译文

幽州、并州地区自古人们就重视骑射，少年尤其喜好骑马驱驰追逐。

毡带上佩挂着一双弓袋，彩绘的箭袋里装着象弧弓。

春日草短野兽正肥，策马飞驰越过平川。

早晨在雁门山游荡，晚上就回到楼烦住宿。

射箭的余力能射入石桥，射术如同射鸟眼的羿一样巧妙。

汉军与敌酋现在还没和解，边城时战时和反复无常。

请留给我一支白羽箭，我要统军杀敌为国争光。

赏析

此诗是诗人的代表作之一，通过对幽并少年豪侠尚武、技艺精妙的描写和对其立功报国壮志的歌颂，表达了诗人想要收复北方失地及为国立功的爱国情怀。

诗首二句以"幽并重骑射，少年好驰逐"发端，写幽并少年的豪侠尚武精神。幽并二州民俗强悍，自古多豪侠慷慨之士，化用曹植著名的《白马篇》中的"白马饰金羁，连翩西北驰。借问谁家子，幽并游侠儿"的诗意，笔墨简洁精练。

中间八句接上启下，对少年的形象及"骑射"功夫进行了正面描写，首先写他的装束特征，即"毡带佩双鞬，象弧插雕服"，这两句突出了少年英雄的飒爽英姿，也暗示了他的勇武强健。其后四句写少年骑马的功夫。其中"兽肥春草短"一句交代时间，表明现在是御马游猎的大好时光，英雄用武的最佳时机。"飞鞚越平陆"一句正面描写少年在大好的春日时节，驾驭飞马驰骋的威武形象。"朝游"二句夸张描写英雄少年的骑术精妙。"雁门山"与"楼烦"二地皆为西汉时的边防要塞，所以此诗以"拟古"为题，借汉事喻时事，故而用于此。雁门与楼烦两地相隔千里，朝发暮还，这是以夸张的手法来表现主人公骑术的迅疾。然后又写他的射技，"石梁有余劲，惊雀无全目"，"石梁"语出李善注从《阚子》中引用的典故，说宋景公所射之箭的余力能射入石梁，这里借以形容少年英雄堪比宋景公的强劲臂力和劲硬锐利的弓箭。"惊雀"句用《文选》李善注引《帝王世纪》中后羿善射事，说后羿射雀伤其右眼，不能保全。借此说明少年有后羿般的精妙射技，使雀的全眼难保。以上描写塑造了一个不平凡的英雄形象，引出下文主人公的立功边陲的愿望。

结尾四句描述了少年自述其愿望，渴望能够有用武之地。在汉军与敌酋还没和解的形势之下，主人公表示了"留我一白羽，将以分虎竹"的愿望。"虎竹"，指铜虎符和竹使符，都是汉朝国家发兵遣使的凭信。符分两半，右符留在京师，左符分给郡守或主将。少年表示要留一支白羽箭，愿分符守郡，奋战疆场。至此，诗的主题被推向了最高层，一个高大勇猛的爱国英雄的形象屹立在读者眼前。

诗人生活在北魏对外扩张、频繁侵扰南朝宋的年代，所以"拟古"一题实有借古讽今之意，表达了诗人收复失地、安定边疆的愿望。

代东武吟①

原　文

主人且勿喧，贱子②歌一言：
仆本寒乡士，出身蒙汉恩。
始随张校尉③，召募到河源④。
后逐李轻车⑤，追虏穷塞垣⑥。
密途⑦亘万里，宁岁⑧犹七奔⑨。
肌力⑩尽鞍甲，心思历凉温⑪。
将军既下世⑫，部曲⑬亦罕存。
时事一朝异，孤绩谁复论。
少壮辞家去，穷老还入门。
腰镰刈⑭葵藿⑮，倚杖牧鸡豚。
昔如韝上鹰⑯，今似槛⑰中猿。
徒结千载恨，空负百年怨。
弃席⑱思君幄，疲马恋君轩⑲。
愿垂晋主惠，不愧田子魂⑳。

注　释

①《代东武吟》：此诗为乐府歌辞，李善注："左思《齐都赋》注曰：'《东武》《太山》皆齐之土风谣歌，讴吟之曲名也。'"东武，齐国地名，旧址在今山东省诸城市。

②贱子：对自己的谦称。

③张校尉：指西汉张骞，他曾以校尉的身份跟随卫青出征匈奴。

④河源：黄河的源头，指张骞通西域。

⑤李轻车：指李蔡，名将李广的堂弟，曾击匈奴右贤王有功，任轻车

将军。

⑥塞垣：本指汉代为抵御鲜卑所设的边塞，这里指长城。

⑦密途：近路。

⑧宁岁：安定的年份。

⑨七奔：《左传·成公七年》记载："子重、子反于是乎一岁七奔命。"意思是一年中七次奔走应命，后以"七奔"形容一再奔波。

⑩肌力：犹体力。

⑪凉温：世态炎凉。

⑫下世：去世。

⑬部曲：古代军队编制单位，这里指部下。

⑭刈：割。

⑮葵藿：两种菜名。

⑯韝上鹰：指调教于臂韝之上的鹰。韝，革制臂套。

⑰槛：关野兽的笼子。

⑱弃席：《淮南子·说山训》："文公弃荏席，后黴黑，咎犯辞归。"后因此以"弃席"比喻被抛弃的功臣。

⑲"疲马"句：《韩诗外传》卷八记载："昔者田子方出，见老马于道，喟然有志焉，以问于御者曰：'此何马也？'曰：'故公家畜也。罢而不为用，故出放也。'田子方曰：'少尽其力，而老去其身者，仁者不为也。'束帛而赎之。穷士闻之，知所归心矣。"此句意为不忘旧恩。

⑳"不愧"句：不愧对田子方所说的道理。

译文

主人且莫大声喧哗，听卑微的我唱一语：
我本是寒门子弟，出身低下蒙受汉家的恩典。
当初追随张骞校尉，响应征召来到黄河的源头。
后来跟着轻车将军李蔡，追逐敌寇走到边塞长城下。
所走过的最近的路程也有万里之遥，安定的年份也要一再奔波。

征战当中体力耗尽，心中感受到了世态炎凉。
将军已经去世了，统率的部队也不剩什么人了。
情况一下子变了，还有谁来评论我特有的功绩呢？
年轻时告别家乡去征战，到老了才回到家中。
只能腰带镰刀收割葵藿，手拄着拐杖放牧家畜。
昔日好像臂韝上的雄鹰，今天恰似牢笼中的猿猴。
徒结千载难言之恨，空抱百年不尽的遗怨。
我就像弃席仍思恋君主的帷帐，像老马怀念君主的车轩。
希望君主能像晋文公那样施恩，莫要愧对田子方所说的道理。

赏 析

此诗通过描写一个长期戍边的老军人自述其一生奋战的经历，和晚年被弃回家的不幸人生，表达了他对君主的眷恋，希望君主不要忘掉有功之人；同时揭露了统治者的昏庸和刻薄。

全诗以"主人且勿喧，贱子歌一言"的民间说唱的语言开头，采用第一人称的写法，提示听者安静下来认真听。"仆本寒乡士"以下八句，写主人公出身寒门，少时从军，出塞万里，征讨匈奴的经历。其中"密途亘万里，宁岁犹七奔"两句，以高度概括的方式，揭示长期征战的紧张和征战的频繁，突出了个人建立的战斗功勋。但"肌力尽鞍甲"以下六句，诗意逆转。随着时间的变化，时过境迁，原来的将军已不在，如今自己亦年迈，自己的战功仍得不到赏赐。"少壮辞家去"以下八句，具体写主人公晚年的凄凉。其中，诗人以"少壮"与"穷老"；"韝上鹰"与"槛中猿"相对比，展现了主人公前后命运的巨大变化。"腰镰刈葵藿，倚杖牧鸡豚"的衰老困顿的生活使其产生"千载恨""百年怨"，表达了积在心中的满腔怨恨。最后的"弃席"四句是老军人的慨叹，以物比人，写希望主上施惠，不要亏待有功将士。用晋公弃席、田子买马的生动故事，讽劝统治者应施恩降泽，于言辞恳切中透露出老兵的一线希望，突出了贫贱的老兵穷途末路之悲，表现出独特的雄健浑厚的气势。鲍照出身贫贱，老兵的遭遇一定程度上是他自身遭遇的写照，所以此诗也可看作是诗人的自述。

全诗通过描述老兵的出身、经历和晚年的遭遇，将叙事、抒情融为一体，结构十分完整，构思精巧，形象丰满鲜明。诗中多用对比描写，极富感染力，使诗歌具有震撼人心的艺术力量。

吴 均

吴均（469—520年），字叔庠，吴兴故鄣（今浙江省安吉县）人，南朝梁文学家、史学家。出身贫寒，性格耿直，好学，有俊才。建安王萧伟敬贤重士，召吴均为记室，掌文翰；萧伟迁江州（今江西省九江市），补吴均为国侍郎，兼府城局，随即任奉朝请。因撰《齐春秋》触怒梁武帝，被免职，后又被召修《通史》，未成而卒。其文体清拔有古气，工于写景，诗文自成一家，人称"吴均体"。著有《吴朝请集》。《梁书》卷四九、《南史》卷七二有传。

战城南①三首（其一）

原　文

蹀躞②青骊马③，往战城南畿④。
五历鱼丽阵⑤，三入九重围。
名慑武安将⑥，血污秦王衣⑦。
为君意气重，无功终不归。

注　释

①《战城南》：乐府旧题，属《鼓吹曲辞》，多写战场伤亡景象或哀悼阵亡士兵。
②蹀躞：马行进貌。
③青骊马：指毛色青黑相杂的骏马。

④畿：地面。

⑤鱼丽阵：古代战阵名。

⑥武安将：指能征善战的将军。战国时赵将李牧、秦将白起等被封为武安君，其中白起较为知名。

⑦"血污"句：《史记·廉颇蔺相如列传》记载，秦王与赵王会于渑池，赵王为秦王鼓瑟，秦王却不愿为赵王击缶，赵王随从蔺相如表示，若秦王以强凌弱，不为赵王击缶，"五步之内，相如请得以颈血溅大王矣！"秦王被折服，最终为赵王击缶。

译文

战士骑着青黑色的骏马，到城南去参加战争。

他十分英勇，五次在鱼丽阵中作战，屡次突出敌军多重的包围。

他的声名可比秦国名将白起，他的忠心如同保护赵王的蔺相如。

他感念君主的情义，发誓如果自己没有建立功勋一定不会归来。

赏析

诗人在这首诗中塑造了一位投身疆场、视死如归的武将形象，抒发了自己愿建功立业、慷慨报国的壮志豪情。

这首诗简短精练地将主人公出征、交战、制敌的过程完整地展现出来，一气呵成。首两句"蹀躞青骊马，往战城南畿"写的是出征时的场景，接下来"五历鱼丽阵，三入九重围"两句描写的是交战的场景，"名慴武安将，血污秦王衣"两句描写的是制敌的经过。诗人善用跳跃式的动态描写来叙事，如"蹀躞""往战""五历""三入""名慴""血污"等一连串的动作描写和场面切换，形成急促有力的节奏，对诗中人物一往无前的描写精练生动，表现了战场紧张激烈的气氛。"为君意气重，无功终不归"，抒发了自己为国建功立业的政治抱负与理想，起到画龙点睛的作用。

吴均诗歌的特点是在叙事的基础上直抒胸臆，展示人物内心的情怀。这首诗质朴悲壮，颇为动人。

北朝民歌

北朝民歌是指南北朝时期，北方黄河流域文人所创作的作品。其内容广泛，语言质朴有力，风格粗犷豪迈，显示出北方民族的特色，和南朝民歌形成鲜明的对比。主要收录在《乐府诗集·梁鼓角横吹曲辞》中，今存六十多首。其代表作有《木兰诗》等。

陇头歌辞①三首

原文

其一

陇头②流水，流离③山下。
念吾一身，飘然④旷野。

其二

朝发欣城⑤，暮宿陇头。
寒不能语，舌卷入喉⑥。

其三

陇头流水，鸣声幽咽⑦。
遥望秦川⑧，心肝断绝。

注释

①《陇头歌辞》：此诗题被《乐府诗集》收入《梁鼓角横吹曲辞》，

共三首。

②陇头：陇山山顶。

③流离：犹淋漓。

④飘然：漂泊貌。

⑤欣城：地名，具体不详。

⑥"寒不"二句：天寒冻得我说不出话来，舌头也缩进了喉咙里。

⑦幽咽：声音低沉、轻微，形容水声和哭泣声。

⑧秦川：古地区名，泛指今陕西省、甘肃省的秦岭以北平原地带，因春秋战国时期地属秦国而得名。

译文

其一

发源于陇山山顶的河流，淋漓流到了山下。想我孤身一人，漂泊在空旷的原野。

其二

早上从欣城出发，晚上住宿在陇山上。天寒冻得我说不出话来，舌头也缩进了喉咙里。

其三

从陇山山顶流下的水，发出低沉呜咽的悲鸣。望着遥远的故乡秦川，我心肝寸断。

赏析

《陇头歌辞》共三首，都是反映北方人民因战乱漂泊在外的艰苦生活和游子思恋故乡的心情。意境苍凉，格调悲壮。

第一首歌辞写由看到陇山的水淋漓而下，不禁想到自己流落他乡，漂泊的身世使人不禁哀伤。"念吾一身，飘然旷野"描绘诗人漂泊之孤苦。这种哀伤之情，诗人没有具体地刻画，只是用了一个"念"字，通过陇

山的流水离开了源头，自比孤身一人离开家乡漂泊在旷野，依靠萧瑟的自然景物烘托，将所念之情体现出来。可谓惜墨如金，起到了事半功倍的效果。诗人以第一人称来叙述表达，显得悲凉的感情更加真实。

第二首歌辞通过竭力渲染气候环境的恶劣，衬托诗人的艰难处境和凄凉心情。前两句是说诗人早上从欣城出发，走了一天，晚上才到陇山。表达出长途跋涉的艰辛。"朝发""暮宿"，一方面是写一天的奔波劳碌，另一方面表达了人生短暂，转眼即逝。后两句用夸张的手法描写天气的寒冷，冷得使嘴张不开，舌头缩进去了。"寒不能语，舌卷入喉"使读者想象到诗人的艰难困苦的形象，留给读者回味的空间。这四句通过这种白描的写法，使得读者体会到诗人的艰苦。其实诗人内心充满凄凉与痛苦，表面上说"寒不能语"，实则是诗人伤心得"不能语"。诗人没有直接抒情，但通过对严酷环境的刻画，我们仍然能感受到诗人内心的痛苦。

第三首歌辞仍是用"陇头流水"起兴，抒发自己背井离乡，饱尝颠沛流离之苦。"陇头流水，鸣声幽咽"，听到流水的呜咽幽鸣声，引起诗人内心的悲鸣，便有下句"遥望秦川，心肝断绝"的思乡的感慨。秦川在陕西中部，诗人站在陇山上望着自己的遥远的家乡，想到亲人久不见，不觉悲痛欲绝。由此可见诗人是因战乱漂泊异乡的征夫或仆役等。

这三首四言诗，短小精悍，意蕴丰富，运用比兴手法将内心的悲痛情感通过客观景物和环境刻画表现出来。诗中那些绘形绘声的描写，具有强烈的艺术感染力。

敕勒歌[①]

原文

敕勒川[②]，阴山[③]下，天似穹庐[④]，笼盖[⑤]四野[⑥]。
天苍苍[⑦]，野茫茫[⑧]，风吹草低见[⑨]牛羊。

注释

①《敕勒歌》：属乐府《杂歌谣辞》，是北朝鲜卑族流传的一首民歌。敕勒歌辞系从鲜卑语译出。北齐高欢为周军所败，命斛律金唱此歌以激励士气。敕勒，种族名，北齐时居住在今山西省朔州市一带。

②敕勒川：敕勒族居住的地方，在今山西省、内蒙古自治区一带。北魏时期把今河套平原至土默川一带称为敕勒川。川，平川，平原。

③阴山：在今内蒙古自治区北部。

④穹庐：指游牧民族居住的毡帐，即蒙古包。

⑤笼盖：笼罩，覆盖。

⑥四野：指草原的四面八方。

⑦苍苍：深青色。

⑧茫茫：辽阔无边的样子。

⑨见：同"现"，显露的意思。

译文

辽阔的敕勒大平原，位于阴山脚下，平原上广阔的天空像个巨大的毡帐，笼罩着草原的四面八方。

深青色的天空，辽阔无边的草原，一阵风儿吹来，牧草低伏，一群群牛羊显露出来。

赏析

　　这首民歌，勾勒出了北方草原壮丽富饶、广阔无垠的风光，描述了草原上的放牧生活，抒写敕勒族人民热爱家乡、热爱生活的豪情，为北朝乐府民歌的代表作品。

　　这首诗虽然短小，却描绘出了壮丽、奇伟的景象。诗歌一开头"敕勒川，阴山下"两句，吟咏出北方自然风光的特点，即山川广布。这简洁的六个字，音调高亢，格调雄阔宏放，凸显出敕勒民族豪放的性格。接下来"天似穹庐，笼盖四野"两句，以"敕勒川"的广阔背景，极言天穹壮阔，原野无边，显示了敕勒人以天地为家的豪放气魄和广阔的胸怀，极有气势。"天苍苍，野茫茫"两句，在描绘笔法上与上文略有叠沓，蕴含着咏叹抒情的情调。"风吹草低见牛羊"是全文的点睛之笔，写出了草原富庶、其乐融融的景象，显示了作者热爱草原、热爱生活的乐观精神。

　　这首诗歌具有浓郁的草原气息，鲜明的游牧民族的色彩，风格异常雄浑朴质，从语言到意境可谓自然天成，意韵真淳。语言明白如话，质朴有力，浅近明快，艺术概括力极强。全诗意境雄浑奔放，散发着积极昂扬的精神，在文学史上有着很高的声誉。

木兰诗

原文

　　唧唧[①]复唧唧，木兰当户[②]织。不闻机杼[③]声，惟[④]闻女叹息。问女何所思，问女何所忆[⑤]。女亦无所思，女亦无所忆。昨夜见军帖[⑥]，可汗[⑦]大点兵[⑧]。军书十二卷[⑨]，卷卷有爷[⑩]名。阿爷无大儿，木兰无长兄，愿为市鞍马[⑪]，从此替爷征。

　　东市买骏马，西市买鞍鞯[⑫]，南市买辔头[⑬]，北市买长鞭。旦辞爷娘去，暮宿黄河边。不闻爷娘唤女声，但闻黄河流水鸣溅溅[⑭]。旦辞黄河

去，暮宿黑山⑮头。不闻爷娘唤女声，但闻燕山胡骑⑯鸣啾啾⑰。

万里赴戎机⑱，关山度若飞⑲。朔气传金柝⑳，寒光照铁衣㉑。将军百战死，壮士十年归。

归来见天子，天子坐明堂㉒。策勋㉓十二转，赏赐百千强㉔。可汗问所欲㉕，木兰不用㉖尚书郎㉗。愿驰千里足㉘，送儿还故乡。

爷娘闻女来，出郭相扶将㉙。阿姊闻妹来，当户理红妆㉚。小弟闻姊来，磨刀霍霍㉛向猪羊。开我东阁门，坐我西间床。脱我战时袍，著㉜我旧时裳。当窗理云鬓㉝，对镜贴花黄㉞。出门看伙伴㉟，伙伴皆惊惶。同行十二年，不知木兰是女郎！

雄兔脚扑朔，雌兔眼迷离㊱。双兔傍地走㊲，安能辨我是雄雌？

注释

①唧唧：原指纺织机的声音。这里指叹息声，喻指木兰无心织布，发出的叹息声。首句一作"唧唧何力力"。

②当户：对着门或在门旁，泛指在家中。

③机杼：代指织布机。机，指织布机。杼，织布的梭子。

④惟：只。一作"唯"。

⑤忆：思念，惦记。

⑥军帖：军中的文告。

⑦可汗：古代北方少数民族对君主的称呼，此处指北朝的皇帝。

⑧大点兵：大规模征兵。

⑨"军书"句：征兵的名册有很多卷。十二，形容数量很多。下文的"十年""十二转""十二年"等，用法同此。

⑩爷：指父亲。下文的"阿爷"同此，当时北方呼父为"阿爷"。

⑪"愿为"句：愿意代父买马和乘马用具。为，为此（指父亲被征召）。市，买。

⑫鞯：马鞍下的垫子。

⑬辔头：马笼头。

⑭溅溅：水流激射的声音。

⑮黑山：今内蒙古自治区呼和浩特市东南。

⑯胡骑：胡人的战马。胡，古代对北方少数民族的称呼。

⑰啾啾：象声词，马叫的声音。

⑱戎机：军机，指战争。

⑲"关山"句：翻越重重关隘山岭时就像飞过去那样迅速。度，越过。

⑳金柝：刁斗。古代军中夜间报更用器。一说金为刁斗，柝为木柝。

㉑铁衣：古代战士穿的用铁制成的战衣。

㉒明堂：古代帝王宣明政教的地方。凡朝会、祭祀、庆赏、选士、养老、教学等大典，都在此举行。

㉓策勋：记功勋于策书之上。

㉔强：有余。

㉕问所欲：问（木兰）想要什么。

㉖不用：不为，不做。

㉗尚书郎：官名。东汉始置，至魏晋以后在尚书台（省）下分设若干曹（部），有侍郎、郎中等官，综理职务，通称尚书郎。

㉘千里足：泛指能行千里者，指好马。一作"愿借明驼千里足"。

㉙"爷娘"两句：意思是说父母互相搀扶着到城外来迎接木兰。郭，外城。扶，扶持。将，助词。

㉚红妆：指女子的艳丽装束。

㉛霍霍：象声词，形容磨刀时发出的声音。

㉜著：通"着"，穿。

㉝云鬓：形容妇女浓黑而柔美的鬓发。

㉞贴花黄：当时流行的一种化妆款饰，用黄色颜料晕染或者以金箔、黄纸剪成花样粘贴在额头上。花黄，古代妇女的一种面部额黄妆。

㉟伙伴：即"火伴"。古时兵制，十人为一火，火伴即同火的人。

㊱"雄兔"二句：提着兔子的耳朵悬在半空，雄兔两只前脚不停扑腾，雌兔两只眼睛时常眯着，所以容易辨认。扑朔，形容雄兔前脚扑腾的样子。迷离，形容雌兔眼睛眯着的样子。

㊲傍地走：指在地上跑。

· 75 ·

译文

　　叹息声一声连着一声，木兰对着门在织布。听不见织布机的声音，只听见木兰一直在叹息。问木兰在想什么，问木兰在惦记着什么。（木兰回答道）我也没有在想什么，也没有在惦记着什么。昨天晚上看见军中的文告，知道天子在大规模征兵。那么多卷征兵名册，卷卷都有父亲的名字。父亲没有大儿子，我没有哥哥，我愿意为此到集市上去买马和鞍子，从现在起替代父亲去出征。

　　到东市上买来骏马，西市上买来马鞍和鞍下的垫子，南市上买来马笼头，北市上买来长马鞭。早晨出发告别父母，晚上宿营在黄河边。听不见父母呼唤女儿的声音，只能听见黄河水流激射的声音。第二天早晨离开黄河继续上路，晚上就到了黑山头。听不见父母呼唤女儿的声音，只能听到燕山胡人的战马啾啾的鸣叫声。

　　行军万里赶赴战场，翻越重重关隘山岭时就像飞过去那样迅速。北方寒冷的夜晚传来打更的声音，清冷的月光照在将士们的铁衣上。将士们身经百战，出生入死，多年后才得以胜利归来。

　　胜利归来朝见天子，天子坐在明堂上为木兰论功行赏。给木兰记大功，下发很多的赏赐。天子问木兰想要什么，木兰说不做尚书郎。（木兰说）希望能骑上千里马，送我回到家乡。

　　父母听说女儿回来了，互相搀扶着出城迎接木兰。姐姐听说妹妹回来了，在屋里梳妆打扮起来准备迎接妹妹。弟弟听说姐姐回来了，忙着霍霍地磨刀杀猪宰羊。（到家后）打开我的东阁门进去看看，坐坐我西间的床。脱去我打仗时穿的战袍，换上我以前穿的衣裳。面对着窗子梳理我柔美漂亮的头发，照着镜子在额头上贴花黄。出门去看跟我一起打仗的伙伴们，伙伴们见到我都很惊慌。（伙伴们说）我们同行数年之久，竟然不知木兰是女孩子。

　　（如果提着兔子耳朵把它悬在半空中）雄兔两只前脚不停扑腾，雌兔两只眼睛时常眯着。雄雌两兔一起在地上跑，怎能分辨出我是雄还是雌呢？

赏析

　　《木兰诗》是中国南北朝时期北方的一首长篇叙事诗，也是一篇乐府诗。它以北魏和柔然民族之间的战争为背景，记述了女英雄木兰女扮男装代父从军，征战沙场，立功后又弃赏回乡的故事，具有强烈的传奇色彩。此诗产生于民间，在长期的流传过程中，又经后世文人加工，但基本上还是保存了民歌易记易诵的特色。

　　第一段，写木兰决定代父出征。以"唧唧复唧唧，木兰当户织。不闻机杼声，惟闻女叹息"开头，只闻"唧唧复唧唧"的叹息声，却不闻机杼声，暗示着木兰已无心织布，显示出她内心忧思深重。"问女何所思，问女何所忆"两问实是一问，扣人心弦。木兰回答说："女亦无所思，女亦无所忆。"一问一答如此平静，可见木兰性格之沉着，也意味着木兰内心有忧思。经过激烈的思想斗争，木兰毅然下定决心"从此替爷征"。接下来"昨夜见军帖，可汗大点兵"说明了忧思的缘由。夜里见到征兵文书，天子大规模征兵，军情紧急，显然是敌人大举进犯。"军书十二卷，卷卷有爷名"，"军书"指征兵名册，"十二卷"是言其多，"卷卷有爷名"是夸张，这说明父亲确实在应征册上有名。"阿爷无大儿，木兰无长兄"两句说明家里没有能代"阿爷"出征的男子。看到衰老年迈的父亲，木兰不忍让他上战场，可是朝廷的召唤又义不容辞。面对双重的考验，木兰挺身而出，"愿为市鞍马，从此替爷征"。

　　第二段，写木兰准备出征和奔赴战场。先以"东市买骏马，西市买鞍鞯，南市买辔头，北市买长鞭"的排比句写木兰准备鞍马行装，写出木兰出征之前的昂扬士气。"旦辞爷娘去，暮宿黄河边。不闻爷娘唤女声，但闻黄河流水鸣溅溅"，从情感上说，旦辞暮宿，只闻黄河激射之声，代替了平日父母亲切的呼唤。这层层描写，将木兰出征之后生活境遇的变化和内心的感受，一一呈现出来。从景色上说，暮色苍茫之中，一位女战士在黄河边上，枕戈待旦，听闻黄河水的四溅之声，是何等的苍凉悲壮。这种境界，在中国诗史上是稀有的。"旦辞黄河去，暮宿黑山头。不闻爷娘唤女声，但闻燕山胡骑鸣啾啾"，这四句与上四句为一排比，早上离开黄河而去,晚上到了黑山头,暗示军队已经到达阵前。"不闻爷娘唤女声,但闻燕山胡骑鸣啾啾",战斗即将打响,暗示了战争的残酷,也正是这残酷的战争磨炼了木兰。

第三段,"万里"六句概括描写木兰的征战生活。"万里赴戎机,关山度若飞"二句描写军队奋勇征战的气势,其中"赴""度""飞"等字极富动感,气势宏大。中间二句"朔气传金柝,寒光照铁衣"写宿营时的戒备和警惕。下二句"将军百战死,壮士十年归",以互文的手法描写木兰出生入死,能够归来实属不易。"百战""十年"表示很多,概言战事频繁,岁月漫长,也表现出战地生涯之艰苦卓绝。此六句,用精练的笔墨写尽木兰从军生涯,将纵横驰骋的英雄形象刻画得十分鲜明。

第四段,写木兰还朝辞官。"归来见天子,天子坐明堂。策勋十二转,赏赐百千强",当时的勋位分作若干等,每升一等是一转,此"十二转",指最高的勋级,也是夸张地形容升迁快速。"百千强",言赏赐很多财物。天子对木兰赏赐待遇优厚,一方面暗示木兰战功之卓著,另一方面为下文木兰还乡心切做衬托。"可汗问所欲,木兰不用尚书郎。愿驰千里足,送儿还故乡",天子的丰厚赏赐与木兰的辞官返乡形成鲜明的对照。辞官这一节,因木兰是女儿身,在当时条件下,妇女在官场上还是有很大限制的。

第五段,浓墨重彩地描写木兰还家及与亲人团聚的欢乐生活。"爷娘闻女来,出郭相扶将。阿姊闻妹来,当户理红妆。小弟闻姊来,磨刀霍霍向猪羊",描绘了全家欢迎木兰的场面,三组排比共六句,将喜庆氛围推向高潮。此时木兰还家,已是百战之后,今日非昨昔,父母更加衰老,所以彼此互相搀扶着出城迎接。姐姐依照闺阁之礼,用红妆隆重欢迎。小弟乐融融地准备宴席,宰杀猪羊来庆贺。叙述长幼有序,一片欢乐祥和,极富人情味和生活气息。此中深有传统礼俗之美。木兰凯旋,与家人团聚,她心中无比喜慰,可想而知。接着"开我东阁门,坐我西间床。脱我战时袍,著我旧时裳。当窗理云鬓,对镜贴花黄",描写木兰恢复女儿身之乐。多年隐藏身份,如今归来,回到闺阁,脱去战袍,恢复本来面貌,喜悦万分,进一步突出木兰的美丽与温柔。接下来"出门看伙伴,伙伴皆惊惶。

同行十二年，不知木兰是女郎"四句写木兰出门去看战友，伙伴们发现眼前光彩照人的女郎，竟是一同征战、出生入死的木兰！全诗悬念至此解开，此一节最具喜剧效果，亦是全诗的最高潮，同时令人深思。在沙场上出生入死，艰苦征战，本就很难；乔装不被战友发现，更是难上加难。可见木兰的精神力量，是何等之大！

  第六段，用比喻作结。"雄兔脚扑朔，雌兔眼迷离。双兔傍地走，安能辨我是雄雌"四句通过双兔在跑动时不能区别的比喻，对木兰的才能和智慧加以赞扬和肯定。此是木兰女扮男装之奇迹的圆满解释，又营造了一个喜剧性的情节，把全诗的传奇色彩推向了又一高潮，同时传达了一种"谁说女子不如男"的思想观念。

  全诗从内容上突出儿女情怀，丰富英雄性格，使人物形象更真实感人；结构上节奏多有变化，既有开头的凝缓沉重，又有中间的轻捷短促，还有文末的舒缓自由，颇能扣人心弦；语言上多用排比、对偶、设问、铺陈等修辞手法，刚健质朴，具有抒情性，民歌风味十足。

王 褒

王褒（约513—574年），字子渊，琅玡临沂（今山东省临沂市）人，侨居南京，南北朝时文学家。梁武帝时任秘书丞，元帝时官拜侍中，迁吏部尚书、左仆射。后仕北周，官至太子少保、少司空、宜州刺史。王褒博览史传，善诗文，与庾信齐名，著有《王司空集》。《周书》卷四一、《北史》卷八三有传。

渡河北①诗

原文

秋风吹木叶，还似洞庭波②。
常山③临代郡④，亭障⑤绕黄河。
心悲异方乐⑥，肠断陇头歌⑦。
薄暮临征马，失道⑧北山阿⑨。

注释

①河北：指黄河以北。
②"秋风"二句：化用《楚辞·九歌·湘夫人》中的"袅袅兮秋风，洞庭波兮木叶下"。
③常山：常山郡，在今河北省唐县西北。
④代郡：汉代北部边郡，在今河北省蔚县东北。
⑤亭障：亦作"亭鄣"，古代修筑的军事防御工事。

⑥异方乐：异乡的音乐。异方，异乡，这里指北方。

⑦《陇头歌》：乐府歌曲名，即《陇头歌辞》，内容多写征人的艰辛与思乡之情。

⑧失道：迷失道路。

⑨山阿：山的拐角处。

译文

秋风吹起落叶，犹如南国的洞庭湖水。

到了常山邻近代郡一带，围绕黄河沿岸修筑着很多亭障。

北方的音乐使我内心伤悲，陇头歌令人肝肠寸断。

傍晚时驱动征马，在北山拐角的地方迷失了道路。

赏析

这首诗是王褒渡黄河北上时所作，表达了诗人对故国的怀念和对羁旅生活的感慨。

开头"秋风吹木叶，还似洞庭波"二句运用"因物感兴"的手法引领下文。秋风吹起落叶，仿佛是南国的洞庭湖边的场景，看到眼前的景象，有似昔日家乡的风景，使得他生起对故乡的怀念，并化用屈原《楚辞·九歌·湘夫人》中"袅袅兮秋风，洞庭波兮木叶下"的诗句发端，使这种思乡情怀得以抒发。清人沈德潜在《古诗源》中，称赞此诗"起调甚高"。虽然如此，眼前的秋水景色，只不过是"还似洞庭波"而已，改变不了北国风光的现实。所以由"还似"二字，引出下面四句"常山临代郡，亭障绕黄河。心悲异方乐，肠断陇头歌"，写眼前的北国风光带来的忧伤感受。其中，"常山""代郡"历来是边防要地，说明他离故国越来越远，而离边疆越来越近。"亭障"是西魏人修筑的军事防御工事，王褒沿途北渡，所见亭障绕着黄河修筑，眼前一派戒备森严的紧张景象，由此可见当时的战事很紧迫。"心悲异方乐，肠断陇头歌"两句写沿途所闻。傍晚时分，诗人正风尘仆仆地在萧条的秋野上前行，满目荒凉，忽闻"异方乐"，鸣咽入耳，再听见令人"肠断"的"陇头歌"，诗人思乡的悲愁油然而生。这里的"异方乐"一语，含意颇深，此非汉地土风雅乐，而是胡人所作，表明诗人所处乃是北朝政权之地，这样，自然而然地归结到尾句上来："薄暮临征马，失道北山阿"。这两句化用《战国策·魏策》魏王驾马北行欲攻赵的典故，并融入魏晋时期阮籍《咏怀诗》之五中"北临太行道，失路将如何"的句意，写诗人念及平生的遭遇，如今置身于异地，叹息自己的人生失路。至此，点明了诗的寓意，前后呼应，回旋自然。

  这首诗对仗工整，音韵和谐，格调苍劲悲凉，极具特色。造语清浅而寄兴遥深，尤其善于化用典故以写心意，增强了诗歌的感染力。

卢思道

卢思道（535—586年），字子行。范阳（今河北省涿州市）人。北齐时，任给事黄门侍郎。北周时，官至仪同三司，迁武阳太守。入隋后，官终散骑侍郎。卢思道是"北朝三才"之一邢劭的学生。北齐时期，卢思道因为文章闻名天下。北齐文宣帝驾崩后，当朝文士各作挽歌十首，择善用之。魏收、祖孝徵等人只得一二首，只有卢思道得八首，所以被当时的人称为"八米卢郎"。他的事迹在《北齐书》《北史》本传都有记载。卢思道精通七言诗，长于用典，诗歌融柔婉轻倩于刚健清远的气势之中，开初唐七言歌行的先声。有集三十卷，但已经遗失。现在流传于世的有《卢武阳集》一卷。《先秦汉魏晋南北朝诗》一书中收录其诗二十七首，《全隋文》存其文章约六十篇。

从军行[①]

原 文

朔方烽火照甘泉[②]，长安飞将[③]出祁连[④]。
犀渠[⑤]玉剑良家子，白马金羁[⑥]侠少年。
平明[⑦]偃月[⑧]屯右地[⑨]，薄暮[⑩]鱼丽[⑪]逐左贤[⑫]。
谷中石虎经衔箭[⑬]，山上金人[⑭]曾祭天。
天涯一去无穷已，蓟门迢递三千里[⑮]。
朝见马岭[⑯]黄沙合，夕望龙城[⑰]阵云起。
庭中奇树已堪攀，塞外征人殊未返。
白雪初下天山外，浮云直上五原[⑱]间。

关山万里不可越,谁能坐对芳菲月?
流水本自断人肠,坚冰旧来伤马骨[19]。
边庭节物与华异,冬霰秋霜春不歇。
长风萧萧渡水来,归雁连连映天没。
从军行,军行万里出龙庭[20]。
单于渭桥[21]今已拜,将军何处觅功名!

注释

①《从军行》:乐府旧题,属《相和歌辞》。《古今诗话》记载,唐玄宗从巴蜀回到长安,在夜晚登上勤政楼时,就诵读了本诗中的"庭中奇树已堪攀,塞外征人殊未返"句,由此可见在唐朝时期这首诗的受欢迎程度。

②照甘泉:这里代指向朝廷报警。甘泉,指"甘泉宫",在今陕西省淳化县北约五十里的甘泉山上,本来是秦始皇的离宫,后经汉武帝扩建命名为甘泉宫。汉武帝每年五月便在此处避暑,滞留到八月才返回长安,是汉武帝时的重要政治活动场所,地位仅次于长安未央宫。

③飞将:指西汉名将李广。

④出祁连:(像李广那样的飞将军兵出长安)再战出祁连山关隘。祁连,祁连山关隘。

⑤犀渠:用犀牛皮做成的盾牌。

⑥金羁:金饰的马笼头。

⑦平明:天刚蒙蒙亮。

⑧偃月:古代阵法,全军队列呈弧形,就像弯弯的月亮,阵形不对称,战斗时主要攻击侧翼,利于兵强将勇者,对某些不对称地形也很适用。

⑨右地:指西域。《后汉书·班梁列传·班超传》记载,"先帝……乃命将帅击右地,破白山,临蒲类,取车师城郭。"泛指边塞之地。

⑩薄暮:这里指太阳快落山的时候,即傍晚。

⑪鱼丽:古战阵名,即将步卒队形环绕战车进行疏散配置的一种阵

法，有极强的杀伤力。

⑫左贤：匈奴贵族封号，即左贤王。在匈奴诸王侯中，地位最高，常以太子为之。此处代指匈奴的重要首领。

⑬"谷中"句：《史记·李将军列传》记载，李广打猎时误把草丛中的一块大石头当成老虎，便射了一箭，怎料整个箭杆都射进了石头里。

⑭金人：匈奴用来祭天的神器。汉元狩二年（前121年），霍去病打败匈奴休屠王，缴获"祭天金人"，放在甘泉宫里。

⑮"天涯"两句：边境征战没有归期，战场距蓟门（今北京市北）有三千里的距离。

⑯马岭：指马岭关（位于今河北省邢台市西部的太行山脉），是中国北部边陲的一个关键关隘，是古代兵家必争之地。

⑰龙城：匈奴的政治中心，至于其具体位置，一说为今蒙古国鄂尔浑河西侧的和硕柴达木湖附近；一说为今我国内蒙古自治区赤峰市附近。古诗中经常用龙城指代匈奴王庭所在地。

⑱五原：西汉西北边防的一个关键边郡，西汉武帝时始置，西接朔方郡，是防止匈奴入侵的要塞。

⑲伤马骨：典出汉末文学家陈琳的《饮马长城窟行》中的"饮马长城窟，水寒伤马骨"二句。

⑳龙庭：匈奴单于祭天地鬼神之所。

㉑单于渭桥：指公元前51年，匈奴呼韩邪单于来觐见汉宣帝，汉宣帝亲自到渭桥迎接其入朝之事。当时呼韩邪单于决定向汉称臣，并允诺匈奴永远是汉朝的外藩。

译文

北方边塞的战火已经蔓延到甘泉山上，像李广那样的将军从长安出兵向祁连山关隘进发。

手拿盾牌和利剑的士兵都是朝廷征来的良家子弟，骑在装有金饰马笼头的白马上的都是义胆忠肝的年轻人。

天蒙蒙亮就在边塞之地摆好偃月阵，傍晚时分便以鱼丽阵打败了匈奴的重要首领。

战争过后的山谷里留下了像李广以石为虎、箭入石中的神力无穷的故事，山上则是霍去病战胜敌人后缴获的匈奴祭天用具。

此去边境征战没有归期，战场距蓟门有三千里的距离。

清晨可以看到马岭关上弥漫着滚滚黄沙，傍晚则能看见匈奴王庭的士兵布兵排阵。

庭院中的佳树已长到能够承受人攀登的大小，可塞外征战的亲人竟然还没回来。

白雪开始落在天山之外，而浮云升腾到五原城上空。

万里的关隘山岭不可穿越，谁能独坐在美丽动人的月下欣赏呢？

听到流水的声音本来就使人肝肠寸断，更何况那寒冷的坚冰向来伤马骨。

塞外的各季节的景色与中原大不相同，冬雪秋霜直到春季也不停歇。

萧萧的远风随着河水飘来，南归之雁接连不断地在天边没了踪影。

从军而去，行军万里出龙庭。

如今匈奴单于已在渭桥拜服汉帝，欲战不能的将军们再到哪里去建功立业呢！

赏 析

这首《从军行》大气磅礴而又转折多姿，内容丰富，既有将军的英勇出征，又有边庭的艰苦环境；既有思妇对征夫的牵挂，又有对战士久征不归的哀怨。此诗表达了国家有难，匹夫有责的使命感和建功立业的豪迈情怀。

本诗开篇四句写北方的烽火传来战争的消息，少年随"长安飞将"出塞迎敌。"朔方烽火照甘泉"渲染了强烈的战争气氛。接下来四句以极简练的文字写征战过程及战后的景象。以"偃月""鱼丽"二阵击败敌军，说明作战有术。又运用"谷中石虎经衔箭，山上金人曾祭天"两个典故，以李广射石的典故说明将士的神威，以霍去病获"金人"的典故说明将士英勇善战。以上写征战将士英勇奋战，长戍不归的戎马生活。自"天涯一去无穷已"以下，笔锋一转，写征夫和妻子的两地相思。其中"蓟门""马岭""龙城"都是北方地名，在这里都是虚指，写征人此去远征，归来遥遥无期。早晚都在排兵布阵，为作战做准备。一句"庭中奇树已堪攀，塞外征人殊未返"，反衬出战争时间之久。但对久战不归的征夫的亲人来说，长期分离是何等的痛苦。征夫远在白雪皑皑的天山与浮云直上的五原城，与家人相隔万里，无法相见。因此人们只能发出"关山万里不可越，谁能坐对芳菲月"的叹息。本来闻"流水"就使人断肠，再加上"坚冰旧来伤马骨""冬霰秋霜春不歇"的寒苦生活，抒写了思妇对边地的将士的担忧和牵挂。接下来以"长风""归雁"按时归来，而人终不归，表达征夫与思妇无限的哀怨。最后四句以强烈的反诘收束全诗。从军出征，不远万里来到边塞，可匈奴已投降了，战争已结束了，征夫不归，将军再到哪里去建功立业呢？这里是在指责将军为了邀功请赏，而轻启战端，由此点明了诗歌的主旨，也是对统治者的嘲讽。

该诗为七言歌行体，语言清丽流畅，对偶工整，意境壮阔，将征人在边塞的征战生活、怀乡之情与思妇闺怨的情思巧妙地融合在一起，铺陈变化，开合自如。

杨 素

杨素(？—606年)，字处道，弘农华阴(今陕西省华阴市)人，隋朝权臣、军事家、诗人。杨素出身北朝士族，少落拓，有大志，不拘小节。北周时任车骑大将军，曾参加灭北齐之役。后随随国公杨坚平乱，授大将军，改封清河郡公。隋朝建立后，拜御史大夫。后任行军元帅率水军攻陈。陈灭后，封为越国公，转内史令。隋炀帝杨广即位，拜司徒，改封楚国公，去世后谥号"景武"，赠光禄大夫等。善属文，工草隶。有集十卷，已遗失，清人严可均辑《全上古三代秦汉三国六朝文》中仅收录十篇。《隋书》卷四八有传。

出塞①二首(其一)

原文

漠南②胡③未空，汉将④复临戎⑤。
飞狐⑥出塞北，碣石指辽东⑦。
冠军⑧临瀚海⑨，长平⑩翼大风。
云横虎落阵⑪，气抱龙城虹。
横行万里外，胡运⑫百年穷。
兵寝星芒落，战解⑬月轮空。
严鐎⑭息夜斗，骍角⑮罢鸣弓。
北风嘶朔马⑯，胡霜切⑰塞鸿⑱。
休明⑲大道⑳暨㉑，幽荒㉒日用同㉓。
方就㉔长安邸，来谒㉕建章宫㉖。

注释

①《出塞》：汉乐府题辞，属《横吹曲辞》，汉武帝时李延年依胡曲改制，多描写边塞将士的生活情景。

②漠南：指蒙古高原大沙漠以南的地区。

③胡：我国古代称北方和西方的少数民族如匈奴等为胡。这里指突厥。

④汉将：指西汉卫青、霍去病等大将。这里是诗人自指。

⑤临戎：身临战阵，指领兵打仗。

⑥飞狐：古代要隘，在今河北省涞源县北、蔚县南。为古代河北平原与北方边郡间的交通要塞。

⑦辽东：指辽河以东的地区，在今辽宁省的东部和南部。

⑧冠军：古代官职名，这里指曾因征匈奴军功封"冠军侯"的霍去病。

⑨瀚海：两汉时是北方的沙海名。汉武帝时霍去病击匈奴左侧地区，出代郡边塞两千余里，登临瀚海而还。其含义随时代而变，唐代时是蒙古高原大沙漠以北及其以西一带广大沙海的泛称。

⑩长平：古代官职名，这里指汉代名将卫青，曾因抗击匈奴官至大将军，封"长平侯"。

⑪虎落阵：指军营。虎落，古代用以遮护城邑或营寨的竹篱，也用以作为边塞分界的标志。

⑫胡运：胡人的运数。

⑬战解：战事解除。

⑭严镳：警夜的镳声。镳，刁斗。

⑮骍角：红色的牛角，这里指红色的角弓。

⑯朔马：朔方之马，泛指北地之马。朔，即朔方，古代郡名，这里泛指边境之地。

⑰切：寒冷，凄切。

⑱塞鸿：塞外的鸿雁。古人常用其作比，表达对远方的亲人的怀念。

⑲休明：美好清明，用以赞美明君或盛世。

⑳大道：仁德的王道。

㉑暨：到，至。

㉒幽荒：幽远的边荒之地。

㉓日用同：这里指边塞与中央统一。

㉔方就：刚到。

㉕谒：拜谒。

㉖建章宫：汉代长安宫殿名。这里指皇帝。

译 文

漠南一带的突厥军队尚未消灭干净，我作为将军再次领兵出征。

这次出征经飞狐要塞而出塞北，经碣石而奔辽东。

就像霍去病追击匈奴到达瀚海，就像卫青在大风的辅助下击败敌人。

云气汇合在军营上空，气势像白虹般笼罩龙城。

这支军队横扫万里之外，将胡人的百年运数灭尽。

夜晚战斗结束时星星的光芒也陨落了，战事解除后月亮的光晕也消失了。

警夜的刁斗声停息了，红色角弓的鸣声也止住了。

北地之马仍在北风中悲鸣，塞外的鸿雁在寒霜中凄切地鸣叫。

美好清明的仁德王道已到来，幽远的边荒之地的日常生活与中央统一了。

我刚到长安的家，就来拜谒皇帝。

赏 析

杨素的《出塞》共二首。根据《隋书》记载，本诗是杨素任车骑大将军西征突厥后所作。此为第一首，主要描写自己亲征出塞、平息战事、奏凯还朝的故事。

首两句"漠南胡未空，汉将复临戎"，交代了出塞的缘由，漠南地区的战事还没有彻底结束，这次自己再次领兵打仗。"汉将"实为杨素自指。据史书记载，在隋文帝开皇十八年（598年），突厥达头可汗犯塞，朝廷以

杨素为灵州道行军总管，出塞征讨。在仁寿元年（601年），杨素作为行军元帅再次出击突厥并破之，所以这里说"复临戎"。"飞狐出塞北，碣石指辽东"这两句交代了出兵的路线，经"飞狐"出塞，经"碣石"转战辽东。"出""指"二字，形象地写出了军队前进的方向，场面雄阔，境界顿开。接下来"冠军临瀚海"四句，以霍去病、卫青击破匈奴事自比，描绘了率军出征时磅礴的气势、整肃的军容和必胜的信念。"临""翼""云横""气抱"等词语的运用，展现了将军的威风凛凛和军队的气势如虹，具体贴切。接下来两句"横行万里外，胡运百年穷"，描写自己率领的军队能征善战，一夜之间，将北方百年战事平息了。"兵寝"以下六句，写大破敌人后战场肃杀的场面。"星芒落""月轮空"，表示战争已结束，描写细致入微，反衬了隋军取得的摧枯拉朽般的胜利。"息夜斗""罢鸣弓"，是说警夜的刁斗不再响起，弓箭也停歇了。但北风中胡人的马仍然在嘶叫，塞鸿凄切的叫声仍能让人感受到战争的气息。"塞鸿"也是诗人自喻，表达对亲人的怀念。最后四句写奏凯还朝，踌躇满志，意气风发。

全诗对仗工整，语言生动，诗人以亲身经历抒发了自己的豪情壮志，气势宏伟，真切感人。

出塞二首（其二）

原 文

汉虏①未和亲，忧国不忧身。
握手河梁②上，穷涯北海③滨。
据鞍独怀古，慷慨感良臣。
历览多旧迹④，风日惨愁人。
荒塞空千里，孤城绝四邻。
树寒偏易古⑤，草衰恒不春⑥。
交河⑦明月夜，阴山苦雾⑧辰。

雁飞南入汉，水流西咽秦⑨。
风霜久行役，河朔⑩备⑪艰辛。
薄暮边声⑫起，空飞胡骑尘。

注 释

①汉虏：汉，汉朝，此以汉指隋。虏，此指突厥。
②河梁：原指河堤，河桥。后以"河梁"借指送别之地。李陵（疑为后人伪托）《与苏武诗》中有"携手河梁上，游子暮何之"之句。
③北海：今贝加尔湖，亦泛指北方极边远地区。
④旧迹：指汉代苏武牧羊留下的遗迹。
⑤偏易古：最容易枯衰。古，通"枯"。
⑥恒不春：很难见到春天的景象。恒，常。
⑦交河：古城名。在今新疆维吾尔自治区吐鲁番市西北处。
⑧苦雾：浓雾。
⑨"水流"句：此句化用《陇头歌辞》中"陇头流水，鸣之幽咽。遥望秦山，心肝断绝"的诗意，意思是西去的流水传出思乡之音。
⑩河朔：古代泛指黄河以北地区。
⑪备：历尽。
⑫边声：指边境警报。

译 文

汉族和突厥彼此之间没有友好亲善的时候，我为国事只能不顾自己的安危。

在河梁与亲人告别，即将远去北方边地。
我骑在马背上独自思念古人，为那些忠臣良将而感动。
遍览当初苏武的遗迹，风光惨淡令人发愁。
萧索的荒塞千里空悠悠，孤城已自伶仃，四周没有人烟。

天气寒冷时树木最容易枯衰，连天衰草间已很难见到春天的景象。

经历过交河清亮的月夜，感受过阴山早晨的浓雾。

见到大雁南飞入汉域，水流西去发出思乡之音。

饱受从军跋涉之苦，久戍边地历尽艰辛。

黄昏时边声四起，追逐胡骑飞奔，空中扬起尘土。

赏 析

此诗与第一首的风格不同，前一首风格雄壮激昂，此诗则具有边塞征战的忧伤感怀之情。

诗首"汉虏未和亲，忧国不忧身"两句，写诗人因战争未结束，忧国忘己，点明了此诗的主旨，也体现了诗人以天下为己任的爱国情操。"握手"以下六句，是诗人怀古伤今的感慨。"握手河梁上"是指苏武与李陵河梁一别的悲伤故事，此时的"河梁"告别是历史的重演。通过"怀古"、览旧迹，更感先贤"良臣"戍边的巨大牺牲。这种使人"惨愁"的历史沧桑感，具有厚重的社会内容。抚今思昔，时空的跨越使诗增添了宏观的意境。"荒塞"以下十句，是对塞外荒凉萧索的自然景物的铺写，突出了从军塞外的"艰辛"之苦。大雁南飞，水流呜咽，诗人更是生起了怀乡之情。最后两句"薄暮边声起，空飞胡骑尘"，与诗的开头"忧国"前后呼应。诗人"忧国"之心只因"汉虏未和亲"，一场战争即将开始。最后这句起到了回旋的作用，使这首诗完美地结束。

此诗笔力苍劲，意境雄浑，善于用典，句式多对偶。诗人以"风霜久行役"的亲身经历，将边塞征战之苦描写得十分生动。此诗与第一首的雄壮豪放共同组成了边塞诗"悲壮"的总体风格。杨素以雄深雅健之笔，力矫齐梁柔靡之风，给隋代诗坛带来了生气，更对唐代边塞诗产生了直接的影响。

骆宾王

骆宾王（约638—？），婺州义乌（今浙江省义乌市）人。少善属文，尝作《帝京篇》，当时以为绝唱。高宗末，为长安主簿。坐赃，左迁临海丞，不得志，弃官。后为起兵扬州反武则天的徐敬业作《代李敬业传檄天下文》，敬业败，骆宾王下落不明，文多散佚。有兖州人郗云卿集成十卷，盛传于世。与王勃、杨炯、卢照邻齐名，号称"初唐四杰"。

晚度天山①有怀京邑②

原文

忽上天山路，依然想物华③。
云疑上苑④叶，雪似御沟⑤花。
行叹戎麾⑥远，坐怜衣带赊⑦。
交河浮绝塞⑧，弱水浸流沙⑨。
旅思徒漂梗⑩，归期未及瓜⑪。
宁知心断绝，夜夜泣⑫胡笳⑬。

注释

①天山：山名，唐代称伊州、西州以北一带的山脉为天山。
②京邑：京都，指长安。
③物华：自然景色。

④上苑：上林苑，是汉武帝刘彻于建元三年（前138年）在秦朝的一个旧苑址上扩建而成的宫苑。此处代指唐皇家园林。

⑤御沟：指长安护城河。

⑥戎麾：军旗，亦借指军队。

⑦赊：这里是宽松之意。

⑧"交河"句：意思是交河水流向远处，消失在荒远的塞外。

⑨"弱水"句：《尚书·禹贡》记载："导弱水至于合黎，余波入于流沙。"这里的意思是弱水流向了沙漠。弱水，即今甘肃张掖河。流沙，沙漠。

⑩漂梗：漂浮在水面的树枝。这里比喻踪迹不定。梗，树木的断枝。

⑪及瓜：指任职期满。《左传·庄公八年》记载："齐侯使连称、管至父戍葵丘。瓜时而往，曰：'及瓜而代。'"意思是任期一年，今年瓜时往，来年瓜时代之。后用"及瓜"代指任职期满。瓜，指瓜时，即瓜熟之时。

⑫泣：一作"听"。

⑬胡笳：古代北方的一种管乐器。

译文

忽然登上了天山，看到眼前的景象，依旧想起京都中那美丽的自然景色。

天山上的朵朵白云好像是上林苑中的树叶，白雪好像是护城河中的落花。

行军途中感叹军队离京城越来越远，因行军劳苦，坐下来哀怜自己衣带宽松。

交河水流向远处，消失在荒远的塞外，弱水流向了沙漠。

军旅中愁思不断，仿佛漂浮在水面的树枝，想想还没到任职期满交接回归的日子。

谁会知道我归乡的心思已经断绝了呢，每天夜里听到那哀怨的胡笳声，我禁不住潸然泪下。

赏析

这首诗是骆宾王从军西域时所作。此诗中不仅展示了边塞风光，也表达了诗人对久别的京都的深切怀念之情。

开篇首句"忽上天山路，依然想物华"点明了主旨，诗人登上了高高的天山，眼前豁然开朗，所见之景非常萧索，由此而引发对阔别已久的京城美景的思念之情，以致产生欲归不能的感伤。下面两句围绕"想物华"展开想象，说天山的云像上林苑中的树叶，白雪像护城河中的落花。可见诗人虽然人在边塞，心已飞入了长安。接下来两句"行叹戎麾远，坐怜衣带赊"，感叹行军之远和长途跋涉的艰苦。面对边塞的景色，诗人思绪万千。接下来两句"交河浮绝塞，弱水浸流沙"，诗人以"交河"与"弱水"的处境，喻指自己行军留在了边塞。诗人思乡之情越来越强烈，于是有"旅思徒漂梗，归期未及瓜"，抒发自己军旅生活漂泊不定，不知何时是归期的忧伤和惆怅。这种感伤之情，伴随着每天夜里听到的悲凉胡笳声，使诗人眼禁不住流下泪来。诗至此结束，但这种悲凉、哀伤之情仍有余味，胡笳之音仍未绝。此诗的表现力恰到好处，使读者同诗人一起沉浸在伤感之中。

此诗想象奇丽，用典巧妙，意境高远，情感真切自然。

夕次[①]蒲类津[②]

原文

二庭[③]归望断，万里客心愁。
山路犹南属[④]，河源[⑤]自北流。
晚风连朔气[⑥]，新月[⑦]照边秋。
灶火[⑧]通军壁，烽烟上戍楼。
龙庭但苦战，燕颔[⑨]会封侯。

莫作兰山下，空令汉国羞⑩。

注 释

①次：留宿；停留。

②蒲类津：蒲类渡口。蒲类，即"蒲类海"，古湖泊名。其故址在今新疆维吾尔自治区东部巴里坤湖附近。

③二庭：指唐时西突厥分裂为南、北二庭，以伊列河为界，咄陆可汗建庭于镞曷山西，为北庭，叶护可汗建庭于睢合水北，为南庭。

④南属：向南方延伸。

⑤河源：指黄河源头的水。

⑥朔气：北方的寒气。朔，北方。

⑦新月：农历每月初弯弯的月牙。

⑧灶火：炊烟。古代一种熏烟御敌的军事方法。《墨子·备穴》："穴内口为灶，令如窑，令容七八员艾，左右窒皆如此。灶用四橐（指风箱）。穴且遇，以颉皋（即桔槔，井上提水的工具）冲之，疾鼓橐熏之。"

⑨燕颔：形容相貌威武。指班超，据《后汉书·班超传》载，相士说他"燕颔虎颈"，有封"万里侯"之相。后封定远侯。

⑩"莫作"两句：这两句用李陵事，《汉书·李陵传》载，天汉二年（前99年）汉武帝命贰师将军李广利率三万骑出酒泉，击右贤王于天山，欲使李陵为贰师将辎重。李陵叩头自请曰"愿得自当一队，到兰干山南，以分单于兵"。其后李陵率步卒五千人至浚稽山（今阿尔泰山），被匈奴八万大军包围，箭尽援绝而投降。李陵的家人也都被诛戮。兰山，即兰干山，是李陵投降匈奴的地方。

译 文

在边庭向远方的归处望去，直到望不见，客居万里心中充满忧愁。

山路向南方延伸，黄河源头的水向北面而流。

北方的夜风中夹杂着寒气，弯弯的月牙照耀着边塞的秋景。

御敌的炊烟通向了军营的壁垒，边防驻军的瞭望楼上飘起了报警的烽烟。

只要在边塞拼死作战取得功绩，就会像班超一样得到封侯。

请不要做兰干山下投降的李陵，莫让大汉帝国白白蒙受羞辱。

赏 析

此诗的创作时间大约在薛仁贵兵败大非川以后，骆宾王随军征战到蒲类津宿营时有感而发。此诗通过对征战生活与战地风光的描写，表现了诗人的爱国热忱与思乡情结。

此诗开篇以"二庭归望断，万里客心愁"这两句低沉的慨叹，说明了诗人因此次战争进展不顺而产生的忧虑之愁。"客心愁"，一方面指战争不能旗开得胜，归乡遥遥无期；另一方面是个人的思亲、念友、恋乡之愁。"山路"以下六句，从不同角度揭示了"愁"的原因。"山路""河源"写边庭的荒凉苦寒。"南属""北流"两词，一南一北，说明山川未能收复，希望向南作战之意。接下来四句写边塞的军旅生活与感受。"晚风""朔气""新月""边秋"等意象渲染了边塞悲凄、肃杀的氛围。"灶火""烽烟"说明军情的紧急，战争即将开始。行文至此，诗人之"愁"，就不言而喻了。除了思家外，更有对边患严重的担心和忧虑，故结尾四句，运用班超建立功勋的荣耀和李陵投降匈奴的耻辱典故，来激励将士奋力"苦战"，不要贪生怕死。此"汉国"，实指大唐帝国。诗人也是告诫自己不能在边地徒劳无功，表达了诗人渴望建功立业的英勇气概和报国情怀。

诗人久戍边塞，望归无期，陡生思家之情，实属自然。然骆宾王是性情中人，于是将豪情壮志诉诸笔端。全诗情感强烈，笔下波澜起伏，大笔勾勒眼前之景与具体刻画军旅生活相得益彰。诗人善于用典，典故的运用把将士们的爱国热忱表现得更为深厚。

骆宾王

从军行

原文

平生一顾重①，意气溢三军。
野日分戈影，天星合剑文②。
弓弦抱汉月③，马足践胡尘。
不求生入塞，唯当死报君。

注释

①"平生"句：化用谢朓《和王主簿怨情》"生平一顾重"之句。顾重，推重，崇尚。

②"天星"句：形容宝剑的珍贵。

③"弓弦"句：指弓弦拉开如满月。汉月，指汉地的明月。

译文

平生最为崇尚的，就是意气超越三军。
日照原野长戈的影子分明，天上的七星与宝剑的纹理相合。
弓弦张开犹如汉地的满月，马蹄践踏着胡地的尘埃。
不求活着回到汉地，只有一死回报君恩。

赏析

本诗采用乐府旧题，抒发了诗人立功报国的雄心壮志。

开篇点明主题，直言诗人的抱负——效命疆场、立功报国。格调雄浑，豁达大气，统摄全文。中间两联详细描写边塞的战斗画面，极言其激烈：从白天到深夜，士兵们都手提利刃，拼死杀敌，弓开似满月，战马冲胡营，表现了士兵们视死如归的斗志和立功报国的决心。最后一联表明主旨，诗人通过运用东汉班超的典故，进一步表达了要效命于疆场，立功报国的壮志豪情。班超在边塞戎马半生，名留青史，老迈时上疏朝廷："臣不敢望到酒泉郡，但愿生入玉门关。"诗人在诗中表达了对班超的钦慕，并通过化用班超之言来表明自己也要像班超那样立功边塞，报效国家，抒发了诗人强烈的爱国热情和求取功名的壮志豪情。

全诗格调激昂大气，是诗人自身经历和高尚爱国情操的结晶，也是初唐边塞诗中难得的佳作。

卢照邻

卢照邻（约630—680年后），字昇之，祖籍幽州范阳（今河北省涿州市），初唐诗人。出身望族，自幼聪慧，博学能文。永徽五年（654年）任邓王（李元裕）府典签，备受器重。后调任益州（今四川省成都市附近）新都尉，不久任期结束，游历于蜀地，后寓居洛阳。曾因得罪权贵入狱，出狱后因染病隐居于太白山，服食丹药中毒而落下残疾。后终因仕途坎坷和病痛的折磨自投颍水而死。《全唐诗》存其诗两卷。

战城南

原文

将军出紫塞①，冒顿②在乌贪③。
笳喧雁门北，阵翼龙城南。
雕弓④夜宛转⑤，铁骑晓参驔⑥。
应须驻白日，为待战方酣⑦。

注释

①紫塞：崔豹《古今注》卷上记载："秦筑长城，土色皆紫，汉塞亦然，故称紫塞焉。"泛指边塞。

②冒顿：秦末汉初匈奴的首领冒顿单于，这里泛指敌首。

③乌贪：汉西域国名，乌贪訾离国的简称。《汉书·西域传下》记载："乌贪訾离国，王治于娄谷。"位于今新疆维吾尔自治区伊犁河流域。这

里代指敌人的根据地。

④雕弓：雕刻着花纹的弓，这里代指携带雕弓的士兵。

⑤宛转：形容军队曲折前进的样子。

⑥参骊：众多相随、连绵不绝的样子。

⑦酣：激烈。

译文

将军率兵出塞作战，敌军驻扎在乌贪。

雁门关的北边又响起了敌人的笛声，双方军队在城南摆下了阵势。

携带雕弓的士兵们在夜间列队曲折前进，披挂铁甲的精锐骑兵连绵不绝地在凌晨前行。

应该让太阳停下来，因为战斗正在激烈的时候。

赏析

唐初战争频繁，很多诗人借汉代之事写唐，卢照邻此诗是较为出色的一首，歌颂了将士们抵御异族入侵的英勇顽强精神，格调昂扬激越。

"将军出紫塞，冒顿在乌贪"，介绍了作战的地理位置，简洁明快地点明双方阵势，为下文双方大战做了铺垫。"笳喧雁门北，阵翼龙城南"，"雁门北""龙城南"两个地理位置，写出了战场之广阔，并以"笳喧""阵翼"进行渲染，使宏大、紧迫的战争场面立刻呈现了出来，写出了唐军气吞山河的英雄气概。"雕弓夜宛转，铁骑晓参骊"，进一步描写战斗场面，通过"夜宛转""晓参骊"两个时间状态写出了战斗的紧张激烈，简练生动又充满气魄。"应须驻白日，为待战方酣"仍以战争场景作结。"驻白日"典出《淮南子·览冥训》：鲁阳公在与敌人酣战时见太阳西落，于是用戈朝太阳挥动，太阳竟然又升了上去。这个典故用在此处无比贴切。战士们希望"白日"停驻，以便继续与敌军战斗，要彻底打败敌人；"战方酣"三字虽未直说战争胜负，但胜负已经明了，表现了将士们勇猛的战斗力和

高昂的斗志，真可谓豪气冲天。

全诗描写新颖，气魄宏伟，通过对边塞战争场景的描绘，表现了将士们的战斗豪情，歌颂了戍边将士保家卫国的功绩。

陇头水[①]

原 文

陇阪[②]高无极，征人一望乡[③]。
关河别去水，沙塞[④]断归肠。
马系千年树，旌悬九月霜。
从来共呜咽，皆是为勤王[⑤]。

注 释

①《陇头水》：乐府旧题，属《横吹曲辞》。
②陇阪：指陇山。
③一望乡：一作"望故乡"。
④沙塞：即沙漠边塞。
⑤勤王：指为王事尽心。

译 文

陇山高得没有尽头，戍边将士在那里遥望家乡。
关河的水辞他而去，沙漠边塞令思归之人断肠。
马儿拴在千年古树上，战旗上凝着九月飘落的繁霜。
自古以来共同哽咽之人，都是为王事尽心远征的将士。

> **赏 析**

  显庆五年(660年),诗人奉命出使庭州,在途中路过陇山,便写下了这首诗。此诗虽沿用乐府旧题,但并非简单的模仿,而是将自己的实际经验和切身体会融入其中。这首诗通过对陇山景物的正面描写,表达了为王事尽心尽力而远征的将士对家乡的思念之情。

  诗歌开篇点题,写陇山高得没有尽头,戍边将士在那里遥望家乡。"关河"两句是对自然环境的描写,写关河将流水分开,沙丘将回乡的想法隔断,环境冷峻而凄厉。"马系"两句将边塞战场独特的景致展现了出来:马儿拴在千年古树上,战旗上凝着九月飘落的繁霜。"从来"两句以议论收束全诗:自古以来共同哽咽之人,都是为王事尽心远征的将士。诗人对当时的统治者武后非常不满,也对自己的际遇感到愤懑不平,指出戍边将士的不幸,都是因为要"勤王",感情愤慨,令人动容。前半部分借景抒情,最后两句直抒胸臆,体现了诗人对政治现实的残酷的深切体会,抒发了诗人想要报国而又对无休止的战争厌倦和无奈的矛盾心理。

  此诗景象阔大,意境苍凉,感情深沉、凄切,情寓景中,自然流露。

王 勃

王勃（约650—676年），字子安，绛州龙门（今山西省河津市）人，出身儒学世家，其祖父王通是隋末著名学者，其父王福畴历任太常博士、雍州司功、交趾县令等职。王勃才华早露，未成年时即被宰相刘祥道赞为神童。乾封元年（666年）应举及第，曾任虢州参军。后往交趾探父，渡海溺水，惊悸而死。王勃与杨炯、卢照邻、骆宾王齐名，并称"王杨卢骆"，亦称"初唐四杰"。他在赋方面的成就极高，《滕王阁序》佳句迭出，传诵千载。原有集，已散佚，明人辑有《王子安集》。

采莲曲①

原 文

采莲归，绿水芙蓉衣，秋风起浪凫②雁飞。
桂棹兰桡③下长浦，罗裙④玉腕轻摇橹⑤。
叶屿花潭⑥极望平，江讴越吹⑦相思苦。
相思苦，佳期⑧不可驻⑨。
塞外征夫犹未还，江南采莲今已暮。
今已暮，采莲花，渠⑩今那必尽倡家⑪。
官道城南把⑫桑叶，何如江上采莲花。
莲花复莲花，花叶何稠叠⑬。
叶翠本羞眉⑭，花红强如颊⑮。
佳人⑯不在兹⑰，怅望别离时。
牵花怜共蒂⑱，折藕爱连丝⑲。

故情无处所[20]，新物[21]从华滋[22]。
不惜西津[23]交佩解[24]，还羞[25]北海雁书[26]迟。
采莲歌有节，采莲夜未歇。
正逢浩荡江上风，又值裴回[27]江上月。
裴回莲浦夜相逢，吴姬越女[28]何丰茸[29]！
共问寒江千里外，征客关山路几重？

注 释

①《采莲曲》：古曲名，多描写江南风光及采莲女的劳动情景。采莲，即采莲子。

②凫：野鸭。

③桂棹兰桡：棹、桡均为船桨，这里均指船。

④罗裙：丝罗制的裙子，通常指妇女衣裙。

⑤橹：划船工具，与桨类似，但比桨长，使用时置于船边摇动。此处可理解为船桨。

⑥叶屿花潭：小岛和深潭之间都是荷叶、荷花。屿，水中小岛。潭，水边深处。

⑦江讴越吹：泛指江南民歌。讴，歌唱。吹，指有乐器伴奏的歌。

⑧佳期：相爱着的男女幽会的日期、时间，此处指采莲女和征夫相会的美好时光。

⑨驻：停留。

⑩渠：伊，她。

⑪倡家：歌伎。

⑫把：采。

⑬稠叠：稠密重叠。

⑭"叶翠"句：意思是荷叶比起凝翠的双眉来也会失色。

⑮"花红"句：意思是娇艳的荷花勉强能与透红的双颊媲美。

⑯佳人：此处指心里想念的人。

⑰兹：这里。

⑱共蒂：即并头莲，一根茎上有并排的两朵莲花。古人多以此比喻恩爱夫妻。

⑲丝：谐音为"思"，形容情思相连。

⑳无处所：无处找寻。

㉑新物：指花和藕。

㉒华滋：长得很茂盛。

㉓西津：指分别之地，一作"南津"。

㉔交佩解：解下玉佩赠予对方以表爱慕。

㉕羞：担忧，害怕。

㉖北海雁书：这里指塞外征夫寄的书信。

㉗裴回：形容月影缓缓移动。

㉘吴姬越女：泛指江南一带的采莲女。

㉙丰茸：美好。

译文

采莲归去，绿水中长满了荷花，秋风吹起浪涛惊飞了野鸭和大雁。

划着小舟沿着水边前进，穿着丝罗裙，洁白温润的手腕轻摇船桨。

远远望去，小岛和深潭之间满是荷叶、荷花，有江南民歌传来，更添相思之苦。

相思苦，相会的美好时光无法停留。

出征边塞的情人仍然没有回来，现在在江南采莲又已到了傍晚。

如今已经到了傍晚，继续采摘莲花，她们未必全是歌伎。

在城南大道采摘桑叶，哪比得上在江上采摘莲花。

莲花一片又一片，花叶稠密重叠。

荷叶比起凝翠的双眉来也会失色，娇艳的荷花勉强能与透红的双颊媲美。

思念的人不在这里，惆怅地回想别离的时候。

牵动荷花时爱怜它们并蒂开放，折断莲藕时爱怜其藕丝相连。

过去的欢情无处找寻，眼前的荷花长得极为茂盛。

不后悔西津解佩相赠，还担忧情人的书信来得太晚。

采莲歌有节拍，整晚采莲没有停歇。

正碰到江上秋风浩荡，正值月影在缓慢移动。

在水中荷叶间徘徊时与其他采莲女相逢，江南一带的采莲女是多么美好啊！

互相询问寒江千里之外，关隘山岭的路程和征夫的消息。

赏析

此诗虽为拟乐府旧题，但其内容和形式都跳脱了原有的风格，有了不小的创新，代表初唐时期诗歌创作的风气。

本诗围绕一位采莲女子对征夫的思念展开叙述，将背景定格在傍晚时分主人公采莲归来的场景上。诗的开篇便是女子采莲归来的场景，绿水荡漾，荷花满池，一切显得静谧而祥和。然而，秋风吹起浪涛，惊飞了野鸭和大雁，这引起了采莲女的忧愁。这句写景有"兴"的意味。接着写主人公采莲的情景，这位年轻貌美、身穿罗裙的女子轻摇小舟随波而下，远望被荷花、荷叶覆盖的小岛和深潭，静静地听着远处传来的江南民歌。这些景象、歌声都使她的相思之情更加深切，而"相思"也是全诗主旨。随后四句承接上文，点明相思之情的由来：时光荏苒，美好时光无法停留，而出征边塞的情人仍然没有回来，思妇独自在水上采莲以打发时间，感到孤独寂寞；傍晚时分，对征夫的思念愈加炽烈。"今已暮"与首句的"归"字相呼应，表现了采莲女傍晚回家时的相思之情。诗歌继而又深入一层，写思妇的品质。虽然独自采莲，独自归来，独守空房，但采莲女依然对自己的爱情忠贞不渝，"那必尽倡家"一句简练而有力，表明女子不会因为丈夫出征边塞而变心，而且极为坚定。"官道"二句将采莲女和采桑女进行对比，突出了采莲女对爱情的忠诚，也是女主人公对征夫的表白。"城南把桑"一句用典抒情，汉乐府诗《陌上桑》中的主人公罗敷是忠于爱情

的代表人物，而此诗中的采莲女自认为对丈夫的感情超过罗敷，突出了她对爱情的执着和忠诚。

"莲花复莲花"到"还羞北海雁书迟"几句咏物写人，写江面上莲花一片又一片，覆盖了水面，花叶稠密重叠。诗人以花作比，说翠绿的荷叶不及女子的双眉，娇艳的荷花只能勉强与她透红的双颊相媲美。这几句由写物转到以物比人，通过对比，衬托出女子的年轻貌美，进而唤起她的离恨，也从侧面写出了女子对爱情的坚贞。"佳人不在兹，怅望别离时"两句直抒胸臆——虽然江上风景宜人，自己也是韶华容颜，然而想念之人还远在塞外，只能惆怅地遥望当初分别之地，伤心地回想离别场景。接下来两句转而咏物，以物寄情，表达自己喜爱荷花的并蒂开放，爱怜莲藕能丝丝相连，从而抒发对征夫的柔情蜜意和深切思念之情。然而因长期分离，两人过去的欢情已经无处找寻，由此更添愁苦之情。自己当时解佩相赠，如今却深受相思之苦。这两句用典抒情，"西津交佩解"一句来自晋葛洪《神仙传》的记载：一位名叫郑交甫的男子在江边遇到两位神女，内心对她们很是倾慕，神女便解下玉佩相赠。这句话借用此典故言明采莲女对自己向征夫传达心意一事毫不后悔。"北海雁书"用的是汉班固《汉书·李广苏建传》中苏武在北海放羊，借雁足传书的典故。征夫远在千里之外，许久收不到他的书信，女子内心不免担忧。这两句忆昔伤今，前后对比，突出地表现了采莲女对征夫深切的思念。这一节内容时间交错，空间交叉，既有借物寄情，也有用典抒情，将采莲女的"相思苦"写得形象深刻，富有感染力。

从"采莲歌有节"到篇末，场景更细腻，感情更深沉。采莲女本已在傍晚时分归来了，这里又写她在夜间一边采莲，一边哼唱采莲曲的情景，可见她的勤劳。夜间秋风萧瑟，吹着江面，月影在缓慢移动，随着采莲女的小舟徘徊不定，月光洒在江水上，凄清而孤寂。冷风孤月，衬托出采莲女更加深沉的愁思，将她的"相思苦"进一步深化。江上采莲的女子不止一人，大家遇见后互相问候，彼此打探这条寒江到征夫所在的千里之外的边塞到底山水几重。由此可见，饱受离别之苦、相思之愁的女子不只是一

个人，而是众多日夜操劳的妇女。文中的采莲女代表的即是广大劳动妇女。诗人将思念征夫的个人感情升华到社会层面，具有深刻的意义，从侧面反映了战争给百姓带来的痛苦。

　　此诗语言天然雅致，毫不矫揉造作，一气呵成，其中采莲女一改六朝以来苍白、虚饰的形象，变得活泼、大方、明艳，体现了诗人清新脱俗的高雅姿态。

杨 炯

杨炯（650—?），华阴（今陕西省华阴市）人，初唐著名诗人。十岁即被誉为神童，待制弘文馆。上元三年（676年）进士及第，任校书郎。高宗永隆二年（681年）任崇文馆学士，继而任詹事、司直。他恃才傲物，因讥刺朝士的矫饰作风而遭人忌恨。武后垂拱元年（685年），因其弟参与徐敬业起兵而遭连坐，被贬为梓州司法参军。天授元年（690年），任教于洛阳宫中习艺馆。天授三年（692年）迁盈川县令，以执法严厉闻名。后卒于任期内，世称杨盈川。杨炯与王勃、卢照邻、骆宾王齐名，为"初唐四杰"之一。善为文，工诗，尤擅五言律诗，其边塞诗颇为有名。作品有《盈川集》存世。

从军行

原 文

烽火①照西京，心中自不平。
牙璋②辞凤阙，铁骑绕龙城。
雪暗凋③旗画，风多杂鼓声。
宁为百夫长④，胜作一书生。

注 释

①烽火：古代边防报警、告急的烟火。
②牙璋：古代皇帝发兵所用的令牌，分为两块，一凹一凸，皇帝和主

帅各执其半。此指奉命出征的将帅。

③凋：原指草木枯败凋零，此指失去了鲜艳的色彩。

④百夫长：一百个士兵的长官，泛指下级军官。

译文

烽火照耀着西京长安，不平之气油然而生。

奉命出征的将帅辞别京城，精锐的骑兵抵达前线，包围敌城。

大雪纷飞，连军旗上的彩画都失去了鲜艳的色彩；狂风怒吼，与战鼓声交织在一起。

我宁愿做个上阵杀敌的百夫长，也胜过当个书生。

赏析

这首诗借用乐府旧题《从军行》，描写了一个书生从军边塞、参加战斗的全过程。全诗短小精悍，既揭露了人物的内心活动，又渲染了紧张的战斗氛围，足见诗人笔力之雄健。

"烽火"两句点明了事件的背景：边塞烽烟四起，威胁京城的安全。但诗人并未直接描写战事的紧张，而是通过描写"烽火"这一具体的事物，表现了军情的紧急。"照"字烘托了战争在即的紧张氛围，为书生"心中"的"不平"做铺垫。"自"字则表现了书生由衷的爱国情怀，从侧面表现了书生的精神境界。这两句充满了爱国热情，为下文埋下了伏笔。

"牙璋"两句对仗工整，描写了军队出京的宏大场面和军队抵达前线，包围敌军的情景。"牙璋""凤阙"两词典雅而端庄，表现了军队出征时的隆重和庄严。"铁骑""龙城"相互对应，渲染了紧张的战争气氛。一个"绕"字又精妙地勾勒出了唐军包围敌军的情势。

"雪暗"两句主要描写了战斗的场面，表现了将士们冒雪作战的无畏精神和奋勇杀敌的激烈场面。诗人并没有直接描写战斗的情形，而是通过描写边疆的环境烘托了战斗的激烈。大雪纷飞，军旗上的彩画失去了鲜艳

的色彩；侧耳倾听，狂风怒吼，与进军的战鼓声交织在一起。"雪暗""风多"表现了边疆环境的恶劣；"凋旗画""杂鼓声"则分别从视觉和听觉的角度渲染了交战时激烈的氛围，令人感同身受。

"宁为"两句直抒胸臆，抒发了诗人的报国热情：宁愿在沙场征战，也不愿做置身事外的书生。这两句既与"心中自不平"相互呼应，又点明了贯穿全诗的"从军"主题，表现了诗人对不平凡的生活的热爱，隐含对朝廷重武轻文的不满以及对自己怀才不遇的激愤。

这首诗为初唐早期边塞诗的名篇。全诗结构严谨，仅仅四十个字就浓缩了如此丰富的内容，足见诗人的艺术功力。"初唐四杰"曾在诗歌的内容和形式上，对当时"纤丽绮靡"的诗风进行了开拓和创新，而杨炯的这首《从军行》风格刚健，又以严格的律诗形式来写，这在初唐诗坛是很难见到的。

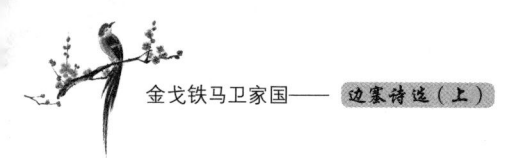

沈佺期

沈佺期（约656—约713年），字云卿，相州内黄（今河南省安阳市内黄县）人。上元二年（675年）进士及第。曾任考功员外郎，因受贿入狱，出狱后复职，迁给事中。中宗即位后，因谄附张易之，被流放驩州（今越南境内）。后被召回，官至太子少詹事。沈佺期与宋之问齐名，并称"沈宋"。他的近体诗格律谨严精密，对律诗体制的定型颇有影响。原有集，已散佚。明人辑有《沈佺期集》。

杂诗三首（其三）

原文

闻道黄龙①戍②，频年③不解兵。
可怜闺里月，长在汉家营④。
少妇今春意，良人⑤昨夜情。
谁能将旗鼓⑥，一为取龙城？

注释

①黄龙：黄龙冈，今辽宁省开原市西北，唐时为东北要塞。
②戍：驻军守边。
③频年：连年。
④汉家营：借汉指唐，这里指唐军兵营。

⑤良人：古时妻子对丈夫的称呼。
⑥将旗鼓：率领或指挥军队作战。

译文

听说黄龙冈驻军的防地，连年不见双方撤兵。
可怜闺中寂寞独自望月，她们思念之心长在汉家的军营。
少妇今日被春光勾起的柔情蜜意，正如丈夫昨夜对家的思念之情。
谁能带领一支军队，一举攻取龙城呢？

赏析

　　"杂诗"是魏晋以来常见的一种无题的抒情诗。内容多写离别之恨、故乡之思、征戍之怨、孤栖之苦、怀才不遇之叹、年华流逝之惜等。沈佺期所作《杂诗》共三首，都是以征人与思妇相思相忆为主题。这是第三首，是沈佺期的传世名作。这首诗极力描写闺中少妇与塞上征人的两地相忆，通过写闺中怨情，在反战情绪中揭露了战争给人民带来的痛苦，抒发了厌恶战争、渴望和平的心绪。

　　"闻道"两句交代背景。黄龙冈一带，常年战事不断，至今没有止息。征人别离乡土，远戍绝塞，征战不息；撤兵回师，遥遥无期，一种强烈的哀怨之情溢于字里行间。

　　"可怜"两句借月写旷夫怨女的相思相忆。思妇在闺，征人在营，同在月华照耀之下，却不能同赏，只能异地相思。回想过去，月光照入闺房，夫妻团聚，花好月圆，生活美满。如今月亮依旧高悬，却失去了昔日的光彩。闺中思妇的心，似乎伴着这眼前明月，离开深闺，飘向军营了。这两句诗的内涵极为丰富，以欢会之忆衬托离别之苦，感人至深。

　　"少妇"两句进一步深化良人、少妇的相思之情。春天是最能撩动少妇情思的季节，而征人久久不归，大好光阴只能虚度。"今春意"与"昨夜情"互文对举，共同形容少妇与良人，形成绵绵无尽的画面与情思。联系前面的战事"频年"，这样长期分离的夫妇又何止千千万万，他们是年年如此思念，夜夜

这般伤怀啊！

"谁能"两句揭示了诗的主旨。为了千千万万因战争而分离的夫妇能够团聚，诗人发出反战的呼声："谁能将旗鼓，一为取龙城？"诗人希望有良将带兵，大破敌军，恢复边境的安宁，使人民安居乐业。全诗以问句作结，含蕴不尽。

全诗构思新颖精巧，情调凄怆，但不消极。尤其是中间两联借月抒情，在"情""意"二字上着力，翻出新意，语浅意深，情味隽永，发人深思。

郭 震

郭震（656—713年），字元振，魏州贵乡（今河北省大名县）人。十八岁考中进士，任通泉县尉，后得武则天赏识，任右武卫铠曹参军，进献离间计使吐蕃内乱。后担任凉州都督，拓展疆域，大兴屯田，稳定了边防。睿宗时，历任太仆卿、吏部尚书，又加封兵部尚书、同中书门下三品等职。玄宗开元初拜相，辅助玄宗诛杀太平公主，兼任御史大夫，封代国公。后因军容不整之罪被玄宗流放，不久抑郁病逝。郭震能诗善文，《全唐文》收录其奏疏五篇，《全唐诗》收录其诗作二十三首，其中《宝剑篇》得武则天赞赏，是初唐七古名作。《旧唐书》卷九七、《新唐书》卷一二二有传。

塞 上①

原文

塞外虏尘飞②，频年出武威③。
死生随玉剑④，辛苦向金微⑤。
久戍人将老，长征马不肥。
仍⑥闻酒泉郡⑦，已合⑧数重围⑨。

注释

①《塞上》：唐代乐府诗题，源出汉乐府《出塞》《入塞》。
②虏尘飞：敌人入侵卷起漫天尘土，形容阵势浩大，气势凶猛。

③武威：汉郡名，唐也有凉州武威郡，治所在今甘肃省武威市，是西北边塞重镇。这里泛指边关。

④"死生"句：指将个人生死置之度外。随，托付。

⑤金微：山名，亦指唐金微都督府，今中蒙边境阿尔泰山脉一带。《后汉书·和帝纪》记载，东汉耿夔围北单于于此，大破之，单于走死；耿夔出塞五千余里而奏凯回。

⑥仍：又。

⑦酒泉郡：汉元狩二年（前121年）以原匈奴昆邪王地置，唐有肃州酒泉郡，治所在今甘肃省酒泉市。这里泛指边塞。

⑧合：受到。

⑨数重围：被敌人重重包围。

译文

塞外敌人入侵卷起漫天尘土，连年越过边关挑衅。

我军将士已将生死置之度外，不辞辛劳地密切关注着金微山的动态。

长年戍边卫国，年纪越来越大，战马也因长久征战变得瘦骨嶙峋。

又听到酒泉郡的消息，那里已被敌人重重包围。

赏析

诗人多年在军中担任职务，经历过多场战争，这首诗写的便是出征边塞的卫国之志和付出的代价，抒发了将士们不畏强敌，勇于奋战的壮志豪情。

"塞外"两句开门见山，点明边境的形势，写出了战争的频繁。"死生"两句表达诗人的从军报国之志，"久戍"两句写征战造成的后果。诗中虽不乏"死生随玉剑"的豪放，但更多的是"频年""辛苦""久戍""长征"等描写现实的词语，写出了边战之多、时间之久、将士之艰苦，以及将士付出的"人将老""马不肥"的沉重代价，从中流露出一股悲慨沉郁的沧

桑之感。"仍闻"两句构思精巧,以另一场大战即将开始作结,一方面写出了战争不断,另一方面写出了严峻的形势。将士们被敌军包围,疲惫的他们重整戎装,准备冲锋陷阵,杀敌卫国,表达了他们不畏强敌、戍边卫国的战斗豪情。

  此诗感情悲慨雄壮,结构巧妙,前六句描述将士们在边塞的艰苦生活,最后两句则笔锋骤转,由哀叹转为豪情,前后对比,更显气势不凡。"忠心报国,不避死生辛苦,人衰马敝,常怀边思连绵,非深谙大体、蕴蓄大略者,不能言此。"(周珽《唐诗选脉会通评林》)。

陈子昂

陈子昂（659—700年），字伯玉，梓州射洪（今四川省射洪市）人。睿宗文明元年（684年）进士，以上书论政，为武则天所赏识，官拜麟台正字，后为右拾遗，敢于直谏。他曾随武攸宜东征契丹，后辞官还乡，被贪婪残暴的县令段简诬陷，忧愤而死。作品有《陈伯玉集》传世。

送魏大①从军

原 文

匈奴犹未灭②，魏绛复从戎③。
怅别三河道④，言追六郡雄⑤。
雁山⑥横代北，狐塞⑦接云中。
勿使燕然⑧上，惟留汉将功。

注 释

①魏大：陈子昂的友人。姓魏，在家族中排行老大，故称。

②"匈奴"句：化用了西汉骠骑将军霍去病"匈奴未灭，何以家为"的典故。犹，还。

③"魏绛"句：魏绛，春秋时期晋国大夫，他主张晋国与邻近少数民族联合，曾言"和戎有五利"，后来戎狄亲附，魏绛也因消除边患而受金石之赏。复，又。从戎，投军。戎，兵器，武器。

④三河道：古称河东、河内、河南为"三河"，大致指黄河流域中段平原地区。西汉司马迁《史记·货殖列传》记载："夫三河在天下之中，若鼎足，王者所更居也。"

⑤六郡雄：原意为地方豪强，此处特指西汉名将赵充国。《汉书》中记载其为"六郡良家子"。

⑥雁山：即雁门山。

⑦狐塞：指飞狐塞。关塞险峻，遥接云中郡，与其连成一片，为中原地区的天然屏障。

⑧燕然：古山名。《后汉书·窦宪传》记载，窦宪为车骑将军，大破北单于，登燕然山，刻石纪功而还。

译文

匈奴还没有消灭，你好比魏绛一样再次从军戍边。

我们在三河道惆怅分别，分离时还说起西汉名将赵充国。

雁门山就横亘在代州北面，飞狐塞与云中郡遥遥相连。

努力建立功业吧，不要让燕然山上只留下汉将功名。

赏析

这是一首赠别诗，虽是送别友人，却不像一般的送别诗那样抒发依依惜别之情，而是从大处着笔，激励出征的友人在沙场上建功立业，气势磅礴，用意深远。

开头两句化用了霍去病和魏绛的典故，抒发了诗人的豪情壮志，读来令人震撼。"匈奴"是指当时侵犯唐朝边境的少数民族。诗人把魏大比作魏绛，变"和戎"为"从戎"，活用典故，鲜明地表达了自己对当时边事的看法，同时也表达了诗人对友人能像魏绛一样建功立业的希望。

三、四句点明了送别的地点。诗人与友人分别于三河地区，虽有不舍，但保家卫国，责无旁贷。二人执手相约，要像汉代名将赵充国那样建立一番功勋。这两句虽有一些惆怅之情，但气概豪迈，慷慨激昂。

五、六句交代了魏大从军前往的地点。雁门山横亘在代州北面，飞狐塞遥接云中郡，这两处都是边疆要塞，暗示了友人此去从戎的重要性。"横"字写出了雁门山地理位置的重要，"接"字则生动地表现了飞狐塞的险峻。这两句描写是诗人想象的画面，既是实写，也是虚写，为下两句做了铺垫。

最后两句运用典故作结，自然流畅。诗人再一次激励友人，希望友人扬名塞外，在燕然山上留下大唐将士的丰功伟绩。这两句既表达了诗人对友人的美好祝愿，在语意上又与开头相呼应。

全诗一气呵成，气势宏大，充满了奋发向上的昂扬之气，表现了诗人高尚的爱国情操，读来豪放激昂，如闻战鼓，颇具震撼力。

登幽州台[①]歌

原文

前不见古人，后不见来者[②]。
念天地之悠悠[③]，独怆然[④]而涕[⑤]下！

注释

[①]幽州台：战国时期燕昭王所建的黄金台，在古燕国国都，故址在今北京市西南，又称蓟北楼。燕昭王修建黄金台用于招纳贤才，因将黄金置于其上而得名，燕昭王之师郭隗成为当时用黄金台招纳而来的第一位贤才。

[②]来者：将来的人，后辈。

③悠悠：长久，遥远。
④怆然：悲伤的样子。
⑤涕：古时指眼泪。

译文

往前看不到礼贤下士的贤明圣君，日后也难以见到英明的贤主了。想到天地之广大，我不禁悲伤地流下眼泪！

赏析

武则天万岁通天元年（696年），契丹大军攻陷营州，陈子昂随武攸宜出兵征讨，担任参谋。武攸宜缺少谋略，次年兵败。陈子昂多次提建议，武攸宜不但不听，还将陈子昂降职。诗人报国无门，雄才大略无处施展，心情异常苦闷，于是登上幽州台，写下了此诗。

前两句写诗人登上幽州台所感。诗人登上高台放眼望去，天高地阔，自己则渺小而无助。纵观古今，能礼贤下士的贤明圣君又有几个？古有战国时燕昭王礼遇乐毅、郭隗，燕太子丹礼遇田光等，可这已成往事。后面的英明贤主估计也见不到了，自己真是生不逢时。诗人联想到自己的遭遇，感慨世事的悲凉。两个"不见"写出了诗人的无助和无奈，更有怀才不遇的愤慨之情。

后两句写诗人登幽州台后的感慨。苍茫天地间，在历史的长河中自己只不过是沧海一粟，渺小而又微不足道。诗人感到前所未有的孤单和寂寞，于是悲从中来，潸然泪下。

这是一首五言和六言交错的古诗，形式与内容对后世诗歌的发展都有很大的影响。整首诗的风格雄浑刚健，具有独特的"汉魏风骨"。诗中虽没有对景物的描写，却向我们展现了一幅雄浑广邈的画面，充溢着苍凉悲壮的气氛。诗中所体现的无奈和寂寞之感，引起后世许多怀才不遇之士的共鸣，终使这首诗成为传世名篇。

感遇三十八首（其三）

> 原　文

苍苍①丁零②塞③，今古缅荒途。
亭堠④何摧兀⑤，暴骨无全躯。
黄沙幕南起，白日隐西隅。
汉甲三十万，曾以事匈奴。
但见沙场死，谁怜塞上⑥孤⑦！

> 注　释

①苍苍：苍茫，形容空旷辽远。

②丁零：古代北方种族名，曾属匈奴。

③塞：指边疆险要的地方。

④亭堠：指北方士兵用来监视敌情的岗亭或堡垒。

⑤摧兀：高峻。

⑥上：一作"下"。

⑦孤：指战死军人的遗孤。

> 译　文

丁零族的边塞空旷辽远，道路从古至今荒凉偏僻。
瞭望塔何其高峻，暴露在外的是躯干不完整的尸体。
漫天黄沙从大漠之南而起，太阳隐于西边。
汉朝曾派遣三十万士兵，与匈奴进行争战。

只见这些士兵纷纷战死沙场,又有谁来怜悯塞上那些军人的遗孤!

赏 析

  此诗写于垂拱二年(686年)。当时原属突厥、后归附唐朝的同罗、仆固等部叛乱,边疆形势危急,诗人参军北征,在途中写下了这首诗。在边塞行军打仗的亲身经历使诗人对边疆征战及士兵们的悲惨命运、困苦生活有了更为深刻的感受。诗中描写了边塞荒凉破败的景象,表达了诗人对战死沙场的万千士兵和长期遭受战乱、家破人亡的百姓的深深的同情。

  前两句写景,点出"丁零塞"荒凉偏僻的地貌,同时暗示边塞荒僻残破的现实。三、四句描写眼前所见景象,将边塞颓败荒凉、尸横遍野的破败景象展现得淋漓尽致。诗人虽未在此诗中说明原因,但在《感遇》(三十七)中尖锐地指出"塞垣无名将,亭堠空崔嵬",实际是批评朝廷用人不当,将帅无能。接下来的六句写景、写事、写情,借汉讽唐,揭示出朝廷对边关战事处置不当和对战士遗孤安抚不当的现实,表达了诗人对战死沙场的士兵和因战争而失去家人的百姓的无限感伤和同情,以及对执政者无能寡恩的批判和愤懑。陈子昂是第一位将这种深切的人文关怀和对朝廷的强烈批判直接表达在边塞诗中的诗人。

  这首诗直抒胸臆,感情沉郁悲壮,集写景、叙事、抒情于一体,语言质朴劲健,意境浑然天成。

感遇三十八首（其三十四）

原文

朔风吹海树，萧条边已秋。
亭①上谁家子，哀哀②明月楼。
自言幽燕客，结发③事远游。
赤丸杀公吏④，白刃报私仇。
避仇至海上，被役此边州。
故乡三千里，辽水复悠悠。
每愤胡兵入，常为汉国羞。
何知七十战，白首未封侯⑤。

注释

①亭：指边关的戍楼。

②哀哀：悲伤不已的样子。

③结发：古代男子成年才开始束发，这里指成年。

④"赤丸"句：《汉书·尹赏传》记载，长安有专门刺杀官吏为人报仇的少年，行动前准备赤、白、黑三种颜色的弹丸，摸到赤丸的去杀武吏，摸到黑丸的去杀文吏，摸到白丸的负责为死去的同伴办丧事。

⑤"何知"二句：谁知道打了无数仗，直到头发白了也没有封侯。《史记·李将军列传》记载，李广一生与匈奴大小战斗达七十余次，成为当世名将，但至死也没有封侯。

译 文

北风吹拂海边的树木，边境已到了萧条的秋季。
戍楼上是谁家的子弟？在明月之下悲伤不已。
他说自己是幽燕之地的人，从成年开始就到远方游历。
曾经摸到赤丸去刺杀官吏，手持白刃去报私仇。
躲避仇人来到海边，又到这个边州来服役。
故乡远在三千里之外，辽河之水悠悠看不到头。
每次看到胡兵入侵就愤怒不已，常常替国家感到羞耻。
谁知道打了无数仗，直到头发白了也没有封侯。

赏 析

　　武则天统治时期，边境将士的功勋往往被一些无耻的当权者冒领，真正的有功之人得不到应有的封赏。陈子昂创作此诗，塑造了一个忠心卫国却功高无赏的游侠少年的英雄形象。

　　首二句写边塞已是秋天，慷慨悲壮的气氛油然而生，为主人公的登场做了很好的铺垫。接着，主人公在明月之下的戍楼上登场了，这种凄清的典型环境与他的身份极为贴合。"哀哀"二字，奠定了全诗悲愁的基调。接下来六句，介绍了主人公如何从一名"赤丸杀公吏，白刃报私仇"的游侠少年，变成了一名慷慨卫国的戍边勇士。诗人自身也曾经任侠使气，后来两度从军，从主人公身上不难发现诗人自己的影子。

　　主人公"避仇至海上"并成为边州的戍卒之后，虽然常常思念遥远的家乡，但更为"胡兵入"而愤怒，为"汉国（代指唐朝）"不能保卫国土及边塞百姓而羞耻。一个"愤"字，一个"羞"字，堪称画龙点睛，将主人公对侵犯中原的异族的极端仇恨以及不愿受到外侮的爱国情怀和盘托出，可谓字字千钧。结尾两句，格调又从悲愤转为凄凉，这位身经百战的英雄人物，却得不到封侯之赏，令人自然想到西汉的飞将军李

广，强烈的同情之感油然而生，与诗开头的悲秋之感首尾呼应，堪称浑然天成。

　　这首诗借汉喻唐，表现了诗人对统治者的强烈不满，隐含着对自己怀才不遇的激愤之情。全诗语言精练，情景交融，融游侠诗与边塞诗为一体，在诗史上占有重要地位。

张 说

张说（667—731年），字道济，一字说之，洛阳（今河南省洛阳市）人，唐代政治家、文学家，谥号"文贞"。早年参加制科考试，策论为天下第一，历任太子校书、左补阙、凤阁舍人等职，后因违背皇帝旨意被流放钦州。中宗时返回朝中，任兵部员外郎、兵部侍郎等职。玄宗开元初，因不肯依附太平公主被贬官。后封燕国公，前后三次为相，并执掌文坛三十年。擅长文学，文思精壮。其诗的风格与沈佺期、宋之问等人相近，人称"燕许大手笔"。《全唐诗》存其诗五卷。

幽州①夜饮

原 文

凉风吹夜雨，萧瑟动寒林。
正有高堂宴②，能忘迟暮心③？
军中宜剑舞④，塞上重笳⑤音。
不作边城将⑥，谁知恩遇深。

注 释

①幽州：古州名。辖今北京市、天津市、河北省一带，治所在今天津市蓟州区。《新唐书·张说传》中记载，开元初，张说为中书令，因与宰相姚崇不和，被贬为相州刺史、河北道按察使，坐累徙岳州。后以右羽林将军检校幽州都督，都督府位于幽州范阳郡，此诗即作于幽州都督府。

②高堂宴：在高大的厅堂举办的宴会。

③迟暮心：因衰老而觉得凄凉黯然，化用屈原《离骚》中的"惟草木之零落兮，恐美人之迟暮"一句。

④剑舞：即舞剑，古代给宴会助兴，增添欢乐气氛的一种娱乐活动。

⑤笳：胡笳，古代北方民族使用的一种乐器。

⑥边城将：这里是诗人自指，当时诗人任幽州都督。

译文

夜晚的凉风伴随着绵绵细雨袭来，寒气使树林更为萧瑟。

军中高大的厅堂里正在举行宴会，但我又怎能忘掉自己逐渐衰老的凄凉呢？

军中适宜舞剑欢愉，边塞回响的是胡笳的演奏声。

我如果没有任这边城的将领，又如何得知皇上对我深厚的恩情呢。

赏析

本诗以"夜饮"二字为中心紧扣题目，描写了边城举行宴会的场景，凄凉悲壮。

前两句点明了宴会的时间、季节和环境：边城的晚上，凉风伴随着绵绵细雨袭来。清冷的环境也正是诗人愁苦悲凉的心境的写照。夜晚的宴会本是为了驱走边城生活的悲苦和凄凉，然而宴会还没开始，边城萧瑟的环境就给宴会笼罩了一层愁苦的阴影。第三句的"正"字有承上启下的作用，紧接前两句的景物描写，自然地引出举行的宴会和诗人的感受。"能忘迟暮心"一句运用反问的修辞手法，强烈地表达了诗人内心的沉郁和哀伤。随着宴会的进行，诗人的情绪也变得激昂。"军中"两句描写了宴会的情况：将士们在宴会上舞剑助兴，刚劲有力的舞姿使诗人为之振奋。"宜"字简明扼要地表达了诗人对剑舞的欣赏。但接着传来了边塞的胡笳声，宴会上的欢快顿时消失，到处充斥着悲凉的情调，诗人的情绪又变得沉重。边塞

之地本就凄凉，加上诗人的戍边之苦、迟暮之感，几种感情交织在一起，使诗人更加感慨，随之引出"不作边城将，谁知恩遇深"。这十个字铿锵有力，掷地有声，一扫先前的悲凉、凄苦，笔锋急转，表达对皇上恩情的感激，以在边城任将为乐、为荣。但此句表面写感激与知足，实际上暗含对朝廷的怨恨，抒发自己被贬的愤慨和内心的愁苦。

此诗语言遒健、质朴，用字精当、恰到好处，对写景、抒情起到了很好的作用。

李隆基

　　李隆基（685—762年），即唐玄宗，又称唐明皇，唐睿宗李旦的第三个儿子，所以又称"李三郎"。公元712年至756年在位，他开创了唐朝的鼎盛时期——开元盛世。但从他开始唐朝也走上了下坡路，而在安史之乱后，唐朝更是迅速由盛转衰。李隆基善骑射，通音律、历象之学，多才多艺。其诗歌多用帝王典故，具有宫廷诗歌程式化结构，语言质朴，诗风骨力雄劲，风神俊朗。

旋师①喜捷

原 文

边服②胡尘起，长安汉将飞③。
龙蛇④开阵法，貔虎⑤振军威。
诈虏⑥脑涂地⑦，征夫血染衣。
今朝书奏⑧入，明日凯歌归。

注 释

①旋师：胜利归来的军队。

②边服：指离帝京或王城很远的地方，此指边疆。服，王畿以外的地方。

③汉将飞：即李广，这里指出征的将领。

④龙蛇：兵阵名，即一字长蛇阵。

⑤貔虎：代指英勇的士兵。
⑥诈虏：阴险狡诈的胡人。
⑦脑涂地：形容在战争中死得很惨。
⑧书奏：文书奏章等，此处指胜利的捷报。

译文

边疆又有胡人进犯，朝廷立即派出将领出征杀敌。
将领采取一字长蛇阵，英勇的士兵军威振奋。
阴险狡诈的胡人都被杀死了，将士们的战衣被鲜血染红。
今天胜利的捷报已经传入朝廷了，明日军队即将高歌凯旋。

赏析

唐玄宗执政前期，国家日益强盛，同时，与东北的契丹、北边的突厥、西北的回纥、西南的吐蕃等族的矛盾也日益激化，冲突、战争不断。为了平定边疆，朝廷派军队进行镇压，如开元十年（722年），唐北庭节度使张孝嵩大破吐蕃军队；天宝十二载（753年），陇右节度使哥舒翰击败吐蕃大军，尽收黄河九曲之地。这首诗写的就是唐军大破胡人军队的场景及捷报传入朝廷后唐玄宗的喜悦心情。

首联起调平实，首先以"胡尘起"交代了征战原因，"汉将飞"为用典喻今，借李广之典写将领出征边塞，其中"飞"字夸张地写出了唐军出征的神速。颔联紧接首联，描写军队的严整和旺盛的士气。军队有"龙蛇"之阵，将士如"貔虎"般勇猛，如此之势，胜之必然。颈联继续承接上文，写惨烈的战况和战争结果：敌人被杀死，将士们的战衣被鲜血染红了，唐军最终取得了胜利。尾联写战后捷报入宫，令人振奋，只待军队胜利归来。

此诗节奏明快，语言激荡，情绪热烈而振奋，通过对比、比喻及用典的手法，将一场激烈的大战形象生动地描绘了出来，字里行间流露着英勇的气概。

王之涣

王之涣（688—742年），字季凌，绛州（今山西省太原市新绛县）人。王之涣性情豪放不羁，常击剑悲歌，曾任衡水主簿、文安县尉等职。其诗多被当时乐工制曲歌唱，以描写边疆风光著称。《全唐诗》存其诗六首。

凉州词①二首（其一）

原文

黄河远②上白云间，一片孤城③万仞④山。
羌笛何须怨杨柳⑤，春风不度玉门关。

注释

①《凉州词》：唐代流行的乐府曲名。
②黄河远：一作"黄沙直"。
③孤城：指凉州城，在今甘肃省武威市。
④万仞：形容山很高。仞，古代长度单位，一仞为八尺。
⑤杨柳：羌笛有《折杨柳》之曲，曲调哀怨，乐府载其歌辞。

译文

远远奔腾而来的黄河水，好像与天上的白云相连，一片孤城矗立在万仞高山之下。
何必用羌笛吹起那哀怨的《折杨柳》曲，埋怨春光太迟呢？玉门关本就是春风吹不到的地方啊。

赏析

王之涣以善于描写边塞风光著称。这首诗是诗人初入凉州时,面对黄河、边城荒凉辽阔的景象,以及耳闻《折杨柳》曲所产生的感慨。

第一句写奔腾的黄河水、天上的白云,属于远景描写。诗人自下而上、由近及远地眺望,视觉与黄河的流向相反,突出了黄河源远流长的悠远仪态,也展示了边城广漠壮阔的风光,重点表现了黄河的动态美。

第二句是近景描写,征戍士兵居住的城堡孤独地竖立在高山环抱之中。这句主要写凉州城的戍边堡垒,地处险要,地势孤危,并用远川高山反衬。"孤城"是"一片",单薄、狭小,而山却有"万仞"之高,以数量和体积极不相称的两件事物形成鲜明对比,造成一种心理上的压力,体现了诗人对文字巧妙组合运用的能力。

第三句从听觉出发,凄凉幽婉的笛声吹出了戍守者处境的孤危和强烈的怨恨。诗人听到羌笛演奏的《折杨柳》曲调,而折柳意味着离别,这首笛曲直接触动了人的离愁别恨。不说"闻杨柳",却说"怨杨柳",用词非常精妙,并能引发更多的联想,深化诗意,深沉含蓄。"何须怨"传达出戍守者在乡愁难解时意识到卫国戍边责任的重大,因此自我安慰,足见戍边将士的伟大情怀。

第四句写由于春风吹不到玉门关,关外的杨柳自然没有长出绿叶。第三句的"怨"字,可以看出是在怨杨柳尚未发青。由闻《折杨柳》,自然想到当年离家时亲人们折柳送别的情景,激起了诗人的思乡之情;由亲人折柳的回忆转向眼前的现实,想到故乡的杨柳早已青丝拂地,而"孤城"还看不到一点儿春色,由此激起的仍然是思乡之情。

本诗是一幅西北边疆壮美风光的画卷,也是一首对出征将士满怀同情的怨歌。全诗情景交融,运用对比的手法、精练的语言,塑造了极为深远的意境,令人回味无穷。全诗深沉含蓄,耐人寻味,不愧为边塞诗中的绝唱。

孟浩然

孟浩然（689—740年），襄州襄阳（今湖北省襄阳市）人，世称孟襄阳。前半生主要居家侍亲读书，以诗自适，曾隐居鹿门山。四十岁时游京师，应进士不第，返襄阳。后漫游吴越，纵情山水，以排遣仕途的失意。孟浩然的诗歌绝大部分为五言短篇，题材不宽，多写山水田园和隐逸、行旅等内容。虽不无愤世嫉俗之作，但更多属于诗人的自我表现。他和王维并称，在艺术上有独特造诣。他继陶渊明、谢灵运、谢朓之后，开盛唐山水田园诗派之先声。孟诗不事雕饰，清淡简朴，诗意亲切真实，生活气息浓厚，富有超妙自得之趣。

送陈七[①]赴西军[②]

原文

吾观非常者[③]，碌碌[④]在目前。
君负鸿鹄志，蹉跎书剑年。
一闻边烽[⑤]动，万里忽争先。
余亦赴京国[⑥]，何当[⑦]献凯还？

注释

①陈七：疑是诗人同乡好友。
②西军：指唐朝在西部边防驻扎的军队。
③非常者：非凡之人。
④碌碌：平庸。

⑤边烽：边境的烽火。

⑥京国：指京都长安。

⑦何当：什么时候。

译 文

我看有些人即使才能非凡，还是被眼前的平庸小事耽误。

你心中一直有远大的志向，但多年来，你的文韬武略一直被埋没。

一听说边境烽火燃起，你要马上出征迎敌。

我也要赶赴京城求取功名，什么时候你才能胜利归来？

赏 析

  盛唐时期的诗坛精彩纷呈，众多流派争奇斗艳。孟浩然的诗作多属山水田园诗，如《过故人庄》《宿建德江》等，描写的均为清幽闲适的田园生活，风格清雅秀丽。但另一方面，盛唐风起云涌的繁荣气象和博大宏放的精神风貌也感染着孟浩然这样的"幽人"，使他心潮澎湃，豪气纵横，于是以边塞之作抒发豪情，此诗便是其中一首。

  本诗以昂扬之势起调，写有些人虽然是"非常者"，但一直被平庸琐事耽误。颔联是对首联的补充说明，点出陈七怀揣远大志向，又有一身文武才能，但一直无处施展。"蹉跎"二字一方面写出了陈七的才能被埋没的时间之久，同时也表达了诗人对此的惋惜。颈联写当下境况，即敌军来犯，陈七将"万里"从军，一展"鸿鹄"之志。"一闻"便"忽争先"，将陈七想要出征边塞、实现抱负的决心及其高昂的斗志表现得淋漓尽致。尾联以联想作结，点明自己将在"京国"等候陈七胜利归来，表达了诗人对友人建功立业的期待和支持。

  此诗借友人出征边塞的机会，表达了对友人的殷切期盼，同时暗含了诗人渴望建功立业、报效国家的壮志豪情。全诗文字纵横驰骋，尤其是颈联中的"一闻""万里"，气势壮阔，有锐不可当之势。

李 颀

　　李颀（？—约753年），祖籍赵郡（今河北省赵县），常年居住于河南颍阳（今河南省登封市）。少时家本富有，但由于结识富豪轻薄子弟而倾财破产。后苦读十年，于开元年间中进士，做过新乡县尉。任职多年，没有升迁，晚年过起隐居生活。他一生交游很广，与王昌龄、崔颢、高适、岑参、王维、綦毋潜等著名诗人都有交往，诗名颇著。他的诗以边塞题材为主，风格豪放，慷慨悲凉，最著名的有《古从军行》《古意》《塞下曲》等。李颀还善于用诗歌来描写音乐和塑造人物形象。他既擅长长歌，也擅长短诗，他的七言律诗尤为后人所推崇。《全唐诗》中录存李颀诗三卷，后人辑有《李颀诗集》。

古 意①

原 文

男儿事长征②，少小幽燕③客④。
赌胜⑤马蹄下，由来轻七尺⑥。
杀人莫敢前⑦，须如猬毛磔⑧。
黄云⑨陇⑩底白云飞，未得报恩不得归。
辽东小妇年十五，惯弹琵琶解⑪歌舞。
今为羌笛出塞声，使我三军泪如雨。

注释

①古意：即拟古诗。
②事长征：从军远征。
③幽燕：泛指今辽宁省、河北省一带，在唐时为边境地区。唐代以前属幽州，战国时期属燕国，故有幽燕之称。
④客：指奔走他乡的人，或指外乡来的人。
⑤赌胜：逞强争胜。赌，泛指比胜负，争输赢。
⑥轻七尺：意谓不惧怕死亡。七尺，七尺之躯。此谓生命。
⑦莫敢前：这里指使敌人不敢接近。
⑧"须如"句：胡须如刺猬身上的刺一样张开。形容形貌威猛。磔，张开。
⑨黄云：塞外沙漠地区黄沙飞扬，天空常呈黄色。这里指被黄沙覆盖的山地。
⑩陇：泛指山，高地。
⑪解：一作"能"。

译文

男子汉大丈夫的壮志是从军远征，年纪轻轻就来到幽燕地区戍边了。

每当比武练兵的时候都争强好胜，激战在马蹄下比赛胜负，从来没把生死放在心上。

杀得敌人没有敢上前的，竖立的胡须像刺猬身上的刺一样张开。

黄沙滚滚一望无际，高空白云飘飞，不报效国家誓不返回家园。

在辽东有一个少妇年纪只有十五岁，擅长弹琵琶又能轻歌曼舞。

她用羌笛演奏一首《出塞》曲，竟感动得三军将士泪如雨下。

赏析

诗题为《古意》，是拟乐府古题而写的。乐府古题如《少年行》《从军行》

《游侠篇》《轻薄篇》中都有少年形象，他们强壮骠勇、轻生重义、一诺千金，但又轻薄放荡、游狎无度，是诗人们歌颂的对象。他们生活在京城都会和州郡县乡之间，过着无忧无虑的生活。而此诗却将一个少年置于艰苦的边塞环境中，写出了少年英勇果敢的品质，突出了他柔情的一面，并言及他离乡远征之苦、之思。

前六句描绘出一个风流潇洒、勇猛刚烈的戍边男儿的形象。"长征"一词暗示着远离家乡；"少小"表明战事频繁，军力不足，未成年的男儿都来到战场。第一、二句点出事件和环境，为下文的乡愁埋下伏笔。接下来四句写男儿的强悍。年轻时他在马蹄之下与伙伴们逞强争胜，从来不把七尺之躯看得那么重，常置生死于不顾。成年后更是刚勇犷悍，杀得敌人不敢靠前。"须如猬毛磔"抓住男儿胡须短、多、硬的特点，把他杀敌时胡须怒张的形象比喻成刺猬身上的刺张开的样子，突出了边塞男儿勇猛刚烈的气概，给人以鲜明生动的印象。

第七、八句是全诗的转折。"黄云陇底白云飞"写边塞黄沙滚滚、白云飘飞，看似写景，实则寓情于景。男儿也是热血心肠，他也有想家的时候，可国恩未报又怎能回家？一个"未得"和一个"不得"写出他不报效国家誓不返回家园的决心。

最后四句抒写少年的乡愁。诗人不再继续写戍边男儿的凌云壮志，令人出乎意料地转写一位年仅十五岁，且能歌善舞、会吹羌笛的"辽东小妇"。戍边的健儿们勇猛刚烈，在战场上把性命看得不重要，但"辽东小妇"一曲悠长哀怨的《出塞》曲却勾起了他们无限的思乡之情，以致泪如雨下。"羌笛"是边疆的乐器，《出塞》曲为边疆的乐调。"羌笛""出塞"又与上文的"幽燕""辽东"呼应。诗人想写前文中"男儿"思乡欲落泪，但不直接写，而是把他放在三军将士都落泪的环境中，在这样人人都被感动的情况下，主人公落泪也就顺理成章了。这样，一个有血有肉、内心情感充沛的好男儿形象便跃然纸上了。

全诗有人物，有景物，有色彩，有声音，可谓有声有色。语言含蓄顿挫，气势恢宏，跌宕起伏，情韵并茂。

古从军行①

原 文

白日登山望烽火，黄昏饮马②傍交河。
行人刁斗风沙暗，公主琵琶③幽怨多。
野云万里无城郭，雨雪纷纷连大漠。
胡雁哀鸣夜夜飞，胡儿眼泪双双落。
闻道玉门犹被遮④，应将性命逐轻车⑤。
年年战骨埋荒外，空见蒲桃⑥入汉家。

注 释

①《古从军行》：即《从军行》，为借古讽今之作，为避嫌故加一"古"字。

②饮马：给马喂水。饮，指给牲畜水喝。使动词。

③公主琵琶：据《汉书·西域传》载，汉武帝时，乌孙国王向汉朝求婚，武帝把江都王的女儿刘细君封为公主，嫁给乌孙王。据说，出嫁途中，公主在马上弹奏琵琶，以抒思乡之情。

④"闻道"句：典出《汉书·张骞李广利传》，李广利远征大宛兵败请回，汉武帝下令关闭玉门关，有入关者斩，李广利只得再度进攻，终于攻破大宛。

⑤轻车：汉代有轻车将军，此处泛指将帅。

⑥蒲桃：即葡萄，原产于西域，汉武帝时引入中原。

译 文

白天士兵们登山观察报警的烽火，黄昏时他们牵马饮水靠近交河。

在昏天黑地的风沙中听到阵阵刁斗声，如同细君公主那充满幽怨的琵琶声。

在没有城郭的万里旷野扎营，雨雪霏霏弥漫了辽阔无边的沙漠。

胡地的大雁哀鸣着夜夜从空中飞过，离母的胡儿眼泪不停地滴落。

听说玉门关还被关闭阻断，战士们只得豁出性命追随将军去死战。

年年征战不知多少尸骨埋于荒野，见到的只是西域葡萄移植汉家。

赏 析

此诗借汉代的故事讽刺当代帝王好大喜功，穷兵黩武的政策。此诗的主题是反战，借战士的口吻写行军之苦，揭示战争的残酷，表达对边疆战士的同情。

前四句写边塞战士们的艰苦生活。"白日""黄昏"点出时间，战士们白天爬山观望有无边警，黄昏时又要带战马到河边饮水，这是他们的一天，单调而艰辛，可能他们的每一天都如此度过。夜晚来临，风沙弥漫，军营中巡夜的打更声，恰似那如泣如诉的幽怨的琵琶声。这声音衬托着边关环境的凄凉和战士们心境的悲凉。

中间四句写边塞的艰苦环境。雨雪霏霏，沙漠辽阔无边，军营驻扎的地方没有人烟。胡雁哀啼、胡儿落泪，土著尚且觉得环境恶劣，更不用说远征到此的战士们了。诗人用反衬法，衬托边塞地域的苦寒。

最后四句讽刺皇帝的穷兵黩武，揭示主题。环境如此恶劣，谁愿意戍边，谁不想班师复员？可是"玉门犹被遮"。据载，汉武帝为取天马（即阿拉伯良种马），命李广利攻大宛，战而不利。李广利请求罢兵班师，武帝大怒，命遮断玉门关，曰："军有敢入辄斩之！"战士们只能跟着自己的将领去和敌军拼命。这里用典故暗讽当朝皇帝为了边战不顾战士们的性命，穷兵黩武。但是战士们万千尸骨埋于荒野换回来的不过是葡萄移种

中原。用葡萄之小和牺牲之大做对比，激起人们对战争的厌恶和对帝王的不满。

全诗句句蓄意，直到最后一句才点出主题，具有极强的讽喻力。

王昌龄

王昌龄（？—约756年），字少伯，京兆长安（今陕西省西安市）人。开元十五年（727年）进士及第，初任秘书省校书郎，迁江宁丞，后因事贬谪岭南。安史乱起，为刺史闾丘晓所杀。其诗以七绝见长，尤以边塞诗最为著名。他的边塞诗气势雄浑，格调高昂，充满了积极向上的精神。王昌龄有"诗家夫子"之称，存诗一百七十余首，有《王昌龄集》传世。

从军行七首（其一）

原文

烽火城西百尺楼①，黄昏独坐海风秋。
更吹羌笛关山月②，无那③金闺④万里愁。

注释

①百尺楼：即置烽火的戍楼。
②《关山月》：乐府曲名，属《横吹曲辞》。多为伤离别之辞。
③无那：无奈。《乐府诗集》作"谁解"。
④金闺：此指住在华美闺房里的少妇。闺，女子的卧室。

译文

烽火台西边的一座戍楼有百尺高，黄昏时我独坐在楼上感受着从湖面

吹来的秋风。

此时羌笛吹奏的《关山月》曲从远处传来，无奈这笛声更增添了我对万里之外的妻子的思念。

赏析

开元、天宝之世，唐王朝凭借强盛的国力，发动了旷日持久的拓边战争。王昌龄被卷入时代潮流，亲临与吐蕃对垒的西北边塞，在兵戎战火之间借乐府旧题创作了这一著名的七绝组诗。这组《从军行》共七首，每首描写一个场面。

本诗笔法简洁细腻，写法上独具特色。诗人巧妙地将叙事与抒情相结合。前三句叙事，运用层层深入、反复渲染的手法，营造氛围，为第四句的抒情做好了铺垫，突出抒情句的中心地位，使抒情句显得尤为警醒有力。

开头"烽火城西百尺楼"一句点明了这是在青海烽火城西的瞭望台上。次句以戍卒视角，写四顾苍茫，只有这座百尺高楼，这种环境很容易引起思归之情和寂寞之感。"烽火城"和"百尺楼"这两种意象，都是边境上所特有的。边境本身充斥着肃杀和紧张，而在静谧的环境下，战士想家是极自然的。

诗人接着写道："更吹羌笛关山月。"在寂寥高远的环境中，忽然传来了阵阵催人泪下的羌笛声，好似亲人的呼唤，又似游子的叹息。此句则从听觉角度来写，使整个画面富于立体感。吹奏者借吹奏《关山月》所抒发的绵绵离别之情，深深地感染了闻笛者，使闻者顿起金闺之思。一曲《关山月》，以及"独坐"在孤楼之上的闻笛人构成了一种意境，而这其中又饱含着吹笛人的离愁别绪，如此不仅使环境更加具体，内容也更加丰富了。诗人用景中带情的句子，自然流畅地完成了由景入情的转折过渡。

在表现征人思想感情方面，诗人表达得颇为含蓄曲折。诗的前三句将环境氛围营造完成，为下面的抒情铺平垫稳，于是水到渠成，直接道出征人的心声——"无那金闺万里愁"。诗人表现的是征人思念亲人、怀恋乡土的感情，偏用曲笔，从妻子的万里愁怀反映出来。而真实情况亦是如此，这一曲笔，把在外戍边的征人和在家中守候的妻子的感情完全交融在了一起。就全篇而言，这一句如画龙点睛，立刻使全诗神韵飞腾，更具动人的力量。

王昌龄素有"七绝圣手"之称，他的七言绝句写得概括凝练，言近旨远，含意丰富，神韵悠然。这首《从军行》便是一例。

从军行七首（其二）

原文

琵琶起舞换新声①，总是关山②旧别③情。
撩乱④边愁⑤听不尽⑥，高高秋月照长城。

注释

①新声：新的曲调。
②关山：边塞，这里指为山川所阻的征人故乡。
③旧别：一作"离别"。
④撩乱：心里烦乱。
⑤边愁：戍卒对亲人的思念。
⑥听不尽：一作"弹不尽"。

译文

军中起舞，琵琶所奏的音乐已经变换新的曲调，但无论怎样翻新，战士们心中激荡着的依然是对家乡的思念。

纷杂的乐舞与边关的愁绪相交织使人听不够，外面高高的秋月静静地

照着长城。

赏析

此诗截取了边塞军旅生活的一个片段，通过写军中宴乐表现戍卒深沉、复杂的感情。

"琵琶起舞换新声"描写人们翩翩起舞，琵琶又变换新的曲调。琵琶是富有边地色彩的乐器，而军中设宴作乐，自然少不了"胡琴琵琶与羌笛"。这些带有异域情调的器乐，最易激起征人强烈的久别怀乡之感。既然是"换新声"，那么总能给人一些别样的情趣与感受吧？不，"总是关山旧别情"。边地音乐始终以"旧别情"为主要内容，因为艺术反映实际生活，哪个征人不是背井离乡？"别情"无疑是最普遍、最浓厚的感情和创作素材，因此纵使琵琶换了新曲调，但其所包含的情感内容也不会换。此句的"旧"对应上句的"新"，成为诗意的一次转折，造成扬抑的音情，特别是以"总是"做有力转接，效果尤显。

天渐渐黑了，风渐渐止了。诉不完的离愁，弹不尽的别恨，百感交集。诗的前三句都是通过乐声抒发感情，诗人在结句轻轻宕开笔墨，以景结情。在军中设宴作乐的场面之后，忽然显出一个壮阔而悲凉的景象：高高的秋月静静地照耀着古老雄伟的长城。

在诗的前三句中，诗人所表现的感情如细流般一波三折地发展（"换新声"——"旧别情"——"听不尽"）后，至此却汇成一汪清水，荡漾回旋。"高高秋月照长城"一句离情入景，对诗情起到了升华的作用。

此诗起笔突兀，收笔婉转，语浅而意深，读来意味深长，值得玩味。

从军行七首（其三）

原 文

关城①榆叶早疏黄，日暮云沙②古战场。
表③请回军掩尘骨④，莫教⑤兵士哭龙荒⑥。

注 释

①关城：指边关上的城堡。
②云沙：像云一样的风沙。
③表：上表，上书。臣下写给皇帝的奏章。
④掩尘骨：指对尸骨进行安葬。掩，埋。
⑤教：使。
⑥龙荒：漠北荒原。

译 文

关城榆树的叶子早已稀疏枯黄，傍晚时分，像云一样的风沙在城外的古战场上弥漫着。

将军上书朝廷，将战死沙场的将士们的尸骨运回故土安葬，不要让将士们因为在他乡埋葬自己的战友而悲痛落泪。

赏 析

这首诗通过描写无数将士的尸骨暴露在古战场上的荒凉景象，反映

了当时战争的惨烈，也表现了诗人对保家卫国而战死沙场的将士们深切的同情。

开篇点明了地点和时令，一个"早"字说明已是深秋，边关将士眼见榆叶疏黄之景，叶落而知秋，传达出征人盼望东归的迫切心情。诗中也暗示很多士兵战死沙场，为国捐躯。阴森无情的云沙肆虐，杀伐之气再次来袭，危机四伏，肃杀的气息几乎让人窒息，这是多么严酷的现实！在这万里黄沙的边关，将士们正因怀乡思归而日夜恸哭！"回军掩尘骨"是多么沉痛的要求！后两句写将军上表请求把战死的将士们的尸骨运回故乡安葬，表明了将帅对士卒的爱护之情。

全诗前两句写景，景中含情，后两句说理，情理兼至，具有震撼人心的艺术力量。

从军行七首（其四）

原文

青海①长云②暗雪山③，孤城遥望玉门关。
黄沙百战穿④金甲⑤，不破楼兰⑥终不还。

注释

①青海：即青海湖，在今青海省。
②长云：指代乌云。
③雪山：祁连山。
④穿：穿破，磨破。
⑤金甲：战衣，金属制的铠甲。
⑥楼兰：汉时西域国名，在今新疆维吾尔自治区鄯善县一带，这里代指当时侵扰西北边境的敌人。

译文

青海湖上遮天盖日的乌云，使终年积雪的祁连山黯淡无光，远远望去，只见一座孤城遥对着玉门关。

在黄沙飞扬的疆场之上，战士们身经百战，磨穿了身上的铠甲，但是不将入侵的敌寇彻底铲除，他们誓死不返回家乡。

赏析

这首诗赞扬戍边将士们保家卫国、矢志不渝的崇高精神。

前两句提到四个地名，为读者呈现了一幅广阔的画面：青海湖上空，乌云弥漫；湖的北侧，横亘着绵延不绝的雪山；越过雪山，是屹立在河西走廊荒漠中的一座孤城；再往西，就是和孤城遥遥相对的军事要塞——玉门关。这幅涵盖了东西数千里地域的长卷，就是当年西北戍边将士生活、战斗的典型环境。这两句不仅概括了整个西北边陲的地貌，还点出了"孤城"西拒吐蕃、北防突厥的极为重要的地理形势。为什么这里特别提及青海湖与玉门关呢？因为这两个方向的强敌，正是戍守"孤城"的将士心之所系。看着青海湖与玉门关，将士们就会想到在这里发生过的战斗。这恰恰体现了戍边将士对边防形势的关注，对自己所肩负的使命的自豪感、责任感，以及戍边生活的孤寂、艰苦。

后两句开始直接表达感情。极富感染力的"黄沙百战穿金甲"，集中表达了戍边时间之漫长，战事之频繁，战斗之艰苦，敌军之强悍，边地之荒凉。"黄沙"是西北战场最明显的特点；"百战"以致"穿金甲"，表现了战况之惨烈。金甲尽管磨穿，将士的报国壮志却并没有消磨，而是在大漠风沙的磨炼中变得更加坚定。"不破楼兰终不还"，就是身经百战的将士们豪壮的誓言。愈是艰苦的作战条件，"终不还"越显得铿锵有力，掷地有声。

本篇在抒写戍边将士的豪情壮志的同时，并未忘记反映战争的艰苦，这正是盛唐优秀边塞诗的一个重要的特点。可以说，正因为有了前两句含

蕴丰富的环境描写，才使得后两句的抒情不显得空洞肤浅。典型环境与人物感情高度统一，是王昌龄绝句的绝妙之处。

从军行七首（其五）

原文

大漠风尘日色昏，红旗半卷出辕门①。
前军夜战洮河北，已报生擒吐谷浑②。

注释

①辕门：指军营的大门。
②吐谷浑：中国古代少数民族名称，晋时鲜卑慕容氏的后裔。

译文

塞北沙漠中大风狂起，沙尘飞扬，天色昏暗，前线军情十分紧急，部队接到战报后迅速出击。

先头部队已经于昨天夜间在洮河的北岸和敌人展开了激战，刚刚听说与敌人交火，现在就传来了俘获敌酋的消息。

赏析

这首诗描写的是奔赴前线的战士听到前方部队首战告捷时的欣喜。由于地形、地势的关系，河西走廊和青海东部形成一个大喇叭口，那里风力极大，狂风起时，飞沙走石。因此，第一句中，"日色昏"接在"大漠风尘"后面，并不是指天色已晚，而是指风沙遮天蔽日。但这不仅是为表现气候的暴烈，作为一种背景，客观上还对军事形势起着烘托、暗示的作用。"红旗半卷出辕门"一句，描画出"大漠风尘"之中，红旗指引的一支劲旅，如一柄利剑，直指敌营。

支援部队半卷红旗，挺出辕门，一场近身肉搏战一触即发。可是在沙场上大显身手的机会并没有轮到他们。就在中途，捷报传来，说前锋部队已在夜战中大获全胜，敌酋也被生擒。这消息是何等的大快人心，令人振奋！情节看上去急转直下却又合情合理，毕竟前文已经交代了大军出征时迅猛、凌厉的声势，已经充分暗示了唐军的士气和战斗力。

诗人所选取的对象是未和敌军直接交手的后续部队，不同于其他诗对战争的表述，全诗没有对战场搏杀的惨烈描述，只做侧面勾勒，不仅使人有亲临战场之感，又留下无尽的想象空间，诗人的写作功力由此可见一斑。

从军行七首（其六）

原 文

胡瓶①落膊②紫薄汗③，碎叶④城西秋月团。
明⑤敕⑥星驰⑦封⑧宝剑，辞君一夜取楼兰。

注 释

①胡瓶：西域的一种储水容器。
②落膊：绑在胳膊上。落，通"络"，缠绕。
③薄汗：健马名。
④碎叶：古城名，因城临碎叶水（今楚河）而得名，故址在今吉尔吉斯共和国托克马克城附近，曾是唐朝安西四镇之一的碎叶镇治所所在地。

但此诗中的碎叶城为王昌龄的虚拟、藻饰之词，据专家考证，王昌龄未曾远游碎叶。

⑤明：白天。

⑥敕：指皇帝的诏书。

⑦星驰：指在夜晚奔驰赶路。

⑧封：赐予。

译文

胳膊上绑着胡瓶的将军骑着紫色的薄汗马，碎叶城西的天空中挂着一轮圆圆的秋月。

皇帝白天敕令赐宝剑，将军星夜便奔驰出战，誓要攻克敌国以报君恩。

赏析

这首诗写了将士们出征边塞的过程与心情。

首句"胡瓶落膊紫薄汗"中的"胡瓶""紫薄汗"是西域的典型事物，写出了边塞景象。第二句"碎叶城西秋月团"，则通过圆圆的"秋月"展现了边塞夜晚的宁静旷远。第三句"明敕星驰封宝剑"，以"星驰""封宝剑"两个动作精确地描绘出了边塞军情的危急及将士们的使命感。最后一句"辞君一夜取楼兰"更显豪情壮志，表现出戍边将士们的家国使命感和建功立业的壮志豪情。

全诗不曾流露一点边塞的悲苦之情，反而洋溢着保家卫国的豪迈情怀，读来令人振奋。

从军行七首（其七）

原文

玉门①山嶂②几千重③，山北山南总是烽④。
人依远戍⑤须看火⑥，马踏深山不见踪。

注释

①玉门：指玉门关。
②嶂：如屏障一般高大险峻的山峰。
③重：形容山峰连绵不绝。
④烽：指烽火台。
⑤戍：放哨岗亭。
⑥看火：守望烽火。看，监视、守护。火，烽火。

译文

玉门关一带重峦叠嶂，山峦上遍布烽火台。
戍卒依傍岗亭守望烽火，巡逻的骑兵隐于深山中。

赏析

　　王昌龄擅长描写边塞独特的景观，并通过所写景物来表达戍边将士们的心境。
　　首句"玉门山嶂几千重"描写了玉门关一带重峦叠嶂之间的放哨岗亭，

以此突出玉门关险要的地形和举足轻重的军事地位。第二句"山北山南总是烽",是写山峦上遍布烽火台,生动地展现了边防戒备森严的守备形势。在前两句描写山峦、烽火台等独特景物的基础上,第三句"人依远戍须看火"转入戍边生活,描绘了将士们守望烽火台,不断观察烽火、防范四周、关注敌情的场景。最后一句"马踏深山不见踪",描写树林幽深,将士们骑着马在深山中巡逻,一会儿就不见了踪影,展示了戍边生活的艰苦和繁忙。

此诗寓情于景,在景物描写中表现了将士们保家卫国的赤诚之心。

出 塞

原文

秦时明月汉时关①,万里长征人未还。
但使龙城飞将②在,不教胡马度③阴山。

注释

①"秦时"句:秦汉时的明月,秦汉时的关塞。意思是在漫长的边防线上,战争一直没有停止过。

②龙城飞将:卫青与李广,一说借代众多汉代抗击匈奴的名将。龙城,卫青曾奇袭龙城,因以"龙城"代指卫青。

③度:越过。

译文

秦汉时的明月,秦汉时的边关,征战万里的人还没有归来。
只要卫青和李广那样的将军还在,绝对不会让匈奴南下越过阴山。

赏析

这是一首边塞诗,主要描写边疆的军旅生活、军事行动,是王昌龄《出塞》二首中的第一首。全诗悲壮而不凄凉,慷慨而不浅露,充满了杀敌卫国的热情。诗中描写将士长期征战、怀乡思亲的边愁,流露出诗人对统治阶级的不满。

第一句勾勒出了冷月照边关的苍凉景象。"秦时明月汉时关"不是指秦时的明月汉时的关。这里的秦、汉、关、月四字交错使用,这种手法称为"互文见义",意思是秦汉时的明月,秦汉时的边关。首句暗示了这里的战事自秦汉以来一直未停歇过,突出了时间的久远。

第二句写远征万里的人还没有归来。"万里"指边塞和内地相距万里,属于虚指,突出空间的辽阔。这里的"人",既是指已经战死的士卒,也指还在戍守不能回归的士卒。"人未还",一是说明边防不巩固,二是对士卒表示同情,使人联想到战争给百姓带来的苦难,表达了诗人悲愤的情感。

第三句写到如果"龙城飞将"还在的话,又该是怎样一番场景。诗人寄希望于有才能的将军,"龙城"和"飞将"分别指袭击匈奴圣地龙城的名将卫青以及威名赫赫的"飞将军"李广,但同时也是借代众多抗击匈奴的汉朝名将。

第四句紧接上一句说,如果那些抗击匈奴的名将还在,绝对不会让外族入侵。"不教"二字写出了英勇的将士勇往直前、无所畏惧的气概,歌颂了他们决心奋勇杀敌、不惜为国捐躯的战斗精神。后两句写得含蓄、巧妙,采用以古讽今的手法,通过对历史的回顾和对汉代抗击匈奴的名将的怀念,间接指责了诗人所处时代守边将领的无能,表达了诗人盼望出现良将,驱逐敌人,保卫边疆的感情。

全诗一气呵成,意境开阔,气势雄浑,精神昂扬,语言流畅,言简意深,明人李攀龙认为它是唐代七绝的压卷之作。这首诗以平凡的语言,唱出雄浑豁达的主旨,表现了对敌人的蔑视和对国家的忠诚,整首诗充满了豪迈的英雄气概。

塞上曲①

原文

蝉鸣空桑林②，八月萧关③道。
出塞入塞寒④，处处黄芦草。
从来幽并客，皆共尘沙老。
莫学游侠儿，矜夸⑤紫骝⑥好。

注释

①《塞上曲》：由汉乐府中《入塞》《出塞》演化而来，多写边塞战争。
②空桑林：桑林因秋来叶落而变得空旷、稀疏。
③萧关：宁夏回族自治区古关塞名，为"关中四关"之一。
④入塞寒：一作"复入塞"。
⑤矜夸：自傲自夸。
⑥紫骝：泛指骏马。

译文

寒蝉还在鸣唱，桑叶却已经凋零了，八月的萧关古道秋意袭人。
时间随着人们的出入已转入寒秋，到处都是枯黄的野草。
向来那些镇守幽州、并州的英勇军士，都与尘沙相伴到老。
千万别学那些自恃勇武的游侠儿，只会骄傲地炫耀自己的骏马。

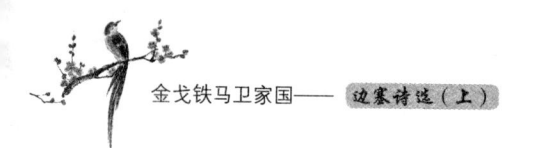

赏析

这首边塞乐府诗是反战诗。

前四句写边塞秋景。悲鸣的蝉，凋落的桑叶，行进在八月萧关大道上的士兵，无一不流露出悲凉萧瑟之意。塞内塞外处处是黄芦草，秋风飒飒，苍凉萧索。寒蝉、桑林、萧关、边塞、秋草都是中国古代诗歌中的悲情意象，诗歌开篇刻意描写肃杀的秋景，为后来的反战主题做背景和情感上的铺垫。

后四句写戍边的情境。是说来自幽州和并州的勇士，青春年华都用来驻守边疆，与尘沙相伴到老；不要像那些争强好胜之人，只会骄傲地炫耀自己的骏马来耀武扬威。幽州和并州都是唐代边塞之地，也是许多读书人"功名只向马上取"的逐名之地。然而，诗人从这些满怀大志的年轻人身上看到的是"皆共尘沙老"的无奈结局。诗人感慨与同情并发，而且通过对自恃勇武，甚至惹是生非而扰民的所谓"游侠儿"的讽刺，深刻地表达了对战争的厌恶，以及对和平生活的向往。

此诗写边塞秋景，有慷慨悲凉的建安遗韵；写戍边征人，又有汉乐府直抒胸臆的哀怨之情；讽喻市井游侠，又让人看到了唐代锦衣少年的浮夸风气，声声实在，句句真情。其中，"从来幽并客，皆共尘沙老"与王翰的"醉卧沙场君莫笑，古来征战几人回"有异曲同工之妙。

塞下曲①

原文

饮马度秋水，水寒风似刀。
平沙日未没，黯黯②见临洮③。
昔日长城战，咸④言意气高。
黄尘足⑤今古，白骨乱蓬蒿。

注释

①《塞下曲》：唐新乐府辞，属《横吹曲辞》。
②黯黯：同"暗暗"，昏暗，暗淡无光。
③临洮：今甘肃省岷县一带，是长城的起点。
④咸：普遍，都。
⑤足：充塞，弥漫。

译文

牵马饮水时渡过秋天的河水，河水冰冷，秋风刺骨如刀。

一望无际的大漠上，天边残日还未落，昏暗中隐约可以看到远处的临洮。

很久以前长城脚下发生过一场激烈的战斗，都说当时将士们士气高昂。

从古到今这里黄沙弥漫，遍地白骨零乱，夹杂在蓬蒿间。

赏析

这是一首以长城附近的边疆之地为背景的乐府诗，全诗并没有具体写战争，而是通过描写塞外景物和昔日战争的遗迹，说明多年过去了，战争的印迹依然是那么惨烈凄凉。全诗写得触目惊心，表达了诗人反对战争，向往和平的心情。

前四句写军士饮马渡河时的所见所感。塞外深秋的黄昏，平沙落日，秋水迢迢，征人饮马河边，秋水冰冷，秋风如刀。这苦寒之地，这深秋的景色，这无边的黄沙……诗人选景简洁，却收到了让人震撼的艺术效果。首句的"饮马"者就是征人，也是诗人的化身。战争的痕迹还在，活着的人来到这里，想起了这里是古战场，心情沉重，自然生出无限的感慨。诗中的"水"指洮水，临洮城就在洮水畔。"饮马度秋水"，所以感觉"水寒"，看似不经意，实则工于匠心。中原或中原以南地区的秋风仅使人感到凉爽，但塞外的秋风，却已然"似刀"。足见其风不但猛烈，而且寒冷，

仅用十字，就把地域的特点形象地描绘了出来。

诗中三、四句写远望临洮的景象。临洮，即今甘肃省东部的岷县一带，是长城的起点，唐代为陇右道岷州的治所。这一带是历代的战场。据新、旧《唐书·王晙传》和《吐蕃传》等记载，开元二年（714年）十月，吐蕃以精兵十万寇临洮，朔方军总管王晙与摄右羽林将军薛讷等合兵拒之，先后在大来谷口、武阶、长子等处大败吐蕃，前后杀敌数万，获马羊二十万，吐蕃死者枕藉，洮水为之不流。诗中所说的"长城战"指的就是这场战争。

后四句追溯以往长城一带的战事，展现战后的惨烈景象。当年长城一战，大家都说士气高昂，军心振奋。这是众人的说法。对此，诗人不做任何评论，而是写临洮这一带一年四季黄沙弥漫，战死者的白骨遍地零落，夹杂在蓬蒿间，从古到今，都是如此。这里只用几具白骨就将战争的残酷极其深刻地揭示出来。这是议论，是说理，但这种议论、说理，完全是以生动的意象来表现，因而更具有震撼人心的力量，手法极其高妙。

全诗弥漫着悲凉的气氛，诗人用精简的语言将战争的凄惨和严酷表现得淋漓尽致，表达了强烈的反战思想。

闺　怨①

原文

闺中少妇不知愁②，春日凝妆上翠楼。
忽见陌头③杨柳色，悔教夫婿觅封侯④。

注释

①闺怨：闺中女子的幽怨。此诗题一般写少女的青春寂寞，或少妇的离别相思之情。

②不知愁：又作"不曾愁"。
③陌头：大路。
④觅封侯：指从军远征，谋求建功立业，封官受爵。

译文

闺中的少妇不懂得愁，春日到来，打扮妆容，独自登上翠楼。
不经意间看到大路上的杨柳新绿，后悔不该让夫君去谋求立功封侯。

赏析

本诗属于闺怨诗。闺怨诗主要抒写民间弃妇和思妇的忧伤，或者少女怀春、思念情人的感情。这首诗描写唐代前期，对外战争频繁，丈夫从军戍边，保家卫国，少妇思念夫君的场景，诗中细腻而含蓄地描写了闺中女子思念丈夫的心理状态及其微妙变化。

第一句写闺阁中的少妇生活在不知道忧愁的环境中。诗的首句与题意相反，女主人公天真烂漫，富有幻想。

第二句写闺阁少妇在一个春暖花开的日子，打扮妆容，登楼赏春。诗人将这名女子的憨态鲜明地刻画了出来。

第三句急转，写少妇忽见柳色而勾起情思。柳谐音"留"，在古时有思念挽留之意。少妇登上翠楼看到路边的柳枝新绿，一片美景，但是自己的夫君还未归来，想到时光流逝，春情易失，不禁黯然神伤。"忽见"句中，杨柳色显然只是触发少妇情感变化的一个媒介，一个外因。如果没有平时感情的积蓄，杨柳是不会如此强烈地触动她"悔"的情感的。这里少妇的情感变化看似突然，实则并不突然，在情理之中。

第四句写了这位少妇的省悟。悔恨当初怂恿"夫婿觅封侯"，与上文的"不知愁"相照应，构思新巧，对比强烈，有相辅相成的艺术效果。全诗虽没有刻意写怨愁，但怨之深、愁之重，已表露无余。结合上一句少妇看到陌头的杨柳返青，不仅勾起了她对丈夫的思念，更后悔不该叫丈夫外出谋求立功封侯。这里不仅饱含着诗人对功名富贵的轻视以及对美好时光和青春年华的珍惜，其审美观也是新颖的。

全诗如同蜿蜒的溪流，描写了贵妇赏春时心理的变化，从想要丈夫"觅封侯"，到因为丈夫不在身边而感觉后悔、愁闷。本诗以精练的语言、新颖独特的构思、含蓄委婉的笔法，抓住了闺中少妇心理发生微妙变化的刹那，并做了精细的描写，耐人寻味。此诗流传广泛，具有新意，带给人们悠长的艺术享受。

代扶风[①]主人[②]答

原文

杀气[③]凝不流[④]，风悲日彩[⑤]寒。
浮埃起四远[⑥]，游子弥[⑦]不欢。
依然宿扶风，沽酒聊[⑧]自宽。
寸心[⑨]亦未理，长铗[⑩]谁能弹。
主人就我饮[⑪]，对我还慨叹。
便泣数行泪，因歌行路难[⑫]。
十五役边地[⑬]，三回讨楼兰[⑭]。
连年不解甲，积日无所餐。
将军降匈奴，国使没桑乾[⑮]。
去时三十万，独自还长安。
不信沙场苦，君看刀箭瘢[⑯]。
乡亲悉零落[⑰]，冢墓亦摧残。
仰攀青松枝，恸绝伤心肝。
禽兽悲不去，路旁谁忍看？
幸逢休明代[⑱]，寰宇静波澜[⑲]。

老马思伏枥⑳,长鸣力已殚。
少年与运会㉑,何事发悲端㉒?
天子初封禅㉓,贤良刷羽翰㉔。
三边㉕悉如此,否泰亦须观㉖。

注 释

①扶风:唐朝县名,属岐州,今陕西省扶风县。

②主人:指客舍主人。

③杀气:秋天的萧瑟凄凉之气。

④凝不流:凝固不动,这里指秋天的凄清一直持续。

⑤日彩:太阳的光辉。日,一作"月"。

⑥四远:指远处四方。

⑦弥:更加。一作"迷"。

⑧聊:姑且。

⑨寸心:微小的心意,指心事。

⑩长铗:长剑。

⑪就我饮:请我喝酒。

⑫行路难:乐府旧题,属《杂曲歌辞》,多写悲伤离别、世道艰难。

⑬役边地:到边境服役。役,服役。

⑭楼兰:汉代西域国名,此处代指异族。

⑮"国使"句:指朝廷派去的使者投河自尽。国使,国家派出的使者。没,同"殁",死亡。桑乾,水名,即桑干河,源出山西省,在河北省汇入永定河,经北京市后在天津市汇入海河并流入渤海。

⑯刀箭瘢:刀箭留下的伤疤。

⑰零落:分散在四处。

⑱休明代:政治清明、生活美好的时代。

⑲"寰宇"句:这句话是说,天下太平,安宁祥和。寰宇,天下。静波澜,风平浪静,比喻天下太平。

⑳枥：马厩。

㉑运会：时运际会。

㉒悲端：悲伤的心绪。

㉓封禅：古代帝王在泰山及附近小山上祭祀天地的典礼。

㉔刷羽翰：整理翅膀，准备高飞，这里指贤良有志之士准备奋起。

㉕三边：泛指边境地区。

㉖"否泰"句：这是主人宽慰"游子"的话，意思是时运变迁，世事通塞需要精心地体察，自己要好好把握。否泰，《易》之卦名，是说坏的到了极点，就会转为好的。亦须观，也需要精心观察。

译文

秋天的萧瑟凄凉之气似乎凝固了，悲凉的秋风使得太阳的光辉也变得寒冷起来。

浮动的尘埃在远处四方的空气中弥漫着，让那些出门在外的游子感到更加抑郁难过。

于是还跟往常一样，晚上在扶风留宿，姑且买点酒喝自我宽慰一下吧。

但是喝酒之后，心中的愁绪还是无法排解出去，忍不住发出了"长铗谁能弹"的感叹。

留宿之地的主人过来同我一起举杯畅饮，饮酒闲聊时又有颇多感慨。

说着说着他便忍不住流下了几行眼泪，又唱起了那令人难过的《行路难》。

"我十五岁就到边境服役，参加过多次与异族对抗的战争。

边境战事频繁，常年不脱战甲，有时作战紧张，一连几天都吃不上饭。

将领被迫投降，朝廷派去的使者投河自尽。

当时出征边塞的大军有三十万人，如今只有我自己活着回来了。

您如果不相信边境战争的艰苦，就请您看看我身上这些刀箭留下的伤疤。

回来后，亲人、朋友都已分散在四处，祖上的坟墓也已经被摧残得破

败不堪。

看到这幅场景，禁不住扶着松树枝仰天恸哭，悲痛得肝肠寸断。

禽兽看到这凄惨的情景都不忍离去，路过的人又有谁忍心目睹这一幕呢？

幸好赶上如今这样政治清明的时代，天下太平，安宁祥和。

尽管还想报效国家，但无奈自己已经年老体衰，没有足够的心力了。

您青春年少恰逢时运际会，还因为什么事产生悲伤的心绪呢？

当今皇上刚刚封禅，励精图治，正是贤良有志之士奋起的好时机啊。

如今边境的情况也是如此，将士们斗志昂扬保家卫国，时运变迁，您要好好把握。"

赏 析

全诗通过客舍主人自述其随军征战的惨痛经历和战争后的状况，控诉了战争带给百姓的痛苦和不幸，表现了诗人对百姓的同情和深深的人文关怀。

诗人以"杀气凝不流"开篇，为全诗奠定了凄凉的感情基调，前十二句通过写景、叙事，以萧瑟之景和诗人内心的凄苦渲染出凄凉的氛围，接着以"主人就我饮"开启下文，引出了主人过去沉痛的经历。

开篇前四句就以萧瑟凄清的肃杀情景为全诗奠定了悲凉的感情基调。一个"凝"字，使得这种萧瑟有了厚重感，接着诗人给"风""日彩"这样的自然景象赋予"悲""寒"的色彩，融情于景，情感更浓，再看到周围尘埃四起，心情更是低落。随后诗人道出自己依然住在扶风的客舍，心里难过只能喝酒排解忧愁。从前几句的描述中我们可以知道，诗人此时内心很是悲凉。此时他正游历西北，尚未入仕。他见过太多战争带来的凄凉景象，自己虽然一腔热血却报国无门，因此满腹愁肠，想要借酒消愁，然而于事无补。"寸心亦未理，长铗谁能弹"两句用典抒情，诗人通过孟尝君门客冯谖弹铗而歌的典故，诉说自己漂泊无依而又无人可诉的愁苦。"理"字用得极为巧妙，前文中诗人满腹忧愁，只能借酒消愁，所以要将其"理"

清，表现出诗人烦恼之多，思绪之杂乱。接下来四句以"主人就我饮，对我还慨叹。便泣数行泪，因歌行路难"几句引出文章主人公，诗人借客舍主人之口描述战争的残酷和对百姓的摧残，从而引出主旨。

从"十五役边地"这句诗开始，后半部分均是客舍主人的自述，叙其随军征战的经历及战后状况，最后发出感叹，寓意深刻。客舍主人的自述以参军出征开头，首先就给读者展示了战争的沉重压力。客舍主人十五岁就到边境服役，曾参加多次与异族对抗的战争，"三回"写出了边疆战争之频繁，"不解甲""无所餐"更是鲜明地写出了边疆生活的艰险和困苦。"将军降匈奴"以下十二句继续写参军后的经历，言辞真切，感情强烈，有惊耳骇目之效。军队战败，将军投降，自己只留下了一身疤痕。虽幸存归来，但已物是人非，家乡破败，亲人、朋友四处分散，主人内心痛苦不堪，以至于"恸绝伤心肝"，其情其景，确有"禽兽悲不去"之震撼。接下来几句却笔锋急转，主人抛开痛苦经历，以"幸逢休明代"和"少年与运会"来宽慰"游子"，劝其怀有乐观、向上之心，不必过于悲伤。这里体现了客舍主人的乐观、善良，同时意蕴深刻，诗人正话反说，以此暗讽统治者的无能给百姓带来的巨大灾难，表现出诗人清醒的认知和强烈的忧患意识。

整首诗结构完整，叙议结合，描写生动，感情强烈。主人与诗人的感情高度契合，主人的眼泪是为战死沙场的将士及惨遭不幸的百姓所流，亦是诗人的自悲、自怜。

祖 咏

祖咏（约699—约746年），洛阳（今河南省洛阳市）人，与王维交好。开元年间进士，长期未授官，曾短期担任驾部员外郎，后又被贬谪，以渔樵终老。其诗善状景绘物，多表现隐逸生活。明人辑有《祖咏集》。

望蓟门

原文

燕台①一望②客心惊，笳鼓喧喧汉将营。
万里寒光生积雪，三边曙色动危旌③。
沙场烽火连胡月，海畔云山拥蓟城。
少小虽非投笔吏④，论功⑤还欲请长缨⑥。

注释

①燕台：战国时期燕昭王为求贤所筑的黄金台，在今河北省易县北易水南。

②一望：一作"一去"。

③危旌：高扬的旗帜。

④投笔吏：指汉人班超，班超家贫，常为官府抄书以谋生，曾投笔叹曰："大丈夫无他志略，犹当效傅介子、张骞立功异域，以取封侯，安能久事笔研间乎？"后投笔从军，终以功封定远侯。

⑤论功：指论功行封。

⑥请长缨：西汉终军自请出使南越，表示"愿受长缨，必羁南越王而致之阙下"。后来把自愿投军叫作"请缨"。

译 文

登上燕台远眺使人感到非常震惊，汉军军营军乐嘹亮、士气高昂。
万里积雪笼罩着寒光，边塞的曙光映照着高扬的旗帜。
战场上连绵的烽火遮掩着胡地的明月，海北面的云山拱卫着蓟门城。
年少时虽不像班超一样投笔从戎，论功名我想像终军一样请命破敌。

赏 析

这首吊古感今的诗，是诗人宦游范阳时所作。诗人遥望蓟门关外，被边地雄壮的景色和烽火连天的状况所震惊，激起投笔从戎、请缨立功的报国热情。

首联写北望蓟门，触目惊心。诗人初来闻名已久的边塞重镇，游目纵观，不禁激情满怀。汉高祖曾在此地率军攻击臧荼，所以说是"汉将营"。需要注意的是，这里的"惊"字只是说诗人感到非常震惊，并不是害怕。这样有利于诗人和读者之间进行心灵的交流，因为诗人是从一个热血青年的角度来感受的。全诗从"望"字着眼，这两句诗是"望"的背景，而"笳鼓喧喧"恰恰是诗人"惊"和"望"的根源，也由此传达出了边地的氛围。

颔联写眼前积雪泛寒光，风吹动旌旗的景象。从眼前泛着寒光的积雪到万里边疆，显示了诗人开阔的胸襟。其中"寒""曙"两个字用得非常巧妙，这两个字传达出了一种肃杀的气氛和激昂的情态。

颈联通过想象描写沙场的景象。此时此刻，"沙场"虽然在眼前，但是"烽火"不一定是诗人当时亲眼所见，可能是诗人由"沙场"联想到了"烽火"。"烽火连胡月"则能使我们感受到这里积累着无尽杀气与凄清之气。但是诗人并没有过分渲染这种悲凉凄清的气氛，而是将视角转向了蓟城的地势："海畔云山拥蓟城。"可见，这是一个地势险要、易守难攻的军事

要塞。这虽然是诗人通过"望"所想到的景象,但写得出神入化。

尾联通过借用典故来表明自己的心意。这里连用两个典故:一个是班超"投笔从戎"。东汉时的班超原来在官府抄书,但有一日,感叹说大丈夫应该立功异域,后来果然在西域立了大功。另一个是终军"请缨"。终军向皇帝请求出使南越,说服其归附,为了表明自己有足够的信心,他请皇帝赐给他"长缨"(长带子),说是在捆南越王时要用它,终军最终也为汉朝灭南越做出了贡献。诗人用这两个典故,使人感觉豪气顿生,同时也表明了诗人立志为国尽力效忠之情。

这首诗描写诗人到边地所见到的壮丽景色,并由此抒发了诗人想要立功报国的壮志,格调高昂,振奋人心。此外,诗中多用实字,全然没有堆砌的痕迹。

高 适

高适（约700—765年），字达夫，渤海蓨（今河北省景县）人。少孤贫，爱交游，有游侠之风。他早年曾游历长安，后到蓟门、卢龙一带，寻求进身之路，都没有成功。后客游河西，入哥舒翰幕，任掌书记，历任淮南、剑南节度使，终散骑常侍，封渤海县侯。他的边塞诗和岑参齐名，并称"高岑"。他的诗笔力雄健，气势奔放，洋溢着盛唐时期所特有的奋发进取、蓬勃向上的时代精神。作品有《高常侍集》传世。

燕歌行并序

开元二十六年[①]，客有从御史大夫张公[②]出塞而还者，作《燕歌行》以示适，感征戍之事，因而和[③]焉。

原 文

汉家烟尘[④]在东北，汉将辞家破残贼。
男儿本自重横行[⑤]，天子非常[⑥]赐颜色[⑦]。
摐[⑧]金[⑨]伐鼓下榆关[⑩]，旌[⑪]旆逶迤[⑫]碣石[⑬]间。
校尉[⑭]羽书[⑮]飞瀚海[⑯]，单于[⑰]猎火[⑱]照狼山[⑲]。
山川萧条极边土[⑳]，胡骑凭陵[㉑]杂风雨。
战士军前半死生，美人帐下[㉒]犹歌舞！
大漠穷秋[㉓]塞草腓，孤城落日斗兵稀。
身当恩遇[㉔]常轻敌[㉕]，力尽关山未解围。
铁衣[㉖]远戍辛勤久，玉箸[㉗]应啼别离后。

少妇城南㉘欲断肠，征人蓟北㉙空回首。
边庭飘飖㉚那可度㉛，绝域苍茫更何有！
杀气三时㉜作阵云㉝，寒声一夜传刁斗。
相看白刃血纷纷，死节㉞从来岂顾勋㉟？
君不见沙场征战苦，至今犹忆李将军㊱。

注 释

①开元二十六年：公元738年。开元，唐玄宗年号。

②御史大夫张公：指河北节度副使张守珪。据《旧唐书·张守珪传》记载，开元二十六年（738年），部将假借张守珪之名进攻叛乱的奚人余部，先胜后败，张却反称大胜。

③和：作诗相答。和诗大多用原诗韵，但也有不用原韵的。

④烟尘：烽火，代指战争。

⑤横行：在疆场纵横驰骋。

⑥非常：破格。

⑦赐颜色：给予恩惠。

⑧拟：击打。

⑨金：指钲。一种行军乐器。

⑩榆关：指山海关，是通往东北的要隘。

⑪旌：竿头饰羽的旗。

⑫逶迤：连绵不绝的样子。

⑬碣石：山名。在今河北省昌黎县。此处泛指东北滨海地区。

⑭校尉：武官名。此处指张守珪偏将赵堪、白真陀罗等此战的主要将领。

⑮羽书：指插羽毛表示万分紧急的文书。

⑯瀚海：大沙漠。

⑰单于：古代匈奴首领。此处泛指敌方首领。

⑱猎火：打猎时点燃的火光。古代游牧民族出征前，常举行大规模狩猎作为军事演习。

⑲狼山：一说在今内蒙古自治区克什克腾旗西北，一说在今河北省易县。此处泛指敌军活动地区。

⑳极边土：直到边境的尽头。

㉑凭陵：仗势侵凌。

㉒帐下：指领兵将帅的营帐里。

㉓穷秋：深秋。

㉔身当恩遇：指受朝廷的恩遇。

㉕轻敌：蔑视敌军。

㉖铁衣：铠甲。此处借指远征战士。

㉗玉箸：白色的筷子。此处借指思妇的泪水。

㉘城南：泛指少妇的住处。

㉙蓟北：在今天津市蓟州区。此处泛指征人所在地。

㉚飘飖：动荡不安。

㉛度：过。

㉜三时：指一天的早、中、晚，犹言整天，与下文"一夜"相对。

㉝阵云：战场上象征杀气的云。

㉞死节：为国献身。

㉟岂顾勋：哪里顾得及功名利禄。

㊱李将军：指西汉名将李广。李广号称"飞将军"，镇守边境，与士卒同甘共苦，使匈奴数年不敢犯境。

译 文

开元二十六年，有客人随从张公出塞回来，作了一首《燕歌行》给我看，我有感于出征之事，因而写了这首《燕歌行并序》相答。

唐朝战乱多发生在东北边境，将士们离家去杀残贼。

男子本来就看重在疆场纵横驰骋，何况天子破格给予恩惠。

击钲打鼓，队伍雄赳赳开向山海关，旌旗在东北方的海边连绵不绝。

校尉自大沙漠送来紧急文书，匈奴单于在狼山进行军事演习。

山河的萧条之气延伸到边境的尽头，胡兵仗势侵凌如狂风暴雨。
战士们在前线厮杀有大半阵亡，将军帐中的美人却还在轻歌曼舞！
深秋时大沙漠里百草凋枯，暮色降临孤城，能战的士兵越来越少。
身受朝廷恩遇蔑视敌军，战士们竭力奋战仍难解关山重围。
战士身穿铁甲常年驻守边疆辛苦劳累，家中妻子思念丈夫痛哭流涕。
住城南的少妇几乎哭断了肠，蓟北的战士望乡空自叹息。
边境动荡不安怎可轻易奔赴，边疆除了荒漠哪有什么东西！
整天都杀气腾腾阵云弥漫，整夜只听到凄寒的刁斗声。
短兵相接，战刀上血迹斑斑，自古为国献身哪里顾得上功名利禄？
你没看见在沙场拼杀多残酷，现在人们还在怀念有勇有谋的李广将军。

赏 析

开元十五年（727年），高适曾北上蓟门。开元二十年（732年）春，信安王李祎率军战胜契丹。开元二十一年（733年）春，唐五将兵败，六千余名唐军战死。同年十二月，张守珪为幽州节度使，率军战胜契丹，次年受封赏。开元二十四年（736年），张让平卢讨击使安禄山讨奚、契丹，"为虏所败"。开元二十六年（738年），幽州将赵堪、白真陀罗矫张守珪之命，逼迫平卢军使乌知义出兵攻奚、契丹，先胜后败。高适对开元二十四年（736年）以后的两次战败颇有感慨，写下此篇。这是一首著名的边塞诗，堪称盛唐边塞诗最杰出的代表。全诗在赞扬士兵保家卫国的英勇精神的同时慨叹征战之苦，谴责、讽刺将领骄傲轻敌、荒淫失职、不恤战士，造成战争失败。

全诗分四层。开头至"单于猎火照狼山"为第一层，写边境告急，战士奉命出征。"在东北"交代战争的方位，"破残贼"点明战争的性质。"横行"意味着恃勇轻敌，"赐颜色"也为下文将领骄傲轻敌埋下伏笔。将士们辞家出榆关，过碣石，到瀚海、狼山，写了出征的历程。"飞"字写出了军情的紧急，气氛也从缓和渐入紧张。

"山川萧条极边土"至"力尽关山未解围"为第二层，写胡骑入侵如狂风暴雨，战士们浴血奋战英勇杀敌，大半战死仍难突围，可见这是一场双方力量悬殊的战役。而此时不负责任的将军却还在营帐中欣赏美人的歌舞，暗示了战争失败的原因。大漠穷秋、孤城落日、衰草连天的边塞景色描写，处处烘托兵败后战士们的悲凉心境。

"铁衣远戍辛勤久"至"寒声一夜传刁斗"为第三层，写战士们兵败被围困，与家人团聚遥遥无期，只有相思之苦。城南少妇伤心断肠，但是边关遥远，战云密布，相见无期。白天只见"杀气三时作阵云"，晚上只闻"传刁斗"，处境危急，生与死在刹那间，不由人不想到把他们推向此绝境的究竟是谁，从而深化主题。

"相看白刃血纷纷"至最后为第四层，写战士们与敌人短兵相接，不惧血染白刃，他们为国献身难道是为了功名利禄？他们是何等勇敢，却又是何等可悲呀！诗人的感情包含着悲悯和礼赞，"岂顾勋"有力地讥讽了贪功冒进的将领。最后两句运用"李广难封"的历史典故，汉朝名将"飞将军"李广，处处爱护士卒，与当朝骄横的将军形成鲜明的对比。诗人是多么希望这些英勇的战士能遇到爱兵惜兵的李广将军啊！

这首诗形象鲜明，气势奔放、雄健，主旨深刻。全诗充满怨愤和讽刺、歌颂和同情，处处隐伏着鲜明的对比。从贯穿全篇的描写来看，士兵的效命死节与唐将的怙宠贪功，士兵辛苦久战、家室分离与唐将临战失职、纵情声色，都是鲜明的对比。结尾提到李广，则又是古今对比。全诗四句一韵，流转自然，千古传诵。

塞上听吹笛

原　文

雪净①胡天②牧马还③，月明羌笛戍楼间。
借问梅花何处落，风吹一夜满关山。

注释

①雪净：冰雪消融。
②胡天：指西北边塞地区。
③牧马还：赶着马群归来。

译文

战士们在冰雪消融之时赶着马群归来，月光皎洁，戍楼间传出悠扬的笛声。

试问梅花会落到何处，借着风在一夜之间落满了关山。

赏析

高适曾一度浪迹边关，两次远出塞外，对边塞生活有深刻的体验。这首诗是高适在西北边塞地区从军时所作。此诗通过明月、戍楼、关山、胡天等意象，勾画出了一幅优美、辽阔而又别具异域风情的塞外春光图，反映了边塞生活中安详、恬静的一面。全诗含有思乡的情调但并不低沉，洋溢着盛唐时期所特有的奋发向上的豪情，是边塞诗中不可多得的佳篇。

"雪净胡天牧马还，月明羌笛戍楼间"两句写边塞冰雪消融、牧马归还的安宁、静谧的景致，这在边塞诗中极为少见。而且，"牧马还"隐含着边烽暂息之意，于是"雪净"也带有几分危机解除的意味。开篇为全诗定下了明朗开阔的基调。羌笛声虽然悲切依旧，此时却显得格外悠扬。

"借问梅花何处落，风吹一夜满关山"两句一语双关，既指想象中的梅花，又指笛曲《梅花落》。《梅花落》属于汉乐府《横吹曲辞》，善述离情。诗人巧妙地将曲调《梅花落》拆用，嵌入"何处"两字，从而创造了一种虚景。这里诗人借助想象，描写干戈停歇后，战士们对家乡的思念之情。虽是思乡，却并不显得伤感，这里便是照应了开篇开朗明快的基调，也可看作是盛唐的气象。

这首七言绝句采用虚实结合的手法,把战士们的戍边之志与思乡之情有机地联系起来,含蓄隽永,委婉深沉,令人回味不尽。

营州①歌

原文

营州少年厌②原野,狐裘③蒙茸④猎城下⑤。
虏酒⑥千钟⑦不醉人,胡儿⑧十岁能骑马。

注释

①营州:唐代东北边塞,治所在今辽宁省朝阳市。
②厌:同"餍",饱。这里作饱经、习惯于之意。
③狐裘:狐狸皮毛制作的较为珍贵的大衣,毛向外。
④蒙茸:蓬松的样子。语出《诗经·邶风·旄丘》中的"狐裘蒙茸"。
⑤城下:郊野。
⑥虏酒:指营州当地少数民族酿造的酒。
⑦千钟:极言其多。钟,酒器。
⑧胡儿:指居住在营州一带的奚、契丹族少年。

译文

营州一带的少年自小就习惯于在原野上生活,他们经常穿着蓬松的狐裘在城外打猎。

他们畅饮千钟酒也不会醉,十岁时就习得骑马的本领了。

高 适

赏 析

此诗生动地刻画了北方少数民族青少年的形象，表现了他们的生活风貌和豪放的性格。

若是站在中原人的角度上，穿着蓬松的狐裘在城镇附近的原野上打猎，似乎是粗野的儿戏之举。在营州，这些却是再平常不过，在此地生活的胡、汉各族少年，从小便受到牧猎骑射之风的熏陶，养成了好酒善饮的习惯，习得了驭马驰骋的本领。诗人正是透过这一城下打猎活动，看到了边塞少年的纯真心灵和狂放不羁的性情，以及勇敢崇武的精神，并对此感到新鲜、兴奋，发自内心地欣赏。诗中将少年形象刻画得栩栩如生。"狐裘蒙茸"表现了其天真可爱之态；"千钟不醉"表现了其粗犷豪放的性格；"十岁骑马"表现了其勇猛强悍之状。而这一切又将典型的边塞生活展现了出来。

这首绝句在艺术创作上别具一格。诗人在构思上即兴寄情，直抒胸臆；在表现手法上采用白描，笔调粗放。诗中的细节描写真实而略带夸张，少年性格典型而鲜明。这首绝句热情地赞美了边塞人民的生活习俗，该类作品在唐人边塞诗中极为少见，也就显得尤为可贵。

送李侍御①赴安西②

原文

行子对飞蓬③，金鞭指铁骢④。
功名万里外，心事一杯中。
虏障⑤燕支⑥北，秦城太白东⑦。
离魂莫惆怅，看取宝刀雄！

注释

①侍御：侍御史，古代官职名。
②安西：安西都护府，治所在今新疆维吾尔自治区库车市。
③飞蓬：随风飘荡的蓬草，指游子。
④铁骢：青黑色相杂的骏马。
⑤虏障：为抗敌而建的工事、堡垒，这里指边境。
⑥燕支：山名，位于今甘肃省山丹县东南，指李侍御所去之地。
⑦"秦城"句：长安在太白山以东，指诗人所留之地。秦城，长安。太白，秦岭的一座山峰名，也叫太乙。

译文

行客面对着游子，手持金鞭指挥着骏马。
要求取的功名在万里之外，心事感情都在这一杯酒之中。
边境在燕支山以北，长安在太白山以东。
分别时不要伤心，就凭借宝刀在边境实现你的雄心壮志吧！

赏析

高适的送别诗字字珠玑，语言动人，感情真挚。此诗借送友人赴边之机，表达了诗人想要征战边塞的雄心壮志。

首联以"飞蓬"喻游子，言其执"金鞭"驱"铁骢"，让人似乎能看到游子轻健的身姿和意气风发的神态。"万里外"使读者脑海中的空间立刻开阔了起来，以此写出了李侍御纵横塞外的豪情，接着以"一杯中"将画面拉回眼前，尽述离别之意。"燕支北""太白东"，通过地域的距离来表达离别情思之深广。尾联延续前文壮阔的场面，将分别之情寄托在分别后的建功立业上，以"看取宝刀雄"的豪情壮志收束全诗，使全诗气势更为雄壮。

全诗气势宏大，场面壮阔，节奏有力，字里行间流露着为友人鼓劲的豪情。语言波澜起伏，有一气舒卷之效。此诗不仅体现了诗人豪壮的感情，而且焕发出昂扬奋发的盛唐精神，许学夷在《诗源辩体》中称其为"盛唐五言律第一"。

自蓟北归

原文

驱马蓟门北，北风边马哀。
苍茫远山口，豁达①胡天开。
五将②已深入，前军止半回③。
谁怜不得意，长剑独归来。

注释

①豁达：开阔，畅通。

②五将：汉宣帝时，遣御史大夫田广明、度辽将军范明友、前将军韩增、后将军赵充国、虎牙将军田顺，"凡五将军，兵十余万骑，出塞各二千余里"。详见《汉书·匈奴传上》。

③止半回：只有一半返回，指将士们只有半数生还。

译 文

在蓟门之北策马飞驰，北风呼啸，边地到处是马的哀鸣声。

远望山口，空阔辽远，苍茫无边，走出峡谷才见胡天豁然大开。

五将已经深入敌境，先头部队的将士们只有半数生还。

还有谁怜惜我这个失意之人，只能身负长剑独自归来。

赏 析

高适的边塞诗多数写于蓟北之行和入河西幕府期间，因在边塞有实际生活体验，诗人将自己的边塞见闻、思想感悟以及远大志向等多种感情交织在一起，写出了很多脍炙人口的佳作，其诗作悲凉愤慨又不乏理智和沉着，忧伤沉郁又饱含爱国情怀。

首联起笔极为巧妙，运用顶针的手法描写意象，两个"北"字前后勾连重复，结构紧凑，节奏急促，渲染"哀"的气氛。一方面为"边马"之哀，另一方面为"驱马"人心中的"哀"，一笔两到，统领全篇。

颔联紧承上联，写"驱马"前行，"北风"呼啸，然而所处之地苍茫无边，使得征途更为艰苦，"哀"意更进一层。

颈联深化了"哀"的含义，由自然、个人之"哀"延伸至军队惨败之"哀"，使得"哀"情有了更为深厚的感情色彩，景物"哀"，将士"哀"，国家"哀"。

尾联依旧承接上文，以"哀"情收束全诗。在"北风""边马"等意象中，在旷远苍茫、征途漫漫的艰苦环境下，在军队惨败的现实前，诗人以"长剑独归来"作结，将自身"不得意"的情绪展现得淋漓尽致，表达了诗人

报国无门的愁苦和愤懑。

全诗意象鲜明,极具边塞特色,真实动人;气氛凝重,语言悲壮、苍凉,将诗人悲愤、哀伤的情绪表达得淋漓尽致。

金城①北楼

原 文

北楼西望满晴空,积水连山胜画中。
湍②上急流声若箭,城头残月势如弓。
垂竿已羡磻溪老③,体道④犹思塞上翁⑤。
为问边庭⑥更⑦何事,至今羌笛怨无穷。

注 释

①金城:古地名,即今甘肃省兰州市。唐玄宗天宝十一载(752年),高适经人引荐,入陇右节度使哥舒翰幕中,充任掌书记。此诗即写于其离开长安赴陇右途经金城之时。

②湍:急流的水。

③磻溪老:指姜太公。磻溪,水名,在今陕西省宝鸡市东南,传说为姜太公未遇文王时垂钓处。

④体道:领会、体会玄理。

⑤塞上翁:即《淮南子·人间训》中的塞翁,成语"塞翁失马"典出于此。塞上,边疆地区,亦泛指北方长城内外。翁,老人的泛称。

⑥边庭:边地。

⑦更:经历。

译 文

在北楼上往西眺望满目是晴空,渭水环绕着连绵的山峰,秀丽的景色胜过图画。

湍急的水流声好像离弦之箭的破空声,城头上空的弯月形如弯弓。

垂下钓竿的我不由十分羡慕姜太公,体会玄理犹然思念那位塞上老翁。

想知道边地经历了什么事情,如今耳边回荡着一片羌笛的哀怨之声。

赏 析

这是一首登临之作,写诗人登边庭城楼的所见和所感。诗人登楼西望,晴空之下,积水连山有如画图,耳边是流水声,眼前是一弯残月,诗人触景生情,不禁对自身的境遇、边地的战事发出深深的感叹。

诗的前四句描绘出了塞外苍茫雄壮的景象。首联起句壮观,写出了诗人登高远望时的景色。"满"有满眼、满是之意,写出晴空万里,辽阔无边的景象。"积水"写水势的充溢,"连山"写山势的连绵。这两句由上而下,抓住了边庭的天气和地貌特征,勾画出壮美的景色,而用"胜画中"三字加以概括,是登楼西望的总印象。

颔联将湍急的水流和城头残月互相映衬,这样的画面于壮美之中含苍凉之感,衬托诗人心情的变化。以上写所见,由远及近,层层写来,遂引出所感。

颈联引用姜太公和塞上翁的典故。上句说年事渐高,想要像姜太公那样年老时还能施展抱负,直接从正面陈述心意;下句说要像塞上翁那样体会玄理,看透祸福,不以一时得失为意,是故作放达之语,委婉地从反面表达心愿。上、下两句虽然角度不同,但都是诗人触景生情而引发的身世之感。

尾联一个"问"字透露出诗人内心的真情,即对边事的关注。"至今"一词表明并非一日,即诗人对战事的关心已经很久了,"怨"字则又传达出其对戍守边疆的英雄的呼唤,更是对边关形势的担忧。全诗在极含蓄深

沉的感叹中结束。

全诗虽然表面上写的是塞上烟尘,但句句都透露出诗人怀才不遇的愁闷之情。

使青夷军①入居庸三首(其一)

原 文

匹马行将久,征途去转难。
不知边地别,只讶②客衣单。
溪冷泉声苦,山空木叶干。
莫言关塞③极,云雪尚漫漫④。

注 释

①青夷军:军名,唐初戍边部队中编制大的"称军"。青夷军驻地在今河北省怀来县。
②讶:惊讶,惊奇。
③关塞:关隘和边塞。
④漫漫:无穷无尽。

译 文

单人匹马的路程是多么遥远,一路上越走越觉得艰难。
不知道边地气候有什么差别,只惊讶衣服穿得太单薄。
溪水清冷,泉声令人心碎,山谷空荡荡的,飘下来的落叶早已枯干。
不要说边塞已经到了尽头,云雪依然无穷无尽。

赏析

天宝九载（750年）秋，高适作为封丘县尉，送兵至青夷军，这三首诗创作于他冬天返程途中，到达居庸关之时。

首联从行役之难写起，表明出关与回转的路途十分艰难和漫长。一个"难"字，反映了诗人厌倦长途跋涉的心情，以沉重的调子引起全诗。

颔联给人最突出的感受是寒冷，这一联妙在写"寒"而不说穿，通过对衣单的惊讶来突出对严寒的惊异。

颈联写山色之萧条。诗人用溪水、泉声、空山、落叶勾画出冬日山景的萧条。本来是视觉的形象，这里的"冷"则用触感写出；泉声，本来是听觉的形象，这里用发自内心的感受写出。因而这里的"冷"和"苦"，乃是诗人的心情在景物中的反映。诗人用精练的字句，展示了雄浑苍凉的画面。

诗的最后两句写征途之遥远。在着力描写边关一带的严寒天气之后，诗人远望前路，"云雪尚漫漫"，既写其苦，又写其远，含蓄地回应了首联"征途去转难"一句。"漫漫"二字既体现出旅程的遥远艰苦，也显示了边塞的苦寒，同时衬托了诗人自边塞归来时茫然无绪的心情。

此诗以行役开始，中间写边塞，最后又以行役结束，结构回环，赋予了全诗一种严谨而浑然的美感。

使青夷军入居庸三首（其二）

原文

古镇①青山②口，寒风落日时。
岩峦鸟不过，冰雪马堪迟③。
出塞应无策④，还家赖有期。
东山⑤足松桂，归去结茅茨。

注释

①古镇：指居庸关。
②青山：指军都山，又名居庸山。
③堪迟：意为只能勉强行进。
④策：安边之策。
⑤东山：东晋名臣谢安隐居之处，在今浙江省绍兴市西南。

译文

居庸古镇雄踞在青山口，寒风在日落时分突然吹起。

山石险峻以至于鸟儿也很难飞过去，战马在冰坚雪厚的路面上勉强行进。

出征塞外没有安边之策，回家需要找一个好的时机。

东山松桂长得很茂盛，还不如回家归隐。

赏析

天宝九载（750年）秋，高适以封丘县尉的身份到妫川（今河北怀来）的青夷军驻地送兵，创作了很多诗歌。这首诗借对前贤的追思，表达了自己的归隐之念。

首联描绘了冬日傍晚的居庸关寒风呼啸的景象。"古镇"交代了地点，而"落日"交代了时间，是对环境的刻意渲染。

颔联写诗人看到的景象：峰峦高耸的大山连鸟儿也很难飞过去，冰雪凄迷使得战马只能勉强行进。前途的艰难与危险可想而知，暗示了诗人前途渺茫的悲凉心境。

颈联总结此次出塞的收获。诗人看到时局的混乱和阴暗，也看到了良臣走投无路的政治现状，因此感到十分失望、愤懑，于是想到了回家休养身心。

尾联用先贤谢安在时局混乱时退居草莽，伺机而作的典故，表达了诗人欲暂且归隐等待时机报效朝廷的愿望。

全诗情景交融，前四句写景极尽凄美；五、六句总结此次出使的收获，但表明此时还不是报效朝廷的时候；最后两句追述先贤，自然而然地萌发出"归去"之念。但诗人的"归去"是为了保存实力，等待厚积薄发的那一天。

蓟中①作

原文

策马自沙漠，长驱登塞垣②。
边城何萧条，白日黄云③昏。
一到征战处，每愁胡虏翻④。
岂无安边书？诸将已承恩⑤。
惆怅孙吴事⑥，归来独闭门。

注释

①蓟中：地名，在今北京市大兴区一带。
②垣：城上矮墙。
③黄云：昏黄的云层。
④翻：反叛。
⑤"诸将"句：指诸将不知边防之事，自认为已得到皇帝的恩赏，就意味着自己有功，用不着再考虑预防边患。
⑥孙吴事：用兵之事。孙是孙武，吴是吴起，均为古代著名军事家。

译 文

我骑着马走过沙漠,长途跋涉登上边疆要塞。
边城何等萧条,日光惨淡云层昏黄。
一旦踏上两军争战之地,总担心胡兵会反叛。
胸中不是没有安边良策,但诸将已得恩赏无心边防。
才华如孙吴却无处施展,只好归来闭门独自惆怅。

赏 析

此诗为高适天宝九载(750年)秋送兵到蓟北塞上,于次年春天归还后所作,诗中回顾了边防所见,表达了诗人志在安边和报国无门的惆怅情怀。

"策马自沙漠,长驱登塞垣"两句写诗人长途跋涉来到了塞外边疆。"策马""长驱"的动态描写,一方面展现出诗人驰骋疆场之英姿,另一方面可以看出诗人赴边的心情之急切。

"边城何萧条,白日黄云昏"两句是写诗人沿途所见。"边城何萧条"一句写出了边塞的萧条凄凉。一个"何"字,突出了诗人的感慨和忧愁。这一句既是自然景色,又不完全是自然景色,暗示着边地外患的严重。

"一到征战处,每愁胡虏翻",这里诗人转写所感。"一到""每愁"对举,足见外患之重、时间之长。面对这种状况,诗人不得不愁,表现出诗人沉重忧愁的心情以及对边事深深的忧虑。

"岂无安边书?诸将已承恩",这两句既写了诗人的怀才不遇,也揭露了边将无心抗敌的原因。边将的表现不仅是诗人怀才不遇的原因,也是"边城萧条""胡虏翻"的原因,诗人借此怒斥上位者的无能昏庸。

"惆怅孙吴事,归来独闭门"二句以反语出之,表现了诗人目睹边塞实况后的惆怅心情。边塞萧条,将无斗志,诗人看到这一景象怎能不失望,不哀伤,不忧虑?

全诗层层推进,环环相扣;语句朴素而情调深沉;文势跌宕起伏,将诗人强烈的感情变化恰到好处地反映了出来。

送董判官①

原 文

逢君说行迈，倚剑②别交亲③。
幕府④为才子，将军作主人。
近关多雨雪，出塞有风尘。
长策⑤须当用，男儿莫顾身⑥！

注 释

①董判官：名字与事迹均未详。
②倚剑：仗剑。
③交亲：交情深厚的亲友。
④幕府：军队出征施用帐幕，故将军的府署称为幕府。
⑤长策：犹良策。
⑥莫顾身：不要顾惜自身。

译 文

听说您要出门远行，仗剑离别家乡告辞交情深厚的亲友。
幕府之中的人堪称才子，将军做主任用贤能。
边关一带常多雨雪，出塞途中风尘仆仆。
盼望您的良策得到采用，男儿为国不要顾惜自身！

赏 析

高适的边塞诗中常见的题材是送友人赴边。这篇作品约作于天宝十一载（752年）诗人在长安时，以极朴素的语言慰勉友人莫畏艰辛，施展才略，

立功边关。

首联有"说行迈""别交亲"两个主要的动态描写,"行迈"可见旅途遥远,引出"别",更不免心中眷恋。"倚剑"二字,不仅点出此行为投身戎旅,而且使辞亲远行带上慷慨之气。

颔联写友人赴边,供职于幕府,将军以主人身份盛待才子。这两句承接首联,预言友人此次赴边必受重用。这是对友人赴边后的设想,也是对董判官的赞誉和勉励。

颈联突转,写边地苦寒的气候。由"近关"而及"出塞",可见旅途之远,既"多雨雪",又"有风尘",可见旅途之艰辛。

尾联满怀豪情,"男儿莫顾身"是对友人的勉励,也反映了诗人自己建功立业的愿望和为国献身的精神,以高昂的情调回答开头"行迈"的问题。

全诗语言流畅,气势磅礴,毫无一般送别诗的儿女离别之态。

送白少府送兵①之陇右

原 文

践更②登陇首③,远别指临洮。
为问关山事④,何如⑤州县劳!
军容随赤羽⑥,树色⑦引青袍⑧。
谁断单于臂⑨,今年太白高。

注 释

①送兵:向边地输送兵卒。
②践更:古代服徭役时,贫困的人可以接受金钱,代人服役,这种人称"践更"。此处指服兵役的人。

③陇首：陇头，在今陕西省陇县西北。
④关山事：指送兵之事。
⑤何如：何及，哪里赶得上。
⑥赤羽：红色旗帜。
⑦树色：指树木的青绿色。
⑧青袍：指县尉之服。唐代不同级别的官员穿不同服色的衣服。
⑨断单于臂：俘获或击败单于。

译文

白少府带领戍卒将去陇头，分手远别直奔边地临洮。
试问友人关山送兵之事，与在州县公务辛劳相比怎样。
士兵们跟随着红色旗帜，树色青青指引着一身青袍的少府。
料想谁可俘虏匈奴强虏，今年太白将星高高照耀。

赏析

这篇作品为诗人送别白少府送兵到陇右时所作。送兵到边塞这一比较特殊的内容，是边塞生活的组成部分。

首联点明题目。白少府率领士卒登上陇头，将要直奔边地临洮。"登"字、"指"字既显示出征途的遥远，又显示出疾速的状态。

颔联写送友登程。用"关山事"与"州县劳"相比较来问友，反映了诗人对边塞之事的关注和对友人远行的关切。"何如"二字，只提出了问题，并没有回答，但从下文的描绘看，在诗人的想象中，奔赴边关，立功边塞是令人振奋和神往的。

颈联描绘出行情景。"军容随赤羽"，显得整肃威武；"树色引青袍"，显得生气勃勃。部队即将远征的情景令人振奋。诗人巧妙地用自然景色来衬托部队的风貌，勾画出雄武壮观的山林行军图景，写出白少府赴边的英姿。

诗人在尾联中虽然没有从正面描写取胜画面,但以一句"谁断单于臂"反问,再以"今年太白高"作答,显示出唐军的破竹之势,同时表达了自己立功边陲的愿望。

全诗语言铿锵有力,格调激昂雄壮,用典如行云流水,诗歌含蕴十分深厚。

送浑将军①出塞

原 文

将军族贵兵且强,汉家已是浑邪王②。
子孙相承在朝野③,至今部曲燕支下。
控弦④尽用阴山儿,登阵常骑大宛⑤马。
银鞍玉勒绣蝥弧⑥,每逐嫖姚破骨都⑦。
李广从来先将士,卫青未肯学孙吴。
传有沙场千万骑,昨日边庭羽书⑧至。
城头画角⑨三四声,匣里宝刀昼夜鸣。
意气⑩能甘万里去,辛勤判作⑪一年行。
黄云白草无前后⑫,朝建旌旄夕刁斗。
塞下应多侠少年,关西⑬不见春杨柳。
从军借问所从谁⑭,击剑酣歌当此时。
远别无轻绕朝⑮策,平戎早寄仲宣⑯诗。

注 释

①浑将军:指浑惟明,为皋兰府(今甘肃省兰州市)都督。浑惟明曾做哥舒翰部将。天宝十三载(754年)三月,哥舒翰为其部将论功的名单中有浑惟明,本年表奏其为云麾将军。全诗叙及浑将军的家世、战功及驰骋

沙场、英勇杀敌的英雄气概。

②浑邪王：一作昆邪，匈奴部落名。浑氏出自匈奴浑邪王，随拓跋氏徙河南。

③朝野：指在朝为官，或在野闲居。

④控弦：此指会射箭的士卒。

⑤大宛：西域古国名，在今吉尔吉斯共和国费尔干纳盆地，以产良马（又称汗血马）著名。

⑥蝥弧：旗名，先秦时为诸侯之旗，此指军旗。

⑦骨都：指匈奴左右骨都侯，异姓大臣。

⑧羽书：又称羽檄，泛指军事报文。

⑨画角：有雕饰的号角，犹当今军号。

⑩意气：赴边杀敌的决心。

⑪判作：行军作战颠沛奔波之状。

⑫无前后：言边庭辽远，到处是茫茫牧草。

⑬关西：玉门关以西，此泛指塞外。

⑭所从谁：此赞浑将军随哥舒翰出征将很快建功。

⑮绕朝：春秋时秦国大夫。

⑯仲宣：三国文学家王粲的字。

译文

将军您家族高贵，而且麾下兵力强盛，您的祖上早在汉朝便已封王。

子子孙孙一代一代遍布朝野，部属众多至今仍居燕支山一带。

上阵时阴山健儿拉弓射箭，杀敌常骑大宛良马驰骋疆场。

跨着骏马、举着战旗击败顽敌，经常跟随英明的主帅转战边防。

像李广一样作战时身先士卒，像卫青一样不拘泥于孙吴兵法。

据说边境又有敌人的骑兵入侵，昨天边塞的告急文书已经到了。

城头上画角之声阵阵，匣中的宝刀日夜鸣响。

浑将军意气风发决定出征万里以外，辛勤作战、颠沛奔波一年之久。

边庭辽远，黄云与白草掩映；早上高举旌旗，夜里则敲击刁斗传令。

边塞上有很多勇武的少年，塞外的春天可见不到杨柳。

从军时询问和谁出征，在分别的时候击响宝剑高声歌唱。

您将远行，请别轻视我的送别之情，希望您胜利之后早早寄来捷报。

赏析

诗的开头从浑将军的家世写起。前两句写浑将军屡建战功，身居高位，勾勒出浑氏家族显贵、英勇的雄壮气势，起调高远雄浑，豪气笼罩全篇。"子孙"两句总结了浑氏家族的历史，一句从"子孙"方面，一句从"部曲"方面，言其子孙一代代遍布朝野，军队都在边疆驻扎，写出了这个家族的繁盛，暗示其功绩之大及对朝廷忠诚的态度。"控弦"两句描写了浑将军家族在军事斗争中的卓越建树，用"阴山儿""大宛马"这些具体的富有特征的事物来烘托这个家族。这六句对刻画浑将军起到了必要的铺垫作用。

在对浑将军家世进行描写之后，诗文开始转向对浑将军个人的细致描写。"银鞍"两句写战斗英姿，但并不是直接写，而是先描绘他胯下的战马、军中的战旗，通过侧面描写，着重表现他的战斗形象。接着"李广"两句，又把浑将军与李广、卫青比较，赞扬他身先士卒的无畏精神和灵活多变的军事才能，对浑将军做出了高度的评价。

如果以上十句是浑将军之"过去时"，那么"传有"以下十句则为"现在时"。"传有"两句中，"千万骑"写出了敌人数量之多，"羽书至"显示出军情的紧急，从而点明出塞原因：保卫边关，御敌奋战。

"城头"以下四句写出征前的景象。从"画角"这种壮观的场景到"宝刀"这种具体的事物，无不渲染了出征前紧张振奋的气氛，勾画出全军上下赴边杀敌的急切心情。"意气"两句用议论的笔法揭示了出征将士不畏艰辛的精神世界，字里行间流露出诗人的赞扬之情。"黄云"以下四句是对出塞生活的想象。用"黄云""白草"来写赴边路上及塞外的苦寒。"朝

建"一句，刻画出一支纪律严明的军队，同时也表现了出征将士的顽强的战斗意志。

诗的结尾四句，直写送别，预言浑将军此次出塞必能早传捷报。前两句写分别的情景，表达乐观精神，充满激昂情调。后两句是临别慰勉，预言必胜，两句用典，含蓄表达颂扬之情。

此诗起调高远雄浑，用韵整齐自然，对仗工整稳健，多角度塑造了浑将军这位忠君爱国的名将形象，使全诗富有鲜明的艺术风格。

登 陇

原 文

陇头远行客[1]，陇上分流水。
流水无尽期，行人未云已[2]。
浅才[3]登一命[4]，孤剑[5]通万里。
岂不思故乡，从来感知己[6]。

注 释

[1]远行客：诗人自谓。

[2]未云已：指行人不断。云，语助词。已，终，止。

[3]浅才：才识浅薄，自谦之词。

[4]一命：周代官秩有九命，一命为低微之官。命，官阶。

[5]孤剑：仗剑孤行。

[6]"岂不"两句：说自己并非不思念故乡，但感于举荐者的知遇之恩，甘于辞家远行。

译文

陇头的行人向远方奔走，陇上的流水向四处奔流。

流水本来就没有间断之时，旅途的行人也没有断绝的时候。

才识浅薄偶然做得微官，独身仗剑去做万里远游。

并非不思念故乡，但感于知遇知恩，甘于辞家远行。

赏析

此诗是诗人登陇山有感而作，抒发了诗人渴望建功立业的报国之志。

开头两句"陇头远行客，陇上分流水"，点明题目"登陇"。"远行"说明路程的遥远。"客"是诗人自指。"分流水"衬托了诗人孤寂悲凉的心情。此次诗人孤身西行，登上陇山，不禁心生感慨，顿生悲凉。"流水无尽期，行人未云已"两句以顶真的方法紧承首联，运用流水不尽来比喻行人不断。诗的前四句运用赋比兴的表现手法极自然地说明了此行的遥遥无期。

"浅才登一命，孤剑通万里"两句在上文的基础上，情调为之一转，诗人紧切自身际遇，说此行虽远，却有可能实现自己的抱负。其中，"孤"字写出了此行孤独无依，不免心怀惆怅，但后面紧接"通万里"，在其映衬之下，这个"孤"字恰如其分地突出了仗剑远行、慷慨赴边的志士形象，抒发了建功立业的雄心壮志。

最后两句"岂不思故乡，从来感知己"，用"岂不"反问，突出了对故乡的思念。"感知己"，不仅是感谢举荐者的知遇之恩，也反映了诗人渴望建功立业、报效国家的抱负。

诗的开头从"远行客"写起，结尾用"感知己"来回答，首尾呼应，结构紧密完整。

塞下曲

原 文

结束①浮云骏，翩翩②出从戎③。
且凭天子怒④，复倚将军雄。
万鼓雷殷⑤地，千旗火生风。
日轮驻霜戈，月魄⑥悬雕弓。
青海阵云匝，黑山兵气衡。
战酣太白⑦高，战罢旄头⑧空。
万里不惜死，一朝得成功。
画图麒麟阁⑨，入朝明光宫⑩。
大笑向文士，一经何足穷⑪！
古人昧⑫此道，往往成老翁。

注 释

①结束：装束整齐。
②翩翩：鸟飞的样子，形容疾健。
③从戎：从军。
④天子怒：这里指天子的威风。
⑤殷：震。
⑥月魄：指月亮。
⑦太白：即金星，星名。
⑧旄头：即昴星，星名，二十八宿之一，古人认为其象征胡人的运势。
⑨麒麟阁：汉宣帝在麒麟阁画功臣图像以记功劳，后常用以指最高功勋。
⑩明光宫：汉武帝建明光宫，接见大臣。

⑪何足穷：不值得为之劳心尽力，意思是不如征战可以立功封侯。
⑫昧：不明白。

译文

将骏马装束整齐，勇士从军出征。
凭借着天子的威风，又有军队统帅的雄壮。
万面战鼓之声震动大地，千面红旗迎风招展。
太阳因战争激烈而驻留不动，夜晚月色照射雕弓。
茫茫青海之上战云阵阵，巍巍黑山之下兵气纵横。
高挂的太白星之下激战正酣，旄头星落下时大战方停。
万里从军不害怕牺牲，出生入死多年终于等到功成名就的那一天。
已将图像挂在麒麟阁上，朝拜君王进入明光宫。
仰天大笑问那些无名文士，几卷经书哪值得穷心尽力！
多少古人不明白其中的道理，辛苦一世往往到老一事无成。

赏析

天宝十二载（753年），高适投笔从戎来到河西，担任名将哥舒翰的掌书记。同年，哥舒翰率大军收复河西九曲，高适作此诗进行赞颂。

诗的开头从备马从军写起。前两句先勾画出"浮云骏"，然后再写战士的疾健姿态，衬托了将士们兴奋激动的心理，气势痛快豪放，语言简洁明快。接下来两句又以"天子怒""将军雄"表明出征的正义和必胜的心态，而一"怒"、一"雄"所营造的居高临下的气势进一步渲染了从军出征的高亢情调。

"万鼓雷殷地"以下八句，描写出从军战士所经历的激烈战斗。其中前四句诗人运用比喻、夸张等手法把戎旅生活中的旗、鼓、戈、弓与自然界的一些特有景物，如风、霜、日、月巧妙地交织起来，使之相互烘托，并用"万""千""驻""悬"等极有力的字眼来加以修饰，渲染出极其雄壮、极有气魄的战斗场面。之后四句着重写战斗的艰苦激烈。这四句诗从地面写到天空，从地面的"阵云""兵气"写到天空的"太白""旄头"，而且，这里所写"青海""黑山"并非具体的哪一处，而是指整个边地的山山水水，这就使人们看到，戍边将士是怎样地辗转千里，日夜苦战。以上八句写战事，并不具体写哪一次战斗，而是对边塞的战争做总的气氛渲染，用战斗的激烈悲壮，显示了战士的威武雄壮。

"万里不惜死"以下四句写功成名就，论功行赏的场面，是从军将士奋勇报国的成果。"万"与"一"两个极为悬殊的数目相对，不难看出成功来之不易。这四句于高昂的格调之中透露出轻快之感，很适于表达胜利的喜悦之情。

"大笑向文士"以下四句，以议论的笔法结尾，嘲笑那些文臣只会读经书，不能真的杀敌报国，可叹文人参不透这点道理，只能白白地老去，不能名留青史。其中可能包含着诗人当年的切身感受，这篇作品中所抒发的实际是诗人自己渴望建功立业的愿望与热情。

这首诗以《塞下曲》为题写塞外的从军生活，格调慷慨激昂，中间写战事的一段，意境雄阔，想象丰富，富有浪漫色彩。虽是一首古诗，然而音节铿锵，气魄雄壮，显得顿挫有力。

边塞诗选（下）

金戈铁马
卫家国

徐星予 主编

应急管理出版社
·北京·

图书在版编目（CIP）数据

金戈铁马卫家国：边塞诗选：上下册／徐星予主编．
－－北京：应急管理出版社，2022
 ISBN 978－7－5020－8875－0

Ⅰ.①金… Ⅱ.①徐… Ⅲ.①边塞诗—诗集—中国—古代 Ⅳ.①I222.72

中国版本图书馆 CIP 数据核字（2021）第 169433 号

金戈铁马卫家国　边塞诗选（上下册）

主　　编	徐星予
责任编辑	陈棣芳
封面设计	书心瞬意

出版发行	应急管理出版社（北京市朝阳区芍药居 35 号　100029）
电　　话	010－84657898（总编室）　010－84657880（读者服务部）
网　　址	www.cciph.com.cn
印　　刷	河北浩润印刷有限公司
经　　销	全国新华书店
开　　本	710mm×1000mm $^1/_{16}$　印张　26　字数　235 千字
版　　次	2022 年 4 月第 1 版　2022 年 4 月第 1 次印刷
社内编号	20201762　　　　　　　定价　88.00 元（上下册）

版权所有　违者必究

本书如有缺页、倒页、脱页等质量问题，本社负责调换，电话:010－84657880

目录

◎诗　经 / 1
　　卫风·伯兮（伯兮朅兮）/ 1
　　秦风·无衣（岂曰无衣）/ 3
　　秦风·小戎（小戎俴收）/ 5
　　豳风·东山（我徂东山）/ 8
　　小雅·采薇（采薇采薇）/ 11
　　小雅·祈父（祈父）/ 16
　　大雅·常武（赫赫明明）/ 18

◎屈　原 / 22
　　国　殇（操吴戈兮被犀甲）/ 22

◎曹　操 / 25
　　却东西门行（鸿雁出塞北）/ 25
　　步出夏门行·观沧海（东临碣石）/ 28

◎曹　丕 / 31
　　燕歌行（秋风萧瑟天气凉）/ 31

◎曹　植 / 34
　　白马篇（白马饰金羁）/ 34
　　泰山梁甫行（八方各异气）/ 38

◎王　粲 / 41
　　从军诗五首（其一）（从军有苦乐）/ 41

◎陈　琳 / 45
　　饮马长城窟行（饮马长城窟）/ 45

◎阮　籍 / 49
　　咏怀八十二首（其三十九）（壮士何慷慨）/ 49

◎嵇　康 / 52
　　四言赠兄秀才入军诗十八章（其九）
　　（良马既闲）/ 52

◎张　华 / 54
　　壮士篇（天地相震荡）/ 54

◎鲍　照 / 57
　　代出自蓟北门行（羽檄起边亭）/ 57
　　拟古诗八首（其三）（幽并重骑射）/ 60

· 1 ·

代东武吟（主人且勿喧）/ 63

◎吴　均 / 67

战城南三首（其一）（蹀躞青骊马）/ 67

◎北朝民歌 / 69

陇头歌辞三首（陇头流水）/ 69

敕勒歌（敕勒川）/ 72

木兰诗（唧唧复唧唧）/ 73

◎王　褒 / 80

渡河北诗（秋风吹木叶）/ 80

◎卢思道 / 83

从军行（朔方烽火照甘泉）/ 83

◎杨　素 / 88

出塞二首（其一）（漠南胡未空）/ 88

出塞二首（其二）（汉虏未和亲）/ 91

◎骆宾王 / 94

晚度天山有怀京邑（忽上天山路）/ 94

夕次蒲类津（二庭归望断）/ 96

从军行（平生一顾重）/ 99

◎卢照邻 / 101

战城南（将军出紫塞）/ 101

陇头水（陇阪高无极）/ 103

◎王　勃 / 105

采莲曲（采莲归）/ 105

◎杨　炯 / 111

从军行（烽火照西京）/ 111

◎沈佺期 / 114

杂诗三首（其三）（闻道黄龙戍）/ 114

◎郭　震 / 117

塞　上（塞外虏尘飞）/ 117

◎陈子昂 / 120

送魏大从军（匈奴犹未灭）/ 120

登幽州台歌（前不见古人）/ 122

感遇三十八首（其三）（苍苍丁零塞）/ 124

感遇三十八首（其三十四）（朔风吹海树）/ 126

◎张　说 / 129

幽州夜饮（凉风吹夜雨）/ 129

◎李隆基 / 132

旋师喜捷（边服胡尘起）/ 132

◎王之涣 / 134

凉州词二首（其一）（黄河远上白云间）/ 134

◎孟浩然 / 136

送陈七赴西军（吾观非常者）/ 136

◎李　颀 / 138

古　意（男儿事长征）/ 138

古从军行（白日登山望烽火）/ 141

◎王昌龄 / 144

从军行七首（其一）（烽火城西百尺楼）/ 144

从军行七首（其二）（琵琶起舞换新声）/ 146

从军行七首（其三）（关城榆叶早疏黄）/148

从军行七首（其四）（青海长云暗雪山）/149

从军行七首（其五）（大漠风尘日色昏）/151

从军行七首（其六）（胡瓶落膊紫薄汗）/152

从军行七首（其七）（玉门山嶂几千重）/154

出　塞（秦时明月汉时关）/155

塞上曲（蝉鸣空桑林）/157

塞下曲（饮马度秋水）/158

闺　怨（闺中少妇不知愁）/160

代扶风主人答（杀气凝不流）/162

◎祖　咏 / 167

望蓟门（燕台一望客心惊）/167

◎高　适 / 170

燕歌行并序（开元二十六年）/170

塞上听吹笛（雪净胡天牧马还）/174

营州歌（营州少年厌原野）/176

送李侍御赴安西（行子对飞蓬）/178

自蓟北归（驱马蓟门北）/179

金城北楼（北楼西望满晴空）/181

使青夷军入居庸三首（其一）

（匹马行将久）/183

使青夷军入居庸三首（其二）

（古镇青山口）/184

蓟中作（策马自沙漠）/186

送董判官（逢君说行迈）/188

送白少府送兵之陇右（践更登陇首）/189

送浑将军出塞（将军族贵兵且强）/191

登　陇（陇头远行客）/194

塞下曲（结束浮云骏）/196

◎王　维 / 199

老将行（少年十五二十时）/199

使至塞上（单车欲问边）/204

少年行四首（其一）（新丰美酒斗十千）/206

少年行四首（其二）（出身仕汉羽林郎）/208

少年行四首（其三）（一身能擘两雕弧）/209

少年行四首（其四）（汉家君臣欢宴终）/211

送元二使安西（渭城朝雨浥轻尘）/212

陇头吟（长安少年游侠客）/213

出塞作（居延城外猎天骄）/215

送赵都督赴代州得青字（天官动将星）/217

◎李　白 / 220

关山月（明月出天山）/220

塞下曲六首（其一）（五月天山雪）/223

塞下曲六首（其三）（骏马似风飙）/224

塞下曲六首（其五）（塞虏乘秋下）/226

子夜吴歌·秋歌（长安一片月）/228

子夜吴歌·冬歌（明朝驿使发）/230

战城南（去年战）/231

北风行（烛龙栖寒门）/234

从军行（百战沙场碎铁衣）/ 237

出自蓟北门行（虏阵横北荒）/ 238

◎ 崔　颢 / 241

赠王威古（三十羽林将）/ 241

雁门胡人歌（高山代郡东接燕）/ 243

古游侠呈军中诸将（少年负胆气）/ 245

◎ 杜　甫 / 248

兵车行（车辚辚）/ 248

前出塞九首（其一）（戚戚去故里）/ 253

前出塞九首（其六）（挽弓当挽强）/ 255

前出塞九首（其九）（从军十年余）/ 257

后出塞五首（其一）（男儿生世间）/ 258

后出塞五首（其二）（朝进东门营）/ 260

后出塞五首（其三）（古人重守边）/ 262

后出塞五首（其五）（我本良家子）/ 264

◎ 岑　参 / 266

逢入京使（故园东望路漫漫）/ 266

走马川行奉送封大夫出师西征
（君不见走马川行雪海边）/ 268

轮台歌奉送封大夫出师西征
（轮台城头夜吹角）/ 271

白雪歌送武判官归京
（北风卷地白草折）/ 273

碛中作（走马西来欲到天）/ 276

凉州馆中与诸判官夜集
（弯弯月出挂城头）/ 278

送李副使赴碛西官军
（火山六月应更热）/ 281

火山云歌送别
（火山突兀赤亭口）/ 283

送人赴安西（上马带胡钩）/ 285

◎ 常　建 / 287

吊王将军墓（嫖姚北伐时）/ 287

塞下曲四首（其一）（玉帛朝回望帝乡）/ 289

◎ 王　翰 / 291

凉州词二首（其一）（葡萄美酒夜光杯）/ 291

凉州词二首（其二）（秦中花鸟已应阑）/ 293

◎ 刘长卿 / 295

送李中丞归汉阳别业（流落征南将）/ 295

◎ 严　武 / 298

军城早秋（昨夜秋风入汉关）/ 298

◎ 戴叔伦 / 300

塞上曲二首（其二）（汉家旌帜满阴山）/ 300

◎ 戎　昱 / 302

塞下曲六首（其六）（北风凋白草）/ 302

◎ 西鄙人 / 305

哥舒歌（北斗七星高）/ 305

◎ 柳中庸 / 307

征人怨（岁岁金河复玉关）/ 307

◎ 卢　纶 / 310

塞下曲六首（其一）（鹫翎金仆姑）/310

塞下曲六首（其二）（林暗草惊风）/312

塞下曲六首（其三）（月黑雁飞高）/314

塞下曲六首（其四）（野幕敞琼筵）/316

逢病军人（行多有病住无粮）/317

◎李　益 / 320

夜上受降城闻笛（回乐峰前沙似雪）/320

盐州过胡儿饮马泉（绿杨著水草如烟）/322

听晓角（边霜昨夜堕关榆）/324

塞下曲四首（其二）（伏波惟愿裹尸还）/326

度破讷沙二首（其一）（眼见风来沙旋移）/327

◎王　涯 / 329

塞下曲二首（其一）（年少辞家从冠军）/329

◎令狐楚 / 331

年少行四首（其三）（弓背霞明剑照霜）/331

◎张　籍 / 333

凉州词三首（其一）（边城暮雨雁飞低）/333

凉州词三首（其三）（凤林关里水东流）/335

征妇怨（九月匈奴杀边将）/336

◎薛　涛 / 339

筹边楼（平临云鸟八窗秋）/339

◎李　贺 / 341

南园十三首（其五）（男儿何不带吴钩）/341

马诗二十三首（其五）（大漠沙如雪）/343

雁门太守行（黑云压城城欲摧）/344

◎许　浑 / 347

塞下曲（夜战桑乾北）/347

◎杜　牧 / 349

河　湟（元载相公曾借箸）/349

◎李商隐 / 352

赠别前蔚州契苾使君（何年部落到阴陵）/352

◎陈　羽 / 355

从军行（海畔风吹冻泥裂）/355

◎陈　陶 / 357

陇西行四首（其二）（誓扫匈奴不顾身）/357

◎曹　松 / 360

己亥岁二首（其一）（泽国江山入战图）/360

◎金昌绪 / 363

春　怨（打起黄莺儿）/363

◎张　乔 / 366

书边事（调角断清秋）/366

◎卢汝弼 / 369

和李秀才边庭四时怨四首（其一）（春风昨夜到榆关）/369

和李秀才边庭四时怨四首（其四）

（朔风吹雪透刀瘢）/ 370

◎ 王安石 / 373

　白沟行（白沟河边蕃塞地）/ 373

◎ 岳　飞 / 376

　送张紫岩先生北伐（号令风霆迅）/ 376

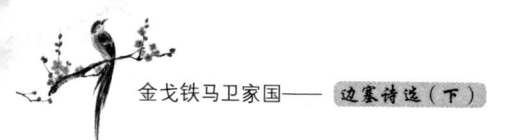

◎ 陆　游 / 379

　书愤五首（其一）（早岁那知世事艰）/ 379

　十一月四日风雨大作二首（其二）（僵卧孤村不自哀）/ 382

　示　儿（死去元知万事空）/ 383

　金错刀行（黄金错刀白玉装）/ 385

◎ 刘克庄 / 388

　军中乐（行营面面设刁斗）/ 388

◎ 于　谦 / 391

　晓发太原（鸣驺拥道出边城）/ 391

◎ 杨昌濬 / 393

　左公柳（大将筹边尚未还）/ 393

◎ 丘逢甲 / 395

　春　愁（春愁难遣强看山）/ 395

◎ 徐锡麟 / 397

　出　塞（军歌应唱大刀环）/ 397

王 维

王维（701—761年，一说699—761年），字摩诘，原籍太原祁县（今山西省祁县），后迁至蒲州（今山西省永济市），晚年居于蓝田辋川别墅。官至尚书右丞，诗、画、音乐皆精，擅画人物、丛竹、山水。王维现存诗近四百首，其中最能代表其创作特色的是描绘山水、田园等自然风景及歌咏隐居生活的诗篇。苏轼曾说："味摩诘之诗，诗中有画；观摩诘之画，画中有诗。"王维继承和发展了谢灵运开创的写作山水诗的传统，对陶渊明田园诗的清新自然也有所吸收，山水田园诗的成就达到了一个高峰，在中国诗歌史上占有重要的地位。

老将行

原文

少年十五二十时，步行夺得胡马骑①。
射杀山中白额虎②，肯数③邺下黄须儿④！
一身转战三千里，一剑曾当百万师。
汉兵奋迅如霹雳⑤，虏骑崩腾畏蒺藜⑥。
卫青不败由天幸⑦，李广无功缘数奇⑧。
自从弃置便衰朽，世事蹉跎成白首。
昔时飞箭无全目⑨，今日垂杨生左肘⑩。
路旁时卖故侯瓜⑪，门前学种先生柳⑫。
苍茫古木连穷巷，寥落寒山对虚牖。

誓令疏勒出飞泉[13]，不似颍川[14]空使酒[15]。
贺兰山[16]下阵如云，羽檄交驰日夕闻。
节使三河募年少，诏书五道出将军。
试拂铁衣如雪色，聊持[17]宝剑动星文[18]。
愿得燕弓[19]射天将，耻令越甲鸣吾君[20]。
莫嫌旧日云中守[21]，犹堪一战取功勋。

注 释

①"步行"句：汉名将李广，为匈奴骑兵所擒，广时已受伤，于是装死。后于途中见一胡儿骑着良马，便一跃而上，将胡儿推在地下，疾驰而归，见《史记·李将军列传》。

②"射杀"句：用晋名将周处除三害的典故。南山白额虎是"三害"之一，见《晋书·周处传》。

③肯数：岂可只推。

④黄须儿：指曹彰，曹操之子，须黄色，性刚猛，曾随征乌丸，颇为曹操爱重，曾持彰须曰："黄须儿竟大奇也。"

⑤霹雳：疾雷。

⑥蒺藜：本是有三角刺的植物，这里指铁蒺藜，战地所用障碍物。

⑦"卫青"句：《史记》记载，霍去病常率精锐部队深入大漠，由于上天眷顾，没有迷路或遭围困。由于古代常卫、霍并称，这里当因卫青而联想霍去病事。

⑧"李广"句：李广曾屡立战功，汉武帝却以他年老而暗示卫青不要让李广遇战单于，李广由此无功，没有封侯。缘，因为。数，命运。奇，单数。与偶相对，指不吉、不顺当。

⑨"昔时"句：鲍照《拟古》诗："惊雀无全目。"李善注引《帝王世纪》：吴贺使羿射雀，贺要羿射雀左目，却误中右目。这里只是强调羿能使雀双目不全，于此见其射艺之精。飞箭，一作"飞雀"。

⑩"今日"句：《庄子·至乐》："支离叔与滑介叔观于冥伯之丘，昆仑之虚，黄帝之所休。俄而柳生其左肘，其意蹶蹶然恶之。"柳，借作"瘤"。这句意思是说，老将久不习武，肘上肌肉松弛下垂，如长肉瘤一般。

⑪故侯瓜：召平，本秦东陵侯，秦亡为平民，贫，种瓜长安城东，瓜味甘美。

⑫先生柳：晋陶渊明弃官归隐后，因门前有五株杨柳，遂自号"五柳先生"，并写有《五柳先生传》。

⑬"誓令"句：后汉耿恭与匈奴作战，据疏勒城，匈奴于城下绝其涧水，恭于城中穿井，至十五丈犹不得水，他仰叹道："闻昔贰师将军（李广利）拔佩刀刺山，飞泉涌出；今汉德神明，岂有穷哉！"旋向井祈祷，过了一会儿，果然得水。事见《后汉书·耿弇列传》。疏勒，指汉疏勒城，在今新疆维吾尔自治区疏勒县。

⑭颖川：指汉景帝时将军灌夫，家住颖川，为人刚直，失势后颇牢骚不平，后被诛。

⑮使酒：借酒使气。

⑯贺兰山：又名阿拉善山，在今宁夏回族自治区西北部。

⑰聊持：且持。

⑱星文：指剑上所嵌的七星文。

⑲燕弓：燕地出产的以坚劲出名的弓。

⑳"耻令"句：意谓以敌人甲兵惊动国君为可耻。《说苑·立节》记载，越国甲兵入齐，雍门子狄因为越人的甲兵惊动了国君，遂自刎而死，越人闻之退兵。鸣，这里是惊动的意思。

㉑云中守：指汉文帝时的云中太守魏尚。魏尚深得军心，匈奴不敢犯边，后因事被削职为民，得冯唐鸣不平，始官复原职。

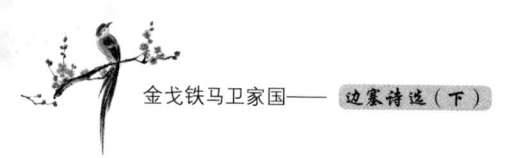

译文

少年十五二十岁青春之时，徒步就能夺取胡人的战马来骑。
射杀山中的白额猛虎，数英雄岂可只推邺下的黄须儿？
驰骋疆场三千里，一把宝剑可抵挡百万雄师。
汉朝的士兵英勇迅速像疾雷闪电，敌人的骑兵奔腾而来却害怕铁蒺藜。
卫青不败是由于上天眷顾，李广没有功劳是因为命运不顺。
自从不被任用就衰老了，世事蹉跎已满头白发。
从前射箭没有鸟能保全双目，如今老去肘上好像长了肉瘤。
像召平流落为民路旁卖瓜，学陶潜在门前种上杨柳。
苍茫的古树一直延伸到陋巷，寥落寒山空对冷寂的窗子。
立誓学耿恭让疏勒城中涌出泉水，不能像颍川的灌夫只会借酒使气。
贺兰山下战士们列阵如云，告急的军书日夜不停地传送。
持着符节的使臣在三河招募兵马，皇帝下了诏书令五位将军分路出兵。
老将军揩拭铁甲光洁如雪色，手持宝剑闪动剑上七星文。
愿得燕地的良弓射杀敌方大将，耻于让敌人甲兵惊动国君。
不要嫌弃当年的云中太守，仍还有能力奋勇一战为国建立功勋。

赏析

这首诗是诗人前期的代表作品，诗中叙述了一个一心为国、久经沙场、英勇善战的老将的经历。他年轻时英勇无比，东征西战，功勋卓著，结果却因"无功"被弃，只得以躬耕叫卖为生。然而他既没有消沉，也自不服老，仍然心系国事。当战事再次爆发，他不计前嫌，仍想披挂上阵，为国立功。全诗揭露了统治者的赏罚不明，歌颂了老将的高尚节操和爱国热忱。

全诗可分三层。开头十句为第一层，写老将青少年时代的智勇、战功和不平遭遇。先说他年少时便有李广将军的智勇双全，曾徒步夺取胡人的战马，引弓射杀过白额猛虎。接着写老将不仅智勇过人，而且有突出的才

德，不争名求利，就像绰号"黄须儿"的曹彰，奋勇破敌，却将功劳归于诸将。接着写他南征北战、驰骋疆场的情形："一身转战三千里"，通过地域之广说明他征战之劳苦；"一剑曾当百万师"足见其勇武过人、力压群雄，可知其战功显赫；"汉兵奋迅如霹雳"是说他用兵神速，"攻"则势如破竹；"虏骑崩腾畏蒺藜"是说他"守"则巧妙布阵，克敌制胜。无论攻守都表明老将有勇有谋，功勋卓著。诗人从四个方面一再渲染老将征战之苦，战绩之大，但这样的良将却无寸功之赏。诗人用典曲折地抒发了自己的感慨：汉武帝的贵戚卫青之所以屡战不败，立功受赏，是因为有上天眷顾，实则指得到皇帝的偏袒；与他同时的李广将军同样战功显赫，但他不但未得封侯之赏，反而最终获罪自尽，实在是命运不顺呀。诗人用卫青、李广的典故，抨击了封建统治者用人唯亲、赏罚不公，突出了老将的不平遭遇。

　　中间十句为第二层，写老将被遗弃后的生活清苦寂寥，但他仍未改变杀敌报国的赤子之心。老将被弃置后，身体衰朽，心情不佳，连头发都白了。老将身体今非昔比，以前射雀眼能使其双目不全的箭术，因久不习练，双臂如生肉瘤，很不利索了。此处用对比手法，使人顿生惋惜之情。"路旁时卖故侯瓜，门前学种先生柳"，老将被弃置后生活没有着落，只能躬耕自给，自寻生计，足见生活窘迫，这里用了秦东陵侯召平和晋陶渊明的典故。接着用"古木""穷巷""寒山""虚牖"四种景物组合成清冷萧条的环境，老将门前冷落，无人拜访，足见世态炎凉。但是，在这样的境遇下，老将并没有消沉颓废，仍想着为国家的安宁出力。"誓令疏勒出飞泉，不似颍川空使酒"，想像耿恭一样，与战士们同甘共苦，冲锋陷阵；绝不像灌夫一样因个人失势受罚，一味地借酒使气。这两句写出了老将的胸怀、气量、美德。

　　最后十句为第三层，写老将虽被弃，但他时时怀着请缨卫国杀敌的衷肠。先写边关战事又起，告急文书不断送往京城，边防吃紧。接着写朝廷紧急在三河一带招募青年入伍，分五路奔赴边关的紧迫情形，烘托出战争的紧张气氛。而此时，老将坐不住了，他再也按捺不住内心跃跃欲试的心情。他"试拂铁衣"，把早年征战的铠甲擦得雪亮；他"聊持宝剑"，又开始练起武功。他还希望得到燕弓"射天将",消灭敌人的头目,绝不让外敌对朝廷造成威胁。末句"莫嫌旧日云中守,犹堪一战取功勋"借用汉文帝时云中太守魏尚的典故,表明只要朝廷肯用老将,他一定能再上沙场,杀敌立功,报效祖国,表现了老将在国难当头之时,能以国家大局为重的高尚品德。

全诗大量使用典故,不但在一定程度上扩大了诗的容量,而且使全诗显得含蓄典雅;采用铺叙的方法,刻画了老将的形象;诗中对偶工巧自然,结构严谨,语言感人。

使至塞上

原 文

单车①欲问边②,属国③过居延④。
征蓬⑤出汉塞,归雁⑥入胡天⑦。
大漠⑧孤烟⑨直,长河⑩落日圆。
萧关逢候骑⑪,都护⑫在燕然。

注 释

①单车:一辆车,这里形容轻车简从。
②问边:到边塞去察看,指慰问守卫边疆的官兵。
③属国:官名,秦汉时有一种官职名为典属国,苏武归汉后即被授予典属国官职。唐人有时以"属国"代称出使边陲的使臣,这里是诗人自指。
④居延:地名,汉代称居延泽,唐代称居延海,在今内蒙古自治区额济纳旗北境。
⑤征蓬:随风飘飞的蓬草,此处为诗人自喻。

⑥归雁：雁是候鸟，春天北飞，秋天南行，这里是指大雁北飞。

⑦胡天：胡地的天空。这里是指唐军占领的北方地区。

⑧大漠：大沙漠，此处大约是指凉州之北的沙漠。

⑨孤烟：古代边防报警时燃狼粪，其烟直而凝聚。此处指唐代边防使用的平安火。

⑩长河：指流经凉州（今甘肃省武威市）以北沙漠的一条内陆河，这条河在唐代叫马成河，疑即今石羊河。

⑪候骑：负责侦察、巡逻的骑兵。

⑫都护：这里指前线统帅。

译文

轻车简从去边塞慰问，我已经穿过居延。

像随风飘飞的蓬草一般远走千里出了汉塞，看到北归的大雁正在云天翱翔。

大沙漠中孤烟直上，绵延的长河上落日浑圆。

到萧关正好碰上骑马而来的侦察兵，告诉我都护现在人已经在燕然。

赏析

此诗是诗人王维奉命前往边疆慰问将士途中所作的一首纪行诗，描绘了汉塞外独特的风光。

前两句，寥寥几笔，就交代出了主人公（诗人）、地点、事件。第三、四句诗人以"蓬""雁"为喻，称自己是随风飘飞的蓬草，出使塞外，如同翱翔天际的北归的"雁"融入胡天一般。"飞蓬"自古便被赋予一些特殊的情感，比如指流落在外的游子，而在此诗中诗人赋予它另一种含义，指奉旨出使的朝廷大臣，此处恰恰可以看出诗人内心的落寞和愤慨。另外，诗人用心地将千万里行程和路上的艰辛，用"单车"带过，看上去很是轻松，实则心酸至极。

第五、六句主要以诗人入边塞后所看到的塞外奇特壮丽的景物风光为主，并进行了详细刻画，视野开阔，画面壮观，意境浑圆。愈是广阔，愈是荒凉，没有奇观异景，只是远远的烽火台上的孤烟直上云霄，显得很是醒目。单单一个"孤"字，足见塞外的景色和人物单调至极。而后的"直"，却又被诗人赋予了特殊含义。"直"，一指画面，二指军人特殊的挺拔俊逸的身姿。沙漠虽然缺少山峦树木，但那横亘的长河却显得格外壮阔。落日余晖，带着浓浓的伤感，不过看到圆圆的落日，透着金色温暖的光彩，看上去竟显得很是亲切。这两句准确地抓住了沙漠中特有的单调景色，不过画面中却有诗人浓浓的感情。

最后，诗人已经到达目的地，却没有见到将官，遇上的侦察兵告诉诗人：现在都护正在燕然前线奋战。这一句更将诗人的孤寂之感深刻地刻画出来。

此诗叙事用词精练简洁，描绘了华丽壮美的塞外风光，境界阔大，气象雄浑，"大漠孤烟直，长河落日圆"二句更是独绝千古的名句。

少年行① 四首（其一）

原 文

新丰②美酒斗十千③，咸阳游侠多少年。
相逢意气④为君饮，系马⑤高楼垂柳边。

注 释

①少年行：乐府旧题，属《杂曲歌辞》。
②新丰：在今陕西省西安市临潼区东北，盛产美酒。
③斗十千：指美酒名贵，价值万钱。

④意气：指两人之间感情投合。
⑤系马：拴马。

译文

新丰美酒一斗价值万钱，来往咸阳的游侠多是少年。
相逢后，一旦意气投合就会举杯痛饮，马匹就拴在酒楼下的垂柳边。

赏析

此诗主要写少年游侠在奔赴边疆之前的意气风发，欢聚痛饮，初步刻画出他的性格。

开篇便写到价值万贯的"美酒"，古时诗中总是离不开美酒，人逢喜事或是悲苦，总是少不得喝上几杯。在很多作品中，豪饮酣醉被认作是君子和英雄的一种体现。比如，曹植的《名都篇》："归来宴平乐，美酒斗十千。"诗仙李白的《将进酒》："昔时陈王宴平乐，斗酒十千恣欢谑。"此诗意近李诗，不仅极言酒之珍美，而且借前人的用语写出慷慨好客、纵情欢乐的盛况。游侠遇到投机、志同道合的人时痛饮，正是少年意气风发的展现。美酒虽贵，但是比不上意气相投的人可贵。能用"斗十千"的美酒招待朋友，足见少年游侠的豪爽大气。"咸阳游侠多少年"可看出人物的年龄和性格特点。"相逢意气为君饮"，三两个少年初次见面，意气相投，便称兄道弟，可见豪放不羁、自在洒脱的作风。"系马高楼垂柳边"是写地点，点明游侠相逢的场所。高高的酒楼，随风低垂的杨柳，楼上的少年在纵情畅饮，畅谈家国理想，楼下的骏马在休息等候。这一幅清新的系马图，鲜明生动，给人留下了很大的想象空间。

唐代不乏描写游侠的诗作，或俊逸，或轻狂。但是像王维此诗描写的少年这样洒脱、畅快并富有青春和生活气息的形象却不多见。

少年行四首(其二)

原文

出身^①仕汉羽林郎^②,初随骠骑^③战渔阳^④。
孰知不向^⑤边庭苦^⑥?纵死犹闻侠骨香^⑦。

注释

①出身:出任。
②羽林郎:指汉代禁卫军官名,掌宿卫、侍从。常以六郡大族子弟担任。唐代亦置左右羽林军,为皇家禁军之一。
③骠骑:指汉代名将霍去病,他曾任骠骑将军。
④渔阳:地名,汉置渔阳郡,治所在今北京市密云区,是汉与匈奴经常交战的地方。
⑤孰知不向:是"孰不知向"的倒装。孰,谁。
⑥苦:一作"死"。
⑦"纵死"句:这句话典出晋张华《博陵王官侠曲》:"生从命子游,死闻侠骨香。"纵,纵然。

译文

游侠少年刚从军便担任汉朝的羽林郎,一出征就随骠骑将军征战渔阳。谁不知道奔赴边疆的痛苦?纵然战死,侠骨的芬芳仍能留存后世。

赏析

《少年行》四首诗,以浪漫的笔调讴歌了舍身报国、视死如归的豪侠精神,表现出强烈的英雄主义色彩。唐虽是一个强盛的封建帝国,但在

当时仍有外族侵犯,战事不断,文人志士普遍投笔从戎,保家卫国,以战求功。

这首《少年行》是组诗中的第二首,写游侠出征边塞。诗的前两句借汉朝的典故,表现游侠少年的报国愿望。说长安城里有一个英俊的游侠少年,英姿勃发,性格豪爽,武艺超群,刚入仕就担任受皇帝信任的羽林郎。无事则已,一有战事,就随将军出征,奋勇杀敌。正逢从渔阳传来警报,边境外族入侵。少年怒发冲冠,他不愿再在长安城里过着"美酒斗十千"、毫无波澜的生活,愿奔向沙场,以求得功名。

接下来的第三句以设问形式平添波澜,结句则以刚毅果决之语收束。其中"孰""不""纵""犹"等虚词的连用,在连接不断的转折中加强语气,表现出游侠少年立志报国的壮烈胸襟,并传达出少年义无反顾的决心,进一步深化了游侠的精神风貌。

这首诗采用夹叙夹议兼抒情的手法,以古喻今,情调激昂,风格豪迈,立意新颖,境界高远,由此成为边塞诗中的名篇。

少年行四首(其三)

原文

一身能擘①两雕弧②,虏骑千重③只似无。
偏坐金鞍调白羽,纷纷射杀五单于④。

注释

①擘:张,拉开。一作"臂"。
②雕弧:指饰有雕画的良弓。
③重:一作"群"。

④五单于：原指汉宣帝时匈奴内乱之后分裂出的五个首领，这里比喻入侵边境的各敌酋首领。

译文

少年能同时拉开两张雕弓，就算敌人成千上万，也如入无人之境。
侧身坐在金鞍上调好羽箭，瞄准后将敌酋纷纷射杀。

赏析

这首诗写游侠少年在战场上英勇杀敌的画面。诗人将主人公置于孤危奋战的情景当中。"虏骑千重"指敌人大军压境，层层包围；所有敌酋蜂拥而上，来势汹汹，企图以多胜少。而少年以"一身"对"千重"之敌，如入无人之境，冲出包围，且懂得擒贼先擒王，将敌酋"纷纷射杀"，取得胜利，表现出少年具有过人的胆略和高超的武艺。这里把少年写成孤胆英雄，意在突出他勇冠三军，战功显赫。

诗中一、三两句，对少年英武矫健的骑射身姿进行特写："擘两雕弧"描写他多力善射，能左右开弓；"偏坐金鞍"描写他娴熟的鞍马功夫，在马上运动自如；"调白羽"描写他技法高超，箭无虚发。

二、四两句，从侧面反衬少年的艺高胆大。"一身"对"千重"，以敌我双方的力量悬殊，形成鲜明对比；偏坐马背，射杀众敌酋，来表现无所畏惧的英雄气概。而这种气概，正来自少年将生死置之度外的献身精神。

这首诗表现的是王维早年对功名的热情和向往，暗含积极进取的生活态度，也从不同角度反映了当时游侠急于危难、不怕牺牲的英雄精神，同时也是唐朝诗人善于表现尚武精神的真实写照。诗中均以着色之笔略加点染，如"雕弧""金鞍"和"白羽"等，以烘托人物。人与物互相辉映，相得益彰。

少年行四首(其四)

原文

汉家君臣欢宴①终,高议云台②论战功。
天子临轩③赐侯印④,将军佩出明光宫。

注释

①欢宴:指庆功宴。
②云台:东汉洛阳宫中的高台,明帝时,曾将邓禹等二十八个开国功臣的像画在台上,史称"云台二十八将"。
③轩:殿前的栏杆。
④侯印:侯爵的印信。

译文

朝廷举办的庆功宴刚刚结束,众臣在云台上高声地议论战功。

天子亲临殿前的栏杆赏赐给他们侯爵的印信,将军佩着印信走出明光宫。

赏析

王维的第三首《少年行》描写少年将士勇却群敌,而这一首则描写朝廷论功行赏的场景。

诗的前三句,写出了庆功仪式的隆重和气氛的热烈:君臣欢宴、云台论功、天子临轩、封侯赐爵,正当期待中的主角少年游侠出场时,领赏者却突然变成了"将军"。第四句的意思是受皇帝宠信的权贵坐享其成,而血战沙场的勇士却遭到冷落。二者所受待遇形成鲜明的对比,极尽讽刺之

意味。诗人运用渲染烘托的手法，从侧面烘托出少年主角被推到局外的不幸。这种欲抑先扬的艺术处理，使诗中的不平之鸣得到了强有力的表现。

王维的《少年行》组诗独自成篇，各有侧重，又互相补充和照应，用笔或实或虚又或显或隐，不拘一格，成功地谱写出意气风发、富有青春旋律的进行曲。

送元二使安西①

原　文

渭城②朝雨浥③轻尘，客舍④青青柳色新。
劝君更尽⑤一杯酒，西出阳关⑥无故人⑦。

注　释

①《送元二使安西》：一作《渭城曲》。安西，即唐代安西都护府，治所在今新疆维吾尔自治区库车县境。
②渭城：秦时咸阳城，汉武帝时改名渭城。在今西安市西北，渭水北岸。
③浥：湿润。
④客舍：指驿馆。
⑤更尽：再次饮干。
⑥阳关：汉置关名，在今甘肃省敦煌市西南，古代与玉门关同是出塞必经的关口。因在玉门关南，故称阳关。
⑦故人：老朋友。

译　文

渭城清晨的小雨湿润了路上的尘土，驿馆显得格外洁净，路边的杨柳

清新。

劝你再次饮干离别的酒，向西出了阳关之后，就再也见不到老朋友了。

赏析

这是一首送朋友去西北边疆的诗，表达了对友人强烈、深挚的惜别之情。

前两句写景并点明送客的地点、时间、场所，为送别创造了愁郁的氛围。渭城经过朝雨的洗涤，路上不再扬起轻尘，客舍周围、驿道两旁的杨柳显得格外清新。诗人通过"朝雨""客舍""柳"等景物的描绘，创造了一幅雨后初晴图，营造出清新中略带愁绪的意境。"轻尘""青青""新"等词语，声韵轻柔明快，加强了读者的这种感受。通过"客舍""柳"烘托出离别的惆怅，"劝君更尽一杯酒，西出阳关无故人"的劝慰之辞，淋漓尽致地表现了对朋友的不舍之情。

这首诗，不仅有依依惜别的情谊，而且包含着对友人处境的牵挂与前路珍重的殷勤祝愿。特别是"更尽一杯"四字，言简意赅，含蓄隽永，万千离怀尽含其中。

陇头吟[①]

原文

长安[②]少年游侠客，夜上戍楼看太白。
陇头明月迥[③]临关[④]，陇上行人夜吹笛。
关西老将不胜愁，驻马听之双泪流。
身经大小百余战，麾下[⑤]偏裨[⑥]万户侯。
苏武才为典属国[⑦]，节旄[⑧]落尽海西头。

注释

①《陇头吟》：汉乐府旧题，属《横吹曲辞》。
②长安：一作"长城"。
③迥：遥远。
④关：指陇关，又名大震关，故址在今甘肃省清水县东陇山东坡。
⑤麾下：指将帅的部下。
⑥偏裨：副将。
⑦典属国：指掌管归附的少数民族事务的官。
⑧节旄：旌节上所缀的牦牛尾饰物。

译文

长安城中的游侠少年，夜里登上戍楼观看太白星。
陇山上的明月离边关那么遥远，陇关上的征夫在夜晚吹起羌笛。
关西地区来的老将不能承受忧愁，驻马聆听笛声不禁老泪纵横。
身经大大小小的战斗上百次，部下副将都被封为万户侯。
苏武回国后才被封为典属国，节上饰物徒然在北海西头落尽。

赏析

诗歌通过长安少年和关西老将在军中的经历，抨击了朝廷赏罚不公的现象，表现了诗人的愤懑和不平。

"长安少年游侠客，夜上戍楼看太白"，起句极有气势，描写了一位长安少年夜晚登上戍楼观看太白星的场面，表现了他渴望建功立业的壮志豪情。

三、四两句"陇头明月迥临关，陇上行人夜吹笛"，诗人笔锋一转，推出月照陇山的远景，写在凄清的月夜，荒凉的边塞，陇上"行人"正在用呜咽的羌笛声寄托自己的愁思。

五、六两句"关西老将不胜愁,驻马听之双泪流",笔势再转,由吹笛的"陇上行人",引出听笛的"关西老将"。他驻马聆听,老泪纵横。老将为何闻笛流泪?紧接着七、八两句"身经大小百余战,麾下偏裨万户侯"为我们解开了这个疑问,关西老将身经百战,立功无数,连他曾经部下的副将,都被封了万户侯,而他却依旧沉滞边塞,得不到封赏。这样的赏罚不公,怎不令人伤心落泪呢?

最后两句"苏武才为典属国,节旄落尽海西头",引用汉代苏武的典故。苏武出使塞外,历尽艰辛,回国后才被授予典属国这样的小官,这件史事看似安慰老将,实含讽刺朝廷的深意。它说明老将的遭遇,自古以来十分普遍。

此诗采用对比手法,将"长安少年"与"关西老将"放在月夜闻笛的画面中进行对比,但老将的遭遇又预示着少年未来的命运,深刻地揭示出封建社会军中黑暗的残酷现实,从而深化了诗歌主题。

出塞作

原文

居延城①外猎天骄②,白草③连天野火烧。
暮云空碛④时驱马,秋日平原好射雕。
护羌校尉⑤朝乘障⑥,破虏将军⑦夜渡辽。
玉靶⑧角弓珠勒马⑨,汉家将赐霍嫖姚⑩。

注释

①居延城:也叫居延塞,在今内蒙古自治区额济纳旗一带。
②天骄:原为匈奴自称,这里借指吐蕃。
③白草:一种干熟后变成白色的草。

④空碛：空旷的沙漠。碛，沙漠。

⑤护羌校尉：官名。汉代拿着符节保护西羌的武官叫"护羌校尉"，这里指唐廷守边的将领。

⑥乘障：登上堡寨御寇。

⑦破虏将军：指汉昭帝时中郎将范明友。此指唐朝守边的将领。

⑧玉靶：用美玉镶柄的剑。

⑨珠勒马：络头上镶有珠宝的骏马。此为朝廷给立功将军的赏赐。

⑩霍嫖姚：本指西汉名将霍去病，霍去病曾任嫖姚校尉，并一战成名，封冠军侯，升任骠骑将军。这里指崔希逸。

译文

胡人正在居延城外进行一场狩猎，漫天大火在长满了白草的原野上燃烧起来。

暮云下在空旷的沙漠里纵马飞驰，秋日里在辽阔的平原上弯弓射雕。

护羌校尉坚守阵地登上堡寨御寇，破虏将军勇猛出击准备夜晚渡过辽河。

朝廷将美玉镶柄的剑、以角装饰的弓和络头上镶有珠宝的战马，赐给得胜的崔将军。

赏析

本诗是开元二十五年（737年）河西节度使崔希逸在青海战败吐蕃，王维以监察御史的身份奉命出塞时所写。诗人通过敌我双方的对比描写，颂扬了唐军的英勇无敌。

首联"居延城外猎天骄，白草连天野火烧"，写出了吐蕃人打猎时声势之盛，实际上大规模的打猎是某种意义上的军事示威，渲染出边关剑拔弩张的局势。

颔联"暮云空碛时驱马，秋日平原好射雕"，写出了吐蕃健儿盘马弯

弓、勇猛强悍的样子，进一步显示出敌骑的凶悍。但在全诗中，这只是一种烘托，为诗的下半部分做了有力的铺垫。

颈联"护羌校尉朝乘障，破虏将军夜渡辽"，写出了唐军面对强敌，应付自如，大笔挥洒，语极精练。"朝乘障"写防御，"夜渡辽"写进攻，一个"朝"字和一个"夜"字，突出了军情的紧迫、进军的神速，表现了唐军昂扬奋发的士气和雷厉风行的作风。

尾联"玉靶角弓珠勒马，汉家将赐霍嫖姚"，写朝廷对唐军立功边塞赏赐之厚，在诗尾点出自己"出塞"劳军的主旨，收束颇为得体。

全诗虚实结合，前四句为实写，描写边境战火将起的形势；后四句为虚写，描写唐军面对这种形势所做出的军事部署。两者结合，自然点出全诗主旨，顺理成章，水到渠成。

送赵都督①赴代州得青字

原文

天官动将星②，汉地柳条青。
万里鸣刁斗，三军出井陉③。
忘身辞凤阙④，报国取龙庭。
岂学书生辈，窗间⑤老⑥一经。

注释

①都督：唐时在全国部分州置大、中、下都督府，府各设都督一人，主管军事，后逐渐被节度使取代。

②将星：古人认为中央的大星是天的大将，外边的小星是吏士；大将星摇晃是战争的预兆，大将星出而小星不同出，是出兵的预兆。

③井陉：古关名，即井陉口，又名井陉关。故址在今河北省井陉县北。

④凤阙：指宫廷。
⑤间：一作"中"。
⑥老：一作"住"。

译文

赵都督准备动身时天上的将星摇晃，出征时节已是柳条青青的春天。
万里征途行军的刁斗声声作响，三军将士正在浩浩荡荡越过井陉。
临行前告别了宫廷忘记了自己，一定要攻取龙庭，立功报国。
决不学那些书生之辈，到老还在窗前死啃一本经书。

赏析

这首诗借送别友人出塞，赞颂了唐朝将士的赫赫声威，抒发了投笔从戎、为国尽忠的豪情壮志。

首联"天官动将星，汉地柳条青"，描写了启程时的情景。以天上的将星高照喻指出发的时间，同时运用了联想、比喻的修辞手法，拓展了诗作开阔的空间，令人联想到赵都督是在一个繁星满天的夜晚出发的，充分展示出赵都督必将旗开得胜的光明前途。又以"柳"字暗点折柳送别的特定场景，依依惜别之情，蕴含其中。

颔联"万里鸣刁斗，三军出井陉"，描写军队行进中的气势。"万里鸣刁斗"真实地写出了军营的生活情景，一个"鸣"字突出听觉，外加"万里"二字修饰，气势何其浩荡！此联大笔勾勒，展示出唐军气吞山河的英雄气概。

颈联"忘身辞凤阙，报国取龙庭"，正面描写诗人立功报国的志向，赞颂赵都督将生死置之度外的高尚情操和为国家尽忠的豪情壮志。

尾联"岂学书生辈，窗间老一经"，以议论结束全诗，上一联做正面抒情，这一联从反面议论，加以强调，既反衬了赵都督金戈铁马求取功名的大丈夫气概，又托出了盛唐时代知识分子弃文从武，渴望建立边功的普

遍追求。王维因此借题发挥，将对赵都督的赞扬曲折地表达出来。

诗人以豪壮之情灌注全篇，笔力雄大，场面壮阔，这首送别诗，写得意气风发，格调昂扬，表现了青年王维希望有所作为，济世报国的思想。全诗将盛唐时代昂扬进取的时代精神表现得淋漓尽致。

李 白

李白（701—762年），字太白，号青莲居士。祖籍陇西成纪（今甘肃省天水市）。五岁时随父迁居绵州昌隆（今四川省江油市）。通诗书，喜纵横术。二十五岁时离开四川，外出游学。他先寓居安陆（今湖北省安陆市），继而西入长安，求取功名。不久又离京赴太原，游齐鲁。天宝元年（742年）奉诏入京，为供奉翰林，但因与当政者不合，被赐金放还，于是再次漫游各地。安史之乱期间，李白应永王李璘之聘，入佐幕府。永王为肃宗所杀，李白受牵连被流放夜郎，途中遇赦东归，寓居当涂（今安徽省当涂县）县令李阳冰家，数年后病逝。李白是唐代与杜甫并称的伟大诗人，他的诗歌各体俱佳，而其中又以七言歌行与七言绝句最为擅长。现存诗九百多首，有《李太白集》。

关山月①

原 文

明月出天山，苍茫云海间。
长风几万里，吹度玉门关。
汉下②白登③道，胡④窥⑤青海湾。
由来⑥征战地，不见有人还。
戍客⑦望边邑，思归多苦颜。
高楼⑧当此夜，叹息未应闲⑨。

注释

①关山月：古乐府《横吹曲辞》调名，多抒离别哀伤之情。
②下：出兵。
③白登：今山西省大同市东有白登山，汉高祖刘邦曾亲率大军与匈奴于此交战，被围困七日。
④胡：此指吐蕃。
⑤窥：有所企图。
⑥由来：从来，自古以来。
⑦戍客：驻守边疆的士兵。
⑧高楼：古诗中多以高楼指闺阁，这里指戍边士兵的妻子。
⑨未应闲：无法停止。

译文

明月从天山西边冉冉升起，轻轻飘浮在苍茫的云海间。
东风浩浩荡荡掠过几万里，伴随着月色直吹过玉门关。
汉高祖曾率兵被困白登山，吐蕃觊觎青海大片河山。
自古以来这里就是征战的要地，有多少将士出征不见回还。
驻守边疆的士兵望着边关凄凉的景象，全都愁眉苦脸思念家乡。
士兵的妻子登上高楼，思念亲人的叹息声无法停止。

赏析

这是一首反映当时无数戍边将士及后方思妇愁苦的佳作。唐代虽然国力强盛，但边患却从未停息。全诗从描绘边塞特有的风光写起，描述了战事的残酷及征夫与思妇两地相思的愁苦，同时也表达了诗人向往国泰民安的美好愿望。

前四句写边塞图景，描绘了一幅辽阔的征战背景，为后面写望月引起的情思做充分的渲染和铺垫。"明月""天山""长风""玉门关",这些景物都是西北边塞特有的意象,可见诗人起笔的立足点是在西北边塞,时间是在夜晚。征人戍守在天山,看到的是明月从天山升起的景象。诗人把人们印象中只有大海上空才能看见的景象,与雄浑磅礴的天山组合到一起,显得独特而壮观。接下来的两句仍然是从征戍者的角度来说的,征人身在西北边疆,月光下伫立遥望故园时,只觉得长风浩浩荡荡,似掠过几万里中原国土,横度玉门关而来。玉门关以西,历朝历代都是边关要塞,是外邦与中原之间的征战之地,因此那里早已经成了人们意识深处"边关"的代名词了。从表面上看,这句诗描写戍边战士在凝望和感受边塞的天山明月、玉门长风等苍茫辽阔的边塞图景,而字里行间则深深地蕴含着戍边战士与其家人无限的愁苦与凄凉。

中间四句写征战的景象,战场的悲惨残酷。当年汉高祖刘邦领兵征讨匈奴,曾被匈奴围困在白登山七天。而青海一带,则是唐军与吐蕃连年征战之地。无休止的战争,使得出征的战士几乎无人能回归故乡。"汉下""胡窥"二语,极具概括力,巧妙地点出了自古以来这里就是敌我彼此争夺的征战之地,由此引出"由来征战地,不见有人还"的沉痛叹息。这四句在结构上起着承上启下的作用,描写的对象由边塞过渡到战争,由战争过渡到征人。

最后四句写征人思念家乡,他们的妻子于月夜登上高楼思夫。守卫边陲的战士望着边地的景象,面对血雨腥风的现实,思念家乡,脸上多现出愁苦的颜色,进而诗人推想今夜高楼上思夫的妻子们,在此苍茫月夜,叹息之声也应是无法停止的。"望边邑"三个字似乎是诗人漫不经心写出的,却把万里边塞图和征战的景象,跟"戍客"紧紧联系起来了。这四句诗,从内容上看,写的是"戍客"及其妻子两地相思的愁苦;从结构上看,"戍客望边邑"与"高楼当此夜"是对开篇写景的照应,"思归多苦颜"与"叹息未应闲"则深刻地揭示了作品的主题。诗人放眼于古来边塞上漫无休止的民族冲突,揭示了战争所造成的巨大牺牲和给无数征人及其家属所带来

的痛苦。

全诗语言纯朴自然，保持了浓郁的北方民歌韵味，体现了豪放的气概和感怀的情调。诗人没有把征人思妇之情写得纤弱和过于愁苦，而是放在广阔苍茫的边塞背景之中，俯仰古今，气势雄浑悲壮。

塞下曲六首（其一）

原 文

五月天山雪，无花只有寒。
笛中闻折柳①，春色未曾看。
晓战随金鼓②，宵眠抱玉鞍③。
愿将腰下剑，直为斩楼兰。

注 释

①折柳：即《折杨柳》，古乐曲名。
②金鼓：古代行军作战时的乐器，进军时击鼓，退军时鸣金。
③玉鞍：用玉镶饰的马鞍。

译 文

五月的天山仍被白雪覆盖，没有花草生长，只有彻骨的寒冷。
只在《折杨柳》的笛声中听到了春色，却从来没有看到过春色。
战士们白天伴着金鼓与敌人战斗，晚上枕着马鞍入眠。
只愿腰间悬挂的宝剑，可以早日平定楼兰，为国立功。

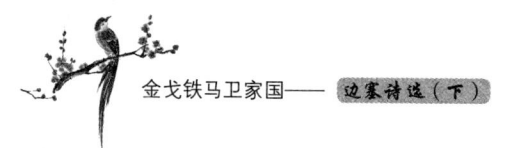

赏析

李白的这首《塞下曲》生动形象地描述了将士们丰富而复杂的内心世界,其景苍凉,其情凄婉,其志豪壮,读来激动人心,感人肺腑。

"五月天山雪",五月的中原正值盛夏,可是边塞的天山却依旧寒冷刺骨,被白雪覆盖。"无花只有寒"直白地透露出诗人内心的情绪波动。"笛中闻折柳,春色未曾看"两句,写寒风中又闻《折杨柳》的哀怨,顿时愁苦更甚。

"晓战随金鼓,宵眠抱玉鞍",古代出征要敲击钲、鼓,用来节制士卒进退,这两句写的正是这种情况。语意转折,已由苍凉变为雄壮。诗人将战士的生活细致地刻画了出来,军情之紧张急迫跃然纸上,将战士们守边备战、人人奋勇争先的心态尽情地展现出来。

最后两句"愿将腰下剑,直为斩楼兰"中,一个"愿"字表达出诗人对于山河完好无损的心愿,语气果断强烈,心声喷涌而出,自有夺人心魄的艺术感召力。

这首诗为五言律诗,但诗人并未在第二联做意思上的承转,而是紧承首联顺势而下,打破格律诗的羁绊,使全诗具有了一种雄浑的艺术特色。

塞下曲六首(其三)

原文

骏马似风飙,鸣鞭①出渭桥②。
弯弓辞汉月③,插羽④破天骄⑤。
阵解星芒尽⑥,营空海雾消⑦。
功成画麟阁⑧,独有霍嫖姚。

注释

①鸣鞭：马鞭抖动时发出的响声。
②渭桥：即中渭桥，位于唐代长安西北渭水上。
③汉月：汉家或汉时的明月，借指故乡。
④插羽：羽箭插在箭袋里，指带着羽箭。
⑤天骄：这里指敌人。
⑥星芒尽：指胡星的光芒黯淡，喻指战争结束。
⑦海雾消：塞外沙漠上的雾气，指战争的气氛。
⑧麟阁：即麒麟阁。

译文

骏马像一阵旋风似的在边疆驰骋，战士们快马加鞭出了渭桥。
背着弯弓辞别了故乡，带着羽箭打败了敌人。
战争结束后天上胡星的光芒黯淡，军营渐空，战争的气氛已消。
功成名就之后，在麒麟阁的功臣画像上，却只有霍嫖姚。

赏析

此诗描写了从出兵到杀敌再到功成的全过程，抒发了将士们报国杀敌的热情和立功边塞的雄心壮志。

首联"骏马似风飙，鸣鞭出渭桥"，写战马飞奔，有如旋风般出了渭桥。写"骏马"实际上是写驾驭骏马的健儿们。健儿们告别家人，策马疾行，奔赴前线，展现出了他们昂扬的斗志和急于杀敌的心理。

颔联"弯弓辞汉月，插羽破天骄"，写破敌之速。刚刚辞别了故乡，就大破敌军。诗人没有详写战争的整个过程，只用了"弯弓""插羽"两个动作，瞬间就完成了这样一个大转折，足见布局的简洁、笔法的洗练，表现了将领指挥得当，将士们破敌神速。

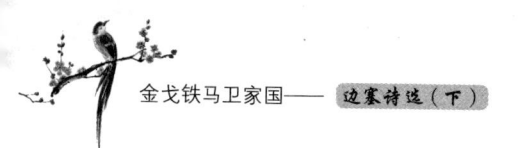

颈联"阵解星芒尽，营空海雾消"，写战斗结束后的景象。在正义之师面前，敌人不堪一击，土崩瓦解。这两句读来语调轻松，大有谈笑间破敌的自负与豪迈。

尾联"功成画麟阁，独有霍嫖姚"，写功成受赏。"麟阁"即麒麟阁，是西汉时期在未央宫中建造的一座阁楼，用来记录功臣的功绩。"麟阁"画像，"独有霍嫖姚"，一个"独"字，隐约道出诗人的不平之气。但是，功业不朽不一定画像麟阁，由此更体现健儿们的英雄主义和献身精神，使此诗更具震撼人心的悲壮色彩。

全诗笔力雄健，结构新颖，谋篇布局，独具匠心。

塞下曲六首（其五）

原 文

塞虏[①]乘秋下[②]，天兵出汉家。
将军分虎竹[③]，战士卧龙沙[④]。
边月随弓影，胡霜[⑤]拂剑花。
玉关殊[⑥]未入，少妇[⑦]莫长嗟。

注 释

①塞虏：塞上的胡虏。

②乘秋下：趁着秋收之际南下攻掠。

③虎竹：调兵的虎符。

④龙沙：白龙堆，指塞外沙漠地带。

⑤胡霜：胡地的冰霜。

⑥殊：尚，还。

⑦少妇：闺中思妇。

> 译文

塞上的胡虏趁着秋收之际南下攻掠，朝廷派出军队前去迎敌。

将军带着虎符受命出征，在龙沙一带安营扎寨。

边塞的月光弯如弓影，在胡地的冰霜中擦拭刀剑。

战士们还没进入玉门关，闺中的少妇不要长声感叹。

> 赏析

此诗描写了戍边将士的愁苦及有家难归的无奈，表现了他们先国后家的高尚情怀。

首联"塞虏乘秋下，天兵出汉家"，写敌我态势。当时北方的突厥政权对唐王朝常怀觊觎之心，到了秋收季节，他们就乘隙而入，烧杀劫掠。天朝的军队整装待发，迎击胡虏。说明这是一场自卫战争，"天兵"也就是一支堂堂的正义之师。措辞的褒贬色彩，体现出诗人鲜明的爱憎情感。

颔联"将军分虎竹，战士卧龙沙"，写"将军""战士"奔赴战场。将军带着出征的虎符，战士已抵达塞外战场，在龙沙安营扎寨。这两句对仗工整，气势磅礴，节奏跳跃，尽显其神速。

颈联"边月随弓影，胡霜拂剑花"，写边塞风光和战斗生活。"月随弓影""霜拂剑花"，虽以景语出之，但景中有人，这里充分展示出将士们日夜战斗的艰苦生活。诗人巧妙地利用景与人的某种共性，使他们之间的联系显得自然、和谐，给艰苦的军旅生活带来几分浪漫色彩。

尾联"玉关殊未入，少妇莫长嗟"，写将士们不获全胜决不收兵的必胜信念和献身精神，把全诗推向了高潮。

全诗对仗工整，气势磅礴，充分显示了将士们"匈奴未灭，何以家为"的崇高情怀。

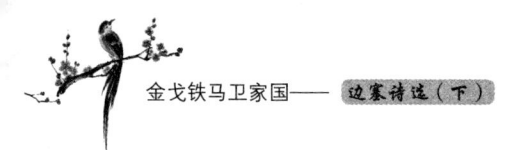

子夜吴歌①·秋歌

原 文

长安一片月,万户捣衣②声。
秋风吹不尽,总是玉关情③。
何日平胡虏?良人罢远征。

注 释

①《子夜吴歌》:《唐书·乐志》:"子夜歌者,晋曲也。晋有女子名子夜,造此声,声过哀苦。"因产在吴地,所以名《子夜吴歌》。《乐府古题要解》:"后人因为四时行乐词,谓之子夜四时歌,吴声也。"

②捣衣:唐时,人们只穿丝绸、绢帛、麻葛的衣服和皮衣,没有棉花。麻布、葛布质地较硬,缝衣前必须用砧杵反复舂捣,使之柔软,称为"捣衣"。

③玉关情:指对玉门关外征战的夫君的思念之情。

译 文

长安夜空中悬挂着一轮明月,家家户户传来捣衣的声音。
砧声随着秋风吹也吹不停,声声都是思念征人之情。
什么时候才能把胡虏平定?丈夫可以不再当兵远征。

赏 析

这首诗也题作《子夜四时歌》,共四首,写春、夏、秋、冬四时,此为第三首——"秋歌"。此体一向作四句,内容多写女子思念情人的哀怨,作六句是诗人的创新,而用以写思念征夫的愁绪更具有时代的新意。

诗人通过对妇女趁月明之夜为远行征人赶制冬衣的描写，表达了她们对亲人的无限思念和对和平生活的迫切期盼，以及诗人对思妇不幸遭遇的深切同情。

第一、二句借秋月写景，为抒情创造环境氛围，点明时间和季节的同时，又紧扣题目。秋天的晚上，长安夜空中悬挂着一轮明月，秋风萧瑟，家家户户传来此起彼伏的捣衣声，妇女们正在为做冬衣而忙碌。诗人由景入情，由"一片月"连着"万户"，由"万户"引出"捣衣声"，而见月怀人是古诗中常用的表现手法。因此，在这明亮的月光下，在这阵阵捣衣声中，诗人想象这些妇女一面捣衣，一面怀念戍守边关的丈夫。

第三、四句承上景而直接抒情。月朗风清，风送砧声，阵阵秋风吹不尽思妇深沉无尽的情思，反而勾起她们对征人的思念。"不尽"既形容秋风阵阵，也形容情思的悠长缠绵。"总是"表明吹不断的情思总是飞向远方，执着且一往情深。诗人将秋月、秋声、秋风织成浑然一体的景象，虽只见景不见人，却人物犹在，思夫情浓。

最后两句直抒思妇心声。什么时候才能把胡虏平定，消除战争，丈夫不再远征，结束这动荡分离的生活呢？正如沈德潜所说："本闺情语而忽冀罢征。"（《说诗晬语》）这两句使诗歌的思想内容大大深化，表现出古代劳动人民希望过和平生活的善良愿望。

全诗先景语后情语，语言自然清新，明白如话，流丽婉转。月色如银的京城，表面上一片平静，但捣衣声中却暗含着千家万户的痛苦；秋风不息，也寄托着对边关亲人的思念之情。结句是闺妇的期待，也是征人的心声。虽未直写爱情，却字字渗透着真挚的情意；虽没有高谈时局，却又不离时局。情调用意，都没有脱离边塞诗的风韵。

子夜吴歌·冬歌

原文

明朝驿使①发，一夜絮征袍②。
素手③抽针冷，那堪④把剪刀。
裁缝寄远道，几日到临洮？

注释

①驿使：古代驿站传递朝廷公文、书信的人。
②征袍：出征将士所穿的战袍。
③素手：洁白的手，在诗词中多形容女子之手。
④那堪："哪能承受"或"怎能经受"。堪，承受，经受。

译文

明天早晨驿使就要出发了，思妇们连夜为远征的丈夫赶制御冬的战袍。

寒冷的夜晚，那纤纤素手连抽针都冷得不行，又怎能经受得住用冰冷的剪刀来裁衣服。

把做好的衣服寄向远方，得过多少天才能把它送到边关？

赏析

此诗采用侧面描写的手法，通过为征夫赶制征袍塑造了一个鲜活的思妇形象，抒发了女主人公思念丈夫的思想感情。

开头两句"明朝驿使发，一夜絮征袍"，写在驿使准备出发的前夜，女主人公为征夫赶制征袍。虽然没有表示急切的字眼，却处处可以让人感

觉到思妇的急切,大大增加了此诗的情节性和戏剧性。"一夜絮征袍"言简意赅,画面感强烈,使人读来仿佛就可以看到女主人公一边呵着手,一边裁剪、絮棉、缝制,生动地描绘出了女主人公急切、紧张的劳作场景。

"素手抽针冷,那堪把剪刀"两句,诗人着重刻画了一个"冷"字。在忙乱的缝衣过程中,素手抽针已觉很冷,还要握那冰冷的剪刀。"冷"既符合"冬歌",更重要的是有助于加强情节的生动性。天气寒冷,冻得手指也不灵巧了,可偏偏驿使就要出发,人物的焦急情态宛如画出。最后两句"裁缝寄远道,几日到临洮",这迫不及待的一问,饱含了无限的深情与牵挂,语浅意深,词近情远。

整首诗构思巧妙,形象鲜明,结构紧凑,观察细致入微,具有强烈的艺术效果。

战城南

原 文

去年战,桑乾源①。今年战,葱河②道。
洗兵③条支④海上波,放马⑤天山雪中草。
万里长征战,三军尽衰老。
匈奴以杀戮为耕作⑥,古来唯见白骨黄沙田。
秦家筑城⑦避胡处,汉家还有烽火燃。
烽火燃不息,征战无已时。
野战格斗死,败马号鸣向天悲。
乌鸢啄人肠,衔飞上挂枯树枝。
士卒涂⑧草莽,将军空尔为⑨。
乃知兵者是凶器,圣人不得已而用之。

注释

①桑乾源：桑干河，源出山西省，主要流经河北省西北部和山西省北部，为今永定河之上游。唐时此地频发与奚、契丹的战争。

②葱河：指葱岭河。分为南北两条，南名叶尔羌河，北名喀什噶尔河。源于帕米尔高原，为塔里木河支流。

③洗兵：指休战后，清洗兵器。

④条支：汉西域古国名，位于伊拉克底格里斯河、幼发拉底河之间，临西海。此泛指西域。

⑤放马：牧放战马。

⑥"匈奴"句：此句谓匈奴以杀戮为职业。

⑦秦家筑城：指秦始皇修筑长城，以防匈奴南下。

⑧涂：污染。

⑨空尔为：一无所获。

译文

去年在桑乾源作战，今年转战葱河河畔。

曾在条支海中洗净兵器，也曾在天山雪中草原上牧放战马。

常年不远万里四处征战，使我三军将士都在沙场老去。

匈奴以杀戮为职业，好似农民种庄稼一样，自古满眼白骨和黄沙的战场是他们的田地。

秦始皇修筑长城防备匈奴之处，汉朝仍旧有烽火在熊熊燃烧。

自古以来，边疆上就烽火不息，战事无休。

战士死于野战的格斗之中，败马向天悲鸣于疆场之上。

乌鸦啄食死者的肠子，又衔着肠子飞到枯树枝上挂起来。

战士的血液污染了野草，将军们在战争中一无所获。

才知道兵者是凶器，所以圣人只有在不得已的情况下才会使用它。

赏 析

  这首诗抨击封建统治者的穷兵黩武。天宝年间，唐玄宗发动战争，以扬国威，却屡遭失败，看着黎民百姓饱受战乱之苦，诗人忍不住在无限悲愤的沉思中将心中的块垒一吐为快。此诗采用汉代乐府诗的题目，有意学习乐府诗的传统，但比前人的《战城南》写得更形象，更深刻。

  "去年战，桑乾源。今年战，葱河道"是对征战之频繁的描写。句式上有节奏，音韵铿锵，而且诗句复沓的重叠和鲜明的对举，给人以东征西讨、转战多年的强烈印象。"洗兵条支海上波，放马天山雪中草"两句中，条支海洗兵器，天山放战马，都可以看出征战的广远，远离故土，正是"万里长征战"。"三军尽衰老"，本来年轻有为的战士，被长年的战事摧残得——呈现衰老之态。有了前面的征战辛苦的渲染，这一句衔接得很是自然，不显突兀，大有唏嘘之感。"匈奴以杀戮为耕作"以下六句，则采用以古讽今的手法，列出历史上各朝各代征战的一些史实，说明征战、杀戮并不能带来好的结果，只有烽火不断，人民困苦罢了。接下来的六句便是对于战后战场的深入刻画。尸横遍野，战况凄惨，乌鸦叼食死人的肠子，士兵战死，将军也谈不上有什么军功。该诗以"乃知兵者是凶器，圣人不得已而用之"作结，点明主题。此二句典出《六韬》："圣人号兵为凶器，不得已而用之。"表达了诗人对战争的观点，为全篇的画龙点睛之笔。

  这首诗偏于叙事，并且字里行间透露出诗人内心对于战争的厌烦，以及对于统治者穷兵黩武给百姓造成的痛苦的愤慨和惋惜。

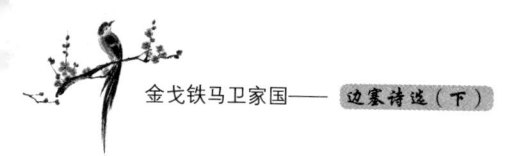

北风行①

原 文

烛龙②栖寒门，光曜犹旦开。

日月照之何不及此③？唯有北风号怒天上来。

燕山④雪花大如席，片片吹落轩辕台⑤。

幽州思妇十二月，停歌罢笑双蛾摧。

倚门望行人，念君长城苦寒良可哀⑥。

别时提剑救边⑦去，遗此虎文金鞞靫⑧。

中有一双白羽箭，蜘蛛结网生尘埃。

箭空在，人今战死不复回。

不忍见此物，焚之已成⑨灰。

黄河捧土尚可塞，北风雨雪⑩恨难裁⑪。

注 释

①《北风行》：汉乐府旧题。多写北风雨雪、行人不归的伤感之情。

②烛龙：中国古代神话传说中的龙。人面龙身而无足，居住在不见太阳的极北的寒门，睁眼为昼，闭眼为夜。

③此：指幽州，治所在今北京市大兴区。这里指当时安禄山统治北方，一片黑暗。

④燕山：山名，在河北平原的北侧。

⑤轩辕台：故址在今河北省怀来县桥山之上。轩辕，即黄帝，因生于轩辕之丘，又称黄帝为轩辕氏。

⑥"念君"句：意思是想到丈夫到苦寒的长城作战之事，实在是悲哀啊。君，思妇的丈夫。良，很，的确。

⑦救边：救援边庭。

⑧金鞞靫：镏金箭袋。鞞靫，一作"鞴靫"。
⑨已成：一作"以为"。
⑩北风雨雪：吹着北风下着大雪。
⑪裁：消除。一作"哉"。

译 文

传说烛龙栖身在北国寒门，它睁眼就光芒四射，白昼到来。

这里一片黑暗，日月之光为何照不到这里？只有怒号的北风从天上袭来。

燕山的雪花就像席子那么大，纷纷飘落在轩辕台上。

在这寒冬的十二月里有一个幽州的思妇，在家中不歌不笑，双眉紧锁。

她倚着大门，凝望着来往的行人，想到丈夫到苦寒的长城作战的事，实在是悲哀啊。

丈夫手提宝剑救援边庭，在家中仅留下了一个虎纹箭袋。

箭袋里装着一双白羽箭，上面结满了蜘蛛网，落满了灰尘。

箭虽然还在，可是人却战死沙场永远回不来了。

实在是不忍心见到这个东西，于是将其焚烧化为灰烬。

黄河虽深，还可以捧土填塞，只有这生离死别之恨，就像这漫天的北风雨雪难以消除。

赏 析

这是一首乐府诗。李白是安史之乱的亲历者，曾目睹幽州等地因战乱造成的人间地狱般的景象，这给他造成了很大的冲击，因此创作了这首佳作。

此诗一开始便从北方苦寒着笔，照应了题目。开头两句"烛龙栖寒门，光曜犹旦开"，以神话传说中的烛龙，能给"寒门"之地带来温暖和光明，反衬幽燕之地日月不及的一片黑暗的景象，暗喻安禄山的横行霸道。

接着，诗人又进一步描写北方冬季的景象："日月照之何不及此？唯有北风号怒天上来。燕山雪花大如席，片片吹落轩辕台。"这几句描写，意境壮阔，气象雄浑。"日月照之何不及此"既承接了开头两句，又与"唯有北风号怒天上来"互相衬托，强调了气候的寒冷。"燕山雪花大如席，片片吹落轩辕台"中，说雪花"大如席"，描写更为绝妙，生动形象地写出了雪花大而密的特点，是诗歌中夸张、比喻手法运用到极致的传世佳句。

"幽州思妇十二月，停歌罢笑双蛾摧。倚门望行人，念君长城苦寒良可哀"四句，诗人使用"停歌""罢笑""双蛾摧""倚门望行人"等一连串的动作，从侧面刻画了人物的内心世界，生动地塑造了一个悲伤、愁闷的思妇形象。

"别时提剑救边去，遗此虎文金鞞靫"中"提剑"一词，刻画了一个为国慷慨从戎的英雄形象；"遗此虎文金鞞靫"是写思念自己的丈夫，却只能用丈夫留下的虎纹箭袋来寄托深深的情思。接下来两句写丈夫离开家的时间太久了，白羽箭上已经结满了蜘蛛网，落满了灰尘。后面一句"箭空在"，承上启下，一个"空"字含义深刻，原来她的丈夫已经在长城下为国捐躯了，这一事实，让前文思妇的一连串表现显得更为凄恻动人。"不忍见此物，焚之已成灰"，言说人已经不在了，要箭袋和箭还有什么用？此处入木三分地刻画了思妇将离愁别恨化为极端痛苦的绝望心情。

最后两句"黄河捧土尚可塞，北风雨雪恨难裁"，是说即使是黄河也可以捧土填塞，但思妇之恨却难以消除。诗人将"黄河捧土"和"北风雨雪"做对比，反衬出思妇深深的愁恨和悲愤得不能自已的强烈感情。结尾这两句诗如岩浆爆发、江河冲堤一般喷涌而出，既产生了强烈的震撼人心的力量，也点明了厌恶战争的主题。

全诗信笔挥洒，妙语惊人，自然流畅，浑然天成，具有较强的艺术感染力。

李白

从军行

原 文

百战沙场碎铁衣，城南已合数重围。
突营①射杀呼延②将，独领残兵千骑归。

注 释

①突营：突破敌人的包围。
②呼延：匈奴四姓贵族之一，这里指敌军的一员悍将。

译 文

久经沙场的将军身经百战，铁甲已经破碎，城池南面被敌人重重包围。
在突围中，他射杀敌军的一员悍将，独自率领千余骑残兵归来。

赏 析

这首诗以短短四句，刻画了一个十分神勇的将军形象。

首句写将军的戎马生涯。伴随他出征的铁甲都已碎了，可以想见他浑身伤痕累累，遍布刀伤箭痕，由此可知他征战时间之长和所经历的战斗之严酷。

第二句紧接着写他面临一场新的严酷考验。战争在塞外进行，城南是退路。但连城南也被敌人设下了重围，全军已陷入可能彻底覆没的绝境。一个"围"字，可见战场形势的严峻，而且不是一般的包围，是"数重围"，由此可见情况之紧急。

第三句突转，写将军毫无惧色，在突围的时候，射杀了敌方一员悍

将，使敌军陷于慌乱之中。

第四句写将军趁机奋身突围，独领残兵，夺路而出。一个"独"字，力重千钧，突出了将军傲视群雄的勇猛气概。

诗中虽无肖像描写，但通过紧张的战斗场景，把英雄的精神与气概表现得异常鲜明而突出，给人留下了深刻的印象。其英风豪气，直扑人面，神采照人。

出自蓟北门行①

原文

虏阵②横北荒，胡星③耀精芒。
羽书速惊电，烽火昼连光。
虎竹救边急，戎车森已行。
明主不安席④，按剑心飞扬。
推毂⑤出猛将，连旗登战场。
兵威冲绝幕⑥，杀气凌穹苍。
列卒⑦赤山下，开营紫塞傍。
孟冬⑧风沙紧，旌旗飒凋伤。
画角悲海月，征衣卷天霜。
挥刃斩楼兰，弯弓射贤王⑨。
单于一平荡，种落⑩自奔亡。
收功⑪报天子，行歌⑫归咸阳。

注释

①《出自蓟北门行》：此为乐府古题，属《杂歌曲辞》。内容多写行军征战之事。

②虏阵：指敌人的战阵。

③胡星：指旄头星，又称昴星。古人认为旄头星是胡星，当它特别明亮时，就会有战争发生。

④不安席：形容焦急得不能安眠。

⑤推毂：即推车。《史记·张释之冯唐列传》记载，上古王者派将军出征前，会下跪推着车，说："国门以内的事由寡人决断，国门以外的事由将军决断。"后以"推毂"表示皇帝对出征将士的礼遇和勉励。

⑥绝幕：绝漠。指极远的沙漠地带。

⑦列卒：布阵。

⑧孟冬：冬季的第一个月，即农历十月。

⑨贤王：这里指敌军的高级将领。

⑩种落：种族，部落。

⑪收功：收取功勋。

⑫行歌：一边走一边唱歌。

译文

敌人的战阵横行于北方地区，胡星闪耀着光芒。
告急的文书快如惊雷闪电，报警的烽火日夜燃烧。
调兵遣将紧急支援边境，武装战车森严而行。
英明的君主不能安眠，拔起剑来心思飞动飘扬。
隆重礼遇勉励出征的将士，军旗连绵进入战场。
兵威凌厉冲向大漠，杀气汹汹直冲苍穹。
士兵列阵于塞外赤山之下，扎营于边塞长城旁边。
北方初冬的风沙十分猛烈，旌旗飒飒飘扬在草木凋零的边塞。
军中的画角在沙海的月光下阵阵悲鸣，战士的军衣上凝聚了层层冰霜。
挥刀斩杀楼兰的君主，弯弓射死敌军的将领。
一旦匈奴被扫平，各种族自行奔散逃命。
将军收取功勋上报天子，边走边唱回归咸阳。

赏析

李白的这首《出自蓟北门行》是天宝十一载（752年）李白北游时在蓟门所作。诗中歌颂了将士们反击突厥贵族侵扰的抗争精神，同时也描绘了远征将士的艰苦生活。

全诗分为四部分。前六句写边烽骤起，军情紧急。首二句写胡人兴兵南侵，胡星闪耀，渲染出大战来临之前紧张压抑的氛围。四、五两句将军情的紧急渲染得无以复加。五、六两句写汉军驰救的景象，军队临危不惧，反映出将士们的坚定意志。

"明主"以下六句，写君主点将，大军出征。其中既有"不安席""心飞扬"的心理刻画，又有"推毂""连旗"的场面描写，亦有"兵威冲绝幕，杀气凌穹苍"的夸张渲染，威猛之气，撼天动地。

"列卒"二句，写布阵井然。列阵开营，在大漠搭起营帐，克服艰难条件，充分休整，以迎接决战。

"孟冬"以下四句笔势顿转，描写的是沙场苦况，风沙紧，旗凋伤，画角哀，衣卷霜。月夜有"画角"声咽，"征衣"染"天霜"之寒。但诗人以"赤山""紫塞""画角""天霜"等语写苦寒之景，不仅辞气铿锵，而且声色俱佳，更显示出将士们不畏艰险的豪气。

末六句写战胜强敌，战斗的过程是那样轻松自如，欢快自得。"挥刀斩楼兰，弯弓射贤王"，最终胜利归来。这几句表现了战士们昂扬的斗志以及报国的雄心。

全诗描绘了一幅激烈的战争场面，将士们奋力抗击匈奴，浴血奋战，最终取得了战争的胜利。虽然描写的是胜利归来的景象，但给人更多的还是悲怆凄凉之感。

崔颢

崔颢（？—754年），唐朝汴州（今河南省开封市）人。出身望族，开元年间中进士，官至司勋员外郎。在当时诗名甚著，但存诗仅四十余首。作品有《崔颢集》。

赠王威古①

原　文

三十②羽林将，出身常事边③。
春风吹浅草，猎骑何翩翩。
插羽两相顾，鸣弓新上弦④。
射麋入深谷，饮马投⑤荒泉。
马上共倾酒⑥，野中聊割鲜⑦。
相看未及饮，杂虏⑧寇幽燕。
烽火去不息，胡尘高际⑨天。
长驱救东北，战解⑩城亦全。
报国行赴难，古来皆共然。

注　释

①王威古：人名，生平事迹不详，当是崔颢的友人。
②三十：指三十岁。
③事边：即戍边，保卫边疆。

④新上弦：一作"亲上弦"。

⑤投：奔向。

⑥共倾酒：共同尽情畅饮。

⑦割鲜：切割刚猎获的野兽之肉。

⑧杂虏：一作"杂胡"，指非正规的少数民族军队。

⑨际：至，接近。

⑩解：结束。

译 文

有一位三十岁的羽林将军，一生多次离家为国戍边。

春风吹拂着草原上的浅草，马蹄踩在上面非常轻快。

战士们带着羽箭彼此相看，并在弓上装上新弦。

进入深深的山谷去射杀麋鹿，又奔向荒野的溪涧里让战马饮水。

在马上共同尽情畅饮，又在野外随便割取刚猎获的野兽之肉下酒。

战士们喝酒还没有尽兴，就听说杂虏正进犯幽州和燕州。

战火连绵不断，胡人军队扬起的尘土已经接近天边。

接到命令后立即前往东北去支援，战斗胜利结束，幽州和燕州也保全了。

前往解救国难是边将的本分，自古以来一直都是这样。

赏 析

这首诗生动地刻画了一位长年戍边的羽林将军的形象，真实地反映了以他为代表的边关将士们的战斗及其生活，赞颂了他们为保家卫国而勇敢战斗的崇高品质。

全诗可分五层。开头"三十羽林将，出身常事边"两句为第一层，写有一位三十岁的羽林将军，一生多次保卫边疆，介绍了诗中主人公的身份。

"春风吹浅草，猎骑何翩翩。插羽两相顾，鸣弓新上弦"四句为第二

层，写这位边将及其战友行进在游猎的路上，表现了主人公游猎的熟练，暗寓他武艺高超，尤其是箭术超群。这四句诗清新俊逸，充满新生力量的蓬勃朝气，流动着轻盈新爽之美。

"射麋入深谷，饮马投荒泉。马上共倾酒，野中聊割鲜"四句为第三层，叙述游猎的经过，颇具浪漫气息，风格雄健豪放。

"相看未及饮"以下六句为第四层，写一次战斗的经过，主人公游猎途中爆发战争，接到命令立刻长途奔袭前往救援，并最终取得胜利。其中，"烽火去不息，胡尘高际天"两句，描写敌人嚣张的气焰，又反衬出主人公及其战友们的英勇善战。这一部分由前面轻松的游猎转为紧张的战斗。

最后"报国行赴难，古来皆共然"两句，赞颂了主人公对国家的一片赤诚之心和为国捐躯的可贵精神。

全诗慷慨豪迈，雄浑奔放，歌颂了历代军人保家卫国的崇高境界。

雁门①胡人歌

原　文

高山代郡东接燕，雁门胡人家近边。
解放②胡鹰逐塞鸟，能将③代马猎秋田。
山头野火寒多烧，雨④里孤峰湿作烟。
闻道辽西⑤无斗战，时时醉向酒家眠。

注　释

①雁门：即雁门郡，战国赵武灵王时初设。隋朝开皇初年（713年），废雁门郡为代州，大业初又改回雁门郡，治所在雁门县（今山西省代县）。唐朝多次废置。这里指唐朝与北方突厥部族的边境地带。

②解放：解开束缚的绳子。

③将：驾驭。

④雨：一作"雾"。

⑤辽西：州郡名。大致在今河北省东北、辽宁省西部一带。

译文

雁门郡东邻古代燕国，郡内都是高山峻岭，胡人的家就在雁门附近。

胡人解开猎鹰脚上的绳索，让它去追捕鸟雀，自己驾驭着代马在秋天的田野狩猎。

山头的野火在寒冷的天气里延烧，雨点打在孤峰上，溅起湿湿的烟雾。

听说辽西没有战斗，马上又安定下来，经常买酒喝得大醉睡在酒店里。

赏析

这首诗描写了边地少数民族的生活风俗，有着凝重的反战色彩。

首联"高山代郡东接燕，雁门胡人家近边"，交代了雁门郡的地理环境和当地胡人的分布。

颔联"解放胡鹰逐塞鸟，能将代马猎秋田"，写胡人飞鹰逐鸟，驰骋田猎的生活习俗，突出了其尚武豪放的精神面貌。

颈联"山头野火寒多烧，雨里孤峰湿作烟"，生动地刻画了边地的自然景象，两句中"寒"与"火"、"湿"与"烟"相反相成，互相烘托。雨中"孤峰"，轻烟袅袅，有朦胧恬静之美。

尾联"闻道辽西无斗战，时时醉向酒家眠"，写饱受战争蹂躏的人们渴望和平，向往在和平的环境中尽情享受生活的情景。

此诗不靠孤句独联取胜，而呈一气流转之气韵，语言自然天成，毫无雕琢之迹，将边地之景描绘得如在目前。因而明人许学夷认为"《雁门胡人》实当为唐人七言律第一"。（《诗源辩体》）

崔颢

古游侠呈军中诸将

原 文

少年负①胆气,好勇复知机②。
仗③剑出门去,孤城逢合围。
杀人辽水上,走马渔阳归。
错落④金锁甲⑤,蒙茸貂鼠衣。
还家且行猎,弓矢速如飞。
地迥⑥鹰犬疾,草深狐兔肥。
腰间带两绶⑦,转盼⑧生光辉。
顾谓今日战,何如随建威⑨?

注 释

①负:倚仗。

②知机:懂得兵机、谋略。

③仗:执。

④错落:闪烁、闪耀。

⑤金锁甲:黄金锁子甲,用黄金作环,连锁成网状。

⑥地迥:形容地势开阔旷远。

⑦绶:用来系玉佩或官印的丝带。

⑧转盼:左右斜视,形容目光灵动。

⑨建威:将军的称号,东汉耿弇曾拜建威将军。这里借指此侠士往年在辽水作战时的主将。

译文

少年游侠倚仗自己的胆量和勇气，勇猛并且懂得兵机和谋略。
手执长剑离家而去，奔赴前线，正遇上一座孤城被敌军团团包围。
在辽河一战中冲锋陷阵，杀敌无数，最后骑马回到了渔阳老家。
他披着一身闪耀的金锁甲，外面罩着蓬松的貂鼠皮外套。
每日回家后还要去游猎，纵马驰骋，箭射如飞。
老鹰、猎狗在开阔的场地紧紧跟随，草木茂密，猎物长得又肥又大。
他腰间系着两条系官印的丝带，双眼左右顾盼发出了明亮的光芒。
回头想想今日这一场狩猎，和往日跟随建威将军作战有什么区别呢？

赏析

此诗写一位游侠从军过程中英勇善战，再到建立大功，最后获得封赏归乡游猎的经历，歌颂了他威武雄壮的英雄气概，抒发了诗人报国赴难的豪情壮志。

前八句写少年从军。首二句描写了一个既有胆量和勇气，又懂谋略的游侠少年形象。"仗剑"四句描写出少年慷慨从军及勇武善战的形象。"仗剑出门去，孤城逢合围"，这两句的意思是手持长剑欣然奔赴战场，并解"孤城"之围。"仗剑"二字，表现了少年从军的决绝，以及渴望从军的勇气。"杀人辽水上，走马渔阳归"，这两句写战场杀敌的情景。诗人把战斗的过程描写得如探囊取物一般，精练传神。"错落金锁甲，蒙茸貂鼠衣"二句再补写少年华丽的衣着，使叱咤风云的英雄形象得到了升华。

后八句写游侠立功受赏后归家游猎。"还家且行猎，弓矢速如飞"，这两句描写了壮士归来的悠闲生活。"地迥鹰犬疾，草深狐兔肥"，这两句描写的是游猎时的景象，仍不失其一个游侠的勇武本色。"腰间带两绶，转盼生光辉"两句，与前两句相呼应，生动形象地描绘出少年的自矜自喜之态。结尾"顾谓今日战，何如随建威"两句将今日之游猎与昔日之征战进行对比，其自信、豪爽之情溢于言表，当然，亦是对军中诸将的激励与

鞭策。

  全诗塑造了一个骁勇善战、英俊潇洒的英雄形象，而且为军中诸将树立了一个楷模，激励了无数将士。诗人对人物的刻画，无论是战前还是战后，抑或是其行动、外貌、神态的描写，都不失其英雄本色，人物形象血肉丰满，呼之欲出，给读者留下了深刻的印象。

杜 甫

杜甫（712—770年），字子美，自号少陵野老，原籍襄阳（今湖北省襄阳市），生于巩县（今河南省巩义市）。出身官宦世家，祖父杜审言是初唐著名诗人。肃宗时，杜甫官至左拾遗，因避乱入蜀后，曾加检校工部员外郎，所以又称"杜拾遗""杜工部"。杜甫是中国古代最伟大的现实主义诗人，有"诗圣"之称，与李白并称"李杜"。他的诗反映了唐代安史之乱前后广阔的社会生活，被称为"诗史"。他的五言、七言长篇古诗标志着我国古代诗歌叙事艺术的最高成就。

兵车行[①]

原 文

车辚辚[②]，马萧萧[③]，行人[④]弓箭各在腰。
耶[⑤]娘妻子[⑥]走[⑦]相送，尘埃不见咸阳桥[⑧]。
牵衣顿足拦道哭，哭声直上干[⑨]云霄。
道旁过者问行人，行人但云点行[⑩]频。
或[⑪]从十五北防河[⑫]，便至四十西营田[⑬]。
去时里正[⑭]与裹头[⑮]，归来头白还戍边。
边庭流血成海水，武皇[⑯]开边[⑰]意未已。
君不闻，汉家山东[⑱]二百州[⑲]，千村万落生荆杞[⑳]。
纵有健妇把锄犁，禾生陇亩[㉑]无东西[㉒]。
况复[㉓]秦兵[㉔]耐苦战，被驱不异犬与鸡。

长者虽有问，役夫敢㉕申恨？
且如今年冬，未休关西卒㉖。
县官㉗急索租，租税从何出？
信知㉘生男恶，反是生女好。
生女犹得嫁比邻，生男埋没随百草。
君不见，青海头㉙，古来白骨无人收。
新鬼烦冤㉚旧鬼哭，天阴㉛雨湿声啾啾㉜。

注 释

①《兵车行》：这是一首乐府诗。题目是诗人自拟的。

②辚辚：隆隆的车轮声。

③萧萧：马嘶叫声。

④行人：指被征出发的士兵。

⑤耶：父亲。

⑥妻子：妻子和儿女。

⑦走：奔跑。

⑧咸阳桥：指便桥，汉武帝所建，故址在今陕西省咸阳市西南，唐代称咸阳桥，是当时长安通往西北的必经之路。

⑨干：冲。

⑩点行：按户籍依次点名，强行征调。

⑪或：不定指代词。有的，有的人。

⑫防河：亦称防秋，即调集军队守御河西，以防吐蕃于秋季侵犯骚扰。

⑬西营田：古时实行屯田制，军队无战事即种田，有战事即作战。"西营田"也是为了防备吐蕃。

⑭里正：唐时每百户为一里，设里正一人，管理农桑、赋役、户籍等事。

⑮裹头：古时人以皂罗三尺裹头做头巾。因应征者还未成年，尚垂髫，故里正替其裹头，算是成年，征召入伍。

⑯武皇：指汉武帝。此隐喻唐玄宗。唐人诗歌中好以"汉"代"唐"，下文"汉家"也是指唐王朝。

⑰开边：开拓边境。

⑱山东：华山以东。古代秦居西方，秦地以外，统称山东。

⑲二百州：唐于潼关以东凡设二百一十七州。

⑳荆杞：荆棘等灌木丛。

㉑陇亩：田地。陇，通"垄"，在耕地上培成行的土埂、田埂，中间种植农作物。

㉒无东西：指庄稼长得不成行列，杂乱无章。

㉓况复：更何况。

㉔秦兵：即关中之兵，最善勇战。

㉕敢：岂敢，怎么敢。

㉖关西卒：《资治通鉴》卷二一六："关西游弈使王难得击吐蕃，克五桥，拔树敦城。"时在天宝九载（750年）十二月。"未休关西卒"指此。

㉗县官：此指朝廷。汉、唐两代，称皇帝为"县官""大家"。

㉘信知：真的明白。

㉙青海头：青海边。这里是指自汉代以来，汉族经常与西北少数民族发生战争的地方。唐时也曾在这一带与突厥、吐蕃发生大规模的战争。

㉚烦冤：愁烦冤屈。

㉛天阴：古人以为天阴则能闻鬼哭。

㉜啾啾：象声词，形容凄厉的哭叫声。

译文

兵车隆隆，战马嘶叫，出征士兵的弓箭各自挎在腰上。

爹娘、妻子、儿女奔跑着来送行，行军时扬起的尘土遮天蔽日导致看不见横跨渭水的咸阳桥。

亲人拦在路上扯着士兵的衣服跺脚哭，哭声悲惨，直冲上云霄。

路旁经过的人问出征士兵送别怎么如此凄惨，出征士兵只说按户籍点

名征兵很频繁。

有的人十五岁就去黄河以北防河，四十岁还要去西部边疆屯田。

去时年少，里正给他们裹上头巾算是成年。他们归来已经白头，又要被征调去边疆。

边疆士兵流血如海水，皇帝开拓边疆的念头还没停止。

你没听说唐朝华山以东二百多个州，万千村落全长满了荆棘灌木。

即使有健壮的妇女犁田锄地耕种，可田里的庄稼也长得杂乱无章。

更何况关中士兵能够苦战，被驱使去作战和狗与鸡没有分别。

您老人家问起了这些情况，服役的人们怎敢申诉心中的怨恨？

就像今年冬天，对吐蕃作战的关西士兵一直未得到休整。

朝廷紧急催逼百姓交租税，可租税从哪里出？

要是真的明白生男孩招灾受害，还不如生个女孩好。

生下女孩还能够嫁给近邻，生下男孩死于沙场只能埋没在荒草间。

你还没有看见青海边上，自古以来战死士兵的白骨没人掩埋。

新鬼愁烦冤屈，旧鬼也一起哭，天阴雨湿时众鬼的哭声凄厉悲惨。

赏析

"行"是乐府歌曲的一种体裁，《兵车行》是诗人自创的新乐府辞。这首诗大约作于天宝十载（751年）杜甫旅居长安时。当时唐王朝对西南吐蕃不断发动战争，频繁的战争不仅让边疆的少数民族受到了巨大的损失，而且给百姓带来了深重的灾难。抽丁拉夫，索租征税，百姓生活在水深火热之中；战争更让士兵与家人生离死别，埋骨荒野。这首诗讽刺了唐玄宗穷兵黩武给百姓带来了灾难，体现了对被征役的百姓的同情，充满反战色彩。

全诗可分三层。开头至"哭声直上干云霄"为第一层，写亲人送别士兵出征的悲惨情景。诗一开始就展现了一幅震人心魄的送别画面：兵车响声隆隆，战马昂首嘶叫；被强征的穷苦百姓拎着弓箭，夹杂在车马中，在官吏的押送下奔赴前线；征夫的亲人奔跑哭送，捶胸顿足；行军时扬起的尘土遮天蔽日，就连近在咫尺、横跨渭水的咸阳桥都看不见了。灰尘弥漫，车马人流，哭声震天，真是一幅生死离别的悲惨画面。其中"走"字用得出神入化，既将亲人难舍难分的感情写得细致入微，又准确地反衬出了送行者的衰弱不堪。"牵衣""顿足""拦道""哭"四个动作，更将送行者的悲怒、愤恨、绝望的感情与神态写得活灵活现。

"道旁过者问行人"至"被驱不异犬与鸡"为第二层，通过设问，征夫直诉战争给百姓带来的灾难。诗人以"道旁过者"的身份向征夫询问：送别怎么如此凄惨？征夫回答"点行频"，这三个字一针见血地点出造成妻离子散、无辜牺牲、田地荒芜的根本原因。接着举一个具体的例子：一个征夫从十五岁就去"防河"，到四十岁仍要去西部边疆"营田"；去的时候是里正给"裹头"的小孩子，回来时已白发苍苍了还要被拉去"戍边"。这究竟是谁造成的呢？原来是唐王朝最高统治者为开拓疆土，不惜用百姓"成海水"的鲜血的代价频繁地发动战争。胸怀正义的诗人直接将矛头指向最高统治者，抒发了他怒不可遏的悲愤之情。接下来诗人又从流血成河的边庭转到"千村万落"的中原。由于连年战争，只剩下老幼妇孺，人烟稀少，田地虽有一些健壮的妇女耕种，却依旧满目凋残。秦兵，指被征调的陕西一带的兵丁，据说这里的兵丁比较耐战，因而不断被征调去前线。被征调去作战就像驱使狗与鸡，征夫的命运是多么凄惨呀！

"长者虽有问"至结尾为第三层，诗人再次以问答的方式揭露战争带来的灾难。"长者虽有问，役夫敢申恨？"是反问句，征夫心中的悲愤之情终于喷涌而出。他们开始敢怒却不敢言，但现在终于要一吐为快了。因为"开边意未已"，所以"未休关西卒"。壮年劳力都出征了，无人耕田，可是朝廷还要强征租税，租税又从哪里来呢？这也是一句反问，它一下子就击中了田地无人耕作统治者还要百姓缴纳租税的荒谬逻辑。紧接着诗人感慨：现在这世道，生男不如生女呀。生女孩可以嫁给近邻，生男孩只能送去沙场战死。在封建社会，一直都是"重男轻女"，如今人们却一反常态"重女轻男"，可见无休止的战争对人们心灵的摧残是多么严重。这有力地揭露了封建社会兵役的繁重及其罪恶。最后四句是全诗的高潮，描写

了战场的悲惨景象：青海边的古战场上，遍地白骨没人掩埋，阴风阵阵，鬼哭之声凄厉。这令人心惊胆寒、毛骨悚然的恐怖场面，再次揭示了统治者穷兵黩武的恶行。

全诗寓情于叙事之中，在叙述中翕张有序，前后呼应，逻辑严谨缜密。诗的句式有三言、五言、七言，错杂运用，声调抑扬顿挫，情意低昂起伏，既井井有条，又曲折多变，真可谓乐府诗的典范。

前出塞①九首（其一）

原文

戚戚②去故里，悠悠赴交河。
公家③有程期，亡命婴④祸罗⑤。
君已富土境⑥，开边一何多。
弃绝⑦父母恩，吞声行负戈。

注释

①《前出塞》：杜甫曾作多首《出塞》，先作九首，后又作五首。因有前后之分，所以前九首名为《前出塞》，后五首名为《后出塞》。

②戚戚：愁苦貌。

③公家：官家。

④婴：触犯。

⑤祸罗：灾祸的罗网。

⑥土境：境界内的领土。

⑦弃绝：抛弃，断绝。

译文

怀着悲伤愁苦的心情离开家乡,奔赴遥远的交河。

官家有规定的行程期限,如果中途逃亡又难免触犯灾祸的罗网。

君王的领土已经非常辽阔,为什么还要开拓边疆呢?

只好辜负父母的养育之恩,忍气吞声,背起兵器踏上征程。

赏析

杜甫的《前出塞》和《后出塞》,俱是借古讽今,意在讽刺当时进行的不义战争。这首诗是杜甫《前出塞》组诗的第一首,点明主题"出塞",并引出了组诗的主旨:"君已富土境,开边一何多。"这首诗主要描写辞别父母、被迫远戍的情景。

"戚戚去故里,悠悠赴交河",以辞家"赴交河"点出戍地之远,点出辞亲远戍的悲伤。

"公家有程期,亡命婴祸罗",写朝廷规定严苛,逃亡不得,只能违背心愿前往遥远边境的绝望心态,感情亦趋激愤。

"君已富土境,开边一何多",是对朝廷的有力斥责。这两句点出赴交河之因,也是造成社会灾难的根本原因,是全诗的主旨所在。这不仅是杜甫的斥责,也是人民的抗议。

"弃绝父母恩,吞声行负戈",在朝廷的法网之下,征夫走投无路,只有辜负父母的养育之恩,忍气吞声,背起兵器踏上征程。

全诗采用夹叙夹议的写作方法,通过描写人物的心理和行动使情节层层推进,营造了浓郁的哀伤气氛,揭露了"开边"战争给百姓带来的痛苦和不幸。

前出塞九首（其六）

原 文

挽^①弓当挽强^②，用箭当用长^③。
射人先射马，擒贼^④先擒王。
杀人亦有限^⑤，列国^⑥自有疆^⑦。
苟能制侵陵^⑧，岂在多杀伤。

注 释

①挽：拉。
②强：此处指强有力的弓。
③长：此处指长箭。
④贼：一作"寇"。
⑤有限：有个限度。
⑥列国：各国。
⑦自有疆：自有其疆界。疆，疆界。
⑧侵陵：侵犯。

译 文

拉弓就要拉强有力的弓，射箭就要射长箭。
射人就要先射他的马，擒贼就要先擒住贼首。
杀人也要有个限度，各个国家自有其疆界。
如果能制止来敌的侵犯，难道在于多杀人吗？

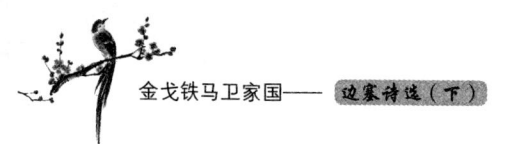

赏 析

杜甫先写了九首《出塞》，又写了五首《出塞》，于是分别在这些诗的标题前缀以"前""后"以示区别。《前出塞九首》是一组五言乐府古诗，以天宝年间哥舒翰征讨吐蕃一事展开叙述，意在讽刺统治者的穷兵黩武、好大喜功。本诗是组诗中的第六首。

诗的前四句好似一首作战歌诀，富有韵味。清人黄生评价这四句："似谣似谚，最是乐府妙境。""当""先"二字的连用，使诗句富有节奏感。前四句写出了战斗的关键，强调军队要强悍，士气要高昂，克敌要智勇兼施。四句以排比句出之，读来一气呵成，畅快淋漓，铿锵有力，为下文议论做了铺垫。

后四句慷慨陈词，提出观点。诗人认为各国自有其疆界，不要为侵犯随意点燃战火。赴边作战的目的应该是以战止战，制止来敌的侵犯，而不是多杀伤人。诗人所提出的这一战争思想颇有见地，是符合国家利益的，反映了百姓的愿望。"自"字不只是反对外敌来犯，同时也反对穷兵黩武侵犯其他国家。"苟能制侵陵"揭示了诗题的本旨，进一步阐明了"擒贼先擒王"的深意。"杀人亦有限"和"岂在多杀伤"的意思都是指，在"自有疆"和"制侵陵"的前提下，无须多杀人。反复重申，更能发人深省，表达了作者对当朝统治者为扩大自己的势力范围而制定和推行的穷兵黩武政策的反对。

这首诗立意之高远，气势之恢宏，令人叹服。此外，在唐代诗坛中以议论取胜的诗篇实为罕见，此诗即为一例。

前出塞九首（其九）

原　文

从军十年余，能无①分寸功②？
众人贵苟得③，欲语羞雷同④。
中原有斗争⑤，况在狄与戎。
丈夫四方志⑥，安可辞固穷⑦？

注　释

①能无：岂无。
②分寸功：小功。
③苟得：指争功贪赏。
④雷同：本指雷声一响，四方皆同时响应。引申为一样，指和那些争功贪赏者一样。
⑤斗争：争名夺利。
⑥四方志：指为国戍边而言。
⑦固穷：贫贱不移，不失气节。用《论语·卫灵公》"君子固穷"的典故。

译　文

从军十余年了，怎能没有一点儿小功呢？
一般将士重视争功贪赏，想报功却羞于和他们一样。
中原尚有争名夺利的事，何况在边疆地区呢？
大丈夫立志为国戍边，怎么能因贫贱失去气节呢？

赏 析

这首诗通过主人公从军作战十余年的经历，表达了诗人渴望建功立业的壮志豪情和对争名夺利的官场的不满。

"从军十年余，能无分寸功"，写自己从军十余年怎么能没有一点儿战功呢，以反问之语表达肯定的意思。

"众人贵苟得，欲语羞雷同"，表明了自己洁身自好，不与争功贪赏之人同流合污的心态。

"中原有斗争，况在狄与戎"，拿"中原"和"戎""狄"两地的对比，意指风雨飘摇，奸佞当道，恐怕内乱即将一触即发，更说明"苟得"之风的普遍，这一方面是对自己的自慰之词，同时也是激励自己坚定不移的意志。第二、三联运用两组对比，除了表示自己不居功自傲、不故步自封的心迹外，直接的心理描写更显示出人物复杂的心理变化。

"丈夫四方志，安可辞固穷"，直抒高远的四方之志，以壮语作结，让人敬佩，给人以振奋之感。这两句同时也表明了诗人志在四方的宏伟抱负和安贫乐道的高洁志向。

此诗写一位将军对功赏的态度，虽然笔墨不多，但形象逼真，跃然纸上。

后出塞五首（其一）

原 文

男儿生世间，及壮①当封侯。
战伐有功业，焉能守旧丘②。
召募赴蓟门，军动不可留。
千金买马鞭，百金装刀头③。

闾里送我行，亲戚拥道周④。
斑白⑤居上列，酒酣进庶羞⑥。
少年别有赠，含笑看吴钩⑦。

注释

①及壮：趁着壮年。及，趁着。
②旧丘：指代家园。
③"千金"二句：仿《木兰诗》"东市买骏马，西市买鞍鞯"的句法。
④道周：道路两边。
⑤斑白：头发花白，泛指老人。
⑥庶羞：各种美味的菜肴。
⑦"少年"二句：言少年与其他人不同，赠我宝刀，领会其勉励之意，兴致更高。吴钩，春秋时吴国所制，一般为宝刀名。

译文

男儿活在人世间，就要趁着壮年立功封侯。
只有征战沙场才能建功立业，怎么可以固守家园一辈子呢？
我被召募奔赴蓟门的时候，大军就要开拔不可以长久停留在家。
千金买了马鞍，百金装饰了刀头。
邻居送我上路，亲戚把道路两旁挤满。
老人坐在上席，喝得尽兴后又端来了美味的菜肴。
少年给我与众不同的赠物，我含笑看着锐利的吴钩。

赏析

《后出塞五首》作于天宝十四载（755年）的冬天，写一个从军士卒离家到幽蓟边塞服役二十年，于安史乱起只身逃归的所见所感。诗中着重揭露安史之乱是如何酝酿、爆发的。组诗以喜庆的气氛开头,在无尽的凄凉中结尾,表现了杜甫对国事的关心和对统治阶级的批判,本诗是其中的第一首。

前四句写主人公自述应趁着壮年,通过从军建功"封侯"的雄心壮志。这是出塞的缘由,为全诗的主旨。"召募"以下四句点明自己要去"蓟门"。"军动"表明了军情的紧急。"千金"二句模仿《木兰诗》的"东市买骏马,西市买鞍鞯,南市买辔头,北市买长鞭"的句法,称赞战马的华贵、武器的精当。"闾里"四句写送行的情况。邻里、亲戚都十分热情地送行,白发老翁坐在上席,酒酣后又摆上佳肴;少年赠送宝刀,祝愿立功封侯。谈笑言说,令人感到意气豪情的可贵。

此诗感情豪壮,气氛热烈。《杜臆》中赞叹道:"其装饰之盛,饯送之勤,与《前出塞》大不同。"

后出塞五首(其二)

原 文

朝进东门营①,暮上河阳桥②。
落日照大旗,马鸣③风萧萧。
平沙列万幕,部伍各见招④。
中天悬明月,令严夜寂寥⑤。
悲笳数声动,壮士惨不骄⑥。
借问大将谁?恐是霍嫖姚。

注 释

①东门营:东汉京城洛阳共有十二个城门,洛阳城东面三门中靠北的一座城门名为"上东门"。东营门,洛阳上东门的军营。

②河阳桥：黄河上的一座浮桥，是通往河北的要道，在河阳县（今河南省孟州市），故名河阳桥。

③马鸣：马嘶叫。

④"部伍"句：因为要宿营，所以各自集合自己的部队。

⑤"令严"句：这句是说因军令森严，故万幕无声。令严，军令森严。寂寥，空寂无声。

⑥惨不骄：惨然不乐，不敢放肆。

译文

早晨刚到东门营报到，傍晚就跟随部队踏上河阳桥。

落日的余晖洒在飘扬的战旗上，战马的嘶鸣声与萧萧风声交织在一起。

平坦的沙地上排列着无数行军帐幕，部队中的将领正在各自集合自己的部队。

夜空中，高高悬挂朗朗明月，军令森严，万幕无声。

这时，悲凉的胡笳声突然响起，战士们惨然不乐，不敢放肆。

借问统领军队的大将是谁，应该是和霍去病一样智勇双全的将领吧！

赏析

此诗是《后出塞》的第二首。主人公眼下是一名刚入伍的新兵，诗人通过主人公的视角生动逼真地描绘了边塞的军旅生活。

首句"朝进东门营"交代了新兵入伍的时间和地点，第二句"暮上河阳桥"点明了紧急出发的去向。一朝一暮，点出了出征的急促，也显示出军旅生活特有的紧张气氛。"落日照大旗，马鸣风萧萧"两句描写了傍晚时分在边地行军的情景。落日的余晖洒在飘扬的战旗上，战马的嘶鸣声与萧萧风声交织在一起，构成了一幅有声有色、大气磅礴的暮野行军图，声色俱佳地表现出千军万马行进时的壮阔军容。中间六句描写了夜晚在沙地宿营的情景。平坦的沙地上，依次排列着无数行军帐幕，将领正在各自集合自己的部队。皓月当空,周围一片清明。因军令森严,没有人敢高声喧哗,这使荒凉的边地显得更加萧瑟沉寂。忽然,几声悲咽悠长的胡笳声划破寂静的夜空,出征在外的战士平添了几分凄惨之感,但他们被军令约束,依然不敢有出幕倾听等举动。"借问大将谁?恐是霍嫖姚"两句以"霍嫖姚"喻统兵"大将"作结,一问一答,将军中森严肃杀之气给一个刚入伍的士卒带来的敬畏心理写得十分逼真传神。

全诗层次精密,夹叙夹议,有声有色,韵味悠长。

后出塞五首(其三)

原文

古人重守边,今人重高勋[1]。
岂知英雄主,出师亘[2]长云。
六合[3]已一家,四夷[4]且孤军。
遂使貔虎士[5],奋身勇所闻。
拔剑击大荒[6],日收胡马群。
誓开玄冥[7]北,持以奉吾君。

注释

[1]重高勋:贪图功名。

[2]亘:绵亘不绝。

[3]六合:指天地四方。

[4]四夷:古代华夏族对四方少数民族的统称。

[5]貔虎士:喻勇猛的战士。

[6]大荒:边远的不毛之地。

[7]玄冥:玄冥为传说中的北方水神,这里指代极北的地方。

译文

古代的边将重视守卫边境，如今的边将却只贪图功名。
哪里知道皇帝好战尚武，派出远征的军队绵亘不绝，漫卷长云。
如今全国已经统一，少数民族只是孤军作战。
于是想让勇猛的战士们，奋不顾身地到皇帝听闻过的地方作战。
在边远的不毛之地拔剑出击，每天收来成群的胡马。
将军发誓要开辟极北的地方，把得来的土地奉献给君王。

赏析

此诗写主人公到边关征战时的所见所感，揭示了征战不息的原因乃唐玄宗好武，边将邀功。

此诗一开始就讲得很明白，主人公赴边的原因就是"重高勋"。"古人重守边，今人重高勋"二句直接议论，古今对比，点出当时边将渴望边功的贪婪面目。"岂知英雄主，出师亘长云"两句抽丝剥茧，直接揭示连年战争的根源，其实就是唐玄宗为满足开疆拓土的野心。"六合"以下四句意思是，天下已经统一，国土已经非常辽阔了，可是唐玄宗依然对周边发动战争。

"遂使貔虎士，奋身勇所闻。拔剑击大荒，日收胡马群"四句，以汉喻唐。当年汉武帝听闻大宛有良马，于是派大军前去攻打，死伤无数。如今唐玄宗对"所闻"之地产生兴趣，勇士们不得不来到环境恶劣的"大荒"之地，奋力拼杀换来的是"胡马群"，明显得不偿失。

最后两句"誓开玄冥北，持以奉吾君"，玄冥，是传说北方的水神，这里指代极北的地方。表面上看似对皇帝效忠，其实是讽刺，正如沈德潜说的："玄冥北，岂可开乎？"显出边将的贪婪与野心。

此诗运用议论手法，言辞更加犀利，层层推进。《唐诗选脉会通评林》中引吴山民语说道："开边非美事，故起句有讽意，含蓄在两'重'字。通篇虽作奋勇语，亦多是寓讽。"

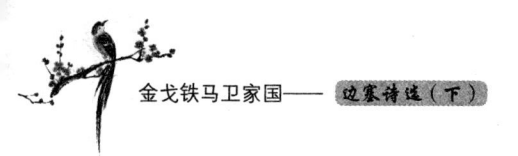

后出塞五首（其五）

原文

我本良家子①，出师亦多门②。
将骄益③愁思，身贵不足论。
跃马④二十年，恐辜⑤明主恩。
坐见⑥幽州骑，长驱河洛昏。
中夜间道归⑦，故里但空村。
恶名⑧幸脱免，穷老无儿孙。

注释

①良家子：指出身良家的男子。
②多门：各种理由。
③益：增加。
④跃马：驱驰战马作战。
⑤恐辜：唯恐辜负。
⑥坐见：有二义，一指时间短促，犹行见、立见；二指无能为力，只是眼看着。这里兼含二义。
⑦间道归：抄小道逃回家。
⑧恶名：叛逆之名。

译文

我本来是出身良家的男子，却不得不跟随主将找各种理由出兵。
主将日益骄横增加了我的忧虑，纵然自身显贵也不值得一提。
跃马打仗二十年之久，唯恐辜负君主的恩遇。
眼看着幽州叛军长驱直入，洛阳一带昏天黑地，即将沦陷。

于是半夜里抄小道逃回家,可是家乡已空无一人。

虽然侥幸避免叛逆的罪名,如今孤身一人,贫穷老迈且没有儿孙。

赏析

此诗写主人公逃离军旅的经过。结合史实来看,可知主人公此时为幽州节度使安禄山的部将。主人公虽然得到高官厚禄,但内心却很不安,于是在安禄山发动叛乱进攻洛阳时逃出军中,虽然没有获罪,却成为"穷老无儿孙"的可怜之人。

前六句以夹叙夹议的方式描写"跃马二十年"的心路历程:二十年前,自己怀抱建功立业的雄心壮志,踊跃报名从军。二十年来,久经沙场,颇有建功,但是主人公看到了主将日益骄横、目无君主的黑暗现实,心里的忧虑不由得油然而生,担心辱没"良家子"的清白。

"坐见"以下六句的意思是:主将(安禄山)一旦造反,主人公便抛弃所有荣华富贵,与之决绝,逃归乡里,表明了他不愿同流合污的高洁情操。但当他回到村里的时候,却发现空无一人,感到无比孤独与凄凉,与第一首写"壮年"从军的豪壮形成了鲜明的对比。此种人生悲剧,令人唏嘘不已。

《后出塞五首》艺术地再现了特定时代的历史生活。诗中主人公正是募兵制下一个应募兵的典型形象。他有应募兵常有的贪功恋战心理,为立功封爵而赴边,又为避叛逆的"恶名"而逃走。组诗以欢庆气氛开头,以凄凉晚景结尾,不仅表现了主人公个人的悲剧命运,也深刻揭露了安史之乱的真实原因。

岑 参

岑参(约715—770年)，原籍南阳(今河南省南阳市)，后迁居江陵(今湖北省荆州市荆州区)。岑参生于一个官僚贵族家庭，家族中出过多名宰相，父亲岑植当过晋州刺史。岑参十岁左右，父亲去世，家道逐渐衰落。他努力学习，博览群书。天宝三载(744年)，岑参考中进士，后来被授予兵曹参军一职。天宝八载(749年)，岑参首次出塞，心怀大志，想在戎马中报效国家，但是没有如愿以偿。天宝十三载(754年)，他再次出塞，报国之情更加深切，他的边塞名诗多写于此时。后来他在官场屡次沉浮，官终嘉州刺史，因此被称为"岑嘉州"。岑参长于歌行，是盛唐边塞诗人的代表，与高适并称"高岑"，有《岑嘉州诗集》传世。

逢入京使①

原文

故园②东望路漫漫，双袖龙钟③泪不干。
马上相逢无纸笔，凭④君传语⑤报平安。

注释

①入京使：回京的使者。
②故园：指长安和自己在长安的家园。
③龙钟：形容流泪的样子。这里是沾湿的意思。

④凭：托。

⑤传语：捎口信。

译 文

回头向东望着长安，路途遥远，两只袖子已经沾满了泪水。

途中和回京的使者相遇却没有纸笔，只好托使者捎一个口信，告诉家人自己平安。

赏 析

这首诗写于天宝八载（749 年），岑参第一次远赴西域，告别了在长安的亲人，任安西节度使高仙芝幕府书记。就在通向西域的大路上，诗人迎面碰见一个回京之人。于是，诗人与对方在马上互叙寒温，想请他捎封家信回长安。此诗就描写了这一情景。

第一句写诗人回头望着自己家乡的方向。"漫漫"指遥远的样子，"路漫漫"不但说明离家之远，而且表现了望乡时的沉重心情。这一句通过方位的变化营造出了高远的审美境界。

第二句写两只袖子已经被泪水浸湿，突出内心情感的激烈。诗人写内心的伤痛，借助外在的描写，特别是"龙钟"这一细节描写，并运用了"泪不干"这一夸张的修辞手法，形象而生动地表现了思乡念亲之情，而且所描写的形象，最易引发读者的想象和思考，从而产生情感共鸣。

第三句紧扣题目，写与回京之人"马上相逢"，说明诗人在赴安西的途中遇到入京使者，彼此都是行迹匆匆。

最后一句顺势而下，紧承上句马上相逢使者，想给家人写信而无纸笔，无奈诗人只好托使者带个口信，向家人报平安。结尾看似明白晓畅，实则意味深长，不但表现出诗人远离故园和亲人，用"传语报平安"表明自己对亲人的思念，同时，也暗含着唐代边塞诗人所具有的"功名只向马上取"的理想与壮志豪情。

总体来看，全诗主要表现了诗人对故园和家人的思念之情，也暗示了诗人想要建功立业的雄心壮志。诗歌语言虽然简练，但在简练中却蕴含着深刻的思想和复杂的内在情感，因而这首诗成为岑参传世的代表作之一。

走马川①行②奉③送封大夫出师西征

原 文

君不见走马川行雪海④边，平沙莽莽黄入天。
轮台⑤九月风夜吼，一川碎石大如斗，随风满地石乱走⑥。
匈奴草黄马正肥，金山⑦西见烟尘飞，汉家大将西出师。
将军金甲夜不脱，半夜军行戈相拨⑧，风头如刀面如割。
马毛带雪汗气蒸，五花⑨连钱⑩旋作冰，幕中草檄⑪砚水凝。
虏骑闻之应胆慑，料知短兵不敢接，车师⑫西门伫⑬献捷⑭。

注 释

①走马川：又名左末河，即今新疆维吾尔自治区境内的车尔臣河。

②行：古诗的一种体裁。

③奉：表敬称。

④雪海：《新唐书·西域传》："出安西西北千里所，得勃达岭，……北三日行，度雪海，春夏常雨雪。"在今新疆维吾尔自治区境内。

⑤轮台：地名，在今新疆维吾尔自治区库车市东。

⑥石乱走：石乱滚。走，小跑，这里指滚动。

⑦金山：指阿尔泰山。

⑧戈相拨：兵器互相撞击。

⑨五花：指五花马。

⑩连钱：指马斑驳如钱的花纹。
⑪草檄：起草讨伐敌军的文告。
⑫车师：为唐安西都护府所在地，今新疆维吾尔自治区吐鲁番市境内。
⑬伫：久立。此处是等待的意思。
⑭献捷：胜利后献上所得的战果。

译文

你没有看见那走马川和雪海的附近，茫茫无际的沙漠，黄沙弥漫直贯云天。

刚到九月，轮台狂风日夜怒吼，走马川的碎石块块大如斗，被暴风吹得满地乱滚。

正是匈奴牧场草黄马肥之时，匈奴纵马犯边，金山西面烟尘飞滚，汉朝的大将军正挥师西出。

征战中将军的铠甲日夜不脱，半夜行军战士戈矛互相撞击；凛冽的寒风吹来，脸上如刀割一般。

雪花落在马身上又被出汗的热气蒸化，转瞬间又在斑驳的马毛上凝结成冰，军帐中起草檄文的砚墨也已冻住了。

敌人的骑兵听到我朝大军出征的消息一定心惊胆战，料想他们也不敢和我军短兵相接，我一定在车师城西门等待你带着战利品凯旋。

赏析

此诗是一首雄奇豪壮的边塞诗。诗人任安西北庭节度判官时，安西副大都护封常清出兵征播仙，于是诗人写下此诗为其送行。诗虽写征战，却描写了大量景物，极力渲染环境的恶劣，衬托了士卒们大无畏的英雄气概。

前五句写自然和地理环境，突出环境的险恶。这次出征的路线将经过走马川、雪海边、穿越戈壁沙漠。走马川一到冬天就干涸，所以有"一川碎石"之语。狂风怒卷,黄沙飞扬,遮天蔽日,这是典型的西域风沙的景色。开头三句捕捉了风"色",把风的猛烈写得如在眼前。接着由白天进入黑夜,虽看不到风"色",却能听见风声,狂风在怒吼咆哮,"吼"字形象地显示了风的猛烈。接着通过写外物来写风:斗大的石头,居然被风吹得满地滚动,"乱"字更表现出风的狂躁。这几句极力渲染这场即将开始的恶战,同时暗示了将士们深入险地生死难料。

中间六句写敌人犯边,唐军不畏严寒天气与之作战。敌人在草黄马肥之时发动了进攻。"金山西见烟尘飞"中"烟尘飞"既指报警的烽烟,说明唐军早有戒备;又指敌军铁骑卷起的尘土飞扬,表明其来势凶猛。接着唐军将士出征了。将军重任在肩,以身作则夜不脱甲;士兵纪律严明,军容整肃,丝毫不敢懈怠,以致夜行军时"戈相拨"。"风头如刀面如割"写边疆的寒冷,照应前面对风的描写,再现了大漠夜行军时艰苦卓绝的真切感受。

最后六句写战前紧张的气氛并预祝凯旋。战马在寒风中奔驰,雪花落在马身上,雪水混合着汗水即刻在马毛上凝结成冰。军帐中起草檄文的砚墨竟然都结冰了。诗人通过细节描写,极力渲染环境的恶劣。可就是如此险恶的环境下,将士们一点儿也不惧怕,雄赳赳地出征了。这样的军队必定所向披靡,无人能敌。敌军定会心惊胆战,不敢与之短兵相接,自然引出诗人对战争结果的预测——带着战利品凯旋。

全诗雄奇豪壮,节奏铿锵有力。诗中运用了比喻、夸张等艺术手法,写得惊心动魄、气势昂扬。

轮台歌奉送封大夫出师西征

原 文

轮台城头夜吹角，轮台城北旄头落①。
羽书昨夜过渠黎②，单于已在金山西。
戍楼西望烟尘黑，汉兵屯在轮台北。
上将③拥旄④西出征，平明⑤吹笛大军行。
四边伐鼓雪海涌，三军大呼阴山动。
虏塞⑥兵气连云屯，战场白骨缠草根。
剑河⑦风急雪片阔，沙口⑧石冻马蹄脱。
亚相⑨勤王甘苦辛，誓将报主静边尘。
古来青史谁不见，今见功名胜古人。

注 释

①旄头落：为胡人败亡之兆。旄头，星名，指二十八宿中的"昴"星，古人认为它主胡人兴衰。

②渠黎：汉代西域地名，在今新疆维吾尔自治区尉犁县。

③上将：即大将，指封常清。

④旄：古代用牦牛尾装饰的旗子，此处指帅旗。

⑤平明：犹黎明，天刚亮的时候。

⑥虏塞：敌方军事要塞。

⑦剑河：唐时西域水名，在今新疆维吾尔自治区境内。

⑧沙口：地名。在今西北边塞外。

⑨亚相：封常清于天宝十三载（754年）为节度使摄御史大夫，御史大夫在汉时位次宰相，因此岑参美其为"亚相"。

译文

轮台城头夜里吹起阵阵号角，轮台城北象征胡运的旄头星忽然坠落。

军中的紧急文书连夜送过渠黎，报告匈奴单于的军队已开到了金山以西。

从戍楼上西望只见烟尘弥漫，汉家军队驻扎在轮台城北。

大将军拥着帅旗率兵西征，黎明时笛声响起，大军起程。

四方的战鼓擂动宛如雪海汹涌，三军齐呼，阴山发出共鸣。

敌营上空杀气腾腾直冲云天，战场上凌乱的白骨缠着草根。

剑河上的狂风刮起大片的雪花，沙口的石头寒冷得简直能把马蹄铁冻掉。

亚相封大夫勤于王事不辞劳苦，发誓报答君主平息边境的战火。

自古以来名垂青史的人谁没见过，而今我看你的功名将会胜过古人。

赏析

这是一首边塞诗，诗人创作此诗的背景和《走马川行奉送封大夫出师西征》一样，同是为封常清出征送行所作。这首诗虽题为送行，却重在叙述战事。全诗通过直接描写紧张激烈的战争场面，讴歌了将士们奋不顾身抗敌的精神。

全诗可分为三层。开头六句为第一层，写战前两军对垒的紧张状态。诗一开始便开门见山直接描写战争状态：轮台的城头，号角声划破夜空，部队已进入紧张的备战状态。一、二句连用两个"轮台城"，节奏紧凑，渲染了战前紧张的气氛，并用"旄头落"预言胡军必败。三、四句解释战事紧张的原因。紧急文书把敌方的消息传达："单于已在金山西。"从戍楼上西望只见烟尘弥漫，我军也已到达"轮台北"，敌我双方距离很近，局势紧张，大战一触即发。

中间八句为第二层，写出征情形与战场环境。"吹笛""伐鼓"，声

势浩大,上将率兵西征。"雪海涌""阴山动"都是以虚写实,突出唐军所向披靡的气概。"虏塞兵气连云屯"突出敌军人数众多,暗示战争将打得异常艰苦,胜利来之不易。"战场白骨缠草根",这里是古战场,曾发生过无数战争,无数将士为保家卫国在这里抛头颅洒热血,如今又将有无数战士牺牲在这里。"剑河""沙口"两句写风大雪急,极言边地气候的奇寒,而恶劣的环境又会加重部队的伤亡。"石冻马蹄脱"一语出奇:石头本硬,马立久了汗气和石头就冻在了一起,马蹄铁竟然冻得脱落掉,战争之艰苦可想而知。

最后四句为第三层,点送行之题,预祝大军凯旋,以颂扬作结。最后用"青史谁不见"和"功名胜古人"赞颂封将军的神勇无敌。

全诗层次清晰,结构严谨,抑扬顿挫,有张有弛,既有正面描绘,又有充满夸张的想象,是岑参边塞诗中直接描写战争的代表作。

白雪歌送武判官①归京

原 文

北风卷地白草折,胡天八月即飞雪。
忽如一夜春风来,千树万树梨花开。
散入珠帘②湿罗幕③,狐裘不暖锦衾薄④。
将军角弓不得控⑤,都护⑥铁衣冷难着。
瀚海阑干⑦百丈冰,愁云惨淡⑧万里凝。
中军⑨置酒饮归客⑩,胡琴琵琶与羌笛。
纷纷暮雪下辕门⑪,风掣⑫红旗冻不翻⑬。
轮台东门送君去,去时雪满天山路。
山回路转不见君,雪上空留马行处。

注释

①武判官：名不详。

②珠帘：华美的帘子。

③罗幕：华美的帐幕。

④锦衾薄：盖了华美的织锦被子还是觉得薄。形容天气很冷。

⑤不得控：天太冷而冻得拉不开弓。控，拉开。

⑥都护：镇守边镇的长官。此为泛指，与上文的"将军"是文字对仗。

⑦阑干：纵横交错的样子。

⑧惨淡：昏暗无光。

⑨中军：古时分兵为中、左、右三军，中军为主帅的营帐。

⑩饮归客：给归京的人饯行。饮，动词，请……饮。

⑪辕门：军营的门。古代军队扎营，用车环围，出入处以两车车辕相向竖立，状如门。这里指将帅衙署的外军营的门。

⑫掣：拉，扯。

⑬冻不翻：旗被冰雪冻住，风也不能吹动。

译文

北风席卷大地将白草都刮断了，西域八月就开始满天飞雪。

忽然好像一夜春风吹来，千树万树洁白的梨花骤然开放。

雪花飘散进入珠帘，沾湿了罗幕；穿上狐皮袍子也感觉不到温暖，盖上织锦被子也觉得很薄。

将军和都护都拉不开用兽角装饰的弓了，都觉得铠甲冰凉难以穿上。

在大沙漠上纵横交错着百丈厚的坚冰，万里长空布满昏暗的阴云。

军中主帅在营帐中摆设酒宴，给归京的人饯行，胡琴、琵琶与羌笛一起合奏。

傍晚在辕门外，纷纷扬扬的雪落下，红旗被冰雪冻硬，凛冽的寒风也不能把它吹动。

在轮台的东门外送你离去，离去的时候大雪铺满了天山的道路。

山路迂回，道路曲折，霎时已看不见你的身影，雪地上只留下一行马蹄印迹。

赏析

这是一首送别诗，也是一首歌咏边地雪景的诗。天宝十三载（754年），岑参任安西北庭节度使封常清的判官，他到达边塞后给前任判官送行时作了此诗。诗虽写离别，但句句写边地奇绝的雪景，写出了天山的奇寒。

全诗可分为三层。前八句为第一层，写奇绝的雪景和边塞的奇寒。诗开篇即写雪景，北风呼啸，天气骤然变冷，边塞八月就下起雪来了。不过，雪还不是很厚，被风吹折的白草还没有被雪覆盖。而令人称奇的是，那挂在千树万树枝头的积雪，在诗人的眼中变成了一夜盛开的洁白梨花，就像美丽的春天突然到来。诗人把边地冬景比作南国春景，可谓妙手回春。"一夜春风"很写实，同时也暗含惊喜之意。接下来四句从帐外写到帐内，通过人的感受，写雪后奇寒。飞舞的雪花飘入帘内打湿罗幕，以致"狐裘不暖"，连裹着的软和的"锦衾"也觉得很薄。"将军角弓不得控，都护铁衣冷难着"两句是互文，都护（镇边都护府的长官）和将军都武力过人，但他们都拉不开角弓，都觉得铠甲冰凉得难以穿上。诗人选取居住、睡眠、拉弓、穿衣等日常活动来表现寒冷，写出了边地将士苦寒的生活。

中间四句为第二层，写雪景的壮阔和饯别宴会。场景再次移到帐外，"瀚海"指沙漠的广阔，"百丈冰"形容沙漠上冰川的高峻。"瀚海阑干百丈冰，愁云惨淡万里凝"两句不仅气势磅礴地勾画出广袤无垠、瑰奇壮丽的塞外雪景，也为前任武判官的离别设定了送别的环境。"愁"字又为即将到来的送行做了情感的铺垫。这两句在全篇中起过渡作用。"中军置酒饮归客，胡琴琵琶与羌笛"两句写军中置酒饯别的场面，这两句正面描写宴饮送别。"胡琴""琵琶""羌笛"是非常典型的西域乐器，这些边

地乐器渲染出了送别的场景和气氛，也能触动送别者的乡愁。

最后六句为第三层，写傍晚送武判官踏上归途。时已黄昏，大雪纷纷扬扬落下，送客出营门，发现营门上的红旗在凛冽的寒风中一动不动，原来是被冻住了。这一奇妙的景象再次传神地写出天气奇寒。一动一静，一白一红，相互映衬，画面生动，色彩鲜明。虽然雪越下越大，诗人还是送客到了轮台东门。山路迂回，道路曲折，行人的身影消失在雪地里，诗人还在深情地目送，凝视着雪地上的马蹄印，惜别之情极为动人。从壮丽的雪景回到送行的主旨，感情真切，韵味深长。

这首边塞诗运用了大量的笔墨描绘壮丽的塞外雪景，虽写塞外送别，但并不令人感到伤感。全诗充满奇情妙思，意境独特，立意新颖，气势磅礴，堪称大唐盛世边塞诗的压卷之作。"忽如一夜春风来，千树万树梨花开"早已成为流传千古的名句。

碛①中作

原文

走马②西来欲到天，辞家见月两回圆③。
今夜不知何处宿，平沙万里绝④人烟。

注释

①碛：沙漠，沙石地。这里指银山，在今新疆维吾尔自治区托克逊县。
②走马：骑马。
③见月两回圆：两次见过圆月，表示两个月。
④绝：没有。

岑参

译 文

骑着马一路向西几乎来到了天边,自从离家之后已经两次见过圆月。

我还不知道今天晚上该到哪里住宿,这万里荒漠完全看不见住户的炊烟。

赏 析

唐代有很多边塞诗人,岑参是其中极为人称道的一个。他的边塞诗非常有特色,因奇情异趣而闻名。岑参曾经两次出塞,他对塞外生活的感受比一般人更深刻,对边塞的风土人情更有感情。这首《碛中作》是诗人沙漠行军中的一个剪影,描绘了戎马生活的动荡,表现了诗人对故乡的思念。

首句从空间落笔,交代了诗人的行进方向和方式。骑马疾行,说明旅途比较急迫。"西来"二字点明了行走的方向,即离开长安,向西方的边塞行进。"欲到天"表明诗人离家很远,仿佛来到了天边,也反映了诗人身处无边荒漠,产生来到天边的错觉。

第二句从时间的角度出发,表现了诗人对故乡的思念。诗人没有直接写自己多么思念故乡,而是写离家之后的"见月两回圆",从时间的角度含蓄地表达自己已离家两个月之久,字里行间洋溢着淡淡的思乡之情,韵味悠长。诗人骑马疾行在无边的荒漠中,却能清晰地记得月圆了两次,说明他的内心非常牵挂故乡的亲人。月圆本来象征着团圆,此刻又是一个月圆之夜,可是诗人和亲人相隔两地,月圆人不圆,自然会产生浓浓的乡愁。

第三句交代了诗人现在的处境,即找不到留宿的地方。诗人从描写圆月转向描写自己的处境,看起来有些突兀,实际上是在为下文描写无边荒漠做铺垫。"今夜"表明了时间,"不知何处宿"展现了诗人找不到落脚点的事实,让读者感到很真实,引发了读者对无处留宿原因的猜想。

尾句既写景,又抒情,承接第三句,将"不知何处宿"的原因告诉了读者。诗人骑马疾行在万里荒漠之中,自然很难找到有炊烟升起的人家。除了高空中的一轮圆月和身边的那匹马,便只有茫茫的荒漠。尾句的"绝"字用得非常妙,将诗人内心的离乡之愁和身居荒漠的孤寂之感顷刻间释放出来,营造出一种雄浑、壮阔的意境。在诗人笔下,边塞生活虽然很孤苦,但是无法阻碍诗人从军边塞的壮志豪情。

《碛中作》一共只有短短的四句,却将诗人的真情实感和边塞景色完美地融合在一起,情景交融,每一句都有独特的韵味。整首诗风格悲壮苍凉,气象阔大,是边塞诗中不可多得的佳作。

凉州①馆②中与诸判官夜集

原 文

弯弯月出挂城头③,城头月出照凉州。
凉州七里十万家,胡人半解④弹琵琶。
琵琶一曲肠堪断,风萧萧兮夜漫漫⑤。
河西⑥幕中多故人,故人别来三五春。
花门楼⑦前见秋草,岂能贫贱相看老。
一生大笑能几回,斗酒相逢⑧须醉倒。

注 释

①凉州:地名,在今甘肃省武威市一带。
②馆:旅馆。
③城头:城墙上。
④半解:一半人明白。解,懂得,明白。
⑤夜漫漫:形容黑夜漫长。
⑥河西:河西走廊和湟水流域。这里指河西节度使,治所在凉州。

⑦花门楼：指凉州旅馆的楼房。
⑧斗酒相逢：聚在一起比酒量。斗酒，比酒量。

译文

弯弯的月牙升起来高挂在城墙上，皎洁的月光照亮了整个凉州。

凉州方圆七里有十万户人家，有一半胡人会弹琵琶。

听一曲琵琶能让人肝肠寸断，仿佛在漫漫长夜中听到了萧萧风声。

河西幕府里有很多老朋友，我和他们分别已经有三五年之久。

又一次在花门楼前看到了秋草，我们怎么能忍受得了贫贱，和大家相互看着一起老去呢？

人生能有几次开怀大笑的机会，今天和大家聚在一起比酒量，我一定要一醉方休。

赏析

这首诗写于岑参在凉州作客期间。河西节度使幕府中有岑参的一些老朋友，他们经常聚在一起饮酒畅谈。

"弯弯月出挂城头，城头月出照凉州"两句以景开头，描绘出月牙高照在凉州城的景象。这两句都有"月出"，反映了月牙的两次移动。第一次，月牙只有城墙那么高；第二次，月牙升上高空，月光笼罩了整个凉州城。这两句运用了顶真手法，描写了月牙的两次移动，结构整齐，条理清晰。

"凉州七里十万家，胡人半解弹琵琶"两句由写景转向叙事，描述了凉州城的实况。从"七里十万家"可以看出，当时的凉州是一个人口众多的大城市。凉州地处西北边塞，因此胡人众多，所以诗人说有很多胡人在弹琵琶，反映了胡人善歌舞的特点，带着独特的异域风情。

"琵琶一曲肠堪断，风萧萧兮夜漫漫"两句承接前两句，描写胡人弹奏着令人肝肠寸断的琵琶曲。"肠堪断"是诗人对琵琶曲的直接评价。为了进一步表现琵琶曲的凄凉之音，诗人引入了"风"和"夜"，用"萧萧"和"漫漫"两个叠词表现琵琶曲的凄凉。

"河西幕中多故人，故人别来三五春"两句叙事，描述了诗人和故友多年未见的事实。这两句中，"故人"出现了两次，可见诗人与故人友情深厚。"多"字体现了诗人有很多老友，因此大家分别的时间不尽相同，所以诗人才说"三五春"，反映了诗人用词很严谨。

"花门楼前见秋草，岂能贫贱相看老"两句先写景，后抒情，表达了诗人不甘贫贱，壮志未酬的心境。花门楼前的秋草引起了诗人的注意，将秋草与自己的处境联系在一起。秋草枯黄就像老人一样，诗人不愿像秋草一般，想要趁年轻赶紧建立功业。

"一生大笑能几回，斗酒相逢须醉倒"两句抒情，表现了诗人肆意潇洒的欢愉状态。一个"笑"字精简地展现出诗人和友人的欢颜笑语，同时也表现出诗人肆意潇洒的本色。"能几回"是诗人对欢欣愉悦的感慨，表现了他非常珍惜和友人开怀畅饮的机会，所以要和友人一醉方休。

这首诗从月照凉州开始，描写了安详、和乐的边塞风光以及与友人开怀畅饮的欢愉景象，抒发了诗人不甘平庸，渴望建功立业的远大志向。从艺术手法而言，诗人将顶真手法运用得非常娴熟。尤其是前六句，几乎句句有顶真。很多词虽然重复出现，但丝毫没有冗杂的感觉，反而让人觉得层层递进，秩序井然。运用顶真手法叙事和写景，结构整齐，气势磅礴，引人入胜，将凉州的宏大、繁荣和独特的地域风情淋漓尽致地展现出来。

这首诗的夜宴充满了豪气，简直是盛唐之人的真实写照。

送李副使赴碛西[①]官军

原文

火山[②]六月应更热，赤亭[③]道口行人绝。
知君惯度祁连城[④]，岂能愁见轮台月？
脱鞍[⑤]暂入酒家垆[⑥]，送君万里西击胡。
功名只向马上取，真是英雄一丈夫！

注释

①碛西：即莫贺延碛之西，在伊州（今新疆维吾尔自治区哈密市）东南。唐朝曾在这里设立碛西节度使，统辖安西、北庭两大都护府。
②火山：又名火焰山，在今新疆维吾尔自治区吐鲁番市。
③赤亭：今火焰山的胜金口，为鄯善县到吐鲁番市的交通要道。
④祁连城：地名，在今甘肃省张掖市西南。
⑤脱鞍：一作"脱衣"。
⑥酒家垆：代指酒店。

译文

六月的火焰山应该非常炎热，赤亭道口怕是没有什么行人。
知道您经常越过祁连城，怎么会担心见到轮台的月亮而惹起乡愁呢？
请您下马暂且到酒家垆里，送您到万里之外的安西去征讨胡人。
功名富贵请向戎马沙场求取，这才是一位英雄大丈夫！

赏析

这是一首送别诗。诗人在这首诗里既没有描写饯行的歌舞盛宴，也没有诉说分手时的惜别之情，而是以知己的身份勉励李副使，希望他可以扬名西域，字里行间透露着诗人对友人的赞扬和鼓励。

诗的开头两句"火山六月应更热，赤亭道口行人绝"交代了时节，以李副使途经火山、赤亭来开篇，反映了旅途的辛苦与艰辛，烘托出李副使不畏艰辛、毅然前往的豪迈气概。

"知君惯度祁连城，岂能愁见轮台月"两句继续描写李副使不平凡的经历。"岂能愁见轮台月"一句以反问出之，暗示李副使长期征战沙场，早已将思乡之情抛于脑后，反映了盛唐时期人们锐意进取的精神。

"脱鞍暂入酒家垆，送君万里西击胡"两句采用招呼、劝说的口气，挽留李副使脱鞍稍驻，饮酒话别。诗人在诗中没有诉说自己的依依惜别之情，而是直接点出此次西行"击胡"的使命，化惆怅为豪放，在送别的诗题下开拓了新的意境。

诗的最后两句"功名只向马上取，真是英雄一丈夫"，直抒胸臆，更添豪壮，给即将远行的李副使以极大的鼓舞力量，也使后人为其中的英雄豪气而振奋。

全诗集叙事、抒情、议论于一体，语言通俗，韵律活泼，节奏有致，字里行间充溢着一股激情和豪迈的气势。

火山云歌送别

原 文

火山突兀①赤亭口，火山五月火云厚。
火云②满山凝未开，飞鸟千里不敢来。
平明乍逐胡风③断，薄暮浑随塞雨回。
缭绕④斜吞铁关⑤树，氛氲⑥半掩交河戍⑦。
迢迢征路火山东，山上孤云随马去。

注 释

①突兀：高耸的样子。
②火云：炽热的赤色云。
③胡风：西域边地的风。
④缭绕：回环旋转的样子。
⑤铁关：铁门关，故址在今新疆维吾尔自治区境内。
⑥氛氲：浓厚茂盛的样子。
⑦戍：戍楼。

译 文

火山高高耸立在赤亭口，五月的火山云格外的厚。
火山云铺满山岭凝滞不开，方圆千里的鸟儿也不敢飞来。
火山云早上刚被胡风吹断，到了傍晚又随着塞外的雨重新凝聚。
回环旋转吞没了铁关上的树，浓厚的烟气半掩了交河戍楼。
你千里迢迢远行到火山东，山上孤云将伴随着你的马一起前去。

赏析

这是一首送别之作。在这首诗中,"云"是诗人歌咏的对象,也是贯穿全诗的线索。

这首诗的前四句是大笔勾勒,描绘了火山云给人的总体印象。"火山突兀赤亭口,火山五月火云厚"两句都以"火山"开头,先交代火山云的方位在赤亭口,并描绘火山云的磅礴气势,为后面的具体描绘做好铺垫,尤其是"火山五月火云厚"一句,写得十分贴切传神。一个"厚"字,可以使人想见火山云的形态,还可以使人联想到火山云的体量,用字精练,而蕴涵丰富,使人浮想联翩。"火云满山凝未开,飞鸟千里不敢来"两句,写由于云层厚重,凝结为一体,鸟被这强大的威势吓得逃到千里之外。但是,云并不是静止不动的,它往来飞腾,更显示出其强大无比的力量。"飞鸟千里不敢来"从侧面渲染了火山的威力,为下文做好了铺垫。

"平明乍逐胡风断,薄暮浑随塞雨回"两句的意思是:清晨,它被南下的胡风吹断;傍晚,它又随着塞雨重新凝聚。"缭绕斜吞铁关树,氤氲半掩交河戍"两句描写火山云的威力,既有静态的描摹,又有动态的刻画,写从铁门关到交河城方圆数十里以内,树木之间,城围内外,它们无处不在。诗的最后两句"迢迢征路火山东,山上孤云随马去",则是表达离情别绪,路途遥远,行路艰难,对行人的关怀之情全部包括在"迢迢"二字之中。"山上孤云随马去",可谓全诗点睛之笔。"孤云随马去",点明了诗的寓意,孤云是诗人之心,也是戍边将士之心,希望友人把守边将士们的生活和决心带回京师,告知皇帝,告知僚友,告知亲人。

这首诗是以火云比拟戍边将士,诗人明在写云,实际是在写人,反复渲染,大气磅礴,将西北边塞的风光描写得极为传神。

送人赴安西①

原 文

上马带胡钩②，翩翩度陇头。
小来思报国，不是爱封侯。
万里乡为梦，三边月作愁。
早须清黠虏③，无事莫经秋④。

注 释

①安西：安西都护府，治所在今新疆维吾尔自治区吐鲁番市东南。
②胡钩：一种似剑而曲的兵器，一作"吴钩"。
③黠虏：狡猾的敌人。
④经秋：经年。

译 文

壮士跨上骏马又将宝刀佩在身边，英姿勃勃地翻越陇头。
他从小就立志报效国家，杀敌立功绝不是为了做官封侯。
万里之外的故乡在他的梦中出现，边疆的月光常常会引起他的愁绪。
愿他早早扫清狡猾的敌人，不要将战事拖到明年。

赏 析

　　这首诗是天宝十三载（754年）岑参第二次前往北疆之前在长安写作的送行篇章。

诗的开头两句从友人登程的情景写起。首句写友人身着戎装，跨上骏马，勾勒出即将出征的战士的英姿。诗人并不泛写戎装，而仅就佩刀提了一笔，既点明了此行性质，也使形象增添了英雄之气。次句对友人奔赴边关加以设想——"翩翩度陇头"，写他的轻快、矫健、急切。首、次两句，用富有特征性的事物，塑造了一个英姿勃发的战士形象。

以上两句从外表写。以下两句则从内心写，直接揭示友人的思想境界："小来思报国，不是爱封侯。"这两句从正反两方面来肯定友人的思想，从而把友人的行为提到爱国的高度，同时也反映了诗人立志报国的豪情壮志。

诗的最后两句是诗人的祝愿。盼望友人早日凯旋，还边境以安宁。诗人居漠北时，亲眼看见了战争所造成的巨大破坏。战争不仅造成了田园荒芜，民不聊生，而且对战士本身也是一种荼毒。

全诗简单明晰，朗朗上口，以豪壮为基调，令人感奋。

常　建

常建，生卒年不详，祖籍邢州（今河北省邢台市）。开元十五年（727年）进士及第，曾任盱眙尉，后辞官归隐于鄂渚（今湖北省鄂州市）。他仕途失意，退而寄情山水，过着漫游的生活。尤工五律，以田园山水诗为主，意境清幽，语言清淡秀丽，风格接近王孟一派。作品有《常建集》。

吊王将军①墓

原文

嫖姚②北伐时，深入强③千里。
战余④落日黄，军败鼓声死⑤。
尝闻汉飞将，可夺单于垒。
今与山鬼邻，残兵哭辽水。

注释

①王将军：指唐代名将王孝杰。《新唐书·王孝杰传》记载，孝杰屡建战功，后因事获罪。至万岁通天元年（696年），契丹李尽忠、孙万荣反叛，复诏孝杰为清边道总管，统兵十八万讨之。至东硖石谷（在今河北省唐山市），遇敌军，道路险隘，敌军甚众，孝杰率精锐之士为前锋，且战且前，出谷，又布方阵以御敌。但因后军总管苏宏晖弃甲脱逃，后继不至而战败堕谷而死。半个世纪后，常建经过其墓，写这首诗以追咏其事。

②嫖姚：西汉名将霍去病曾为嫖姚校尉，讨伐匈奴。此借指王将军。

③强：一作"几"。

④战余：战罢。

⑤鼓声死：战鼓声停歇沉寂。

译文

将军北伐之时，长驱千里一直深入到敌人的后方。

直到战罢，落日还昏黄无光，唐军战败后军鼓沉沉没有了声响。

曾经就像飞将军李广，身先士卒夺取单于的营垒。

如今兵败身死却与山鬼做邻居，只听残兵的哭声回荡在辽水之上。

赏析

这首诗吊王孝杰，不是泛泛下笔，而是选取了他一生的最后一战，意在渲染王孝杰为国捐躯的悲壮，以寄寓诗人深沉的哀悼之情。诗风苍凉悲壮，是一曲挽歌，也是一首颂歌。

"嫖姚北伐时，深入强千里"两句，诗人用汉代名将霍去病六次北伐匈奴的战绩，借比王孝杰率军征讨契丹深入敌后千里的功绩。

"战余落日黄，军败鼓声死"两句描写战斗异常激烈残酷，直杀得天昏地暗，直到战罢，落日还昏黄无光。鼓声是进军的号令，"鼓声死"三字透出了军败的不幸消息，充满悲剧意味和悲壮气氛。

接下来两句"尝闻汉飞将，可夺单于垒"是借代的修辞手法，将汉代"飞将军"李广和王孝杰的声威人品作对比，表现了王孝杰作战的勇猛和身先士卒。

结尾两句"今与山鬼邻，残兵哭辽水"，进一步渲染悲剧气氛，"黄""死""鬼""哭"几字，突出了王孝杰壮烈而死的惨状，把全诗悲壮、哀悼之情烘托了出来，表达了诗人对王孝杰兵败以身殉国的痛惜和哀思。

此诗语言浑朴，天然去雕饰，这一写作特点正反映了盛唐与中唐之间的区别。

塞下曲四首（其一）

原文

玉帛①朝回望帝乡②，乌孙③归去不称王④。
天涯静处无征战，兵气销为日月光⑤。

注释

①玉帛：古时朝聘、会盟时所用礼品，是和平友好的象征。
②望帝乡：回望京城，述其依恋不舍之情。
③乌孙：汉代西域国名，在今新疆维吾尔自治区伊犁河流域。此处借指唐代的西域国家。
④不称王：放弃王号，即内服于唐朝。
⑤"兵气"句：战争的硝烟消散了，到处充满日月的清辉。

译文

乌孙带来玉帛对汉称臣，回去的时候频频回望京城，不忍离去。
边远地方不再有战争，硝烟消散了，到处充满日月的清辉。

赏析

此诗是常建《塞下曲》组诗的第一首，讴歌了化干戈为玉帛的和平友好的主题。自古以来中央朝廷与西域诸族的关系多有变化，时有弛张。诗人却着力描绘普天同庆的和平景象，抒发了热爱和平、反对战争之情，赋予边塞诗一种全新的意境。

诗的头两句，生动概括了西汉朝廷与乌孙民族友好交往的情景。"玉帛"是和平的象征，执玉帛上朝，是一种臣服和归顺的表示。"望"字用笔极其深刻，乌孙使臣朝罢西归，而频频回望长安不忍离去，说明义重恩深。"不称王"表明了乌孙归顺朝廷的和平愿望。常建讴歌这段历史，虽字数寥寥，却能以少胜多，用笔之妙，实属难得。

  前两句平述史实，为全诗做出了铺垫。三、四句大气磅礴，提高了全诗的格调。"天涯"上承"归去"，乌孙朝罢西归，天涯之外辽阔无垠的空间，尽是一派安定祥和的景象。一个"静"字，把今日的和平与昔时的战乱做明暗交织的对比，于无字处皆有深意，是诗中之眼。

  诗的结句雄健入神，情绪尤为昂扬。《唐诗正声》中引吴逸一所评赞叹道："四语并壮，落句更与'秦时明月'七字争雄。然王语沉，此语炼，正未易优劣。"

  边塞诗多描写报国的忠贞或深沉的乡思，词情慷慨，但是这首诗却独辟蹊径，着眼于民族和睦，赋予边塞诗一种全新的意境。

王 翰

王翰,生卒年不详,字子羽,并州晋阳(今山西省太原市)人。景龙进士,与王昌龄同时。他出身豪富之家,年轻时以博戏饮酒为事,在官之时也任侠使酒,恃才不羁,因此仕途颇不得意,屡遭贬谪,曾任昌乐尉、汝州长史、仙州别驾等职。以行为狂放,又贬道州司马,旋卒。他的诗集没能流传下来,《全唐诗》仅存其诗十四首,感情奔放,遣词华丽。

凉州词二首(其一)

原 文

葡萄美酒夜光杯①,欲饮琵琶马上催。
醉卧沙场君莫笑,古来征战几人回?

注 释

①夜光杯:雕琢精致的玉杯。用白玉制成的酒杯,光可照明。

译 文

葡萄美酒倒满了白玉夜光杯,正想畅饮,马上的琵琶声仿佛催促我前行。

如果我醉倒在沙场上,也请你不要笑话,古往今来,男儿出征有几个人回来呢?

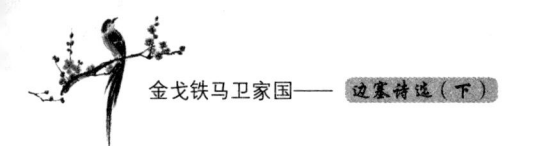

赏析

  王翰写的这首《凉州词》被明代王世贞推为唐代七绝的压卷之作。全诗写荒凉边塞的一次盛宴，描摹了征人们开怀痛饮、尽情酣醉的场面。从内容看，无厌恶戎马生涯之语，无哀叹生命不保之意，无征战痛苦之情，透露出的豪迈和悲凉有回肠荡气、洗心涤魄的感染力。全诗一定程度上流露出诗人厌战的情绪，但更多表现了一种豪纵的意兴。

  第一句"葡萄美酒夜光杯"，写出了两件西北地区的特产——香醇的葡萄美酒和白玉雕刻的精致夜光杯，觥筹交错、酒香四溢的盛大筵席呈现在人们眼前。在苦寒边境，这或许是刚打完一场胜仗，士兵们在为胜利而欢呼。这景象使人惊喜，令人兴奋，为全诗的抒情营造了气氛，定下了基调。

  第二句写正在大家准备畅饮的时候，传来了琵琶的声音，为画面增添了声音美，渲染了气氛，但是一个"催"字又让人产生了许多猜测，是在催促战士赶快出发，还是在渲染一种欢快宴饮的场面？

  第三句写如果醉倒在沙场上还请大家不要笑话。顺着前两句的诗意来看，这应当是筵席上的畅饮和劝酒，这样理解的话，全诗无论是在诗意上还是在诗境上，就都自然而然地融会贯通了。

  第四句"古来征战几人回"似乎是回应上一句，为何希望其他人不要笑自己？只是因为在这沙场上，随时都有可能失去生命。"几人回"显然是一种夸张的说法，但也写出了战争的残酷。

  整首诗虽然在写战争，但是并没有宣扬战争的可怕，也没有表现对戎马生涯的厌恶，更不是对生命不保的哀叹，而是描绘了一幅欢宴的场面：将士们开怀畅饮，周围有琵琶之声，大家不在意是否会喝醉，因为所有的人都已将生死置之度外。因此这首诗可以理解为表达了战争的残酷和悲伤之情，但同时也可以理解为表达了将士们视死如归的勇气和豪放不羁、开朗兴奋的感情，这和豪华的筵席所显示的热烈气氛是一致的。明快的语言、跳动跌宕的节奏所反映的情绪是奔放的、狂热的，带给人一种激动和令人向往的艺术魅力，这正是盛唐边塞诗的特色。因此，千百年

来，这首诗一直被誉为打动过无数热血男儿心灵深处最柔软部分的千古绝唱。

凉州词二首（其二）

原文

秦中花鸟已应阑，塞外风沙犹自寒。
夜听胡笳折杨柳，教人意气[1]忆长安[2]。

注释

[1]意气：情意。一作"气尽"。
[2]长安：这里代指故乡。

译文

关内此时应该已是花落鸟声疏的暮春时节，可是塞外风沙犹存，冷酷严寒。

战士们在夜晚听着凄凉的胡笳曲《折杨柳》，勾起了对故乡的美好情意。

赏析

这是一首边塞诗，写边关将士夜闻胡笳声而触动思乡之情。这首诗抓住了边塞风物的某些特点，借着胡笳的声音，描写了战士们的心理活动，反映了边关将士的生活状况。

"秦中花鸟已应阑，塞外风沙犹自寒"，前两句采用对比手法，描写战士们在边关忍受苦寒，恨春风不度，转而思念故乡明媚、灿烂的春光。

"夜听胡笳折杨柳，教人意气忆长安"，后两句极力渲染思乡的氛围：寒冷的夜晚万籁俱寂，而胡笳声的响起更让人辗转反侧难以入眠，并且悲凉的胡笳声吹奏的偏又是让人伤怀别离的《折杨柳》，悠悠的胡笳声在夜空回荡，使战士们的思乡之意更加浓厚。

全诗苍凉悲壮，但并不低沉，这仍然是盛唐气象的回响。

刘长卿

刘长卿（？—约789年），字文房，河间（今属河北）人。天宝进士，曾任长洲县尉，因事下狱，两遭贬谪，官终随州刺史。诗多写政治失意之感，也有反映离乱之作，善于描绘自然景物。擅五律，工五言，自诩"五言长城"，作品有《刘随州诗集》。

送李中丞①归汉阳②别业③

原 文

流落征南将，曾驱十万师。
罢归无旧业④，老去恋明时⑤。
独立三边静，轻生一剑知。
茫茫江汉⑥上，日暮欲何之？

注 释

①李中丞：其人不详。中丞，官名，御史中丞，御史台副官。唐时地方将领常加御史中丞、御史大夫等虚衔，人们照例以此敬称之。
②汉阳：今湖北省武汉市汉阳区。
③别业：别墅。
④旧业：在家乡的产业。
⑤明时：当初辉煌的时代。
⑥江汉：汉阳在长江与汉水交汇处。

译文

漂泊流落的征南将军,当年曾统领十万雄师。

罢职返乡后没有任何产业,到老还留恋当初辉煌的时代。

你曾独自镇守三边的疆土,以身许国,只有常携的佩剑深知你的一片心意。

面对滔滔江水,日头已到黄昏,你想到哪里去?

赏析

此题又作《送李中丞之襄州》,作于安史之乱平息不久,是诗人为久经战场、忠勇为国、功勋卓著的老将军李中丞写的送别诗。诗中通过写将军盛年时的英勇,颂扬将军英勇无畏、精忠报国的英雄气概,同时对他晚年被罢归的悲惨境遇表示无限惋惜和同情,并对统治者的冷酷无情给予批判。

首联写李将军征战沙场的神勇,老来却流落他乡。看这个孤苦无依的老人,谁能想到他曾是率领十万大军,在战场上英勇神武、奋勇杀敌的英雄?"征南将"点明他参与的战争以及他以前的身份。"流落"写出老将军被罢归后的落魄。"驱十万师"写将军曾经军职显要,叱咤风云。这一联今昔对比,使人感慨万千。

颔联写李将军罢官后困顿坎坷,却仍眷念以前的辉煌荣耀。将军回乡后没有家业,题目中的"汉阳别业"家徒四壁,表明他为官时的正直和廉洁奉公。而即使老无所依,将军依旧怀恋着辉煌的时代。"明时"应是反语,将军为国征战一生,不但未被重用,老来反而被罢官,朝廷实在是"不明"。这一联写老将军"流落"的原因,表达了对老将军的同情。

颈联追忆将军昔日战场上的辉煌成就。将军能独镇"三边",夸张地写出将军的魄力,可谓震慑敌寇,有功于朝廷。在战场上为了保家卫国,他可以付出自己的生命。"一剑知"写自己在疆场舍身为国,英勇奋战,这些事迹和决心只有自己的佩剑知道,表明将军赤胆忠心。这一联写出将军的功业和忠心。

  尾联写老将军不知何去何从。天色将晚，汉水茫茫，年迈的老将军站在水边，不知道要去哪里。正因为将军年老旧业无存，才发出了"欲何之"的疑问。这一问既关合"罢归"句，又与"流落"语意连成一片，引发惋惜之情。这一联写老将军"流落"之状，寓情于景，以景衬情，委婉地写出老将军日暮途穷的不幸遭遇。

  全诗形象生动，用语豪壮，情调悲怆，含蓄深沉，感人至深。

严 武

严武（726—765年），字季鹰，华州华阴（今陕西省华阴市）人。唐朝中期大臣、诗人，中书侍郎严挺之之子。以父荫入仕，曾任给事中、京兆尹等职。上元二年（761年），出任剑南节度使。他屡次率兵西征，保卫西南边疆，后封郑国公。永泰元年（765年），因突患疾病，死于成都。严武虽然是一介武夫，但也擅长诗歌唱和，与诗人杜甫友善。《全唐诗》中录存其诗六首。

军城早秋

原 文

昨夜秋风入汉关[①]，朔云边月[②]满西山[③]。
更催[④]飞将追骄虏[⑤]，莫遣[⑥]沙场匹马还。

注 释

①汉关：汉朝的关塞，这里指唐朝军队驻守的关塞。
②朔云边月：指边境上的云和月。月，一作"雪"。
③西山：指今四川省西部诸山，当时是与吐蕃接壤的地带。
④更催：再次催促。
⑤骄虏：指唐朝时入侵的吐蕃军队。
⑥莫遣：不要让。

译文

昨夜萧瑟的秋风吹进我军驻守的关塞,极目四望,北方边境上的云和月笼罩着西山。

再次催促勇猛的将士追击敌人,不要让敌人一兵一马从战场上逃回。

赏析

此诗描写诗人率军与吐蕃军队进行激烈战斗的情景。

诗的前两句以景衬情,描绘的是一幅初秋边关阴沉凝重的夜景,寓意边境局势紧张的氛围。"秋风入汉关"象征边境上紧急的军情,"昨夜"二字,紧扣诗题"早秋",反映了唐军对时局的密切关注,才能临危不乱,应对有方。

三、四句一气而下,笔意酣畅,表现了诗人作为镇守边疆的将领,斗志昂扬,坚信必胜的豪迈情怀。"更催"二字顿挫有力,暗示着战事已按主将部署胜利展开,表现了主将刚毅果断的气魄,这一切正预示着战争的顺利,因而,胜利也就成了人们意料中的结果。

此诗感情豪壮,节奏跳跃,语言铿锵有力,全诗表现了边防将帅在对敌作战中的警惕性,以及刚毅果敢的性格和蔑视敌人的豪迈气概。

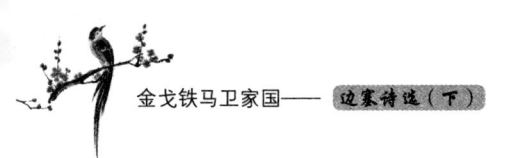

戴叔伦

戴叔伦（732—789年），字幼公，一字次公，润州金坛（今江苏省常州市金坛区）人，出生在一个隐士家庭。他少时便聪慧过人，拜名士萧颖士为师，为门人之冠。大历年间加入名臣刘晏幕府，经刘晏推荐入仕，官至容管经略使，政绩卓著。其诗体裁形式多样，多表现隐逸生活和闲适情调，也有反映社会现实的作品。原有集，已散佚，明人辑有《戴叔伦集》。

塞上曲二首（其二）

原文

汉家旌帜①满阴山，不遣胡儿匹马还。
愿得此身长报国，何须生入玉门关。

注释

①旌帜：旗帜。

译文

大唐的旗帜飘满阴山，不让胡人来侵犯，如果有，定叫他们有来无回。

我愿意用这副身躯终身报效国家,大丈夫想要建功立业,哪里需要活着入玉门关呢。

赏析

东汉班超投笔从戎,在西域几十年,立下丰功伟绩。晚年思乡,曾上书朝廷,希望"生入玉门关"。《塞上曲二首(其二)》反其意用之,表达了诗人愿终身报国的壮志豪情。

这首诗的前两句主要写朝廷重兵迎敌,对胡人一卒一马都不会放过,描写了唐军的强大气势,但这样的胜利来之不易,是由无数抛头颅洒热血的将士浴血奋战换来的。战争胜利固然重要,但是将士们居功不自傲的精神更难能可贵。因此引出了"愿得此身长报国,何须生入玉门关"的雄心壮志,并将此诗推向了高潮。诗人在最后一句中用班超的典故,主要表明自己抱着必死的信念战胜入侵者、报国靖边的精神,表达了诗人一去不复还的志向,抒发了以死报国的雄心壮志。

这首诗写景与议论相结合,并以对比的手法生动形象地表现了唐军的声势,起调高昂,境界壮丽,议论立意高远,感情激越豪壮,是一首优秀的边塞诗。

戎昱

戎昱（744—800年），唐代诗人。岐州（今陕西省宝鸡市凤翔区）人。少年举进士落第后，游览名都山川。后中进士。大历二年（767年）秋回故乡，在荆南节度使卫伯玉幕府中任从事。后历任澧州刺史崔瓘、桂州刺史李昌巙幕僚，侍御史、辰州刺史、虔州刺史，起起伏伏。晚年在湖南零陵任职，流寓桂州而终。他是中唐前期较为注重反映现实的诗人之一。其诗语言"清丽婉朴"，铺陈描写的手法多样，意境上大多悲气纵横（诗中常有"愁""泪""啼""涕""哭""悲"等字），颇为感人。存诗一百二十五首，宋人辑有《戎昱诗集》。

塞下曲六首（其六）

原 文

北风凋白草，胡马日骎骎①。
夜后戍楼月，秋来边将心。
铁衣霜雪重，战马岁年深。
自有卢龙塞②，烟尘飞至今。

注 释

①骎骎：形容马跑得非常快。
②卢龙塞：古地名，三国魏称卢龙郡，在今河北省迁安市西。

译文

北风刮来，使白草都枯萎了，胡马每天跑来跑去，边境不得安宁。

深夜里边将只能望着戍楼的明月想着心事，随着秋季的来临，他的思乡之情日益浓厚。

铠甲被风霜寒雪压得越来越沉重，相伴的战马已经越来越老了。

自有了卢龙塞，边境的战火烟尘便一直飞扬至今。

赏析

这首诗重点是对人物的描写，通过一位戍边老将的形象，反映了残酷战争给边塞将士带来的苦难，寄寓了诗人渴望和平的美好愿望。

诗人开篇便点染了边塞紧张的战场气氛，"北风凋白草"烘托了肃杀的环境，"胡马日骎骎"则表现了形势的严峻，外族军队正在加紧寇边，对要塞步步进逼，军情十分紧急。这两句，将边塞的肃杀、沙场的严峻写得生动形象，显得笔势凌健。此时主人公虽未出场，却做足了烘衬和铺垫。

中间四句，诗人对边将形象进行了着力刻画，表现了边将久戍不归的痛苦心理："夜后戍楼月，秋来边将心。铁衣霜雪重，战马岁年深。"肃杀的秋夜，清冷的月光照在戍楼上的老将身上，他抬头望着明月，不由得想到了万里之外的家人，心中自然涌起凄楚。时间在慢慢过去，他铠甲上已经凝结起一层厚厚的霜雪，与他相伴多年的战马偶尔发出嘶鸣，仿佛和他一起感叹戍边的岁久年深。秋月原是极为寻常之物，可一旦同戍楼相联系，便暗示了思乡之情。战甲是每个边疆战士的必备之物，日日不离身。如今战甲被霜雪覆盖，变得更加沉重，由此可见边疆地区的苦寒，边将的心情可想而知。战马更是边将时刻不能分开的伙伴，战马的不时嘶鸣，也是对苦寒之地的抗议。戍地如此艰辛，连战马都快受不了了，更别说人了。四句诗中，诗人将与主人公关系密切的景与物精心挑选出来，使得人、事、物紧密相连，又不着痕迹，组成非常形象的画面，主人公此时的心情便从画面里自然流露出来，自有感动人心之效。对"铁衣"和"战马"

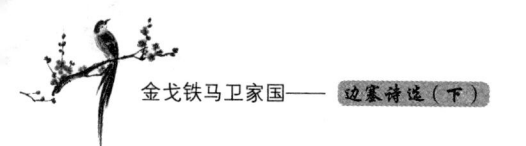

进行深刻描画，实际是对边将形象的塑造，突出了主人公形象。

最后两句"自有卢龙塞，烟尘飞至今"是诗人在对边将形象的描绘过程中，自然生发出来的感叹，表达了对自古至今战火不断的强烈厌恶。"卢龙塞"因地势险要，历来是兵家必争之地。唐朝在此设置了卢龙节度使，以抵御突厥、契丹、回纥的入侵。自关塞设置以来，战火从没断过。诗人从秋夜戍楼中抬头望月的老将，联想到自古以来，残酷的战争便绵延不绝，战火带给人们的只有无穷无尽的苦难。

诗人写作这首诗时，唐朝廷对边防已经无能为力，边患无法平息不说，甚至愈演愈烈，边防重地早已是将老兵疲，将士们也痛苦不堪，此诗正是对此的辛辣讽刺。如果说，首联点出了边将出场的背景，为人物形象的出现做了铺垫，那么尾联便是在人物形象跃然纸上之后，诗人进行的人物内心更深层次的解剖与引申，使思想得到升华，从而揭示出更为深远的意义。此诗首尾相互照应，互为补充，互相生发，这就让中间两联所描写的老将的形象变得更加生动，增强了艺术感染力。

西鄙人

西鄙人，西北边境人，生平姓名不详。

哥舒①歌

原文

北斗七星高，哥舒夜带刀。
至今窥牧马，不敢过临洮。

注释

①哥舒：指哥舒翰，唐玄宗时期的名将，突厥族哥舒部的后裔。曾大胜吐蕃于积石堡，威震西陲，官至陇右、河西两节度使，又封西平郡王。后病归京。安禄山叛，哥舒翰守潼关失利，投降安禄山，不久被杀。

译文

北斗七星高高悬挂，哥舒翰在夜里身带宝刀巡逻守边。
吐蕃族至今牧马也只能远远地眺望，再也不敢越过临洮。

赏析

哥舒翰大破突厥，多次击退吐蕃侵扰，是身经百战的名将，在边境人民心中威望很高。这首诗便是称颂哥舒翰的功绩的。

前两句写的是哥舒翰夜巡的场景。"北斗七星高"写北斗七星在夜空中高挂的景象，用"北斗七星"喻指哥舒翰，一个"高"字，不仅体现了北斗七星在夜空中高悬的壮观，也表现了哥舒翰在人们心目中的威望。开头便气势不凡，对哥舒翰充满了赞誉。第二句选取了哥舒翰守边生活中的一个小场景，不仅写出了哥舒翰的英勇和时刻保持警惕的神态，还隐约透露着当时边地的紧张气氛。在战争随时都会爆发的边地，哥舒翰就像一道永远不会倒的屏障英勇地戍守着，即使在晚上，也不敢有丝毫懈怠。这两句先声夺人，渲染力度很强。

后两句含蓄地写出哥舒翰作为守边将领的强大威慑力。哥舒翰是一位身经百战的大将军，多次打败吐蕃，收复了西北的大片国土，因此深得边地百姓的信服。这里便是通过写至今吐蕃放牧也只是远眺，不敢有其他的举动来突出哥舒翰的威名。所谓的"牧马"，不过是象征性的说法，实际上就是指外族的侵犯。吐蕃过去长驱直入，无所畏惧，可如今不敢越过临洮。通过对吐蕃族行为的描写，从侧面衬托出哥舒翰的英勇善战。他赫赫战功，影响深远，诗人对他充满景仰和赞美之情。

诗人没有直接叙述哥舒翰的英勇善战和累累战功，而是从多个侧面来加以烘托，颂扬了哥舒翰将军的崇高威望。全诗热情奔放，豪爽质朴。

柳中庸

柳中庸（？—约775年），名淡，中庸是其字。蒲州虞乡（今山西省永济市）人，与柳宗元同族。大历年间进士，曾授洪州户曹参军，未就。与卢纶、李端为诗友。其诗以写边塞征怨为主，然意气消沉，无复盛唐气象。《征人怨》是其流传最广的一首诗。《全唐诗》存其诗仅十三首。

征人怨

原　文

岁岁①金河②复玉关，朝朝马策③与刀环④。
三春⑤白雪归青冢⑥，万里黄河绕黑山。

注　释

①岁岁：指年年月月，下文的"朝朝"义同。
②金河：黑河，在今内蒙古自治区呼和浩特市南。
③马策：马鞭。
④刀环：刀柄上的铜环，喻征战之事。
⑤三春：此处指暮春。
⑥青冢：汉王昭君墓，在今内蒙古自治区呼和浩特市南。古人因九月间，其他处的草都枯黄了，只有昭君墓上的草还是青的，故称其为"青冢"。

译文

去年我驻守金河，今年又来镇守玉门关，天天只有马鞭和大刀与我做伴。

暮春三月，漫天的白雪笼罩了昭君的墓地，万里的黄河环绕着黑山。

赏析

本诗写征夫长期守边，辗转不能还乡的怨情。

前两句为就时记事。第一句写守边时间延续，地点转换。"金河""玉关"都是征战之地，两者并列使用是为了表现戍边生活的单调，"复"字流露出无可奈何的厌倦之感，而"岁岁"则说明这种生涯无休无止，让人厌烦。第二句写战争不息，生活单调凄苦。"马策""刀环"中间用"与"字连接，而"朝朝"将令人烦厌的重复行为的频率推到极致，让人难以忍受。诗人巧妙地利用诗句的蝉联偶对的特点，使此种情绪得到充分表达。这两句中"马策与刀环"对应"金河复玉关"，"朝朝"对应"岁岁"，意蕴上产生相生互补的效果，使诗的构思更显得周密。

后两句写边塞的奇特气候和地理形势，暗隐生还无望（"归青冢"），是对诗意的加深和扩展。"三春白雪"烘托塞外环境的悲凉感，但全句的重点则是"归青冢"三字。"归"字暗示征人无还乡之期；"青冢"在这里也有象征意义，即暗指这些征人也如王昭君一样，将长留塞外。结合最后一句，青冢——黄河——黑山，给人以山高水长的距离感。诗人既以"万里黄河"展示地域的广阔，更以"绕黑山"表明征途的回转曲折。"绕"是绕来绕去，不同于单线征程。"绕"字，同前面的"金河""玉关""马策""刀环"的重复、单调之感一脉相承。诗的前两句写征戍无止期，后两句则写征途无尽头，结构上也恰好对称，而且字句间透着欲归无计的渺茫。

全诗布局巧妙，手法高明，格调雄浑。暮春三月本来是征人家乡春暖花开的时候，但边塞之地仍然白雪纷飞；黄河九曲，环绕着沉沉黑山，一切都那样零落荒凉。诗中没有一字是怨，却字字是怨，把征战之人厌倦戎马生涯的怨情寓于其中。

卢 纶

卢纶（约742—约799年），字允言，河中蒲（今山西省永济市）人。出身望族范阳卢氏，屡试不第，经宰相元载推荐入仕，曾在河中任浑瑊元帅府判官，官至检校户部郎中。卢纶是"大历十才子"之一，其诗以五言、七言近体为主，多唱和赠答之作，也有反映军旅生活的作品。原有集，已散佚，明人辑有《卢纶诗集》。

塞下曲六首（其一）

原 文

鹫①翎②金仆姑③，燕尾④绣蝥弧⑤。
独立扬新令⑥，千营共一呼⑦。

注 释

①鹫：大鹰。

②翎：羽毛。

③金仆姑：用金做箭头的利箭。春秋时有金仆姑箭。这里用作箭的美称。

④燕尾：旗上燕尾状的飘带。

⑤蝥弧：旗名。

⑥扬新令：扬旗下达新指令。

⑦"千营"句：指将士们齐声呼应。

译文

身上带着鹰羽制成的金仆姑箭,手中握着带燕尾状飘带的旗帜。
将军独自站立着扬旗下达新指令,千营将士齐声呼应。

赏析

卢纶的《塞下曲》一组共六首,分别写发号施令、射猎破敌、奏凯庆功等军营生活,语多赞美之意。这首诗是其中的第一首,描写将军发号施令时的壮观场景。

前两句写将军身上带着用大鹰的羽毛制成的金仆姑箭,手中握着用来指挥的镶有燕尾状飘带的旗帜。诗人塑造将军形象,没有从正面直接入手,而是先从将军所带的弓箭来写。"金仆姑"是用金制成的,可见其坚锐。箭羽是用"鹫翎"制作而成。首句从将军佩带的箭的非同一般突出将军的身手与气度的不同凡响。写完将军带的箭,接着写将军手中用来指挥的旗帜。这一句依然没有直接描写将军的形貌,而是从他手中的旗帜落笔。写人由箭写起,积势蕴力,为下文做铺垫。

后两句开始从正面来刻画这位将军。第三句描写的是将军肖然独立,轻扬手中发号施令的旗帜的景象。"独立"和"扬",使得将军的形象更加高大、挺拔。将军一声令下,千营将士齐声呼应。可以想见,此时雄壮的呐喊声可以响彻云天、震动四野,显示出了豪壮的军威。此处的"千营"和上一句的"独立"形成鲜明的对比,表明了将军在军中地位的显要,进一步展示了他威武的形象。"一呼"则充分体现了军队纪律的严明,同时也显示出了这支军队无坚不摧的战斗力。在这句看似平常的叙述中,这位将军的形象更加丰满突出。

全诗通过对将军发号施令时壮观景象的描写,颂扬了将军的雄姿英发和军队的纪律严明,场面壮阔,气势宏大。此外,诗歌的前两句对仗工

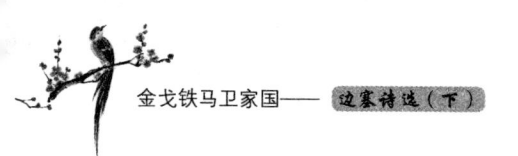

整，在严整中收聚力量；后两句改为散句，将内敛的力量瞬间释放，在这一收一放中，更显示出了强大的力量。

塞下曲六首（其二）

原 文

林暗草惊风，将军夜引弓。
平明寻白羽，没①在石棱②中。

注 释

①没：陷入。
②石棱：石头的边角。

译 文

漆黑的夜晚，林深草密，忽然一阵疾风刮来，将军（怀疑有老虎出没，）拉弓放箭。

天亮之后去搜寻昨晚射出的箭（和射中的猎物），才发现整个箭头深深嵌入了石棱当中。

赏 析

这首诗是《塞下曲》组诗中的第二首，描写的是将军夜间巡逻时的场景。

前两句写将军夜间"射虎"的经过。"林暗草惊风"，写晚上一阵风吹来惊动了草木的景象。这里不仅交代了具体的时间和地点，而且制造了

一种幽深莫测的气氛。深山密林是猛虎经常出没的地方，而老虎又多在黄昏和夜间出没，此处的一个"惊"字，就不禁令人自然联想到可能有老虎出没，渲染了异常紧张的气氛，同时也暗示着将军的高度警觉，为下文的"引弓"做了铺垫。第二句为直叙，一阵风吹草动过后，引起了将军的警觉，将军怀疑有虎，便拉开弓箭，准备射击。此处没有写将军是如何射击的，而是将重点放在了"引弓"上，突出将军面临危险时的镇定自若和从容不迫。在听到草木响动的一"惊"之后，将军随即搭箭开弓，动作敏捷但又不显得仓促，极具气势，而且形象鲜明。

后两句借《史记·李将军列传》中李广射虎的故事，描写将军中石没镞的奇迹。第二天早上，将军开始搜寻猎物。寻找猎物而不得，却发现昨天晚上射出的箭深深地嵌入了石棱之中。诗人在这里突出将军的箭是射进了窄细而尖突的"石棱"之中，不是石缝或是石孔等有缝可入、有空可钻的地方，这得需要多大的力气，可见将军武艺之高强。这样，一位气质从容淡定而又武艺高强的将军形象便屹立在读者面前了。

这首诗通过描写将军夜里巡逻将箭射进石棱中的场景，赞颂了将军从容淡定的气魄，以及他的武艺高强、英勇善战。全诗语言含蓄，但意味却丰富深刻。

塞下曲六首（其三）

原文

月黑雁飞高，单于夜遁逃。
欲将①轻骑逐，大雪满弓刀。

注释

①将：率领。

译文

月亮被黑云遮住，大雁飞得很高，单于趁着黑暗悄悄逃走。

将军正想要率领轻骑兵去追赶，纷纷扬扬的大雪飘下，刹那间所有人的弓刀上都落满了雪花。

赏析

这首诗是卢纶《塞下曲》组诗中的第三首。卢纶曾任元帅府判官，对行伍生活深有体验，他的边塞诗内容比较充实，风格雄劲。这首诗写将军雪夜准备率兵追敌的壮举，气概豪迈。诗句虽然没有直接写激烈的战斗场面，却给读者留下了广阔的想象空间，营造了诗歌意蕴悠长的氛围。

故事发生的背景是，月亮被黑云遮住，四处一片黑暗，大雁飞得很高。趁着这样漆黑的夜晚，敌酋悄悄逃走了。"夜遁逃"写明在这场战争中，

最高统治者单于被包围（或俘虏），只能在夜晚悄悄逃走，可见他们已经全线溃败。诗句语气肯定，判断明确，充满了对敌人的蔑视，令读者为之振奋。

尽管有夜色掩护，敌人的行动还是被察觉了。将领反应迅速，根据当时的作战谋略，准备率领轻骑兵追赶敌人，表现了将士们威武勇敢的气概。第四句紧接着描写追兵遭遇了严寒，突出表达了战斗的艰苦和将士们奋勇追敌的精神。后两句并不是战斗的高潮，而是迫近高潮的时刻。这个时刻，犹如箭在弦上，将发未发，最有吸引人的力量。虽然并没有交代结果，但更能引发人们的联想和想象，正所谓言有尽而意无穷。

本诗情景交融，全诗虽然没有直接写冒雪追敌的过程，也没有叙述激烈的战斗场面，却给人留下了丰富的想象空间。敌军是在"月黑雁飞高"的情景下溃逃的，暗示了我军的胜利，将军是在"大雪满弓刀"的情景下准备追击的，表明了我军奋勇的精神和必胜的信心，将一逃一追的气氛有力地渲染出来，字里行间充溢着英雄气概。

塞下曲六首（其四）

原文

野幕敞琼筵①，羌戎②贺劳旋。
醉和金甲③舞，雷鼓④动山川。

注释

①琼筵：盛宴。
②羌戎：古代对西北少数民族的通称。
③金甲：铁甲。
④雷鼓：擂鼓。

译文

野外的天幕下，设下了劳军盛宴，边地百姓祝贺战士们凯旋。
铁甲不脱，将士们带醉起舞，擂鼓的声音震荡山川。

赏析

这首诗是卢纶《塞下曲》组诗中的第四首，描写了将士们打完胜仗，边地百姓设宴劳军的欢乐场面。气氛热烈、融洽，写出了将士们的喜悦之情，也赞颂了边地人民和守边将士团结一心，保卫国家安宁与统一的豪迈气概。

前两句描写了战争结束的晚上，野外的天幕下正在举行一场盛宴。"野幕"点明了地点，也侧面写出了军营生活的艰苦，"琼筵"侧面表现了战争的胜利。接下来具体写宴会的场景，边地少数民族的百姓也为这场胜利而高兴，于是在宴会上敬酒祝贺。打了一场胜仗，将士们和百姓的喜悦之情是可以想象的。

后两句写到将士们把酒言欢、酣畅淋漓，喝醉了就穿着铁甲开始跳舞，不分将领和士兵，气氛热烈又融洽，表现了边地民众和将士们的团结一心以及不拘小节的豪迈气概。而他们的欢笑声、鼓声之大甚至震动了附近的山川，这一句使用了夸张的修辞手法，描绘了边地民众和将士们对于这场胜仗的喜悦之情。

全诗主要描写了军队得胜归来、设宴劳军的欢乐场景，用精练含蓄的语言，展示了几幅活跃鲜明的画面，表现了军营生活的艰苦以及将士们打胜仗后的喜悦之情。

逢病军人

原 文

行多有病住无粮，万里还乡未到乡。
蓬鬓①哀吟古城②下，不堪秋气入金疮③。

注 释

①蓬鬓：散乱的头发。鬓，头发。

②古城：此处泛指古城墙。

③金疮：中医指刀箭等金属器械造成的伤口。

译文

军人在行军的途中常患病，而且住宿的地方又没有粮食，万里回乡的途中长期奔波还没回到故乡。

披着散乱的头发在古城墙下悲哀叹息，身上的刀箭伤口被寒风一吹，实在是疼痛难忍。

赏析

此诗描写一个因伤病退伍的军人在归乡途中的悲惨情景。诗的题目可以看出这首诗是以诗人看到的事件为根据的。这首诗可以看作这位病重伤残的军人的自诉。

在战场上受了伤，身体又有病，然而连粮食都没有，饿着肚子在赶路。他想尽快回到家乡，可是家乡有万里之遥，这种悲惨的景象让人不禁感叹他的境遇。"行多"，已不免疲乏；加之"有病"，赶路的人越发难堪。病不能行，便引出"住"意。长途跋涉干粮已尽。"无粮"的境况意味着多耽误一天，就要多受一天罪。两句充满了难言的悲愤、哀怨之情，虽然朴实平淡，却将军人的苦难形象描绘得惟妙惟肖。诗人又用纵擒的手法将军人的悲惨形象描绘得呼之欲出，使诗句读来有一咏三叹的效果，令人低回不尽。

"蓬鬓"极生动地再现出一个饱受伤病、饥饿折磨的人物形象。"哀吟"体现了军人的病饿程度。然而"秋气"已至，天气转寒，军人的伤病又再次发作。这一连串的不幸将军人的悲惨处境和不幸命运描绘得无比透彻。悲惨至此，诗人又将"蓬鬓哀吟"的病军人放到"古城"的背景之下，更加衬托了其形象的憔悴与孤惨境地。至此，诗人已把"病军人"的饥、寒、疲、病、伤等苦难集中展现出来，"凄苦之意，殆无以过"（南宋范晞文《对床夜语》），流露了诗人对病军人的深切同情。

全诗除"不堪"二字,都是客观的陈述,几乎不带主观色彩,然而字里行间给我们的感受是在控诉,控诉当时战争的发动者——对病军人不闻不问的唐朝统治者。在客观的陈述中,诗人的爱憎自然而然地流露出来。

李 益

　　李益（748—约829年），字君虞，陇西姑臧（今甘肃省武威市）人。大历进士，初任郑县尉，久不得升迁，弃官在燕赵一带漫游，依附北方的崔宁、刘济等节度使，后被召入长安，任中书舍人、秘书少监等，官至礼部尚书。李益为"大历十才子"之一。长于七绝，以边塞诗知名。其诗音律和美，为当时乐工所传唱。有《李君虞诗集》二卷。

夜上受降城闻笛

原文

回乐峰①前沙似雪，受降城②外月如霜。
不知何处吹芦管③，一夜征人尽望乡。

注释

①回乐峰：唐代有回乐县，在今宁夏回族自治区灵武市西南。回乐峰即当地的山峰。
②受降城：贞观二十年（646年），唐太宗于灵州受突厥一部之降，故灵州也称受降城。
③芦管：即芦笛，一种以芦叶为管的乐器。

译文

回乐峰前的沙漠如雪一般，受降城外的月色如同秋霜一样。

不知何处响起了凄凉的芦笛声，一夜间在外的征人都回头眺望自己的故乡。

赏析

这是一首抒写戍边将士思乡愁情的边塞诗。

前两句描绘了一幅边塞月夜的独特景色。举目远眺，回乐峰前是一望无垠的沙漠，在月光的映照下如同积雪的荒原。沙漠并非雪原，诗人偏说它"似雪"，是为了借这寒气袭人的景物来渲染心境的愁惨凄凉。这似雪的沙漠使受降城的夜晚显得格外空寂惨淡，也使诗人格外强烈地感受到置身边塞绝域的孤独，而生发出思乡情愫。高城之外月光皎洁，如同深秋的寒霜，令人望而生寒。这如霜的月光和月下雪一般的沙漠，营造了一种寂寥、凄清的征人思乡的典型环境。

在万籁俱寂中，夜风送来呜呜咽咽的芦笛声，也不知是何处吹起的。这"不知何处"，写出了诗人月夜闻笛时的迷惘心情，映衬出夜景的空寥寂寞。幽怨的笛声触动了无数征人的思乡愁怀，他们一个个披衣而起，忧郁的目光掠过似雪的沙漠、如霜的月色，久久凝视着远方。"一夜"和"尽望"写出征人望乡之情的深重和急切。末句诗人独辟蹊径，用想象中的征人望乡的场景加以表现，使人感到言有尽而意无穷，在戛然而止处仍然漾开一个又一个涟漪。

通观全篇，前两句写的是景，第三句写的是声，末句直接抒情。开头由视觉形象引起绵绵乡情，进而由听觉形象把乡思的暗流引向滔滔的感情的洪波。沙漠、高城、月色，构成了征人思乡的典型环境；如泣如诉的笛声更触发了征人无限的乡思。全诗将景色、声音、感情三者融合为一体，诗情、画意和音乐美熔于一炉，构成了幽邃的艺术境界，意境浑成，简洁空灵。诗歌最后设置征人望乡的特写镜头，非常醒目地点明了主旨，令人玩味不已。

盐州^①过胡儿饮马泉^②

原 文

绿杨著水^③草如烟^④，旧是胡儿饮马泉。
几处吹笳明月夜，何人倚剑白云天^⑤。
从来冻合关山路，今日分流汉使^⑥前。
莫遣行人照容鬓，恐惊憔悴入新年。

注 释

①盐州：五原丰州的古称，在今内蒙古自治区巴彦淖尔市东。

②饮马泉：鸊鹈泉。诗人自注："鸊鹈泉在丰州城北，胡人饮马于此。"

③著水：拂水。形容杨枝下垂，拂到水面。

④如烟：形容水草茂盛。

⑤"几处"二句：慨叹边防未固，形势仍然紧张。笳，胡笳，古代军中的号角。

⑥汉使：诗人自指。一说，当指李益的幕主。

译 文

新绿的杨柳柔枝在春风吹拂下，轻拂水面，丰美的水草如烟缕缕。这里曾是胡人饮马的地方。

明月下胡笳的声音传来，不知何人正倚着剑遥望白云飘过的天空。

天山的道路历来都是冰封着的，如今却解冻了，春水流到汉使面前。

行人莫要对着如镜的流水照看容颜啊，恐怕会因满面风尘憔悴进入新年而吃惊。

赏析

诗题一作《过五原胡儿饮马泉》。唐代五原县属盐州。中唐时，这里是唐和吐蕃反复争夺的边缘地区。李益曾任职于幽州节度使刘济幕府，在边塞久居。当时已收复五原之地，此诗写的是诗人在经过五原时的复杂心情。

首联是写收复后的饮马泉在明媚的春色里，色彩亮丽，景色宜人。只见五原的草原上，绿杨拂水，春草如烟，盎然的春色呈现出一片静谧、迷人的景色。诗人踏上这片土地，心情是十分愉快的。可笔锋突然一转，另一番景象显得很突兀：曾几何时，潺潺的泉水是胡人饮马的地方，肥沃的土地曾经饱受胡人的铁蹄蹂躏。"旧是"二字，含蓄婉转，既包含对收复失地的喜悦，也透露出诗人对国家安危的深深忧思和感慨。

颔联写在五原夜宿的所见所闻。在空阔的草原上，月明星稀，从不同的方向隐隐传来哀婉的胡笳声。于是诗人想，应该是远处发生了军事行动，但不知又是哪些壮士在那里英勇战斗。"倚剑白云天"化用宋玉《大言赋》"长剑耿介，倚天之外"语，称赞戍边战士。诗人用"几处""何人"的不定语气表示感叹，这里既是边塞的鸣笳之地，也是边疆战士们浴血征战、为国捐躯之地。这种感情很复杂，既含有喜悦的赞叹，也隐含着担忧的感伤，透露出五原之地虽然被收复，但是形势依旧很紧张，想要巩固边防实属不易。

颈联通过"从来"和"今日"的景色比较，透露出诗人的心迹。过去天山的道路冰封，人马难行。而如今气温回升，泉水也解冻了，春水流到诗人面前。现在的饮马泉是春天的景象了。这里显然是诗人感情的寄托，"今日"这里勃勃生机的景象，使人感到希望和欣慰。这两句写征途的顾往瞻来，寓意"胡儿饮马泉"在收复后获得了新生。

尾联诗人触景生情，发出意味深长的感慨。今日饮马泉春暖解冻，潺潺清流如一面光亮的镜子，能照见人影，然而千万别照啊，如果看到自己带着憔悴的面容进入新年恐怕是要吃惊的。"莫遣"二字体现了诗人微妙的心曲。这儿虽然是饮马泉,但也仿佛一面反映战争频繁、国家衰退的镜子。正因为诗人积累了太多失意、失望的体验,所以在新一年春季开始,诗人不愿用这面镜子来回首那不堪的过往和憔悴的容颜,他更担忧的是再度出现曾经悲惨凄凉的景象。这种得失心态和忧虑国家安危的情怀紧密结合,水到渠成,把全诗的思想感情收结起来。

与激昂澎湃的盛唐边塞诗相比,李益的这首诗感伤情怀较重,失望多于希望,韵味深沉。这是时代所造就的。

听晓角

原 文

边霜昨夜堕关榆,吹角当城汉月孤。
无限塞鸿飞不度,秋风卷入小单于[①]。

注 释

①小单于:乐曲名。

译 文

清晨满地的榆叶映入眼帘,原来昨夜浓霜忽降;军中的画角声在城头响起,明月还在寥落的天空中悬挂。

边塞辽阔无际,就连鸿雁也飞不过去;在秋风中隐隐传来《小单于》的曲调。

> **赏 析**

久居边关的李益，极为熟悉边疆的音乐，尤其清楚画角声、胡笳声是如何触发征人心弦的，所以诗人善于从乐声着笔，通过特定的音响环境和效果，来展现人物内心的感情。这首《听晓角》就是如此。

前两句用环境气氛来衬托画角的声音，说明这画角的声响来自边关，在深秋的季节，时间是拂晓。这时候，榆叶遍地，浓霜覆盖。在寥落的天幕上，月亮还没有完全落下。在这凄清的环境下听闻如此悲凉的画角声，此时此刻征人的心情又是多么悲凉。表面上看，此处写景，写城头的画角声，实际上是以没有出场的征人为中心，写其感受与见闻。而且，字句里都透露出他对于边塞之地的所思所想。首句写霜而曰"边霜"，说明夜晚的寒霜落在边关上，也可以使人感受到边塞的凄凉。"孤月"不仅指天上的月亮是孤独的，也是指地上观月之人是孤独的。

后两句写诗人的目光定格在寥落的天空，将目光从天边的"孤月"移到一群飞来的鸿雁身上。这里，诗人运用奇特的构思和夸张的手法描绘从塞北飞向南方的候鸟，在听到萧瑟秋风中传来的《小单于》之声时，也深为动情，所以在关上低飞徘徊。以雁代人，写出了角声的悲怆凄凉。雁犹如此，人何以堪，征人的感受也就不言自明了。

全诗共四句，每句都描绘了一个独立的画面，四幅画面组合到一起，使整个意境显得异常苍凉、雄浑。

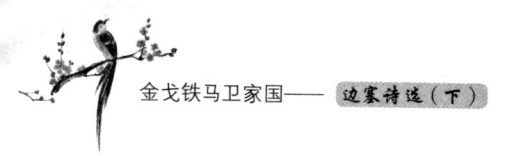

塞下曲四首（其二）

原文

伏波惟愿裹尸还①，定远何须生入关②。
莫遣只轮③归海窟④，仍留一箭射天山⑤。

注释

①"伏波"句：东汉伏波将军马援屡立战功，认为男儿应该立功边疆、马革裹尸还葬。

②"定远"句：东汉定远侯班超曾带兵镇守西域三十多年，年迈思乡，上疏请归，奏疏里说："我不敢奢望回到酒泉郡，只愿意活着进入玉门关。"

③只轮：一只车轮。典出《春秋公羊传》："僖公三十三年，夏四月，晋人及姜戎败秦于殽……晋人与羌戎要之殽而击之，匹马只轮无反（返）者。"

④海窟：本指海中动物聚居的洞穴，这里借指当时敌人所居住的瀚海（沙漠）地方。

⑤"仍留"句：唐初薛仁贵西征突厥的故事。《旧唐书·薛仁贵传》载，唐高宗时，薛仁贵领兵在天山迎击九姓突厥十余万众，发三箭射杀他们派来挑战的三名骁骑，其余都下马请降。薛仁贵率兵乘胜前进，凯旋时，军中歌唱道："将军三箭定天山，战士长歌入汉关。"

译文

为保家卫国，边塞将士们宁愿战死沙场，无须活着进入玉门关。
不能让一个敌人逃回瀚海，而且应该留驻边境，叫敌人不敢再来侵犯。

赏析

李益的边塞诗,主要是抒发将士们思念家乡的哀怨情绪,情调偏于感伤,但也有一些慷慨激昂之作,本诗便是这方面较著名的一首。

诗人开篇借古抒情,托史言志。前两句以东汉名将马援和班超的故事说明:保家卫国是边塞将士的责任,他们义无反顾、视死如归。借用典故讴歌了将士们保家卫国、死而后已的英雄气概和勇于牺牲的精神,读来令人豪气顿生。

后两句表示灭敌及长期卫边的决心。他们誓将来犯的敌人消灭干净,不留后患。而"仍留一箭定天山",则强调即便大胜,也应该留驻边疆,这样才能打消敌人再次来犯的念头。用典精确,语意豪迈。

这首诗选取马援、班超和薛仁贵三个典故,讴歌了将士们慷慨激昂、视死如归的英雄气概和勇于牺牲的精神,反映了当时人民向往和平的心愿。全诗情调慷慨激昂,音节嘹亮,是一首激励人们舍身报国的豪迈诗篇。

度破讷沙①二首(其一)

原文

眼见风来沙旋移②,经年不省③草生时。
莫言④塞北⑤无春到,总有⑥春来何处知。

注释

①破讷沙:今库布齐沙漠,唐代属丰州(在今内蒙古自治区境内),唐宪宗元和初,回鹘曾以骑兵进犯,与振武军节度使驻军在这一带交战。"破讷沙"系沙漠译名,亦作"普纳沙"(《新唐书·地理志七》)。
②沙旋移:沙尘飞旋移动的样子。

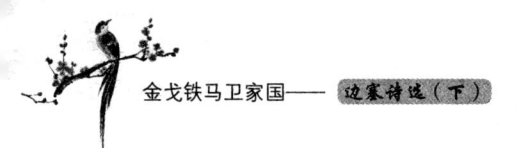

③不省：没有见过。
④莫言：不要说。
⑤塞北：指长城以北的地方，泛指中国北方边境地区。
⑥总有：虽然有；即使有。

译文

亲眼看到沙尘飞旋移动，在这苍茫的沙漠上常年看不到草木生长。

不要说塞北没有春天，即使春天到来，也看不出春天的变化。

赏析

这首诗是李益在一年春天遇上沙尘暴时写下的。

首句"眼见风来沙旋移"，描写了沙尘暴壮观的景象，眼前沙尘飞旋移动，咄咄逼人，一个"旋"字，体现出沙尘暴来势之猛烈。正因为西北恶劣的自然环境，时常会有沙尘暴，所以才会有"经年不省草生时"的联想。

后两句中，诗人笔锋一转，凭着乐观的性格，写出了"莫言塞北无春到，总有春来何处知"：不要说塞北没有春天，即使春天到来，也看不出春天的变化。诗人用以退为进的笔法，展现了塞北终年无春的环境特征。

全诗表现了塞北荒凉的特征，造境独特，颇得盛唐神韵。

王 涯

王涯（？—835年），字广津，太原祁（今山西省太原市祁县）人。贞元年间进士，先后担任过翰林学士、工部侍郎等职。唐文宗时期拜相，后因"甘露之变"被宦官仇士良杀害。《全唐诗》录其诗一卷。

塞下曲二首（其一）

原文

年少辞家从冠军①，金妆宝剑②去邀勋③。
不知马骨伤寒水，惟见龙城起暮云。

注释

①冠军：古代将军的名号。
②金妆宝剑：用黄金装饰剑柄或剑鞘的宝剑。
③邀勋：即邀功，建功立业。

译文

年轻的时候离开家乡跟随大将军出征塞外，身佩用黄金装饰的宝剑去建功立业。
不顾天寒地冻水寒伤马骨，只见边境战争阴云四起，奋勇去杀敌。

赏析

此诗赞美少年毅然从军、求取功名，不畏艰险、保家卫国的英雄品质。

首句写少年辞家从军的场景。由"从冠军"这三个字可以看出，有霍去病一般的统帅，难道还担心无法获得战功吗？表达了渴望建功立业的豪情壮志，起调便慷慨激昂。第二句"金妆宝剑去邀勋"，暗示了人物的不平凡。从"金妆宝剑"可以看出装备的豪华，"去邀勋"是少年的内心独白，表露出他渴望建立边功的急切心情。

第三句用典，化用东汉陈琳《饮马长城窟行》中"饮马长城窟，水寒伤马骨"句意，此句的"不知"二字，反其意而用之，更加突出了主人公不畏艰险、勇往直前的战斗意志。最后一句表明求取功名的目标，就是直捣"龙城"。其中"惟见"与"不知"形成转折，既表现出主人公拥有明确的目标，又反映出其建功立业的决心。

全诗基调昂扬振奋，一气呵成，但又此起彼伏，流转自然。

令狐楚

令狐楚（766—837年），字悫士，自号白云孺子，京兆府咸阳（今陕西省咸阳市）人。唐德宗贞元七年（791年）进士，曾任知制诰、翰林学士、河阳节度使等，并卷入党派斗争。元和十四年（819年）拜相，后在山南西道节度使任上逝世。令狐楚擅写诗文，才思俊丽，尤善绝句。常与刘禹锡、白居易等人唱和。著有《漆奁集》，又编有《元和御览诗》。

年少行四首（其三）

原文

弓背霞明剑照霜，秋风走马出咸阳①。
未收天子河湟②地，不拟③回头望故乡。

注释

①咸阳：秦都咸阳，此指当时京城长安。
②河湟：指青海湟水流域和黄河西部，当时为吐蕃所占。
③拟：打算。

译文

弓箭沐浴着霞光，宝剑磨得像霜雪一样闪亮，迎着秋风跨上战马离开京城。

没有收复天子的河湟一带，我决不回头眺望故乡。

赏析

此诗赞扬了一位少年立志收复河湟，将个人利益置之度外，勇赴国难的献身精神，抒发了诗人以身报国的豪情壮志。

诗的前两句极力渲染了少年出征的豪迈气概。弓箭沐浴着霞光，宝剑磨得闪亮，迎着凛冽的秋风跨上战马离开京城，奔赴为国效力的疆场。这两句叙事写形，生动鲜明，突出了少年挎弓持剑的飒爽英姿，将他报国的豪情壮志表现得十分充分。

这首诗的后两句，洋溢着少年豪迈的气概和爱国热忱。"河湟地"，既点出了出征的地点，又表明了战争的性质，这是一场保卫战，讴歌了少年义无反顾、勇往直前，不达目的绝不罢休的英雄气概。读之令人振奋，豪情满怀，激动不已。

这首诗语言简练，流畅自然。先进行描写，然后抒情，二者紧密结合。诗人把雕弓、宝剑、秋风、走马等形象集中起来，突出了主人公的英雄形象，洋溢着诗人的报国热情。

张 籍

张籍（约767—约830年），字文昌，吴郡（今江苏省苏州市）人，少时迁居和州乌江（今安徽省和县）。贞元进士，历任太常寺太祝、水部员外郎、国子司业等，世称"张水部""张司业"。其诗和王建齐名，世称"张王乐府"。其乐府诗颇多反映当时社会现实之作，是"新乐府运动"的倡导者之一。著有《张司业集》。

凉州词三首（其一）

原文

边城暮雨雁飞低，芦笋①初生渐欲齐。
无数铃声遥过碛，应驮白练②到安西。

注释

①芦笋：芦苇长出的芽。
②白练：白色熟绢，这里指丝绸。

译 文

傍晚时分降过一场雨，边城出现低飞的大雁群，芦苇刚发芽，正在努力地生长。

一串串驼铃声远远地回荡在沙漠上空，应当是驮运丝绸的驼队通过这条大道前去安西。

赏 析

唐时的凉州，是西北的边塞重镇。从唐代宗广德元年（763年）以来，吐蕃连年侵扰，西北数十州被其占据，凉州是其中之一。唐德宗继位之后，遣使臣与吐蕃讲和，承认其所占之地是合法的。诗人对此大为不满，于是作《凉州词三首》，这是其一。

前两句描写所看到的景象。塞外边境荒凉之地，阴云低垂，暮雨笼罩，大雁群低低飞过，给人一种压抑、沉闷之感。近处，沼泽地的芦苇刚发芽，"欲齐"未齐，远近层次很分明。环境描写，既给人一种萧索荒凉之感，又突出了当时的季节气候。

后两句叙事，在这萧索的环境中，沙漠中远远传来驼铃声，这驼队一定是运载丝绸到安西都护府去的啊！往日繁荣的"丝绸之路"上运载丝绸的商队应当络绎不绝，路过西安，奔向西域；如今丝路受阻，无数白练不再运往西域，"应驮"而非正驮，用来意味深长。"应驮"这点睛之笔有力地表达了诗人盼望收复边镇，恢复往日繁荣的强烈愿望。

这首诗一、二句实写近景，寓虚于实；三、四句虚写远景，以虚出实，远近交错，虚实结合，给读者留下了丰富的想象空间。

凉州词三首（其三）

原文

凤林关①里水东流，白草黄榆②六十秋。
边将皆承主恩泽③，无人解道取凉州。

注释

①凤林关：在唐代陇右道的河州（治所在今甘肃省临夏回族自治州）境内。安史之乱前，唐朝同吐蕃的交界处在凤林关以西，但随着边城四镇的失守，凤林关亦已沦陷，唐王朝与吐蕃东部的交界处早就远在凤林关之东了。
②黄榆：树木名。早春开花，叶、果均可食。
③恩泽：恩惠赏赐。

译文

流经凤林关的河水向东流去，那里的白草、黄榆树已经生长了六十年。边城的将士都承受朝廷的恩惠赏赐，却没有人懂得收复凉州。

赏析

安史之乱以后，吐蕃乘虚而入，占据了西北凉州等几十个州镇，而且占据了长达半个世纪之久。诗人目睹这一现实，有感而发，于是创作出《凉州词三首》，深刻地表达了对边塞的深切忧虑。

前两句写景，暗示边城被吐蕃侵占，点明占据时间之久，以及景象的荒凉萧瑟。"水东流"三字，是诗人感叹时间的流逝，从而引出"六十秋"。诗人既用"白草黄榆"从空间的广度来写凤林关的荒凉，又用具体数字"六十秋"从时间的深度来突出凤林关灾难的深重。"六十秋"这不是夸张而是写实,国土失陷如此之久,为什么没有收复?由此诗人发出了深沉的感慨、愤激的谴责。

后两句既谴责边将的无能,又隐隐指责最高统治者的无能。这两句一扬一抑,对比鲜明。最后一句是此诗的主旨。诗人没有从正面进行叙述,而是选择从侧面落笔,这是此诗的一个显著特色。一、二句分别从时间和空间的角度描写了边城深重的灾难,这似乎看起来是控诉吐蕃侵占疆土的罪恶,而联系最后一句"无人解道取凉州"来看,实际上诗人的用意是在用现实来谴责边将与统治者,指出正是他们的失职导致了边境的长期沦陷,他们已成了历史的罪人。

全诗前两句写景,第三句写情,这一景一情,从侧面有力地突出了第四句这一主旨句的表达,从而使全诗义正词严、行云流水、酣畅淋漓。

征妇怨①

原 文

九月匈奴杀边将,汉军全没②辽水上。
万里无人收白骨,家家城下招魂葬③。
妇人依倚④子与夫,同居贫贱心亦舒。
夫死战场子在腹,妾身虽存如昼烛⑤。

注 释

①《征妇怨》:乐府诗题,是一种以新题写时事的乐府,不再以入乐与否作为标准。

②没:通"殁",覆没,被消灭。

③招魂葬：民间为死于他乡的亲人举行的招魂仪式。用死者生前的衣冠代替死者入葬。

④依倚：依赖，依靠。

⑤昼烛：白天的蜡烛，意为暗淡无光，没用处。

译文

九月匈奴再次入侵，屠杀边地将领，汉军全部被消灭在辽水边境。

万里之外没有人收战士们的尸体，所以每家只能在城下举行招魂仪式。

征妇曾经设想依靠丈夫、儿子生活，即使很贫穷也非常舒心。

如今丈夫死在战场上，肚子里的孩子还没出生，虽然还活着，但就像白天的蜡烛那样暗淡无光，生活毫无希望。

赏析

在古典诗词中，良人从军、征妇哀怨是常见的题材。张籍这首《征妇怨》却翻出新意，别出心裁，以其摧心呕血、深沉痛吟而卓然不群，享誉后世。

"九月匈奴杀边将，汉军全没辽水上"，诗歌开门见山，点明征妇怨之所由。诗中"全没"二字突出汉军伤亡惨重，战况惨烈，从而引发出征妇哀苦的情感。

"万里无人收白骨，家家城下招魂葬"，这两句勾勒出一幅场面浩大的"城下群哭图"，由面及点，点明主题《征妇怨》。"白骨"二字，读来触目惊心，增强了诗歌的形象性。"家家"二字，暗承"全没"，以哀哭号呼的普遍性，强化了悲剧的气氛，为下文征妇之哀做好铺垫。

"妇人依倚子与夫，同居贫贱心亦舒"，写无情的现实将征妇的生活打碎，她理想的生活是与丈夫、儿子朝夕相处，即使贫贱却舒心。如今平凡的生活竟成奢望。

征妇不得不面对现实，理想破灭，于是引出"夫死战场子在腹，妾身虽存如昼烛"，言说丈夫已死，今后孩子如何哺育？没有了丈夫的依靠，今后该如何生活呢？诗人择取这一特定家庭，在众多不幸家庭中酷烈尤甚，体现出事件的典型性。结语以"昼烛"自喻，不仅以白昼烛光之多余体现出生活无光、痛不欲生的情感，更以烛光之暗淡无光、摇曳不定展现出主人公惨淡的心境和难以维持生计的家庭生活。

　　此诗以小见大，以征妇的哀哭无告，严厉抨击了唐王朝不恤民情、战争不断的社会现实，反战情绪之奔流腾涌、仁政思想之深厚诚挚，洋溢于篇章之中。

薛 涛

薛涛（？—832年），字洪度，长安（今陕西省西安市）人，唐朝著名女诗人。十六岁入乐籍，脱乐籍后终身未嫁。能作诗，时称女校书，与刘采春、鱼玄机、李冶并称"唐朝四大女诗人"。现存诗九十余首，语言优美、构思精巧，明人辑有《薛涛诗》一卷。

筹边楼[①]

原文

平临云鸟八窗秋，壮压西川四十州。
诸将莫贪羌族[②]马，最高层处见边头[③]！

注释

①筹边楼：唐代名楼，位于成都市西郊。
②羌族：古代羌族主要分布在甘肃省、青海省、四川省西部，总称西羌，以游牧为主。
③边头：边塞前沿。

译文

筹边楼高耸入云，平视飞鸟，窗外一片清秋的风景，威武的气势压过西川四十个州。

诸位将领不要贪恋羌族的骏马，最高的一层就可以看到边塞的前沿。

赏析

薛涛晚年生活安闲宁静，但她关心时政，创作了这首寄托深远的诗。

诗的开头说"平临云鸟"，可想而知楼很高峻，"八窗秋"则说天气情况，四望景色一览无余。次句着重一个"壮"字，点明筹边楼雄踞在西川的首府之地。这两句不但写得气象雄浑，而且把当时李德裕的建筑用意，以及诗人百般的今昔之感，都包含在其中了。

后两句寓严正谴责于沉痛慨叹之中，因为将军们目光短浅，贪婪掠夺，和羌族人发生了战争，然而他们没有抵御外敌的能力，就连西川首府也受到了战争的威胁。诗以"最高层处见边头"作结，这"高"，这"见"，和首句的"平临云鸟"首尾呼应，而"见边头"又和次句的"壮压西川"形成鲜明的对照。这座雄伟巍峨的高楼，曾经是蜀川的政治中心，象征着西川的制高点。然而时移事异，现在登上高楼就看到了边地的狼烟烽火。通过这样的对比，把西川的形势变化，以及朝廷在用人方面的情况，都表现了出来。

这首诗有议论也有感慨，有叙述也有描写，全诗章法严谨，含蓄顿挫，意味深长，耐人寻味。

李 贺

李贺（790—816年），字长吉，是唐宗室郑王李亮后裔。家居福昌之昌谷（在今河南省洛阳市宜阳县），后世因称"李昌谷"。其父名晋肃，"晋"与"进"同音，故因避父讳不得考进士。后承父荫得官，任奉礼郎，后以病辞官，不久病逝。其诗多哀叹生不逢时和内心苦闷，或寄情天国，或幻念鬼境，人称"诗鬼"。尤长于古体歌行，语言瑰丽奇峭，想象丰富奇特，运用神话传说创造瑰奇华丽的意境，有"太白仙才，长吉鬼才"之称，在中唐诗坛占有重要地位，对后世有着深远的影响。著有《李长吉歌诗》。

南园十三首（其五）

原文

男儿何不带吴钩，收取关山五十州①？
请君暂上凌烟阁②，若个书生万户侯③？

注释

①五十州：指当时被藩镇所占领割据的山东及河南、河北五十余州郡。
②凌烟阁：唐朝为表彰功臣而建的殿阁，上有长孙无忌等二十四人的画像。
③万户侯：汉代侯爵最高的一级，享有万户农民的赋税，后来泛指高官贵爵。

译文

身为男子汉为什么不佩带宝刀,去收复黄河南北被割据的关塞河山五十州?

请你暂且登上绘有开国元勋画像的凌烟阁去看一看,又有哪一个书生曾被封为万户侯?

赏析

唐王朝自安史之乱后,中央集权大大削弱,藩镇割据愈演愈烈,由此陷入了内忧外患的局面之中。在建功立业、报效国家这一崇高思想的支配下,李贺产生了投笔从戎的愿望。全诗由两个设问句组成,情绪激昂,直抒胸臆,将诗人的家国之痛和身世之悲表达得淋漓尽致。

前两句"男儿何不带吴钩,收取关山五十州"是泛问,也是自问,含有"国家兴亡,匹夫有责"的壮志豪情。上句"何不"二字富有表现力,强调了反诘的语气,增强了诗句传情达意的力量,暗示出危急的军情和诗人自己急切的救国心愿。"收取关山"是从军的缘由。面对风雨飘摇之中的国家,念及身处水深火热之中的百姓,诗人怎么甘心隐居乡间,无所作为呢?因而诗人期望奔赴沙场,保家卫国。前两句一气呵成,节奏明快,与诗人豪迈的气概、昂扬的情绪以及急迫的心情十分契合。

后两句承接上文,进一步抒发诗人心中的感情。凌烟阁是唐太宗于贞观十七年(643年)为表彰功臣而下令修建的,阁内绘有长孙无忌、杜如晦、房玄龄、魏征等二十四位开国功臣的画像,意在让后世铭记他们为唐王朝所立下的不朽功勋。诗人问道:"若个书生万户侯?"意思是说,这些封侯拜相、绘像凌烟阁的人,又有哪一个是像"我"这样的书生呢?这二十四人的成就全部是在沙场上奋斗、搏击得来的!这就从反面衬托了投笔从戎的必要性,其中也包含了诗人的羡慕、向往、自愧之情,以及怀才不遇的愤懑之情。从整首诗来看,虽有激愤的情绪,但并不低沉悲伤,而是激越昂扬,有鼓舞人心的力量。

这首诗一气呵成,具有一泻而下的气势,但思想感情复杂,所以就诗的内在蕴藉而言,又有跌宕起伏的韵致,颇值得人细细体味。

马诗二十三首(其五)

原 文

大漠沙如雪,燕山月似钩①。
何当金络脑②,快走踏清秋。

注 释

①钩:古代兵器名,形似月牙。
②金络脑:用黄金制作的马笼头,说明马具的贵重。

译 文

大漠里的沙好似霜雪一般,一弯如钩残月挂在连绵的燕山山岭上。
什么时候才能戴上黄金制作的笼头,在清秋时节的疆场上尽情驰骋。

赏 析

这首诗是同题组诗《马诗》中的代表作,这组诗共二十三首,主要借"马"这一形象,表现有志之士的才情与抱负,同时抒发诗人怀才不遇的愤懑之情。

诗虽短小,却寓意深刻。前两句用"沙如雪""月似钩"这简单的六个字,勾勒出典型的边疆战场的景象。"大漠""燕山"乃边塞之地,自古以来就是奇才志士施展抱负的地方。诗人正处于藩镇极为跋扈的年代,

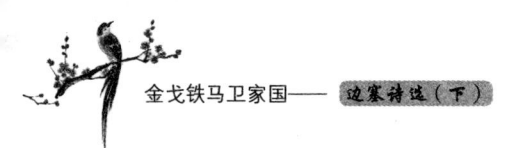

诗中"燕山"所指的幽州、蓟门一带又是藩镇肆虐最严重的地方。此时满怀爱国之情的诗人心中怎能平静?这为下文抒情做了铺垫。

末两句写马的心理活动:不知什么时候才能戴上黄金制作的笼头,在清秋时节的疆场上驰骋,立下功劳呢?"金络脑"是相当贵重的马具,佩戴此物代表受到了赏识和重用,这也正是诗人内心所企盼的。"踏清秋"三个字充分显示出诗人报效国家的豪情壮志。这两句诗借马以抒情,表达了诗人渴望建功立业的急切心情。

此诗采用比兴的手法,一、二句以雪比喻沙、以钩比喻月,是比;以景写起引出抒情,是兴。全诗比中见兴,兴中有比,委婉含蓄,耐人寻味,大大丰富了诗的表现力。

雁门太守行①

原文

黑云压城城欲摧②,甲光③向日金鳞开④。
角声满天秋色里,塞上燕脂⑤凝夜紫。
半卷红旗临⑥易水⑦,霜重鼓寒声不起⑧。
报君黄金台上意,提携玉龙⑨为君死。

注释

①《雁门太守行》:古乐府诗题,多咏征战。
②摧:塌陷。
③甲光:铠甲在太阳的照耀下闪闪发光。甲,指铠甲,战衣。
④金鳞开:形容铠甲像金色的鱼鳞般耀眼。
⑤燕脂:即胭脂,深红色。
⑥临:到,抵达。

⑦易水：河名，在今河北省易县。
⑧声不起：声音低沉不扬。
⑨玉龙：宝剑的代称。

译文

乌云似乎要把城墙摧垮，铠甲在阳光的照耀下像金色鱼鳞一般耀眼夺目。

在一派肃杀的秋色中，悲壮的号角声响彻云霄，边塞战士的血迹在暮色中凝结为紫色。

大风吹动红旗，军队抵达易水，浓霜打湿战鼓，鼓声低沉。

为了报答皇帝的恩德，将士们愿手提宝剑血战至死。

赏析

这首诗作于安史之乱后的中唐时期，当时唐王朝与藩镇之间的战争激烈，严重破坏了国家统一。本诗通过描写边城紧迫的战斗形势，表达了诗人希望削平藩镇、统一祖国的强烈愿望，同时也赞扬了戍边将士们誓死报效朝廷的决心。

首联中，"黑云压城城欲摧"是说暴雨将来，乌云似乎要把城墙摧垮。"黑云"，比喻敌军如黑云般滚滚压来，写出了战争形势的危急。次句"甲光向日金鳞开"是说战士们的铠甲在阳光的照耀下像金色鱼鳞一般耀眼夺目。这里借日光显示守军的阵容和士气，情景相生，奇妙无比。

颔联"角声满天秋色里，塞上燕脂凝夜紫"描写激烈、悲壮的战斗场面。一个"满"字，扩大了激战的场面，反映出边防将士英勇杀敌的冲天气势。第四句中的"夜"字与第一句中的"日"字相呼应，从"日"到"夜"，表明战争已经持续了很久，表现了削藩战争的惨烈悲壮。"燕脂"即"胭脂"，指将士所流鲜血的颜色，暗示无数守边将士为国牺牲。

颈联"半卷红旗临易水，霜重鼓寒声不起"描写行军作战的情景。上句中"半卷"二字含义丰富，写守边将士顶着大风，在寒夜突围，奇袭敌军；"临易水"，不但交代了双方交战的地点，还使人联想到"风萧萧兮易水寒，壮士一去兮不复还"的壮志豪情，暗示将士们已做好为国捐躯的准备。下句描写苦战的场面。"霜重鼓寒"写夜寒霜重的作战环境，表现出战斗的艰苦卓绝。这两句景象苍凉，荡人肺腑。

尾联是全篇的点睛之笔，写出了将士们报效朝廷、为国献身的决心。"黄金台"一语引用战国时燕昭王在此台以重金招揽天下有才之人的典故，此指受到朝廷重用，表达了诗人对藩镇势力的痛恨之情和希望当朝君主能像燕昭王那样招贤纳士，平定四海的愿望。

这首诗色彩秾丽鲜明，想象丰富奇特，构思奇诡新颖，意境浑融浓郁，是李贺诗歌中的杰出作品之一。

许 浑

许浑,生卒年不详,字用晦,一作仲晦,润州丹阳(今江苏省丹阳市)人。唐大和进士,官虞部员外郎,睦、郢二州刺史。年少时起体弱多病,喜爱林泉。其诗专攻律体,风格清丽,题材尤以怀古诗最佳。著有《丁卯集》。

塞下曲

原文

夜战桑乾北,秦兵①半不归。
朝来有乡信,犹自②寄寒衣③。

注释

①秦兵:唐都在秦朝旧地关中,故称唐军为"秦兵"。
②犹自:仍旧。
③寒衣:冬天御寒的衣服。

译文

在桑乾河北一场夜战,秦兵有一半人阵亡再也不能归营。
次日早晨收到从一位士兵家乡寄来的书信,信中说为他赶制的寒衣已经寄出。

> **赏 析**

　　本诗选取了一个典型事例写出了战争给人们带来的深重灾难。

　　前两句"夜战桑乾北，秦兵半不归"描写了一次发生在桑乾河北的夜战。唐代时，桑乾河位于北部边疆，无数诗文与此河有关，且多数与战争相关。那么，这场夜战的结果怎么样呢？"秦兵半不归"，竟然有半数的战士战死沙场，再也没有回来。这一辛酸的事实，奠定了全诗凄婉、哀伤的基调。

　　后两句"朝来有乡信，犹自寄寒衣"，接着陈述战士的家人来信寄冬衣。在无数个牺牲者中，有一位战士，在他牺牲后的第二天早晨家信寄来，信中说为他缝制的御寒衣服已经寄出。一夜之隔，变为阴阳之隔。此时此刻，阵亡的战士再也看不到家人的来信，再也无法感受到家人深切的思念之情。这是战争中一个很典型、真实的悲剧。"犹自"二字将诗人无尽的感慨和同情宣泄得无以复加。战士的悲剧，不仅寄予了诗人对制造这场战争的统治者的谴责，更寄予了他对士兵及其家属深刻的同情。至此，全诗达到了高潮，悲剧气氛已经达到了最高点，令人读来肝肠寸断。

　　本诗纯用白描手法叙事，没有发出任何议论，而倾向性则从诗人提炼出来的典型事件中自然流露出来。语言平淡质朴但不浅露，以真情实感打动人心。

杜 牧

杜牧（803—853年），字牧之，号樊川居士，京兆万年（今陕西省西安市）人，宰相杜佑之孙。唐文宗大和二年（828年）进士，历任监察御史，黄州、池州、睦州刺史等职，后入为司勋员外郎，最终官至中书舍人。以济世之才自负。后人称杜甫为"老杜"，称其为"小杜"，又与李商隐并称"小李杜"。其诗在晚唐成就颇高，诗文中多指陈时政之作。他的写景抒情小诗，多清丽生动。擅长文赋，其《阿房宫赋》为后世传诵。注重军事，写下了不少军事论文，还曾注释《孙子》。著有《樊川文集》。

河 湟①

原文

元载②相公曾借箸③，宪宗皇帝亦留神④。
旋见衣冠就东市⑤，忽遗弓剑⑥不西巡⑦。
牧羊驱马虽戎服，白发丹心尽汉臣⑧。
唯有凉州歌舞曲，流传天下乐闲人。

注释

①河湟：指今青海省和甘肃省境内的黄河和湟水流域，唐时是唐与吐蕃的边境地带。湟水是黄河上游支流，源出青海省东部，流经西宁市，至甘肃省兰州市西汇入黄河。

②元载：字公辅，唐代宗时为宰相，曾任西州刺史。大历八年（773年）

曾上书代宗，对西北边防提出一些建议，并献上地图，但为大将田神功所阻，终未实行。大历十二年（777年），因事被捕下狱，诏令自杀。

③借箸：为君王筹划国事。《史记·留侯世家》载，张良在刘邦吃饭时进策说："臣请借前箸为大王筹之。"

④留神：指关注河湟地区局势。唐宪宗李纯在看地图时，曾感叹过河湟地区的失陷，常想收复失地，但未及西征，便去世了。

⑤"旋见"句：汉景帝时，晁错任御史大夫，他对削藩巩固中央集权提出了很多建议，皇帝却听信谗言，杀死晁错，行刑时"错衣朝衣，斩东市"。东市，汉代长安城东部，原是处决犯人的地方，后成了刑场的代称。

⑥遗弓剑：传说黄帝修道，乘龙飞升仙界，只把平时用的弓剑留在人间。这里指宪宗好仙信神，吃金丹求长生，被宦官陈弘志等所杀。

⑦不西巡：不能到河湟一带巡猎。这里指唐宪宗没有来得及实现收复西北疆土的愿望。

⑧"牧羊"两句：典出《汉书·苏武传》："武留匈奴凡十九岁，始以强壮出，及还，须发尽白。"以及"杖汉节牧羊，卧起操持，节旄尽落"。

译文

宰相元载对西北边事提出了很多计策，宪宗皇帝对此事格外留神。

不久却见大臣身穿着朝服在东市就刑，皇上也没有等到西征就突然驾崩了。

河湟百姓虽然穿着异族服装，可他们依然白发丹心属于大唐子民。

只有凉州那动人的歌舞乐曲，在天下流传娱乐着那些富贵闲人。

赏析

此诗的主旨是讽刺当时的统治者无心国事而只知享乐，表达了诗人对国家边防的忧虑，突出壮志难酬的遗憾。

全诗一共分为两层。首联和颔联讲的是：元载为收复河湟地区提出了许多建议,却没有被采纳,反而遭到了不测,皇帝还没来得及收复河湟地区就突然驾崩了。诗人分别使用了三个典故。第一个是"借箸",借用了张良的典故,而且将元载比作张良,这就更加说明元载提出的建议十分有用,更体现了诗人对他的推崇。第二个"衣冠就东市",诗人借用晁错的典故,说明了元载和晁错都有同样的结局,也暗示诗人对元载的推崇和惋惜。第三个"忽遗弓剑",诗人采用了黄帝乘龙升仙的传说,借指宪宗好仙信神,喜求长生之术。针对宪宗被宦官所杀一事,诗人采取了委婉的说法——还没有来得及收复失地就猝然逝世,诗人发出了感叹和惋惜。诗人没有使用议论的手法,以上全用叙述,把诗人对河湟迟迟不能收复的弦外之音全都表达了出来。

颈联和尾联用强烈的对照描写,表现了诗人爱憎分明的情感。颈联的意思是:河湟百姓虽然穿着异族服装,可是他们依然白发丹心属于大唐子民。至于统治者,诗人在尾联中通过一个侧面描写,抓住了那些富贵闲人陶醉于轻歌曼舞这样一个细节,揭露了他们醉生梦死的丑态,也借此讽刺了当时统治者的昏庸与无能。

这首诗的写法有一个特点,就是用典故影射时事。诗中多处引用历史名人的故事,寄寓了很深的讽刺含义,将满腔抑郁不平之气以旷达幽默的语气表达出来,不仅加强了慨叹的语气,而且显得跌宕有致,使全诗抑扬顿挫,余味无穷。

李商隐

李商隐（约813—约858年），字义山，号玉谿生，祖籍怀州河内（今河南省沁阳市），生于荥阳（今河南省荥阳市）。开成进士，曾任弘农县尉、秘书省正字和东川节度使判官等职。因处于"牛李党争"的夹缝之中，被人排挤，一生不得志，潦倒终身。其诗构思新奇，风格秾丽，尤其是一些爱情诗写得缠绵悱恻，为人所传诵。他所作咏史诗多托古讽今，用典太多，过于隐晦迷离，难于索解。与杜牧齐名，两人并称"小李杜"，与李贺、李白合称"三李"。著有《李义山诗集》。

赠别前蔚州契苾使君①

原 文

何年部落到阴陵②，奕世③勤王国史称。
夜卷牙旗千帐雪，朝飞羽骑一河冰。
蕃儿襁负④来青冢，狄女壶浆出白登。
日晚鸊鹈泉畔猎，路人遥识郅都⑤鹰。

注 释

①契苾使君：即时任蔚州刺史的契苾通。契苾通是铁勒族契苾部人。其五世祖契苾何力在贞观年间归顺大唐，后又因军功封凉国公。契苾通封北海县侯，曾任振武军节度使、御史大夫等职。

②阴陵：阴山。契苾何力归唐后，曾移居阴山。

③奕世：累世，代代。

④褓负：背着孩子。

⑤郅都：生卒年不详，主要活动于西汉景帝时期，是著名酷吏，以残酷镇压豪强著称。在他任雁门太守时，匈奴人慑于他的威名，不敢犯境。

译文

什么时候契苾部落来到了阴陵，累世为朝廷效力，在史册上留下英名。

在雪压千帐的寒夜卷起牙旗突袭敌军，在河流冰封的早晨，率领羽林军的骑兵涉冰飞越。

西蕃的男儿背负着小孩来到了青冢，北狄的姑娘用瓦壶盛酒到白登犒劳军队。

傍晚出来在鸊鹈泉畔打猎，路上的行人远远就认出他所放的鹰就不敢靠近。

赏析

这是一首送别契苾通出征的诗，诗中交代了契苾部落归顺唐朝后与唐朝的友好关系，表彰了契苾氏历代勤王的功绩及对促进北方少数民族与唐和睦相处的作用。

首联"何年部落到阴陵，奕世勤王国史称"以设问起笔，高度概括了契苾部归附唐王朝和为朝廷效力的历史，这是朝廷对契苾一族的评价，表达了诗人的赞美之情。

颔联"夜卷牙旗千帐雪，朝飞羽骑一河冰"，诗人虚拟铺排，选择早晨、夜晚两个典型时间，又选择卷旗夜袭和朝飞冰河两个典型场面，突出表现了契苾骑兵行动迅速和英勇善战。诗人在这里称赞当年契苾氏勤王之日夜兼程，迅疾神勇，既是对当时藩镇的一种婉转批判，又借此勉励契苾通效仿其祖辈，效忠朝廷，重现契苾氏的雄风。

接着颈联转写现实，诗人描绘了具体的画面：契苾通深受各部族老幼欢迎。这对正在出师勤王、捍卫边塞的契苾通来说是一种强有力的支持和鼓励，同时也是我国各族人民友好相处、共同御侮的历史见证。这两句刻画出一位既深受各部落群众爱戴，又令敌人畏惮的边防太守形象。

尾联借出猎隐指对回鹘作战，这里以郅都比契苾通。"鹰"字双关，既关合上句"猎"字，给人以勇悍威严的印象，又喻契苾通正如号称"苍鹰"的郅都，为回鹘所畏惮，一明一暗，一喻物一喻人，结合非常巧妙。

这首诗声华壮丽，刚健雄劲。清赵臣瑗《山满楼笺注唐诗七言律》赞叹道："一、二追溯使君家声，三、四写使君英武，五、六写使君勋业，七、八写使君威名。真是写得神采奕奕，别开生面。"

陈 羽

陈羽，字号、生平、生卒年不详，唐时江东人。工诗，792年登进士第，曾任东宫卫佐，与诗僧灵一友善，唱答颇多，代表作《从军行》。《全唐诗》有其诗一卷传世。

从军行

原 文

海①畔风吹冻泥裂，枯桐叶落枝梢折。
横笛②闻声不见人，红旗直上天山雪。

注 释

①海：古代西域的沙漠、大湖都称为"海"，这里指天山脚下的大湖。
②横笛：笛子。

译 文

湖滨的冷风吹得冻土开裂了，梧桐树上的叶子已经刮光，树枝已被狂风折断。

听到嘹亮的笛声，却看不到吹笛的人，只见在天山白雪的映照下，红旗正在向峰巅移动。

> **赏 析**

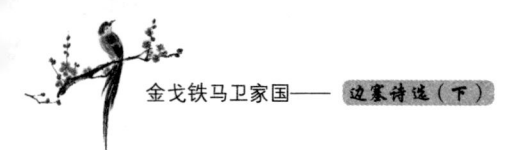

　　这是一首写风雪行军的绝句,全诗写得十分壮美。诗人以深情的笔触,描画了一幅色彩鲜明的边关将士行军图。

　　前两句是对行军途中的环境描写。其环境极为残酷:天山脚下湖滨的冷风吹得冻土开裂了,梧桐树上的叶子也已经吹得光秃秃的,就连树枝都被折断。诗人以恶劣的环境衬托从军将士们不畏风雪,士气昂扬。

　　后两句诗人选用了两种能够表现战士精神的物品"横笛""红旗"。在这荒无人烟、艰苦恶劣的环境中,竟还有高亢、嘹亮的笛声飘来。然而笛声高亢远播,却不见人影,循声远望,只见雪山上红旗正在向峰巅移动。诗人虽并没有具体描写战士们如何行进的,但是读者可以想象,在飘展的红旗下有一支不畏艰险、昂扬向上的边防军队在向峰巅前行。通过"直上"的动态描写,使得画面更加生动自然,体现出战士们不畏艰险、一往无前的精神。"天山雪"可以看出天气的恶劣与艰难的行走路径,侧面赞美了战士们甘于奉献、勇往直前的精神面貌。

　　全诗语言朴直,但是情感丰富,景物鲜明。一句一景,十分生动。诗人巧妙地运用映衬与指代的艺术手法,借景抒情,通过景物来代人,写人却不见人,一曲嘹亮的笛声,一行飘动的红旗,一支不畏艰险、勇往直前的队伍形象呼之欲出。诗中有情,情中有画。

陈 陶

陈陶，生卒年不详，字嵩伯，自号三教布衣，岭南人，具体不详。早年游学长安，善天文星象，于诗也颇有造诣。举进士不第，遂耽情于山水之间，曾南游，足迹遍布江南、岭南等地。后隐居南昌西山。其诗多为旅途题咏或隐居学仙之词，消极出世思想较浓，但也有部分投赠权贵、干谒求荐之作。《全唐诗》录其诗二卷。

陇西行[①]四首（其二）

原文

誓扫匈奴不顾身，五千貂锦[②]丧胡尘。
可怜无定河[③]边骨，犹是春闺梦里人。

注释

①陇西行：古乐府《相和歌辞·瑟调曲》旧题。

②貂锦：汉代羽林军（近卫军）着貂锦衣，这里指出征将士。

③无定河：在陕西省北部。上源红柳河，发源于白于山北侧，绕经今内蒙古自治区南端，穿长城，折向东南，经陕西省绥德县，到陕西省清涧县河口入黄河。因夏秋之际急流夹沙，随时改道，故名无定河。

译 文

发誓要横扫匈奴，奋不顾身，谁料想，五千名身穿貂锦衣的将士战死沙场。

只是可怜那无定河边散落的白骨，还是那闺阁女子的春宵梦里人。

赏 析

诗人所作《陇西行》共四首，这是第二首。本诗描写了边塞战争，反映了唐代长期的边塞战争给人民带来的痛苦和灾难。

前两句写将士们不顾生死，在前线作战，且伤亡惨重。将士们忠诚勇敢，誓死杀敌，奋不顾身。"誓扫""不顾"表现了唐军将士忠勇敢战的气概和献身精神。"貂锦"借指精锐部队。"五千"只是虚指，真正死亡的人数恐怕不止五千人。前两句以精练概括的语言，叙述了一个慷慨悲壮的激战场面——即便精锐的部队都有如此多的人员伤亡，可见战斗之激烈和伤亡之惨重。

后两句诗人笔锋陡转，写出一个惨绝人寰的现象。第三句仍是写战争的残酷。在战场旁的无定河边，有累累的白骨。本句并未直写战争带来的悲惨景象，但"河边骨"三字足以产生震撼心灵的悲剧力量。"可怜"二字紧承前句，写出了诗人对战死将士们的同情。第四句写牺牲者是那些春闺少妇日夜盼望归来团聚的丈夫。以"无定河边骨"与"春闺梦里人"比照，写闺中妻子不知征人战死，仍然在梦中与自己的丈夫相聚。丈夫出征，能够知道他们的下落，对这些深闺妇人来说是一种告慰。但在这里，丈夫长年没有音信，其实早已变成无定河边的枯骨，妻子却还在梦中盼他早日归来团聚。灾难和不幸降临，不但毫无察觉，反而满怀着热切美好的希望，几番梦中相逢，这才是真正的悲剧。后两句一边是现实，一边是梦境，一边是悲哀凄惨的枯骨，一边是闺阁妇人梦中年轻英俊的丈夫，对比鲜明，虚实相对，用意工妙。

全诗运用对比手法，虚实相对，产生了强烈的艺术效果，包含着诗人深沉的感慨。这首诗诗意深挚，情景凄惨，读者吟来不禁潸然泪下。诗中凝聚了诗人对战死者及其家人的无限同情，反映了唐代长期征战带给百姓的痛苦和灾难，表达了诗人的厌战情绪。

曹 松

曹松（约828—约903年），字梦徵，舒州（今安徽省潜山市）人。唐代晚期诗人，出身贫寒，早年曾避乱栖居洪都西山。后投建州刺史李频。李频去世后，其无所依靠，浪迹江湖。热衷功名，昭宗光化四年（901年）进士及第，其时已年过七十，特敕授官校书郎而卒。工五言律诗，诗多行旅漫游之作，取境幽深，炼字琢句，不流于晦涩。《全唐诗》存其诗二卷。

己亥岁①二首（其一）

原 文

泽国②江山入战图，生民何计乐樵苏③。
凭君④莫话封侯事⑤，一将功成万骨枯。

注 释

①己亥岁：唐僖宗乾符六年（879年）。此诗题下注"僖宗广明元年"，所以此诗大概是诗人于广明元年（880年）追忆去年（己亥年）时事而作，是针对镇海（今浙江省宁波市）节度使高骈镇压黄巢起义一事而写成的。

②泽国：江汉流域多河流湖泊，故称。

③乐樵苏：犹言百姓以打柴割草平安度日为乐。樵苏，打柴为"樵"，割草为"苏"。

④凭君：请君，劝君。

⑤封侯事：指凭军功受到封侯赏赐的事。

译文

水乡泽国卷入战火，百姓无法维持生计何谈安居乐业？

请您不要再谈论封侯之事了，一名将军的战功是死伤成千上万的士兵来成全的。

赏析

全诗写出了战争对百姓造成的深重灾难，以冷峻深邃的目光洞穿千百年来封建战争的实质，明确表明了对战争的批判态度。

前两句写的是兵荒马乱、生灵涂炭的社会现实。第一句从"泽国"入手，交代了地点和战事。"入战图"三个字，表达得委婉曲折，不直言战乱已经波及了江汉流域，而说该地区已被绘入军事地图，这反映了安史之乱后的战火不断蔓延，战乱频发的现实。第二句以问句的形式写出了战争对百姓生活造成的影响。打柴割草的生活本就艰辛，但在当时生灵涂炭、民不聊生的社会环境下，却成为百姓心目中的一种理想生活。然而即便是无乐可言的艰辛——樵苏之"乐"，对颠沛流离、命悬一线的"生民"来说仍是一种奢望。在此处，诗人用"乐"字反衬"生民"的苦不堪言，如泣如诉，当真要让闻者伤心，见者落泪了。

后两句写古代战争以取首级之数记功，战争造成了惨烈的杀戮、百姓的大量死亡。"凭君莫话封侯事"中的"封侯"之事，是具有现实针对性的：公元879年（乾符六年，即"己亥岁"）镇海节度使高骈就以在淮南镇压黄巢起义军的"战功"而受到封赏，其实是"功在杀人多"罢了。实在令人闻之发指，言之齿冷，难怪诗人闭目摇手道"凭君莫话封侯事"了。一个"凭"字，意在"请"与"求"之间，语调比言"请"更软，意谓请您不要再谈论封侯之事了。词苦声酸，全由此一字推敲得来。"一将功成万骨枯"，则入木三分地揭示了一个将军扬名立万是牺牲

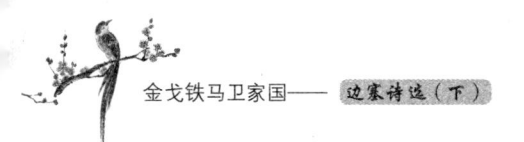

千万士兵生命换来的这个血淋淋的现实。其中,"一"与"万"、将军荣与"万骨枯"形成了尖锐的对比,令人触目惊心,具有高度的概括性。可谓字字千钧,掷地有声,令人警醒。这两句为一篇之警策,也成了历来传诵不衰的名句。

  全诗辞约义丰,力透纸背,将残酷的战争所造成的巨大伤害表现得淋漓尽致。

金昌绪

金昌绪，生卒年不详，生平事迹也不可考，仅知道他是余杭（今浙江省杭州市）人，活跃在唐宣宗大中年间（847—859年）以前，传世的诗仅存《春怨》一首，但广受好评。《千家诗》署此诗的作者为唐玄宗时代的名将盖嘉运，但这一说法流传不广。

春 怨①

原 文

打起黄莺儿，莫教枝上啼。
啼时惊妾梦，不得到辽西②。

注 释

①《春怨》：乐府诗题，又作《伊州歌》，是唐代最为流行的歌曲之一，歌词大多写闺怨。

②辽西：今辽宁西部，秦汉时为辽西郡，唐朝建立后在辽西故地置东夷都护府，是中原进入东北的必经之路，自古是兵家必争之地。

译 文

把树上的黄莺打走，别再让它们在枝头啼叫了。

它的啼叫声惊扰了我的好梦,梦中不能到辽西和丈夫团聚。

赏析

这首诗通过描写一位女子对远征在外的丈夫的思念,来体现"春怨"的主题。

前两句写女主人公赶走树上黄莺的场景。春天到来,黄莺婉转啼叫,一派充满生机与活力的春天的景象。此时女主人公正是独自一人,黄莺的陪伴不是更减轻了她的孤独吗?而且一个"儿"字也透出了几分的亲昵,说明女主人公并不讨厌它们,但是为什么偏偏要把它们都打走呢?一定是有什么原因。答案在第二句初步揭晓,原来是一早黄莺便在枝头叽叽喳喳地叫个不停,"莫教枝上啼"一句表明也许女主人公并无意要打走它们,只是想让它们停止啼叫。是今日的啼叫声与往日有什么不同,女主人公才不想听到,还是有什么其他的原因呢?这一句只是说明了因为黄莺的啼叫声才打走它们,还是没有揭示出深层的原因。

第三句写黄莺的啼叫声惊扰了女主人公的梦。在这里,诗人运用顶真的修辞手法写出了女主人公打走黄莺,不让黄莺啼叫的原因。原来是一早黄莺在枝头的啼叫声扰了女主人公的清梦。究竟是什么美梦使得女主人公要赶走这些平日里与自己为伴的黄莺呢?读到最后一句,所有的迷惑全都解开了,整首诗的意蕴也就全都出来了。春天里,黄莺婉转动人的啼叫声,非但没有给这位独守空闺、思念丈夫的女子带来些许的安慰和欢乐,反倒招来了一顿"打"。平日里或许不会如此,但是,这次黄莺的啼叫声惊扰了她与在辽西守边的丈夫团聚的美梦。这样一来,也就自然而然地扣住了"春怨"这一诗题。

这是一首构思极为巧妙的春闺望夫诗。通篇虽然都是在写儿女情长,实际上却是在写征妇怨。全诗语言轻快,意象生动,自然流畅,有浓郁的

民歌色彩。虽然取材简单，但是却蕴含丰富。南宋张端义《贵耳集》盛赞此诗："作诗有句法，意连句圆。'打起黄莺儿……'一句一连，未尝间断。作诗当参此意，便有神圣工巧。"

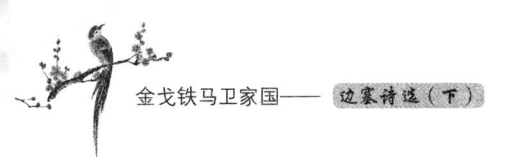

张 乔

张乔,生卒年不详,字伯迁,一作松年,池州青阳(今安徽省池州市)人。咸通进士,但受时世与命运所限,终身不得官。后隐居九华山。其诗多写山水自然,不乏清新之作,诗格清雅巧思,风格似贾岛。《全唐诗》存其诗二卷。

书边事

原文

调角①断清秋,征人倚戍楼。
春风对青冢,白日落梁州②。
大漠③无兵阻,穷边有客游。
蕃④情似⑤此水,长愿向南流。

注释

①调角:犹吹角。
②梁州:当时指凉州,在今甘肃省武威市,为河湟十三州之一。
③大漠:一作"大汉"。
④蕃:指吐蕃。
⑤似:一作"如"。

张乔

译文

号角声划断了清秋的宁静,征人独自凭倚着戍楼。
春风吹拂王昭君的青冢,夕阳在边城凉州西沉下去。
广袤的荒漠没有士兵的阻挠,在绝远的边地也有游客旅游。
希望吐蕃人的情意就像这条流水,愿意永久地归附中原一直向南流。

赏析

唐朝自肃宗以后,河西、陇右一带长期被吐蕃所占。宣宗大中五年(851年)沙州民众起义军首领张议潮,在出兵收取瓜、伊、西、甘、肃、兰、鄯、河、岷、廓十州后,派遣其兄张议潭奉沙、瓜等十一州地图入朝,宣宗因以张议潮为归义军节度使;大中十一年(857年),吐蕃将尚延心以河湟降唐,其地又全归唐朝所有。自此,唐代西部边塞地区才又出现了和平安定的局面。此诗的写作背景大约是在上述情况之后。

首联写号角声中征人独自倚楼的情景。诗篇开始,呈现在我们面前的是一幅边塞军旅图。清秋时节,万里长空,号角声在回荡,一个"断"字将无形的号角声写得具体可感,同时也将号角声的音韵之美和音域之广传神地表现了出来。首句从辽远开阔的空间落笔,勾勒出宽广的背景。"征人倚戍楼"一句写出了征人倚楼的安闲姿态,就像是在欣赏着边关迷人的秋色。用"倚"字而不用"守"字,表现出了边关一派安定平和、征人无事的景象。

颔联写秋风吹过青冢,夕阳西下的图景。这里的"春风"并不是实指,而是虚指。"青冢"指汉朝王昭君的坟墓,这也使人由昭君出塞的和亲故事想到眼前边关的安宁,同时也能体会到民族团结是人们一直以来的夙愿。傍晚时分,夕阳西下,视线从昭君墓转移到凉州,看到的依然是一派平和的景象。

颈联写游客到边关游玩。"大漠"和"穷边"两词极言边塞地区的广漠无边。此外,"无兵阻"和"有客游"中的"无"和"有"、"兵"和

"客"的对比，也表明了在边关地区因为没有吐蕃兵的阻挠，才会有游客的到来。此处对边关安定祥和景象的描绘是对前面所描绘的景物的点化。

尾联写吐蕃归顺中原就像水向南流一样。这里运用生动的比喻，形象而自然地写出了诗人的心愿。"此水"不是确指，诗人望着滔滔奔流的河水，浮想联翩，思绪万千。他此刻在想：吐蕃人的情意如果能像这河水一样，长久地流向中原该有多好。表现了诗人渴望民族团结、边关安定的强烈愿望。

这首诗所写是诗人游历边塞时的所见、所闻、所感，全诗意境开阔而深远，气韵直贯而又抑扬顿挫，读起来荡气回肠，韵味无穷。正如俞陛云在《诗境浅说》中所说："此诗高视阔步而出，一气直书，而仍有顿挫，亦高格之一也。"通过反复对边塞地区安定平和景象的描写，表达了诗人渴望民族团结的愿望。

卢汝弼

卢汝弼（？—921年），字子谐，一作子谐，范阳（今河北省涿州市）人。景福进士，随唐昭宗迁都洛阳后在李克用手下做节度副使。在后唐庄宗嗣位后，官至祠部郎中，知制诰。其诗清丽哀婉，辞多悲气，《全唐诗》仅存其诗八首，皆是佳作，尤以《秋夕寓居精舍书事》和《和李秀才边庭四时怨（其四）》两首为最善。

和李秀才①边庭四时怨四首（其一）

原文

春风昨夜到榆关，故国②烟花③想已残。
少妇④不知归不得，朝朝应上望夫山⑤。

注释

①李秀才：诗人的友人，生平不可考。
②故国：此指家乡。
③烟花：泛指春景。
④少妇：指戍边将士的妻子。
⑤望夫山：山名，此诗中所提望夫山地理位置尚不明确，一说为泛指。

译文

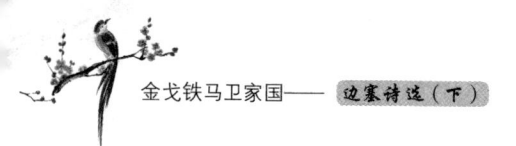

昨夜春风吹进了山海关,遥想故乡的青烟红花都早已凋残。

少妇不知道征夫还能否回来,每天都要到望夫山上遥望。

赏析

《和李秀才边庭四时怨》是唐朝诗人卢汝弼创作的一组七言绝句。这组诗总共四首,此诗是第一首。

前两句写春风初到榆关,勾起了征人的乡思。首句"春风昨夜到榆关",先从边地春迟入手。此时征人悲喜交加,喜是因为,春天又重新回来了,悲则是因为初感春风便勾起了征人的乡情。第二句中,从"已残"二字可知榆关距离征人的家乡是遥远的,征人思念家乡已经不是一天两天了,这为后文的"朝朝"埋下了伏笔。

后两句"少妇不知归不得,朝朝应上望夫山",全由征人想象而出。闺中少妇不知道丈夫是否能够回来,内心一片忧怨,因担心丈夫的生死,便每天都要到望夫山上遥望。"不知"把人引入战乱四起、音信全无的情景之中。

此诗包含着一个少妇相思的动人故事,立意新奇、意境深远,少妇的形象被刻画得生动丰满,焕发出震撼心灵的艺术魅力。

和李秀才边庭四时怨四首(其四)

原 文

朔风吹雪透刀瘢,饮马长城窟更寒。
半夜火来①知有敌,一时齐保贺兰山②。

注释

①火来：谓报警的烽火骤起。
②贺兰山：又称阿拉善山，在今宁夏省、内蒙古自治区交界处。

译文

冬天北风吹着飘雪，寒风吹透了刀箭疤痕，骑着战马在长城窟下饮水，感觉更为寒冷了。

半夜里烽火骤起，知道有敌人来侵犯，一时间全部战士冲锋陷阵，决心要保卫贺兰山。

赏析

此诗描写戍边将士不顾伤痛苦寒，誓死卫国的英雄气概。

前两句写塞外苦寒的环境。"朔风吹雪透刀瘢"写北地严寒，北风吹着飘雪，寒风吹透刀瘢，这种描写令读者印象深刻。边疆战士身经百战，已是伤痕累累，而负伤的将士仍在戍守的岗位上继续迎风冒雪，一个"透"字写风雪从刀瘢处穿透，写出了戍边将士的艰辛。"饮马长城窟更寒"一句中，一个"更"字更加突出了"寒"字的分量。这两句对北地的严寒做了极致的形容，为下文蓄势。

"半夜火来知有敌"，继续渲染边塞的艰险，半夜里烽火骤起，这是敌人夜袭的警报，引发了最后一句的描写。"一时齐保贺兰山"，是这首小诗诗意所在。"一时""齐"，犹言共同，不分先后。只要敌人来犯，时刻准备着与敌人战斗。这两句尤其突出了将士们在极其恶劣的环境下团结一致、共同抗敌的英雄气概。

全诗格调急促高昂，意境开阔，悲气弥漫却不失雄壮之气，动人心

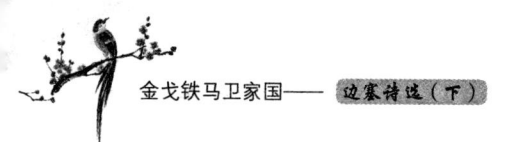

魄。写艰苦的自然环境，其实是为了突出将士们不畏艰难的精神。题名为"怨"，而毫无哀怨之情，这是一首歌唱英雄主义的赞歌，洋溢着积极乐观的精神，语意新奇，韵格超绝。

王安石

王安石（1021—1086年），字介甫，号半山，抚州临川（今江西省抚州市）人。北宋时期政治家、文学家、思想家、改革家。"唐宋八大家"之一。庆历二年（1042年）进士及第，历任扬州签判、鄞县知县、舒州通判等职，政绩显著。熙宁二年（1069年）任参知政事，次年拜相，在神宗支持下主持变法，史称"王安石变法"。因守旧派反对，熙宁七年（1074年）罢相，一年后被起用，随即又被罢免。元祐元年（1086年），新法尽被废，王安石在江宁（今江苏省南京市）抑郁而终。在文学上，王安石具有突出成就。其诗含蓄深沉，丰神远韵，自成一家。有《王文公文集》《临川先生文集》等著作存世。

白沟①行

原文

白沟河边蕃塞②地，送迎蕃使年年事。
蕃使常来射狐兔③，汉兵④不道传烽燧。
万里锄耰接塞垣⑤，幽燕桑叶暗川原。
棘门灞上徒儿戏⑥，李牧廉颇莫更论⑦。

注释

①白沟：宋辽之间的界河。是燕云十六州的南界，澶渊之盟中并入辽国版图，宋的银绢等岁币都送至白沟。

②蕃塞：此指与辽国相接的边境地区。

③"蕃使"句：意指辽国常以打猎为名向宋朝炫耀武力。

④汉兵：指宋兵。

⑤"万里"句：指宋朝广阔的农业地区与边塞相接。耰，古代农具，像耙子。

⑥"棘门"句：指宋军就像当年棘门、灞上驻军一样松弛，没有战斗力。《史记·绛侯周勃世家》记载，匈奴率军进犯，汉文帝派三位将军驻扎在灞上、棘门、细柳三地，后亲自去三地巡视，棘门与灞上纪律松弛，只有周亚夫的细柳营军纪严明。

⑦"李牧"句：指北宋的边将更不能与古时的名将李牧、廉颇相比了。莫更论，更不用说了。

译 文

白沟河是宋辽交界的边境地区，每年都有送迎辽国使臣的事情。

辽国经常借打猎之名来炫耀武力，宋兵却不知道点燃烽火发出警报。

边塞将士守卫着广阔的农业地区，幽、燕两州生产蚕桑又占据极其重要的地位。

可是边界上的驻军像当年棘门、灞上的驻军一样松弛，更不用与李牧、廉颇那样的良将相比了。

赏 析

此诗是王安石伴送辽使北归途中路过白沟时所写。全诗批判了北宋统治者醉心和议、边防松懈、无险可守、苟且偷安的可耻行径，表现了诗人对边将所任非人和对国家前途的深深担忧，也暗寓了他对朝廷统治者的不满。

首联以"送迎蕃使"写起，划白沟为界，使白沟河河北尽成辽地，并且年年在这里迎送辽使，点出"白沟"为宋、辽边界的特殊地理位置。

颔联写辽国的骑兵经常来这里打猎，进行军事挑衅，而宋军却放松戒备，不知报警。在对事实的描述中，流露出诗人对边防麻痹大意的极为不满。

　　颈联写出了诗人对北宋边地的忧虑。北宋北边肥沃的土地和富饶的原野上，没有任何防御措施；而辽国表面上桑林密布，实则暗藏杀机，这正是做好了充分的戍边准备的结果。假如一旦发动战争，辽国就会长驱而入，百姓将遭受国破家亡之难。

　　尾联总结全诗，借用史实，揭示了山河残破、边塞失防问题的原因所在，指责宋朝边将视边防如同儿戏，实际上以指桑骂槐的方式，批评指责宋朝统治者不能任用良将。

　　这首诗在写作上极具特色：写实议论相结合，写实简明，议论独到；通过古今将领对比，生动形象，含意深远。最后以史作喻，警诫时人，有振聋发聩之效。

岳 飞

岳飞（1103—1142年），字鹏举，相州汤阴（今河南省汤阴县）人。南宋初期抗金名将。岳飞从二十岁起，曾先后四次从军。从建炎三年（1129年）遇宗泽起到绍兴十年（1140年）为止的十余年间，率领岳家军与金军进行过数百次大小战斗。绍兴四年（1134年），收复襄阳等六郡。绍兴六年（1136年），率师北伐，顺利攻取商州、虢州等地。绍兴十年（1140年），完颜宗弼毁盟攻宋，岳飞挥师北伐，先后收复郑州、洛城等地，又于郾城、颖昌大败金军，进军朱仙镇。宋高宗赵构和秦桧一意求和，以十二道象征紧急命令的金牌催令其班师。在绍兴和议过程中，岳飞遭受秦桧等人的诬陷，被捕入狱。绍兴十二年（1142年），岳飞以"莫须有"的罪名被杀害。孝宗即位，获平反昭雪，追谥"武穆"。宁宗时，追封鄂王。岳飞文才卓越，诗词均有佳作，著有《岳忠武王文集》。

送张紫岩先生[①]北伐

原文

号令风霆[②]迅，天声动北陬[③]。
长驱渡河洛[④]，直捣[⑤]向燕幽。
马蹀[⑥]阏氏[⑦]血，旗枭可汗[⑧]头。
归来报明主，恢复旧神州[⑨]。

岳飞

注释

①张紫岩先生：张浚，自号紫岩先生，南宋著名爱国将领，官至宰相。诗人的朋友。

②风霆：疾风暴雷。形容迅速，雷厉风行。

③"天声"句：谓宋军的声威震动了北方的边远地区。天声，朝廷的声威。陬，角落。

④河洛：黄河和洛水，这里泛指金人占领的土地。

⑤直捣：势不可当地进攻。

⑥蹀：踏。

⑦阏氏：匈奴的王后，这里代指金国统治者。

⑧可汗：古代西域各国的君主，这里指金国统治者。

⑨神州：古代中国称为神州。

译文

北伐的号令像疾风暴雷一样迅速，宋军的声威以惊天动地的气势传遍北方每个角落。

军队长驱渡过黄河和洛水，必将收复失地，一直攻打到幽、燕一带。

用马蹄来踩踏阏氏的血肉，把可汗的人头割下来挂在旗杆上示众。

一定要把胜利归来的消息上报皇帝，收复了河山，国家又得到了统一。

赏析

这首诗不是一般的赠送酬答之作，而是一首雄伟嘹亮的进行曲，一首爱国主义佳作。

首联就以壮阔的气势先声夺人，"号令"即北伐的号令，"天声"是说宋军的声势，写出了宋军奉命北伐时奔赴前线的惊天动地的气势，足以震慑敌人，且传遍北方的每个角落。用这种天风海雨之势起笔，充分显示出民心士气的雄壮和誓复故土的决心，全诗充溢着高昂亢奋的情调。

颔联和颈联是两个对偶句，以"长驱""直捣""马蹀""旗枭"等一连串的动作描写，使诗歌如高山瀑布，一泻千里。"长驱""直捣"显示出势如破竹的气势；"河洛""燕幽"，是宋朝统一的愿望。这四句希望张浚率大军直捣金人老巢，擒斩敌酋，一举收复神州。收复河山，恢复失地，这不正是宋朝君臣百姓历代以来梦寐以求、念念不忘的基业吗？

"归来报明主，恢复旧神州"，写胜利归来，祖国统一。这是岳飞的夙愿，也是他和张浚的共同理想，将自己的爱国豪情推向顶峰。据考证，此诗作于绍兴四年（1134年），金兀术与伪齐皇帝刘豫联合南侵。张浚任宋军统帅，北上抗敌。岳飞也参与了这场战役，大破伪齐军队，收复襄阳等六州，为实现理想进行了不懈的斗争。

全诗志向高远，激情喷发，一气呵成，充满浓厚深沉的爱国主义情感和豪迈雄壮的英雄主义气概。

陆游

陆游（1125—1210年），字务观，号放翁，越州山阴（今浙江省绍兴市）人。南宋爱国诗人。陆游生于两宋之交，少年时深受家庭爱国思想的熏陶。绍兴二十三年（1153年），陆游进京，次年参加礼部考试，因受秦桧嫉恨，仕途不畅。秦桧病逝后，初入仕途，曾任隆兴府通判、四川宣抚使干办公事兼检法官、江西常平提举、礼部郎中等职，官终宝谟阁待制。他一生支持北伐，因此得罪主和派，屡遭贬谪却矢志不渝。嘉定二年（1210年）与世长辞，留绝笔《示儿》。陆游是存诗最多的诗人，达九千余首，他的诗风格多变，有的充满战斗豪情，有的洋溢着田园逸致，也有动人的爱情诗。有手定《剑南诗稿》存世。

书愤①五首（其一）

原文

早岁②那知世事艰③，中原④北望气如山。
楼船夜雪瓜洲渡⑤，铁马秋风大散关⑥。
塞上长城⑦空自许，镜中衰鬓⑧已先斑。
出师一表⑨真名世，千载谁堪⑩伯仲间⑪！

注释

①书愤：抒发义愤。
②早岁：早年，年轻时。

③世事艰：此处指抗金大业屡遭破坏。

④中原：指淮河以北沦陷在金人手中的地区。

⑤瓜洲渡：在今江苏省扬州市邗江区南的长江边，与镇江隔江相对，为江防要地。宋高宗绍兴三十一年（1161年），南宋名臣虞允文大败金军，金主完颜亮准备在瓜洲渡渡江，被反叛的将士杀死，金军退兵。

⑥大散关：在今陕西省宝鸡市西南，是当时宋、金的西部边界。宋孝宗乾道八年（1172年），陆游在四川宣抚使王炎幕中，积极谋划抗金事宜，曾屡次在大散关前线考察。因王炎被调走，陆游收复故土的愿望再次落空。

⑦塞上长城：比喻能守边的将领。

⑧衰鬓：年老而疏白的鬓发。

⑨出师一表：指诸葛亮在蜀汉建兴五年（227年）三月出兵伐魏前所作的《出师表》。表达了自己"奖率三军，北定中原"，"兴复汉室，还于旧都"的坚定决心。

⑩堪：能够。

⑪伯仲间：相提并论。伯仲，兄弟长幼次序，"伯"排行老大，"仲"为老二。

译文

年轻时哪里知道世事艰难，我常常北望被金人侵占的中原大地，心中的愤恨怨气如山。

在雪夜里乘着高大的战舰大破金兵于瓜洲渡口，曾骑着披甲的战马在秋风中的大散关纵横驰骋。

想当初我自比是塞上长城般的守边将领，如今对着镜子，发现壮志未酬，头发先已花白。

《出师表》这篇文章真是举世闻名，千载之后谁还能和毕生以收复中原为己任的诸葛亮相提并论呢？

赏析

此诗写于淳熙十三年（1186年），其时诗人已六十一岁，退居山阴家中已经六年，诗人想起山河破碎，国土尚未收回，感叹世事多艰，于是郁愤之情便喷薄而出。

整首诗紧密围绕抒"愤"而展开，一共可分为两层：前四句是第一层，主要概括了诗人青年时的凌云壮志和战斗生活。后四句是第二层，主要抒发了壮志未酬和功业难成的悲愤之气。首联塑造了诗人早年的自我形象。以回忆年轻时力主北伐抗金，收复失地的凌云壮志为主体。但"那知世事艰"则深婉细腻地吐露了小人误国、自己屡遭排斥而导致的辛酸和忧愤。诗人开篇一自问，问出多少郁愤。"气如山"则不用一个动词，气势全出，饱含着诗人浓郁高昂的战斗情绪。

颔联接着将恢复中原之志具体化，宋军曾在瓜洲渡口阻击金兵的进犯，诗人自己更是在大散关研究抗敌策略，一心收复失地。"楼船"与"铁马"二句，描述过去的辉煌，恰与眼前的"世事艰"形成鲜明对比，从而突出了诗人对现实状况的不满。这两句流露出诗人抗金复国的豪情壮志。

颈联写时光流逝，壮志未酬，头发斑白，这正是诗人痛心疾首的。"塞上长城"一语，诗人以典明志，可见年少时的磅礴大气，如今诗人又将壮志未酬的苦闷全寓于一个"空"字。两相对照，满是悲怆。诗人心怀壮志而无法施展，内心由悲怆转化成郁愤。

尾联用典明志，诗人追慕诸葛亮北伐的功绩，渴望施展抱负，并对当时南宋统治阶级沉溺享乐、无心收复失地的偏安思想进行了谴责，抒发了壮志未遂、时光虚掷、功业难成的悲愤之情。

此诗虽然没有一个"愤"字，但诗人胸中那郁积之"愤"却彰显于字里行间，笔力雄健，对仗工整，气势豪迈，其爱国之情感染着每一位读者。

十一月四日风雨大作二首（其二）

原文

僵卧①孤村不自哀②，尚思为国戍轮台③。
夜阑④卧听风吹雨，铁马⑤冰河⑥入梦来。

注释

①僵卧：躺卧不起。这里形容自己穷居孤村，无所作为。

②不自哀：不为自己哀伤。

③戍轮台：在轮台一带防守，这里指戍守边疆。戍，守卫。轮台，在今新疆维吾尔自治区境内，此代指边关。

④夜阑：夜深。

⑤铁马：披着铁甲的战马。

⑥冰河：冰封的河流，指北方地区的河流。

译文

躺卧在孤寂荒凉的乡村里，没有为自己的艰难处境感到悲哀，我还想替国家去守卫边疆。

夜深了，我躺在床上听到那风吹雨打的声音，迷迷糊糊地梦见自己骑着披甲战马跨过冰封的河流出征疆场。

赏析

这首诗作于南宋光宗绍熙三年（1192年），主要写十一月四日的大雨和诗人之处境。诗中强烈表达了诗人的爱国情怀以及忧国忧民的思想感情。

前两句写诗人困居孤村，贫病交加，但并没有顾影自怜，而是心忧复

国大计,不失马革裹尸的雄心壮志。第一句"僵卧孤村不自哀",显示出崇高的气节与情操,是对"不自哀"这种精神状态的解释。第二句"尚思为国戍轮台",诗人对自己的处境并不感到悲哀,贫病凄凉对他来说没有什么值得悲哀之处,一想到戍守边疆乃至复国大业,他就不再计较个人的得失。"不自哀"以"僵卧孤村"来反衬,前后照应,形成对比。

后两句转入实写。"夜阑卧听风吹雨"紧承上两句。因"思"而夜深不能成眠,诗人心头始终郁结着慷慨之情,所以当夜深人静,忽听到窗外风吹雨打声,岂能不触景生情,由风雨大作的气势联想到国家的风雨飘摇,由国家的风雨飘摇又自然联想到战争的风云、壮年的军旅生活?这样听着、想着,辗转反侧,幻化出的是"铁马冰河",诗人的感情至此推向高潮。"入梦来"曲折地反映了现实的可悲:诗人有心报国却遭排斥而无法杀敌,御敌之勇只能形诸梦境。"铁马冰河入梦来"正是诗人日夜所思的结果。但诗人并不悲观,此诗总的基调是高昂向上的,情绪是令人鼓舞的。

全诗意境开阔,气魄恢宏,有很强的艺术概括力,淋漓尽致地表达了诗人的英雄气概。这也是一代志士仁人的心声,代表着南宋时代的民族正气。

示 儿①

原文

死去元知②万事空③,但悲不见九州同④。
王师⑤北定中原日,家祭⑥无忘告乃翁⑦。

注释

①示儿:写给儿子们看。
②元知:原本知道。元,通"原",本来。

③万事空：什么也没有了。
④九州同：国家统一。
⑤王师：指南宋朝廷的军队。
⑥家祭：对祖先的祭祀。
⑦乃翁：你的父亲，指陆游自己。

译文

我原本知道死去之后人间的一切就都和我无关了，唯一使我感到悲哀的，就是没能亲眼看到国家统一。

当大宋军队收复中原失地的那一天，你们举行家祭时不要忘了告诉我。

赏析

陆游是南宋爱国诗人，毕生从事抗金和收复失地的正义事业。虽然屡遭投降派排挤、打压，但其爱国热情始终没有消减。这首《示儿》诗是他临终前写的，既是他的绝笔，也是他的遗嘱。

前两句描写了诗人因中原未被收复而产生的悲哀凄凉的心情。"元知"，原本就知道，"万事空"，是说人死后什么都没有了。但从诗人的情感流向来看，"元知万事空"有着更加重要的一面，它不但表现了诗人无畏的生死观，更重要的是为下文的"但悲"起到了有力的反衬作用。"元""空"二字更加强劲有力，反衬出诗人"不见九州同"则死不瞑目的心情。第二句继续描写诗人悲怆的心境。这一句的诗意是诗人向儿子们交代他最后的遗憾，那就是没有亲眼看到国家统一。一个"悲"字深刻反映了诗人内心的悲哀、遗憾之情。诗人临终前想到的不是个人生死，而是没有看见国家统一。

后两句正式写出对儿子的嘱托。"王师北定中原日"紧承上句，诗的格调由悲哀转向激昂。诗人以热情慷慨的语气表达了渴望收复失地的信念。虽然诗人很沉痛，但他并没有绝望。诗人坚信总有一天可以"北定中原"，国

家统一。最后一句"家祭无忘告乃翁",情绪由激昂转向悲痛,写自己已经看不到国家统一的那一天,只好把希望寄托于后代子孙。但在同时,他又满怀信心,坚信最后一定有"北定中原"之日。因此,这首诗最重要的一个特色就是把壮怀寓于悲痛之中,其基调依然是昂扬的。

此诗悲壮沉痛,可歌可泣,语言流畅,行文多变,展现了陆游的爱国主义精神。

金错刀①行

原 文

黄金错刀白玉装,夜穿窗扉出光芒。
丈夫五十功未立,提刀独立顾八荒。
京华②结交尽奇士③,意气④相期⑤共生死。
千年史策耻无名,一片丹心报天子。
尔来⑥从军天汉滨,南山晓雪玉嶙峋⑦。
呜呼!楚虽三户⑧能亡秦,岂有堂堂中国空无人!

注 释

①金错刀:用黄金装饰的刀。

②京华:京城之美称,即今杭州市。因京城是文物、人才汇集之地,故称。

③奇士:奇才异士,指才能出众的人。

④意气:志向和气概。

⑤相期:相互约定。

⑥尔来:近来。尔,同"迩",近。

⑦玉嶙峋:洁白如玉的山石参差矗立。

⑧楚虽三户：战国时，秦攻楚，占领了楚国不少地方。楚人激愤，有楚南公云："楚虽三户，亡秦必楚。"意思是，楚国即使只剩下三户人家，最后也一定能报仇灭秦。

译文

用黄金装饰、白玉镶嵌的宝刀，到夜间它的光芒可以穿透窗户。

大丈夫已五十岁还没有在沙场立功，手提战刀独立傲视四方。

我在京城里结交那些奇才异士，彼此意气相投，相互约定为国战斗，同生共死。

羞耻于不能在流传千年的史册上留名，但有一颗丹心始终想报效天子。

近来我到汉水边从军，远处的终南山顶山石嶙峋、晨雪耀眼。

啊！楚国即使只剩下三户人家也能报仇灭秦，难道我堂堂中原大国，真的没有人了吗？

赏析

宋孝宗乾道七年（1171年），陆游应四川宣抚使王炎的聘请，到南郑（今陕西省汉中市）担任干办公事，他到任后，曾多次奔走于前线视察军情，投身于收复失地的准备工作。十月，他根据这段在汉中的经历和感受，写下了这首《金错刀行》。全诗表达了诗人对政府军的不满，也是对满目疮痍的祖国的伤心欲绝。

前两句是托物起兴。"黄金错刀白玉装"一句，描绘宝刀外观之美。"夜穿窗扉出光芒"一句，说宝刀在黑夜发出的光芒可以穿透窗户，更说明了提刀人身份和志向的不凡；表面上是对宝刀的描绘和赞美，其实更多的还是流露出宝刀无用武之地，英雄无报国之门的悲哀。

三、四句由刀及人，暗示主人公的报国之志。"丈夫五十功未立"是说大丈夫已经到了五十岁还没有在沙场立功，看似悲哀，实则慷慨，抒

发了诗人内心的豪情壮志，更显出了提刀人的胸怀大志。"顾八荒"写出了提刀人的神态，既有英雄无用武之地的落寞惆怅，更有顾盼自雄的豪迈气概。

中间四句倒插一笔，写早年在京城结交的奇才异士，形成了一个爱国志士群体，诗人立功报国并非孤立无援，而是有一批意气相投、同生共死的友人做伴。此处更加说明了作者誓死报国的决心。

"尔来从军天汉滨，南山晓雪玉嶙峋"，这两句写终南山顶山石嶙峋、晨雪耀眼，虽只是略施点染，但雪光与刀光相辉映，可以为爱国志士之"一片丹心"大大增色，最终还是突出了诗中主人公不可屈服的形象。诗人在诗的最后发出了"岂有堂堂中国空无人"的时代最强音。诗人引用"楚虽三户，亡秦必楚"的民谣进行对比，用反问句表明心迹：坚信"中国"有人，定能完成北伐事业。诗中传递出的凛然大义和誓死抗金的精神，具有强烈的鼓舞人心、催人奋进的力量。

此诗结构上多起伏转折，感情愈转愈强，使整首诗更显得慷慨豪壮，气韵沉雄，读起来抑扬顿挫。

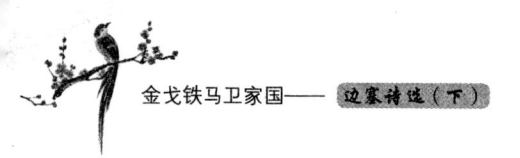

刘克庄

刘克庄（1187—1269 年），初名灼，字潜夫，号后村居士，莆田（今福建省莆田市）人。南宋豪放派词人，江湖诗派诗人。出身官宦家庭，嘉定二年（1209 年），因门荫进入仕途，长期任前线将帅的幕僚，后任建阳知县十一年之久。淳祐六年（1246 年），宋理宗赞其"文名久著，史学尤精"之后，赐其同进士出身，从此在官场屡次起落，晚年任中书舍人、工部尚书等要职，封莆田县伯。刘克庄的创作深受四灵诗风的影响，最擅五七言律绝。在古体诗方面学习李白、杜甫等美学风格，颇具成效。刘克庄的诗作数量丰富，内容开阔。作品收录在《后村先生大全集》中。

军中乐

原 文

行营面面设刁斗，帐门深深万人守。
将军贵重不据鞍①，夜夜发兵防隘口②。
自言虏③畏不敢犯，射麋捕鹿来行酒。
更阑④酒醒山月落，彩缣⑤百段支女乐⑥。
谁知营中血战人⑦，无钱得合⑧金疮药！

注 释

①不据鞍：不骑马作战。
②隘口：险要的关口。

③虏：指敌人。

④更阑：夜深。阑，尽。

⑤彩缣：彩色的绢缎。

⑥女乐：歌女。

⑦血战人：浴血战斗的士卒，一说指作战受伤的士兵。

⑧合：配制。

译文

夜间军营的四周都有巡逻的兵士，将军住的中军大帐有众人守卫。

将军性命贵重从不骑马作战，每夜都要派兵去防守险要的关口。

将军自言敌人已经害怕得不敢来侵犯，于是去射捕麋鹿用来敬酒。

夜深了还在畅饮，酒醒时月亮已落下，拿出百段彩色的绢缎赏给筵前的歌女。

有谁知道军中浴血战斗的士卒，竟然没有钱配药治疗刀剑创伤！

赏析

这首诗无情揭露了南宋将领玩忽职守、骄奢淫逸、不恤士卒的丑恶嘴脸，从一个侧面揭露了南宋必然灭亡的历史原因。

诗的前八句以铺张之笔尽写将军之"乐"。"行营面面设刁斗，帐门深深万人守"，"面面"与"深深"四字见出将军的防范措施无懈可击，烘托出将军严密保护自己而劳师动众的骄奢，并暗示将军的胆小如鼠。"将军贵重不据鞍，夜夜发兵防隘口"的直接描述，揭露了将军不知兵戎的老底，直斥朝廷所用非人。

"自言"以下四句，写将军的挥霍无度，纵情享乐。将军能够深居营幕之中，享受着养尊处优的生活，这样的生活其实是无数士兵抛头颅、洒热血换来的。而将军不但不恤士卒，反而恬不知耻地吹嘘是敌人畏惧他而不敢前来进犯。"自言"二字十分传神地刻画了将军的无知和自欺欺人的形象。他不去巡视边防，而是忙着打猎以供酒席上食用，其玩忽职守令人发指。"更阑酒醒山月落"写将军通宵饮酒，醉生梦死；"彩缣百段支女乐"写将军奢侈无度，将钱全用在享受上，并与最后两句形成鲜明对比。

最后两句笔锋陡转，写血战疆场的伤兵得不到将军的丝毫关心，被压榨得身无半文，只能在无边的痛苦中煎熬挣扎。这两句感情强烈，是对不顾士兵死活的宋军高级将领的控诉，是对南宋苟安享乐的统治集团的愤怒谴责。

此诗最突出的一个特点就是善于抓住典型的细节做生动的描绘。前八句描写了养尊处优的将军纵酒享乐的生活百态，刻画出将领不恤国事、寻欢作乐、面目可憎的丑陋形象。其次，诗人善于运用对比手法，深刻揭示出将军的"军中乐"是建立在战士的"军中苦"之上的，反映了当时官、兵之间尖锐的矛盾。其中有将军和士兵生活境遇的对比，有将军对"女乐"和士兵不同态度的对比等。强烈的对比使全诗形象鲜明突出，官兵对立的主题层层推进，使诗人对将军的愤慨、对士卒的同情、对国家边防的担忧之情，跃然纸上，感人至深。

于 谦

于谦（1398—1457年），字廷益，号节庵，明代名臣，浙江钱塘（今浙江省杭州市）人，与岳飞、张煌言并称"西湖三杰"。永乐十九年（1421年），于谦进士及第，踏上仕途。宣德元年（1426年），初授监察御史，迁兵部右侍郎，巡抚河南、山西。曾随宣宗镇压汉王朱高煦之叛。正统十四年（1449年），召为兵部左侍郎。后土木之变，英宗被俘，于谦力排南迁之议，决策力守京师，人心安定。后升任兵部尚书，全权筹划京师防御。天顺元年（1457年），英宗复辟，于谦被诬谋逆，遇害。后朝野上下为他鸣冤，终得昭雪。孝宗弘治谥"肃愍"，神宗万历改谥"忠肃"。有《于忠肃集》传世。《明史》称赞其"忠心义烈，与日月争光"。

晓发太原

原 文

鸣驺①拥道出边城，月澹星疏骑火②明。
驿路经行三十里，漏声③犹自报残更④。

注 释

①鸣驺：传呼喝道的骑卒。驺，骑卒。
②骑火：骑卒手持的火把。
③漏声：漏刻滴漏之声。漏刻是古代计时工具，一般是金属制成的壶，壶中有水，能够向外漏水，壶中插着标杆，水流出时，标杆会下沉，

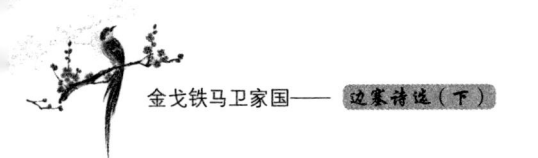

借以指示时刻。

④残更：古代一夜分为五更，其中第五更称残更，约为如今的早晨三点至五点。

译文

骑卒传呼喝道簇拥着出了边城，月光淡淡、天星稀疏，只有骑卒手中的火把通明。

沿着驿路前行了三十里，漏刻指示时间才到了五更。

赏析

于谦曾任兵部右侍郎，到山西、河南等边防重地去巡守，长期与瓦剌军作战。在镇守山西之时，他创作了此诗，描写凌晨时分从太原出发，到边境去巡视时的情景，显示出诗人勤于边事、一心为国的精神。

全诗紧扣"晓发"二字。前两句写出发时的行军阵容，"鸣驺拥道"写出阵容之盛，声势浩大。"月澹星疏骑火明"，将黑暗的夜色与"骑火明"进行对比，再次渲染大军的昂扬气势，并烘托出明军的高涨士气，显示出对抗入侵之敌的必胜信念。

后两句主要说明大军行进速度之快，大军在驿路前行了三十里，时间才到五更，即凌晨的三点至五点，那么将士们集结时有多早是可想而知的，侧面表现出边关将士们保家卫国的爱国热情。

全诗有声有色，描写生动，是诗人长期巡边生活体验的反映，其豪壮情怀颇能引发读者共鸣。

杨昌濬

杨昌濬（？—1897年），字石泉，湖南湘乡（今湖南省湘乡市）人。早年随罗泽南办团练，平太平军有功，任知县。同治元年（1862年），为牵制太平军，清廷派左宗棠入浙，杨昌濬即随营出力，镇压太平军。光绪四年（1878年），杨昌濬又调新疆，获四品顶戴。光绪十年（1884年），任闽浙总督，领兵督防台湾；后迁陕甘总督，加太子太保。光绪二十四年（1897年），杨昌濬在湖南省城长沙病逝。杨昌濬在军事上镇压太平军，抗法保台，为保护台湾做出了巨大的贡献。文学上多擅长诗词书画，博学多才。著有《平定关陇记略》《平浙记略》等。

左公①柳

原文

大将②筹边③尚未还，湖湘子弟④满天山。
新栽杨柳三千里，引得春风度玉关⑤。

注释

①左公：对左宗棠的尊称。左宗棠（1812—1885年），字季高，湖南湘阴（今湖南省湘阴县）人。晚清政治家、军事家，洋务派代表人物之一，清末洋务派和湘军首领。同治五年（1866年），任陕甘总督。光绪元年（1875年）以钦差大臣督办新疆军务，经过充分准备，左宗棠打败了盘踞新疆的侵略者，使得新疆成为清朝的一个行省。经营新疆期间，左宗棠下令当地

夹道种柳。几年之内，浓荫成片，连绵千里，时称"左公柳"。

②大将：指左宗棠。

③筹边：筹办边疆军务。

④湖湘子弟：来自今湖南省一带的子弟兵。湖湘，洞庭湖和湘江一带，这里代指湖南。左宗棠为湘军首领，故将士多为湖南籍人。

⑤春风度玉关：这里诗人借用唐代诗人王之涣"春风不度玉门关"之句，颂扬左宗棠率部植柳的功绩。

译文

大将军筹办边疆军务尚未回还，湖湘子弟遍布天山各个角落。

这里新栽了三千里的杨柳，引得春风吹到了玉门关外。

赏析

光绪元年（1875年）五月，清廷下诏任左宗棠为钦差大臣督办新疆军务，他在筹办西北军务期间，择机出塞平叛，并有效地改变了当地贫瘠荒凉的面貌，因而得到了当地百姓的拥戴。为了表示对他的感激和颂扬，当地百姓亲切地把他栽种的柳树称为"左公柳"。

前两句赞叹左宗棠在职期间对新疆发展所做的贡献。左宗棠率领湘军赶走了入侵新疆的侵略者，积极建设新疆，栽种了大量柳树，为新疆的绿化做出贡献。此诗用赞叹的语气歌颂左公栽种柳树，"湖湘子弟满天山"的时候，原本贫瘠的土地已生出了一条绿色长廊，写得极有气势，富有生气。

后两句反用王之涣"羌笛何须怨杨柳，春风不度玉门关"之意，说"湖湘子弟"栽种的几千里柳树，把春风引到了玉门关外，巧妙地赞颂了左宗棠的功绩，也充满了诗人对左宗棠的景仰之情。

诗歌感情热烈，诗境开阔清新，语言清新自然，歌颂了左宗棠为加强新疆与内地的经济、文化交流，保卫祖国西北边防等所做的贡献。

丘逢甲

丘逢甲（1864—1912年），字仙根，号蛰仙，又号仓海君，祖籍广东嘉应州（今广东省蕉岭县）。晚清爱国诗人、教育家、抗日保台志士。光绪十五年（1889年）中进士，但丘逢甲无意在京做官，于是返回家乡，投身于教育事业。光绪二十年（1894年），甲午中日战争爆发，丘逢甲创办义军，并担任全台义军统领。同年秋，义军战败，丘逢甲内渡广东，倡导新学，与康有为会晤，支持变法。宣统三年（1911年），任广东军政府教育部长，一心致力于教育事业，推行新学，培养人才。民国元年（1912年）初，因肺病转至潮州，后于2月25日病逝，终年四十八岁。丘逢甲擅长写诗，尤其擅长长篇歌行，多表现反帝爱国的思想感情，具有鲜明的时代特色。梁启超在《饮冰室诗话》中评价他为"诗界革命一巨子"。

春 愁

原文

春愁难遣①强看山，往事惊心泪欲潸②。
四百万人③同一哭，去年今日④割台湾。

注释

①难遣：难以排除。
②潸：流泪的样子。
③四百万人：当时台湾人口合福建、广东籍，约四百万。

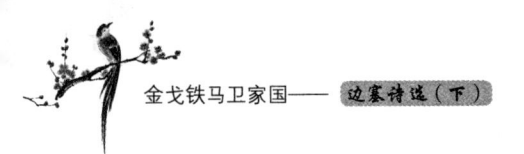

④去年今日：指 1895 年 4 月 17 日，清王朝与日本签订丧权辱国的《马关条约》，将中国台湾岛割让给日本。

译 文

春天的愁怨难以排解，强打起精神眺望远山；想起往事让人触目惊心，不由得潸然泪下。

台湾的四百万同胞齐声大哭，为的是去年的今天，清政府把台湾割让给了日本。

赏 析

此诗抒写的是诗人回首一年前签订《马关条约》之往事时的哀痛心情。

前两句看似平淡，实则蕴含了丰富的情感。"愁"字所讲并非个人的身世之感，也非儿女私情，而是忧国忧民的深沉愁怨，这种情怀是崇高的，并且是由爱国者抒发的高尚情感，表达了痛失国土的悲怀。第二句"往事惊心泪欲潸"点明了起句中"强"字的答案，一方面增加了"春愁"的分量，另一方面又暗中设疑，欲言又止。这两句没有点明春愁的具体内容，诗人这样写，是为后两句蓄势，为后面感情的喷涌做渲染。

"四百万人同一哭，去年今日割台湾"，这两句有万钧之力，描述了"去年今日"台湾被割让时，四百万台湾人民同声痛哭的情景，其撕心裂肺之痛足令山河失色。这两句表现了诗人对祖国和故乡山水的热爱。

此诗语言洗练自然，朴实无华，句句相关又丝丝入扣，具有震撼人心的艺术力量。此诗虽然只有短短二十八字，却真实而强烈地表达了全体国人的共同情感和心声，包含着诗人强烈的爱国主义情感和盼望祖国统一的强烈愿望，感人至深，因而成为传诵一时的名篇。

徐锡麟

徐锡麟（1873—1907年），字伯荪，浙江山阴（今浙江省绍兴市越城区）人。中国近代民主革命家。他出身望族，曾任绍兴府学校算学讲师，后升为副监督。在陶成章等人的影响下走上了革命的道路，曾参与营救反清入狱的章太炎的行动。回国后，在绍兴创设书局，宣传反清革命。1904年，在上海加入光复会，后成为该会的领导人之一。1906年到安徽出任武备学堂副总办、巡警学堂监督，时刻不忘革命之志。1907年，他刺杀了安徽巡抚恩铭，率领学生军起义，攻占军械所，最终失败被捕，第二天慷慨就义。

出 塞

原文

军歌①应唱大刀环②，誓灭胡奴③出玉关④。
只解沙场为国死，何须马革裹尸⑤还。

注释

①军歌：这里有高唱赞歌、慷慨从军的意思。
②环：与"还"同音，所以用它隐喻胜利而还。
③胡奴：这里是对清朝统治者的蔑称。
④玉关：即玉门关，这里代指山海关，指要把清朝统治者赶出中原。
⑤马革裹尸：英勇作战而死，尸体以马革包裹而还。典出《后汉书·马

援传》:"方今匈奴、乌桓,尚扰北边,欲自请击之。男儿要当死边野,以马革裹尸还葬耳。"

译文

出征的战士应当高唱军歌、挥舞大刀胜利归来,我立下誓言,决心把清廷赶出山海关。

战士只知道在战场上为国捐躯,哪会想将来战死后把尸体运回家乡。

赏析

1905年,清王朝加强反革命的武装力量,为了更好地掌握军队,诗人决定去日本留学学习陆军。出发前夕,诗人北上游历,到吉林、辽宁等地察看形势,一路之上,看到沙俄与日本两个帝国主义国家在中国东北的角逐,心中感慨良多,在次年春写下了这首《出塞》。

前两句"军歌应唱大刀环,誓灭胡奴出玉关",写得颇具气势,是说出征的战士应高唱着战歌,挥舞大刀胜利归来,只要有决心,一定可以把"胡奴"赶出山海关。这两句直抒胸臆,其中的"环"字,与"还"字同音,表现了诗人对反清斗争取得胜利的期盼。

"只解沙场为国死,何须马革裹尸还"两句将出征战士的雄心壮志上升到了为国捐躯的高度,进一步深化了战士们的思想境界。最后这两句写得极为悲壮,作为一名战士,到了战场,就要有为国捐躯的觉悟,这是一件无上光荣的事,诗人用"只解"二字,所表达的正是为革命捐躯、视死如归的英雄气概。

徐锡麟的这首《出塞》继承了唐代边塞诗的风格,内容深刻,感人肺腑。